THE OTHER BLACK GIRL

となりのブラックガール

ザキヤ・ダリラ・ハリス

岩瀬徳子 訳

早川書房

となりのブラックガール

装画／ヤマダユウ
装幀／岡本歌織（next door design）

家族に——いまも昔も

黒人の歴史はブラック・ホラーである

――タナナリーヴ・デュー（アフリカ系アメリカ人作家、教育者）

『ホラー・ノワール　ブラック・ホラーの歴史』

プロローグ

一九八三年十二月
グランド・セントラル駅
マンハッタン、ミッドタウン

いじるのはやめなさい、いますぐに。触っちゃだめ。

それでも、気づくと指が頭に行き、前から後ろへ、また前へと爪を立てていた。甘い安堵がいっとき訪れるものの、かさついた焼けつく痒《かゆ》みがまた戻ってくる。

だめ、掻《か》かないの。

掻けば掻くほど、へたなパーマでできた火傷《やけど》のような痛みに襲われることはわかっていた。蜂五十四に刺されたあとで安物の酒をかけられたような痛み。列車が動きはじめたら、きっと少しは落ち着ける。ようやく目を閉じて、自分とニューヨークとの距離が広がっていく安心感に浸れる。それでも、ひっきりなしに頭を掻きながら、ふと、別の気がかりにはっとした。列車はいまだ停まったままだ。

開いたドアから見える、長く延びたホームに目を向けた。ついさっきグランド・セントラル駅の構内を通り抜けたときよりもすばやく頭が回転していた。〝誰かにつけられていたらどうしよう？〟

ゆっくりと、慎重に、立ちあがってまわりを確認した。車輛の左側にはブルネットの若い母親と赤ん坊がいて、黒いベルベットの襟がついたちくちくしそうな赤いウールのコートをおそろいで着こんでいた。右側では、白髪の脂ぎった男がガラス窓に額をつけ、車輛が揺れている気がするほどの大いびきを掻いている。五分前に乗りこんだときと変わらず、車輛にはこの四人しかいない。

よかった。

息をついてまた座り、手を腿《もも》の下に差しこんで、脳を洗った穏やかな安堵が心臓へと向かうに任せた。ところが、心臓に安堵が到達する前に、開いたドアの向こうをふいに人影が通りすぎ、脳がふたたび警戒態勢に入った。

〝タクシーに乗るところを誰かに見られた？〟

〝わたしはいったい何をしてるの？〟

〝彼らはいったい何をするつもりなの？〟

頭を振り、脚を組んだ。ストッキングが二枚の黒いサンドペーパーのようにこすれ合い、きつすぎるハイヒールの丸い先端が前の座席の下部に当たった。このストッキングも、ハイヒールも、暗がりでひっかけてきたピーコートも気に入らなかった。全身がこわばって感じられるのも気に入らなかった――氷水でいっぱいのタンクに浸かっていたかのように、冷えて感覚が鈍っている。けれども、それは全部あとでどうにかできる。それより気にかかるのは、名状しがたい何かだ。

心をざわめかせ、ひりつかせる何か。家だけでなく、ますます窮屈になっていく皮膚そのものからも逃げ出したくさせる何か。

ベルの音がして、声が聞こえた。男の声だ。しばらくかかって、先ほど見たドアの人影は車掌だったのだと気づいた。いま、車掌はこの車輌の後方にいて、こちらへ進んできていた。「お客さま」車掌は丁重に声をかけ、いびきを掻いている男を起こして検札しようとしていた。「お客さま」

わたしはショルダーバッグを神経質に探った。手持ちがじゅうぶんあるのはわかっていた。アパートメントを忍び出るときに、靴下用の抽斗《ひきだし》の底に隠した破れた水玉のショーツからへそくりをとってきた。けれどもいま、こうして出発しようとしていながら、どこへ出発しようとしているのかはまだ決まっていなかった。黒人のタクシー運転手と軽い世間話をするつもりだったのだが――誰もがわたしを知るようになる前によくしていたように、バックミラー越しに微笑んでみせて、わたしたちのような人間にやさしい町がニューヨーク北部にないか訊こうと思っていた――そもそも家から逃げ出さずにはいられなくなった原因のことで頭がいっぱいだった。聞いてしまったのだ、彼女が電話で彼に言っているのを。

〝ひりひりするはずはないってイマニは言ってる〟

組んでいた脚をほどいて、どれくらいのあいだ行方をくらましていられるだろうと考えた。新聞各紙で自分の名前が飛び交っているから、しばらくスポットライトから離れて〝休息〟したがっているのだとみな信じてくれるだろう。それでも、いつまでほうっておいてもらえるだろうか。トレースに寛大に接して、問いつめずにいてくれるのはどれくらいのあいだだろう。そう簡単に解放してもらえるとは思えない。あんなことをやったのだから。

すべて台なしになったキャリア。学生のころずっと心酔していた黒人作家が真夜中にドアの下から差し入れた一枚のメモ。〝あんなことをする必要はあったの？〟

さらなるひりつき。焼けつく痒み。また首を掻き、なんであれ、あの言葉から気をそらしてくれるものがあることに感謝していたとき、誰かに肩をつかまれた。小さく叫んでその手を払うと、それが車掌の手で、彼もこちらと同じようにぎょっとした顔をしていることに気づいた。

見知らぬ白人男性を見てこれほどうれしくなったのは人生ではじめてだった。

「驚かせるつもりはなかったんです」車掌は言った。「でも、切符を拝見する必要がありまして、マアム」

「ああ」わたしは財布から真新しい二十ドル札を取り出した。顔をあげると、車掌はかすかな笑みを浮かべ、向かいの座席によりかかって辛抱強く控えていた。二十代半ばの、こちらよりせいぜい五歳若いくらいの容貌で、どこまで行くのかと親切そうな表情で訊いてきた。

「いい質問ね」そのとき、何列か後ろからいびきがまた聞こえはじめた。「この列車のいちばん北の駅はどこ？」

車掌は好奇心に笑みを大きくし、手を伸ばして紙幣を受けとった。「ポキプシーですね」車掌は言った。「二時間ほど北へ行ったところです。ここからだと四ドル七十五セントになります」

「そこにします。あ、ちょっと待って――七十五セントがあるかも……」わたしはもう一度財布を探って、二十五セント硬貨をいくつか取り出した。切符とおつりを手渡したあと、車掌はガッツポーズをして目を輝かせながら言った。「そうだ！　やっとわかった。あなたをどこで見たのか、思い出しましたよ」

わたしは唾を飲みこみ、一度だけ頭を横に振った。やめて、やめて、やめて。

「けさ、あなたの記事を読みました」車掌は後ろポケットに入れた何かを指さした。丸めた新聞だ。目の輝きが消え、車掌がふたたび話し出したとき、その口調は言葉を費やす価値があるのか推し量っているようにゆっくりとしていた。「あなたの本の大ファンだったんです。だから、あなたのほんとうの気持ちを聞いてほんとうに驚きました」

　視線をはずすのよ。わたしは自分の目にそう命じた。けれども、目をそらす代わりに、〝ほうっておいて、なんの話かわからない〟と言う代わりに、わたしは意表を突く行動に出て車掌を驚かせ、それ以上に自分を驚かせた。

　わたしは彼をまっすぐに見た。そして微笑んだ。

「ああ――ニュースに出ていたあの魔女みたいな人のことでしょう？」わたしは得意げに言った。「ここに来るときにも同じことがあったのよ。タクシーの運転手が同じ勘ちがいをしたの。想像できる？　一日に二回もなんて！　いま街を離れることにしたのは正解だったみたいね」

　口上の最後に人間らしからぬ音が唇から漏れ――笑い声、のつもりだった――車掌の目に先ほどの輝きがいくらか戻った。

　車掌は顔を近づけて、じっとわたしを見た。けれどもわたしは、白人の家に毎朝掃除に出かけるジョーおばあちゃんといった風情《ふぜい》で、大胆で無害な大きな笑みを保った。

「ああ、なるほど。目が似てるんですよ」車掌はとうとう口を開いた。「あなたは彼女にしては若すぎる」そして、立ち去ろうと体の向きを変えた。「では、いい一日を。勘ちがいをしてほんとうにすみませんでした」

　車掌は次の車輛へ歩いていったが、くすくすと笑う声が聞こえてきた。「まったく、まさしく魔女だな」

わたしは小さく息を吐き出した。たいしたことではない――まったく。けれども、思い煩《わずら》っていたのはいっときのことだった。またベルが鳴り、車輛のドアが閉まった。

ほっとして、もう一度ドアへ目を向けた。その急な動作でまた痒みが走り、体が縮こまった。痒みはぶり返したのみならず、さらに強くなっていた。また頭に手をやって掻きむしったが――だめ、いけない――そのたび痒みは別の場所へ移動し、わたしは唇を噛んで、叫び出したいのをこらえた。掻くたび、別の場所が次々に痒くなる。最後まで掻きつづけるしかなくなる。最後まで来ても、最後にはならない。まだ掻きつづける。そして、わたしもたぶん逃げつづける。

わたしはうめいて、座席で体をずらし、窓に頭をもたせかけた。襟の下の皮膚と同じように、窓は温かく湿っていたが、列車の速度があがるにつれ、トンネルを抜けてはまたトンネルが現れて、わたしはとにかく目を閉じた。少なくともこの列車に乗っているあいだは、何もかもがうまくいっているふりをすることができる。まだ手遅れではないふりが。

I

1

二〇一八年七月二十三日
ワーグナー・ブックス
マンハッタン、ミッドタウン

最初の徴候は、ココアバターの香りだった。

ブースの衝立まわりにその香りが漂ってきたとき、ネラはデスクの上の紙の山をファイリングするのに忙しく、原稿を一枚一枚並べて、ページの順番が前後しないように確認していた。作業に集中していたので――ヴェラ・パリーニは常にすべてが整頓されていることを要求する――ネラはその香りを無視した。香りが鼻孔まで這いあがり、脳の深部に食らいついてようやく、ふと興味を引かれて手を止め、顔をあげた。

手を止めさせたのは香りだけではなかった。ネラ・ロジャーズは、ブースに忍びこんでくるあらゆる種類の望まざるにおい――たいていは悪臭だ――には慣れっこだった。ワーグナー・ブックスの一編集アシスタントにすぎないネラには専用のオフィスなどなく、したがってまわりには壁も窓もなかった。オープンスペースで働くネラやほかのアシスタントたちは、ゆで卵やおならの臭気に絶えず翻弄されていた。残り香に一時間近く苦しめられることもよくあった。

ワーグナーに来て最初の数週間は、そういう緊密さに慣れることができず、ネラは必要のないときでも口で息をする練習をした。スーパーマーケットでグラノーラを選ぶときや、恋人のオーウェンとセックスをするときにもだ。三カ月の自己鍛錬が失敗に終わり、心が折れたネラは、容器に金色の筆記体で〝息をして〟と書いてあるラベンダーのリードディフューザーを買った。ディフューザーはデスクの隅が定位置で、オーウェンから付き合いはじめのころにもらった『キンドレッド』の初版本のすぐ足もとに置いてある。

その金の箔押しの文字に目を向けて、ネラは眉を寄せた。いまのはラベンダーのディフューザーの香りだろうか？　もう一度息を吸いこみ、上を向いて天井に張られたグレーと白のタイルを眺めた。ちがう。さっき思ったとおり、やはりこれはココアバターの香りだ。それもただのココアバターではない。ネラのお気に入りのヘアグリースブランド、〈ブラウンバター〉の香りだ。

まわりをうかがい、誰もいないのを確かめると、たっぷりとした黒い髪に手を入れてひと房引っ張り出し、鼻にできるだけ近づけた。この三年、誇りを持ってアフロヘアを伸ばしていたが、髪は頰と鼻の中間までしか届かなかった。それでも、この〈ブラウンバター〉の香りが自分の髪から出たものでないことは確認できた。漂ってきているのは、つけたての、塗って一時間たたないくらいのグリースの香りに思えた。

その意味するところは、ふたつのうちのいずれかだった。白人の同僚の誰かが〈ブラウンバター〉を使いはじめたか、あるいは――白人の同僚たちがたまたまナチュラルヘアケア用品の売り場に迷いこむことなどまず考えられないので、もっとありそうな線として――この十三階のフロア、に、も、う、ひ、と、り、黒、人、の、子、が、い、る、か。
動悸が激しくなって、ホットフラッシュにも思えるようなほてりを感じた。とうとうその日が来たのだろうか？　ワーグナーにもっと多様性《ダイバーシティ》をというネラの働きかけが、ついに実を結んだのだろうか？

ネラの物思いは、メイジー・グレンダワーのいつもの大きな笑い声にさえぎられた。メイジーは他人の声はうるさがるのに自分の声は抑えようとしない、落ち着きのない編集者だ。ネラは笑い声の向こうに聞こえる、メイジーを笑わせた人物のかすかな声に耳を澄ました。その声の主が黒っぽい肌を持っているのだろうか。

「ハイ、ネラ、おはよう！」

驚いて、ネラはデスクから顔をあげた。しかし、上からネラをのぞきこんでいたのはソフィーだった。ブースの側面の衝立に両腕をかけ、キュウリのような大きくて緑色の目でこちらを見ている。

ネラは心のなかでうめき、デスクの下で拳を握った。「ソフィー」もごもごと言った。「ハイ」

「ハーイ！　調子はどう？　元気？　あなたの火曜日はどんな感じ？」

「まあまあかな」ほかにも何か手がかりが聞こえてこないかと、ネラは声を落として答えた。ありがたいことに、ソフィーは少しだけ勢いをそがれたような目をしたが、まだこちらをじっと見ていた。言いたいことがあるのに言えないという様子だ。

それは、ソフィーのような、ブースを渡り歩く雑談魔にはめずらしいことではなかった。雑談魔としては、ソフィーは悪くない部類だ。話す相手を選り好みしないので、ソフィーが週に一回以上やってくることはめったにない。ほかのアシスタントのブースに貼りついているソフィーの覇気のない微笑みを見ると、それが自分に向けられていないことに幸せを感じた。運のいいことに、ソフィーはキンバリーという勤続四十一年の編集者のもとで働いている。キンバリーは一九八六年に最初で最後のベストセラーを手がけ、以降は鳴かず飛ばずなのだが、それがただのベストセラーではなかったので――テレビドラマ化されて映画も大ヒットし、グラフィックノベルや成人向け映画、ミュージカル、ポッドキャスト、ミニシリーズにも展開されて、4DXの映画がまたもヒットを飛ばした――その後の非ベストセラーについてとやかく言われることはなかった。笑いごとではないほどの売り上げを稼いでいるからだ。

　長いキャリアの終わりが近づいているいま、キンバリーは社外でほとんどの時間を過ごしている。ソフィーはキンバリーが早く引退して自分に席を明け渡してくれるのを心待ちにしながらほとんどの時間を過ごしているのではないか、とネラは思っていた。長くてもあと一年たつころには、上司は誰かに言われないかぎりポストを譲らないし、誰もそんなことを言いにいったりはしないことに、ソフィーも気づきはじめるだろう。とはいえ、いまのところ、ソフィーはこれまでの前任者たちがみなそうだったように、無邪気にただじっと待っている。

「キンバリーはまだ外出中なの」ソフィーは訊かれもしないうちから説明した。「きのうは電話ですごい剣幕でまくしたててた」

「今回はどの工程の真っ最中なの？」

　ソフィーは顎と鎖骨のあいだのぴんと張った肉をつかんで左右に揺さぶってみせた。

「ああ、佳境ってわけか」

　ソフィーは目をくるりとまわした。「まあね。わたしたちの一カ月ぶんの稼ぎより、たぶんずっとたくさん使ってる。ところで、もう見た……？」メイジーの声がするほうに首を倒した。

「見たって？」

「メイジーは新しい採用候補者と話してるみたい」ソフィーはまた首を倒したが、今回はそのあと意味深長に眉を動かした。「確かではないんだけど、その子はどうやら……わかるでしょ？」

ネラは口もとがにやつくのを抑えようとした。「わからない」しらばっくれて言った。「どうやら、なんなの？」

ソフィーは声をひそめた。「どうやら、その子……黒人みたい」

「〝黒人〟って言うのに声をひそめる必要はないよ」ネラはたしなめたが、なぜソフィーがそうしたかはわかっていた。においと同様、音もブースの衝立を越えていく。「このあいだ確認したときは、使っても社会的に問題ない言葉だったし。わたしだってときどき使う」

ソフィーはそのジョークを無視したか、笑う気分になれなかったようだった。顔を近づけて、小声で言った。「よかったわね？　ワーグナーに黒人の子が増えて。うれしいでしょ！」

その熱量にうんざりして、ネラは目を合わせるのを避けた。もちろん、ワーグナーで黒人の子がもうひとり働くことになったらうれしいけれども、まだ喜びのラインダンスを踊る気にはなれなかった。ワーグナーの上層部はようやく多様な人種の面接をする気になっただけだ、としか思えなかった。この二年間、面接を受けたのも採用されたのも、〝特定の集団〟出身の〝特定の人たち〟だけだった。

ネラはパソコンから目をあげてソフィーを見た。ソフィーもその〝特定の人たち〟のひとりで、まだしゃべりつづけていた。数分のあいだに、自身のことから社会意識のことまで話を広げて、まだまだ立ち去る気はなさそうだった。「先週あなたにメールで送った《ブックセンター》の匿名の論評記事を思い出したの――あなたが書いたんじゃないかってわたしが言ったあの記事よ、ものすごくあなたっぽかったから――白人主体の職場で働く黒人についての記事。覚えてる？」

「まあね……何度も言うけど、あれを書いたのはわたしじゃないから」ネラは釘を刺した。「あの記事の大部分にすごく共感してるのはほんとうだけど」

「リチャードがあれを読んで、この職場の多様性のなさをなんとかしたいって思ったのかもよ？それってすごいことよ。みんなを集めて多様性について話し合うだけでもひと苦労だったじゃない。あの会議はほんとうに大変だった」

あれを会議と呼ぶのはどうかと思ったものの、ネラは危険な道に踏みこむ気分ではなかった。ほかにもっと大事なことがある。どうやってソフィーから逃れるかというような。

ネラは携帯電話を手にとり、小さくうめいて言った。「うわ、もう十時十五分？　大事な電話をかけないといけないの」

「あら」ソフィーは見るからに落胆した顔をした。「そうなの」

「ごめん、でもまたあとで！」

あとで話しにいくつもりはなかったけれども、そういう口約束を添えるだけで、長すぎる雑談を終わらせるのが楽になることをネラは学んでいた。

ソフィーは微笑んだ。「気にしないで。またあとでね！」そして、来たときと同じように、すばやく去っていった。

ネラはため息をつき、まわりを眺めた。まだ上司に渡していない紙の束が目に入った。大局的には、地点Aから地点Bに物を移動させるスピードは、その人間がジュニア編集者になるのにふさわしいかどうかの指標にはならない――とりわけ、ワーグナーでもトップクラスの編集者であるヴェラのもとでもう二年もアシスタントを務めているネラにとっては。けれども、ふたりのあいだは最近、ほかになんと言えばいいのかわからないのだが、〝ぎこちなく〟なっていた。数日前に行われた年に一度の面接が不首尾に終わったのだ。昇進できないかとネラが尋ねると、意外にもヴェラはアシスタントとしてのネラの仕事ぶりに十以上も不満を並べ立て、そのなかでも最後の指摘はいちばん不穏なものだった。「業務外の多様性集会に割く熱意の半分でもいいから、主業務に熱を入れてもらいたいわ」

〝業務外〟という言葉は銃弾の破片のようにネラに突き刺さった。社内のバスケットボールチームや紙漉きクラブ——そういったものが〝業務外〟のはずだ。多様性委員会を立ちあげようとするネラの活動は〝業務外〟などではない。しかし、ネラは笑みを作って、自分が生まれる前からワーグナーで働く上司に〝ありがとうございます〟と言い、この情報を後ろポケットに大事にしまった。その瞬間に、黒人女性の旗をはためかせるという自分の夢は夢のままになるのだと悟った。

しかしそのとき、〈ブラウンバター〉の香りがまた鼻に漂ってきて、今度は会話が漏れ聞こえた。まず、メイジーがワーグナーのばかげたフロアレイアウトについていつものジョークを言い(〝『バック・トゥ・ザ・フューチャー』の科学くらいにしか筋が通ってないのよ〟)、そのあと、笑い声が聞こえた——低くて表面は少しだけハスキーだが、中心はココアバターのように甘い声だ。短いけれども、心からの笑い声に思えた。

「……ありえないのよ。ほんとに、誰かの席を一度見つけても、次のときには見つけられないの！」メイジーがまたくすくすと笑った。メイジーがもうひとりを連れてオフィスへ近づくにつれ、声が大きくなってくる。

もうすぐこのブースの前を通りすぎることに気づいて、ネラは顔をあげた。衝立の狭い隙間から、黒っぽい豊かなドレッドヘアと、褐色の手がちらりと見えた。

このフロアにもうひとり黒人がいる。メイジーの話しぶりからして、面接に来た黒人が。

つまり、数週間後に、ネラの真向かいのブースに黒人が座る可能性が高いということだ。同じ空気を吸って、ワーグナーのフロアにいるたくさんのソフィーをかわす手伝いをしてくれるということだ。

ネラは勝利の拳を突きあげたくなった。けれどもそうする代わりに、できるだけ早くこのワーグナーの最新ニュースをマライカにテキストメッセージで知らせようと心にメモをした。

「あまり家から遠くなかったならいいんだけど」メイジーが話していた。「ハーレムから電車で来たんでしょう」

「いえ、いまはクリントン・ヒルに住んでるんです」黒人女性は答えた。「でも、百三十五丁目とACPの角で生まれて、しばらく住んでました」

ネラは姿勢を正した。その声は、さっき彼女の口からこぼれた笑い声よりももっと温かくてハスキーに聞こえ、ずっとうらやましく思ってきたハーレムのクールさを感じさせた。自信に満ちあふれていることにも気づいた――妬みではなく、尊敬を覚えながら。ヴェラとの面接で緊張していた自分とはまったくちがっていた。

足音がすぐそばまで近づいていた。ブースの右端に寄れば、新人の顔がよく見える。ネラはヴェラに渡す原稿をめくるふりをしながら、メイジーのオフィスへ続く通路に横目を向けた。ほどなく、メイジーと新しいアシスタントになるらしきドレッドヘアの女性がやってきて、女性の全身が見えた。

女性は幅の広い左右対称の顔立ちで、レナ・ホーンばりの鼻と広い額のちょうど真ん中に、ふたつのアーモンド色の目があった。肌はネラの栗色の肌よりも二段階ほど暗い、ヒッコリーとアンバーの中間の色合いだ。ドレッドヘアー――一本一本がタピオカミルクティーのストローほどの太さで、腕よりも長い――は根もとが焦げ茶色で、耳から下はハニーブロンドに変わっていた。一部を頭の上でまとめてあり、残りが襟足に垂れている。

そのあとに、パンツスーツが目に入った。ひとつボタンのマリーゴールド色のジャケットに、同じ色の足首丈より少し短いゆったりとしたスラックスという洗練されたアンサンブルだ。その下には、ネラが履いたら転んで首を折りそうな、エナメル革の赤いハイヒールのショートブーツを合わせていた。

まさしく〝シンガーのエリカ・バドゥと女優のイッサ・レイを足し合わせた〟かのようで、これもマライカに知らせなくては、とネラは思った。そのとき、メイジーが〝ACP〟とはどういう意味かと尋ねた。いい質問だった。ネラも知らなかったからだ。

「ああ、すみません――アダム・クレイトン・パウエル・ジュニア・ブールバードのことです」彼女は言った。「長くて言いにくいので」

「ああ! なるほど。確かに長いわね。ハーレムはいいところよね。歴史があって。ワーグナーは今年のはじめにションバーグでイベントを開いたのよ――二月だったと思うけど――うちの作家をひとり招いて。盛況だった」

ネラは鼻を鳴らしそうになった。メイジーはそのイベントに参加していなかったし、ションバーグ黒人文化研究センターどころかハーレムに足を踏み入れたことすらないだろう。メイジーは気のいい人だが――もっと若い社員と同じようにトイレで雑談をしたりする――〝ニューヨーク〟についての感覚がかなり偏っている。ウィリアムズバーグと聞くだけで、アップルストアやホールフーズやたくさんのデザイナーズブランドの店があるというのに、誰かにヴァギナのなかを見せろと言われたかのようにぎくりとする。まちがいなく、このドレッドヘアの女性もメイジーがハーレムの〝文化〟について実際には何ひとつ知らないことを感じとっただろう。

彼女の表情を見られればいいのにとネラは思ったが、ふたりはすでにメイジーのオフィスに入ろうとしていたので、小さな笑い声で満足するしかなかった。かすかではあったけれども、メイジーがドアを閉める瞬間、笑い声の最後にからかいの響きが感じられた――〝黒人とはあまり付き合いがないんでしょう〟と暗に尋ねるような、苛立ち交じりのからかいが。

ネラは指を交差させて彼女の幸運を祈った。彼女には必要ないかもしれないが、とにかくそうした。

2

二〇一八年八月六日

　ネラは咳払いをして左の親指を原稿の脇に走らせ、そのあと下端に滑らせた。それ以上速度をあげると指を切って血が出かねないとわかっていたけれども、その危険を冒すことで恩恵――トイレへ行って貴重な数分間を過ごす言い訳――が生まれる可能性があるのもわかっており、その可能性は魅力的だった。

「それで?」ヴェラはデスクに両肘を突き、首を前に伸ばした。チックの発作で、その治療のためにヴェラは二週間に一度のカイロプラクティック通いをしている。「あなたはどう思ったか教えて」

「その……話すことがたくさんあって。どこからはじめましょう?」

　それは、ネラがとてつもない時間をかけて答えを見つけようとしてきた問いだった。真実からはじめるわけにはいかない。『ひりつきと疼き《ニードルズ・アンド・ピンズ》』を読んでいたとき、ネラは靴下を履いた足で家のキッチンを横切り、窓を開けて、原稿をフォース・アヴェニューに投げ捨てたい衝動を抑えるのに苦労した。通りを走る車に原稿を粉々にしてもらいたかった。真夜中に読む手を止めて、この作品のきらいなところを書き連ね、そのリストを破いてヤンキーキャンドルの炎で燃やした。

紙片が燃えるさまを撮った十秒間の動画をマライカに送ると、マライカから全部大文字で書かれたメッセージが返ってきた。〝すてき。さあ、もう寝なさい、変態さん〟

そうたしなめられるのも、多少はしかたなかったかもしれない。その本は、まったくの駄作というわけではなかった。国全体にわたるオピオイド蔓延の痛ましさをうまく伝えていたし、胸を打つ会話に満ちた場面もいくつかあった。長く隠されてきた秘密に十人家族がついに向き合い、ある赤ん坊が危険な状況から無事に抜け出すという物語だ。作品のテーマは悪くない。

まずいのは、登場人物のひとり、シャートリシア・ダニエルズだ。

断言はできないが、コリン・フランクリンの第一稿は、鬱々とした白人ばかりの郊外の町で鬱々とした白人的な生活を送る、鬱屈した白人の登場人物だけで書かれていたのだろう。その草稿を読んだ誰か――友人かエージェントか、あるいはヴェラ本人――がそこにいくらか色を加えたほうがいいとコリンに助言したのではないか。

そして、ネラは愚かではなかった。有色人種の登場人物を出すのがトレンドなのはわかっていたし、表現に偏りがあると世間で何かが告発されたときには注意深く見守るようにしていた。ネラ自身は積極的に告発するタイプの人間ではないけれども、ソーシャルメディアに目を配り、告発者にいつでも味方できるように備えていた。日中はさまざまな解説記事を読み、夜になるとオスカー俳優は白人ばかりだという投稿をリツイートしたし、〝猿のパーカーを着せられた黒人の男の子〟の悪名高い事件の成り行きを見守って、〈H&M〉での買い物を六カ月控えた――夏に安くてベーシックな服を買うのが好きな人間にとっては楽ではない行動だった。大企業による文化的無作法や警察によって繰り返される黒人殺害には、黒人は人間以下という認識が共通して潜んでいるのが感じられた。

もちろん、ネラと同じ考えを持つ人は大勢いる。最新の潮流に異議を唱えるインターネット界を、ネラはいつも頼りにしていた。なかでもいちばん大きな声を持つのが、アメリカじゅうに名を轟かせる、歯に衣着せぬ黒人人権活動家のジェシー・ワトソンで、ネラやマライカをはじめ、百万人以上が彼のユーチューブをチャンネル登録している。彼は急進的な社会活動家で、その名前を口にするだけで夕食の席のムードはチートスを食べた指よりもすばやくある種の色に染まり、彼の熱を帯びた話し方は、彼の主張がまさしく本心であることを物語っている。

ジェシーのユーチューブ動画は少しやりすぎだと感じることも、ときにはあった。時間を守らない有色人種の時間感覚を揶揄《やゆ》する〝有色人種時間〟という概念について、なぜ黒人は有色人種時間という言葉を使うのをやめるべきなのかを九十分にわたって熱弁したときもそうだ。それでも、なぜ〝善意の白人〟はときに人種差別意識を隠さない白人よりもたちが悪いのかについてのツイートのように、理に適った鋭い指摘をすることもある。そういうわけで、『ひりつきと疼き』がなぜこうも気に入らないのかを考えるとき、無理をして〝多様性〟を求める白人についてジェシーが言っていたことをネラは思い浮かべた。〝高い文化的感受性を持つことには大きな責任が伴う。注意しないと、「多様性」は単なるチェック項目のひとつに成りさがってしまう――一面的な、浅くて漠然としたものに〟

シャートリシアは一面的以下だ。小説が印刷されている紙よりも薄っぺらい。白人男性である作者は、シャートリシアを五人目の子を身ごもる十九歳の女性とし、赤ん坊の父親はラダーネルとデモントレインというふたりの男性のどちらかなのだが、赤ん坊のことを聞くなりふたりとも町を出てしまったのでどちらが父親かシャートリシアにもわからない、という設定にした。シャートリシアは登場するたび悪態をつくか不平を言うかしていて、家族やオピオイド依存症になっていない友人たち（数は少ない）だけでなく、読者までをも遠ざけている。とどめは彼女の名前だった。〃シャートリシア〃は、クラック依存症の無学な母親がクラブで破水したときに着ていた明るい黄緑色《シャルトルーズ》のドレスにちなんでつけたものなのだ。

まあ、最後の点については、苛立たしいながらも茶目っ気があると言えなくもない。だが、それ以外のシャートリシアの人物像のすべてが不快だった――特にいやなのが話し方で、解放奴隷とタイラー・ペリーの描く不運な登場人物の中間といった感じだ。とはいえ、そうしたことが頭のなかをめぐっていても、目の前に座って自分の意見を求めている白人女性にそれをどう伝えたらいいのか、ネラには見当がつかなかった。自分の上司であり、コリンの編集者でもある白人女性に。

「とても……タイムリーな作品だと思います」ネラはワーグナーのみなが聞きたがる業界用語を選んだ。〃タイムリー〃とは、ナショナル・パブリック・ラジオや『グッド・モーニング・アメリカ』で取りあげられることを意味する。〃いまの話題に新味を加える〃ことも意味し、それはコリン・フランクリンが人殺しの姉妹妻や学校での銃乱射やセクシーな連続殺人鬼の実話に基づく作品群で常に達成しようとしてきたことだった。

ヴェラは大きくうなずき、灰色に輝く目の上で明るい茶色の前髪を揺らした。「タイムリー。そのとおりね、コリンはオピオイドの蔓延のいちばん悲惨な部分を臆することなく描き出している」両肘の下に敷いた黄色のノートに単語をいくつか走り書きし、これまで数えきれないほどの打ち合わせで見てきたように、ペンで頬をとんとんと叩いた。「それで、もっとこうしたらいいのにと思う部分はあった？」

ネラは慎重にヴェラの表情をうかがい、どういう答えを求められているのかを探った。前回、ヴェラの気に入っている作品を批判したとき――六カ月前のことだ――ヴェラは軽くうなずいて、その所感は的を射ていると言った。けれどもそのあと、書きこみがされた原稿を作家に送ろうとしていたとき、ネラは最後の数ページに関する自分のコメントが反映されていないことに気づいた。最初の章をめくってみると、そこにも自分のコメントは見当たらなかった。

そのときには、あまり気にしなかった。確認のときに話し合えばいいと思っていた。しかしその機会はなく、いま、ネラはアシスタントとしての自分の役割はなんなのだろうと考えつづけていた。ヴェラが自分の意見を信頼していないのなら、自分がただの〝アシスタント〟以上のものになることはない。ただの〝アシスタント〟以上のものになれないのなら、編集者には永遠になれない。編集者になることは、高校三年のときに新聞部に入ることにしてから十年来の夢だ。文学のテトリスのように、単語や段落を組み合わせていくのが好きだった。編集の作業は心地よかったし、黒人の物語を語りたがっている黒人作家たちの力になりたいと表明する最初の編集者になると決めていたものの与えられればどんな作品でも喜んで編集するつもりだった。編集の仕事で食べていくのだと思うとうれしかったし、人々が読むものや、将来的には人々が書くものにも意見をできると思うと興奮した。それはすばらしく意義のあることだ。

ヴェラが多様性集会を〝業務外〟と呼んで、近々昇進したいというネラの希望を打ち砕いてからほどなく、ネラはお気に入りのメキシコ料理店でマライカと会った。いつもならエンチラーダが心の傷を癒やしてくれるのだが、ネラは一分半たっぷり自分の皿を見つめたあと、いやな出来事があったときにいつもお互いにする問いかけをした。「これって人種の問題？　昇進できないのって」

「そうかもね」マライカはほぼ空になったハバネロのホットソースの壜をとって、三度目に皿じゅうに振りかけ、壜の底を叩いて最後の数滴をマライカ側のワカモレに垂らした。そのあと、物足りなかったのか、隣のテーブルに身を乗り出してホットソースの壜をさらった。そこにいた白人のカップルは驚いた顔をしたものの何も言わず――いずれにせよそのカップルはソースを使っていなかった――マライカが礼を言って壜を返すと、どういたしまして、とほがらかに応じさえした。

そういう態度は、この傍若無人な友人をよく表していた。マライカとは、何年か前の夏にグリニッジ・ヴィレッジのカラオケバーで友達になった。もともとの連れがブランチでブラッディマリーを飲みすぎてダウンしていたので、〈シュープ〉の最後のラップを歌いきるべく、マライカにマイクを向けていっしょに歌ったのが出会ったきっかけだった。それから親友になって、がっかりしたオンラインデートのことや独自のヘアケア方法について頻繁にやりとりし合った（マライカの髪はネラと同じ4Cという髪質に分類されるいちばん縮れの強いタイプで、生まれたときから自然のままにしているので、全盛期のパム・グリア並みのアフロヘアをしていた）。

けれども、やりとりでいちばん多かったのは、黒人女性としての体験談だった。ふたりの生い立ちはまったくちがっていて――ネラはニューヘイヴンの白人の多い郊外で育ち、マライカはアトランタの黒人ばかりの地域で育った。それでも、共通点には事欠かなかった。ふたりとも小さいときから九〇年代の黒人家庭のシットコムや洗練された音楽で育ってきたからかもしれない、とネラは思っていた。

マライカも、彼女なりのオレオ（白人の考え方を持つ黒人）として、人生の大半を生きてきた。そのせいだろう、マライカはトルタサンドイッチをかじり、人気司会者で心理学者のドクター・フィルの鼻声を真似てこう言った。「ヴェラはあんたをライバルだと思ってるのかも。あんたの意見をすべて受け入れたら、三十歳以下の若い女はみんな自分の仕事を奪いにきてるっていうひそかな不安を認めることになると感じてるとか。たぶん……嫉妬してるんだよ」

　ネラは疑い深い目でマライカを見た。「マライカはヴェラに会ったことがないでしょ。それに、仕事中のわたしにも。わたしは〈ケッズ〉のスニーカーで仕事してるんだよ。〈ケッズ〉で。それもきれいめのじゃなくて、ベーシックなやつ」

　マライカはその発言を一蹴した。「それはあんたの問題でしょ。でも――訊いていい？　あんたよりあとに入った白人のアシスタントで昇進した人はいる？」

「いない」ネラは認めた。「編集者はみんな、下から人を引きあげるのを渋ってるみたい――白人のアシスタントでも」

「ほらね」

「じゃあ……人種は関係ないってこと？」ネラはまだ釈然としていなかった。

「まあね、ひとつの要因ではあるけど。ヴェラは自分が持ってるものをできるだけ長く守ろうとしてるんだよ……ほら、白人のなかには白人とだけ子どもを作ろうとする人がいるじゃない、ミックスの赤ん坊を増やしたくないからって。二〇四五年にはミックスの赤ん坊がこの国でいちばん多くなるって言われてる。仕事でイーゴリに彼のツイッターのプロフィールみたいにつまらないことで文句を言われたとき、いつも自分にこう言い聞かせてるんだけど――今回は自分じゃなくあんたに言うね、ネル――あんたは二重の脅威なの。わかる？　あんたは黒人であるだけでなく、黒人で若い。そして、ヴェラが賢ければ――編集の仕事を三十年だかやってるんだから賢いんだろうけど」マライカはいったん言葉を切り、ネラがうなずくのを見てから続けた。「ヴェラが賢ければ、わかってるはず。あんたや……」小さくからかいの笑みを浮かべる。「あたしみたいな子の時代が来るって」

ネラはその言葉に感謝して笑い、いつもやっているようにマライカとグラスを合わせた。ロウアー・イースト・サイドのさびれた界隈にあるなんの変哲もないレストランでのその会話は、暖かくてふわふわとした袖つき毛布《スナギー》のようだった。けれどもいま、一枚窓からセントラル・パークを望めるヴェラの広いオフィスの明るい照明の下で――白人男性が書いたオピオイド依存症の妊娠した黒人女性のばかげた描写をなんとか読みきったあとで――ネラは寒気を感じはじめていた。そして、その冷気の源は上司であるように思えた。

「もっとこうしたらいいのにと思う部分があったか、ですか？」ネラは繰り返した。「その、登場人物の造形はしっかりしていると思います。でも、わたしには不自然に思えるところがいくつかありました」

「オーケー、続けて」ヴェラは促し、眉をさらにきつく寄せた。

ネラは続けたくなかったが、ヴェラが好まないものがあるとしたら、それは最後まで話すのを恐れる人間だった。特に女性だ。ネラを雇った理由のひとつはそれだ、とヴェラはあるクリスマスパーティでエッグノッグを飲みすぎたときに言っていた。はじめて会ったとき、ヴェラはネラの文学嗜好を〝荒削りで大胆でユニーク〟だと思ったという。面接が終わったあと、大失敗をしたと思っていたネラにはひどく意外だった。

不安……面接の日、ネラはたくさんの不安を抱えていた。公共交通機関の不具合や運行ミス、ストッキングの股にできた穿き替えるか迷う三センチの伝線といった不安が、移動のあいだ漂っていた。しかしほかにも、自分とヴェラは合わないのではという不安もあった。マンハッタンの会社で正社員として働いたことがなく、そこでどういうことが起こるのか、テレビドラマや映画で見たことしか知らなかった。そして、ドラマや映画で見たもの――厳しい階級社会や同質性、融通の利かなさ――は真実なのではないかとネラは心の奥底で心配していた。バーやコーヒーカウンターで働くのには慣れていて、さまざまな職業のさまざまな人々と接してきたし、そうした仕事ではなんでも好きな服装をすることが許されていたけれども、ヴェラとの面接にブラック・ライヴズ・マターのTシャツを着ていけるとは思えなかった。

そういうわけで、面接の朝、ネラは用心しすぎて失敗した。電車に乗り損ねそうになったら走れる〈ペイレス〉で買った二十ドルの飾りなしのぺたんこ靴。濃い褐色の脚に穿いたお気に入りの古い黒のストッキングと、手持ちのなかでいちばんおとなしい青いワンピース。肩には前の年にブルックリン・ブック・フェスティバルの『ネイション』のブースで買ったトートバッグをかけた――少しだけ自分の色を出すために。

ありがたいことに、公共交通機関の神はネラに味方した。電車は時刻表どおりに到着し、ベイ・リッジからマンハッタンへとネラを運んだ。ネラはリラックスして、何年も前からフォローしている編集アシスタントのブログに集中した。四十分後、ワーグナーから一ブロックの通りに立って、信号が変わるのを待った。十五分ほど早めに着いたし、面接の準備も万端だと心のなかで自分を励ましたとき、下を向いたネラはあやうく叫び声をあげそうになった。ストッキングの伝線が、足首まで広がっていた。

やってしまった。日差しや時刻どおりの電車がくれた自信は蹴散らされた。〝二倍賢くなきゃいけないのに、忘れたの？〟とネラは自分を叱咤した。誰に最初に言われたのか、直接言われたのかどうかも覚えていないけれども、茶色い肌の自分は白い肌の子よりも二倍賢くなければいけないのだと自分に何度も言い聞かせるのをやめたことはなく、この大きな伝線を見てネラは死にたくなった。

〝二倍賢く〟の呪文が頭から離れなかった――受付へ行ってヴェラの名字を度忘れしたときも、オフィスの入り口でハグをしようとしたらヴェラは手を差し出していたときも、ふたつの文で三度も〝文字どおり〟という言葉を使ったときも。だから、一週間後にヴェラから電話がかかってきて、ネラはワーグナーの編集チームの申し分ない新戦力になると言われたときには心底驚いた。絶対に、ストッキングが伝線していなくて、〝文字どおり〟という言葉を完璧に操れる候補がほかにいたはずなのに。あるいは、偉業をやってのけられそうなアイビーリーグ出身の白人がいたはずなのに。

それでも、ワーグナーはネラを選び、ネラはうれしさのあまり、電話を切るなりパジャマ姿で人生最高の腰振りダンスをした。そして、ブルックリンでやっていた飲食業のアルバイト三つを立てつづけに辞めた。二週間もたたないうちに、ネラは新しい上司と新しいデスク、視力検査と身体検査とさらに重要な歯のクリーニングの予約を手に入れた。〈エマージェンC〉と〈フリントストーンズ〉のビタミン剤で風邪をひと月かけて治す生活とはおさらばだ。ようこそ、健康保険。

いま、ネラはヴェラのデスクの窓のすぐ下に置かれた小さな枯山水の鉢を見つめていた。ヴェラは誰にもその鉢を触らせないが、ときどき、特別大変な一日を過ごしたあとに、ネラはオフィスにこっそりと入りこんで鉢の石を一、二分転がした。そのことを考えると、ヴェラの電話を受けたあとにパジャマで踊った祝いのダンスを思い出すときのように、心が落ち着いた。面接のときの自分は、アミリ・バラカ（前名リロイ・ジョーンズで知られる詩人・作家、活動家）やダイアナ・ゴードンを感心させられるほど〝荒削りで大胆でユニーク〟だったとは思えないけれども、ヴェラを感心させることはできた。伝線したストッキングとパブリック・アイビーの大学名を書いた履歴書を携えた見知らぬ人間だったころの自分は。もう一度そこに頼ってみたらどうだろう？　面接のときの〝荒削りで大胆〟（で黒人）な自分を出してみたら？

それに……自分がしなかったら、ワーグナーにはほかにシャートリシアのことを指摘する人はいない。

ネラは椅子の上で姿勢を正した。「そうなんですね！　その、わたしが主に指摘したいのは」「どの登場人物にもっと検討が必要か、あなたの意見をぜひ聞きたいわ」ヴェラは言い、ちらりとドアのほうを見てから視線を戻した。「わたしもいくつか問題があるとは考えてたの」

深呼吸をする。「率直に言って……」

しかし、せっかく生み出した勢いは、ヴェラの目がまたドアのほうへ向けられたことでそがれてしまった。三度目にはヴェラの目は関心を強めてドアへ向けられたままになり、ネラもとうとう続けるのをあきらめてそちらを向いた。

メイジーの小さな拳が、ヴェラのオフィスのドア枠をノックする途中で宙に止まっていた。

「ごめんなさい、ふたりとも」メイジーは言ったが、悪いと思っているようには見えなかった。「あなたたちに紹介したい人がいるの」オフィスに入ってきて、えび茶色のペンシルスカートを手でなでつける。メイジーのいたドアロに、二週間前に見かけたあの黒人の女性がドレッドヘアをなびかせて立つのを見て、ネラは顔を輝かせた。「こちらはヘイゼル＝メイ・マッコール。わたしの新しい優秀なアシスタントよ」

「わたしの両親は欲張りなんです」新人の女性は穏やかに言った。「みなさんはただヘイゼルと呼んでください。あ、いえ――座ったままでけっこうです！」女性は急いでヴェラのもとへ行こうとしたが、ヴェラはすでに木のデスクからさらに一歩離れていた。そのあと、女性はネラが差し出した手をしっかりと握って上下に振り、ふたりの耳でイヤリングが大きく揺れた。

向き合ってみると、ヘイゼルのほうが五センチは背が高いのがわかった。きょうは髪をおろしていて、頭から元気に伸びた髪が水色のブレザーの背中に広がっていた。ネラは急に、自分の皺の寄った灰色のVネックのTシャツとその上のさらに皺の寄った灰色のカーディガンが気になりはじめた。汚れた飾り気のない〈ケッズ〉のスニーカーも。

「ワーグナーへようこそ！ 優秀だっていろいろ聞いてるわ！」ヴェラはメイジーのほうを見てうなずいた。「あなたの上司はうちの凄腕編集者よ」

メイジーは〝やめて〟と手を振った。

「はい、知ってます」ヘイゼルは言った。「ありがとうございます！ ワーグナーで働くことができて光栄です。まだ信じられないくらい」

「わたしたちもいっしょに働けてうれしいわ。どこから来たの？」

ネラはわずかに身を縮こまらせた。上司の言い方に気を揉み、ヘイゼルが早々に萎縮してしまうのではと心配になった。この質問。まったく、なぜ出版業界の人たちはこの質問が大好きなのだろう。ネラが最初にこの質問をされたのは、ワーグナーの販売部長のジョシュからだった。〈キューリグ〉のコーヒーマシンを使っていたときのことで、ネラはジョシュの意図がわからず、故郷のコネチカットについて、地理的な位置以外のほとんどすべてを語った。求められていた答えに気づいたのは、ジョシュが少々もどかしげな様子でこう言ったときだった。「そうなんだ、おもしろいね。それで、以前はどこの出版社で働いてたんだい」

ネラは母親にもらったコーヒーマグに印刷されたゾラ・ニール・ハーストン（戦前活躍したアフリカ系アメリカ人作家・民

俗学者）の顔を見つめ、出版での経験はないと言った。「前は飲食業だったので」そう付け加えると、会話はそこで終わった。

しかし、ヘイゼルは適切な答えを口にした。ボストンの小さな雑誌社です、と。「二年ほどあちらに住んでたんですけど、何カ月か前に戻ってくることに決めたんです。ニューヨークが大好きだし、ずっと前にハーレムで立ちあげた非営利団体の活動も再開したくて」

メイジーが誇らしさを全開にしてうなずいた。一方でネラは、ヘイゼルがボストンを離れたもうひとつの理由であろうものについて話すのを省いたことに感心した。ボストンはひどい人種差別の街だ。

「ボストン！　すてきな大学街よね」ヴェラが言った。

「はい」ヘイゼルは言った。「でも、ここよりずっと静かです。それに冷え冷えとしていて。ニューヨークの活気がほんとうに恋しかったです」

不愉快な会社の記憶が一瞬よみがえったかのように、ヘイゼルは額に皺を寄せた。ネラは興味を引かれてその顔を見つめた。左の眉の上に、いまのような表情をしたときにしか気づかないような、小さな金色のスタッズがついていた。ヘイゼルは前の会社の人事部からドレッドヘアについて不愉快なメールでも受けとったのだろうか。〝あなたのブースから漂ってくるにおいに苦情が来ているんです〟とでも書いてあったのかもしれない。でなければ、眉ピアスは職場にふさわしくない、とか。ネラはボストンには数えるほどしか行ったことがなかったが、本で読んだ知識から、ヘイゼルの毎日は楽なものではなかっただろうと察しがついた。

仕事終わりにジン・アンド・ジュースを飲みながらヘイゼルがボストンの愚痴を聞かせてくれるところを早くも想像していたとき、ヴェラが言った。「確かにあそこはとても冷えるわね。ここでも雪は降るけど、あっちは別格。メイジーもよく知ってるわよね、ねえ、メイズ？」

「ああ、そうだった！」ヘイゼルは愛想よく言った。〝冷え冷えとした〟という言葉が誤解されたことに苛立っている様子はなかった。「確か、ボストンで生まれ育ったんですよね？」

「おむつ時代から博士論文を書くまでね」メイジーは楽しげに言った。「最初に働いたのもボストンだった。わたしにとっては永遠の故郷よ――」胸に手を当てる。「――でも、誰にでもというわけじゃない。食べ物は最悪だし。ヴェラ、ケンブリッジで授賞式があったときに食べたひどい夕食を覚えてる？」思い出話がはじまって、メイジーとヴェラは三分あまり、微に入り細に入り詳細をあますところなく語った。

ネラは咎められないぎりぎりの笑みを作って、会話が本題に戻るのを待ちながら、ヘイゼルと意味深長な目配せを交わす準備を整えた。ところが、そちらへ目を向けると、ヘイゼルに退屈しているそぶりはなかった。にこにこしながらふたりに合わせて舌打ちしたり、〝ひどい〟と合いの手を入れたりしている。一度などジョークを言って、メイジーを肘でつつきさえした。

ネラは眉を寄せ、目が合わなかったことに少し落胆した。少し驚いてもいた。上司にはじめて触れたのがいつだったかは覚えていないけれども、出勤初日でなかったのは確かだ。最初のひと月ですらなかっただろう。

「ところで、何を話してたんだった？」とうとうメイジーが言った。「ヘイゼル、わからないことがあったらなんでもこのネラに訊くといいわ。ネラの知識を拝借すべきよ」

「ネラは作家転がしと呼ばれてるの」ヴェラが付け加えた。そんなふうに呼ばれたことはこれまで一度もなかったが。「作家さまが自信喪失していても、ネラが魅力を振りまけばいつでも万事うまくいくのよ」

「そんなことありません」ネラはくすくすと笑った。結局、謙遜してみせるのがワーグナーでの流儀なのだ。「それについてはともかく、わからないことはなんでも訊いて。通路を挟んで真向かいのブースにいるから」

ヘイゼルは肩からドレッドヘアを払い、いたずらっぽい笑みを浮かべた。「気をつけないと！しょっちゅう仕事の邪魔をするようになるかもよ。雑誌のことは知ってるけど、書籍はまったくの謎だから」

そんなことを上司の前で認めていいのだろうか？〝大胆な子だ〟とネラは思った。働きはじめたころ、自分は出版業界での経験のなさを隠そうと必死だったことを思い出した。とはいえ、すぐにそういう態度をとる理由が理解できた。〝新人アシスタントは、まっさらの白紙だと思われていたほうが上司に好かれる〟「まったく問題ないから」ネラは言った。「ほんとうに！」

ヘイゼルは首を横に傾けた。見えない糸に引っ張られたかのような、ネラが味方だとわかったのがうれしくて首をまっすぐにしていられないというようなしぐさだった。「そう言ってもらえて、すごくうれしい」

メイジーが感謝の印にうなずいた。「よかった！　じゃあ、ヴェラ、もう行くけど、ブリジットはきょう来ているか知ってる？　ランチの前に彼女のオフィスに寄ってヘイゼルを紹介したいんだけど」

「さっき壁越しにスティーヴィーが流れているのが聞こえたから、たぶん……」

ふたりは顔をしかめ合った。「じゃあ。チャンスを逃さないようにしないとね。仕事に戻って。邪魔をしてごめんなさい！」

「いいのよ、メイズ、気にしないで」ヴェラは手を振り、椅子にまた座った。手はコリン・フランクリンの最新作についてのメモの上に早くも戻っていた。「じゃあ、ヘイゼル――ほんとうに会えてよかったわ。いっしょに働けるのが楽しみ」

「ほんとうに、ようこそ！」ネラは快活に言った。何度か軽く手を振ったあと、四人がふたたびふたりになった。

ネラはまた腰をおろし、先ほどよりもシャートリシアのフィードバックに本腰を入れる覚悟が固まっているのを感じた。ヘイゼルと会ったことで不安が消え、使命感が新たになっていた。しかし、話し出そうとしたとき、上司の顔に何やら苛立ちが浮かんでいることに気づいた。沈黙が何秒か続いたあと、ヴェラはペンを置いて少しばかり不機嫌な声で言った。「ああもう。メイジーと話したあとは、少し休憩を入れたくなるのよ。ほんとうに疲れる人」

ネラは肩をすくめた。上司に打ち明け話をされると毎回ぎょっとしてしまう。

「さてと、何を話してたんだった？」

「コリン・フランクリンの『ひりつきと疼き』です」

「そう、そうだった、それであなたが――」

そこでまた邪魔が入った。今度はスティーヴィー・ニックスだ。パートナー編集者でスティーヴィー・ニックスの歌をこよなく愛するブリジットは、確かにきょうオフィスにいて、メイジーのノックにドアを開けるくらいに上機嫌らしい。ネラとヴェラが耳をそばだてるなか、メイジーが新しいアシスタントの名前を叫び、そのあとヘイゼルがさらに大きな声を張りあげた。ネラがヴェラのオフィスのドアを閉めにいったとき、メイジーがヘイゼルの名前を三度目に叫び、なんとか伝えようと付け加えた。「ヘイゼルナッツと同じ！」

ヴェラがため息をついた。「ありがとう。まったく。誰かが何か手を打たないとね」とはいえ、ブリジットに音楽の音量をさげてくれとこのあいだ頼んだ人物が二カ月ほど人事部から冷遇されていたことはふたりともよく知っていた。ブリジットはワーグナーが黎明期から付き合っていた作家——さらにはリチャードのゴルフ仲間——の孫娘だった。そういう理由でブリジットは出世していないころから専用のオフィスを持っていて、リチャードのその判断に役職の上下を問わずみなが苛立っている。

ネラは椅子に戻って姿勢を正した。そして、じゅうぶん間を置いてから、きっぱりと言った。

「それで、『ひりつきと疼き』ですが。率直に言って、登場人物のひとりがどうしても——」

「ねえ、ネラ……」ヴェラはこめかみをさすって息を吐き出した。「コリンがもうじきここに来ることになってるの。たぶん来週にも。そのときに、わたしたちふたりにあなたの意見を聞かせてもらうのはどうかしら。そうすれば、あなたの批評に対する彼の反応を考慮しつつ、『ひりつきと疼き』のオファーを準備できるし」

なぜ自分が不安になっているのか、ネラにはわからなかった。あらかじめヴェラに聞いてもらわずに直接コリンに自分の所感を伝えることが不安なのか、それともヴェラがすでにこの作品を買うと決めているらしいことが不安なのか。「ええと……わかりました。わたしたちで先に話し合っておいたほうがいいのではないかと思ったので——もしかしたらその——ええと——欠点というか……」

「わかってる、わかってる、直接コリンに話しましょう」ヴェラはいまや完全に目を閉じていた。「とにかく、いまは集中できなくて……これじゃ」〈エッジ・オブ・セブンティーン〉の激しいリフが響いてくる壁を手で示す。

「まったく、この会社ときたら」ヴェラは続けた。「おかしいのはわたし？　それともあの人たちがここの水に何か変なものを持ちこんでるの？」

ヴェラの言うとおりだった。ワーグナーの水にはどこかおかしなところがある。しかし、ヴェラもその一部だった。ヴェラや、ワーグナーでじゅうぶんな給料をもらっている上位の社員の大部分は、水をさまざまなもので散らかし、ネラのようなもっと小さな魚たちが生き残るのを困難に、ときに不可能にしている。なごやかに見える打ち合わせの水面下にも、狭量さや権力闘争が潜んでいる。冷遇や、密室でのやりとりが。

おもしろいのは、自分以外がおかしいとみなが思っていることだ。少なくとも、ネラがワーグナーで働きはじめたころにメイジーのアシスタントをしていたヤンは、そうほのめかしていた。ヤンは編集のしかたをネラに教えるという尊い任務のほかに、新しい同僚たちの情報を授けるという任務もこなしていた――クリスマスパーティで気をつけるべき相手、エレベーターで避けるべき相手、コーヒーをいっしょに飲むべき相手。どれも重要な情報だった。

ヤンはとてつもなく有能なガイドであり、中国系アメリカ人の一世で、ネラがワーグナーでいっしょに働いた唯一の有色人種の社員でもあった。ここの人は誰もわたしたちを見分けられない、とふたりでジョークを飛ばし、外部の人間が来るたびに客を連れてフロアのふたりのいるあたりを歩いていく上司たちにくるりと目をまわしたものだ――この会社の多様性をわざと見せびらかしているのだ、と冗談半分に言いながら。

そうした会社生活は六カ月後に終わった。ヤンが博士号をとるために会社を辞めたのだ。ヤンが退職してから三日後、丸腰の黒人――今回はお年寄りだ――がまた射殺されたというニュースが広まった。その男性はノースカロライナの郊外で夜が明ける数時間前に白人の警官に車を停められた。数分後、男性は死んでいて、数時間後、世間は大騒ぎになった。報道によると、男性は補聴器を調整しようと手をあげて撃たれたという。射殺事件についてのジェシー・ワトソンの怒りのツイートが注目を集めているのをネラが見た翌日、リチャード・ワーグナーが社員に一斉メールを送り、〈多様性についての対話集会〉を今後定期的に開くと発表した。

ワーグナー・ブックスの編集長が社員にメールを送るのはめったにないことだった。たいていはふいにオフィスに顔を出すか、完璧な筆記体で書かれたメモを届けるかしていた。メールそのものにも高揚したし、内容にも期待していたので、ネラはそれを印刷してブースの壁に貼った。射殺のニュースには国じゅうが激怒していて、ネラもとりわけ憤慨していた——男性は七十代で耳が遠かっただけでなく、直接は会ったことのないネラの祖父に少し似ていたからだ。いままで見て見ぬふりをされてきた公然の秘密について、話し合いをはじめるようワーグナーの全社員が指示を受けたというのはうれしいことだった。

しかし、ひとつ問題があった。何が公然の秘密なのかを誰もはっきりと理解していなかったことだ。あるいは、公然の秘密がどこにあるのかを。公然の秘密がそもそもほんとうにあるのかを。〝ワーグナーにおける多様性〟を定義することから同僚たちはとまどい、人事部のナタリーと彼女が〝中立〟の進行役として連れてきたイギリス人は、何を話し合うべきかを最初の集会の最初の一時間を使って明確にしようとした。「多様性というのは何について言うんでしょう。〝社員〟でしょうか、〝書籍〟でしょうか」とワーグナーでも指折りの理論派編集者であるアレクサンダーが尋ねた。「あるいは〝作家〟とか？」「うちでは去年、あの黒人作家のこの本を出しませんでしたっけ」ほかの社員たちが尋ね、そうしたやりとりが続いた。

みなの困惑はよく理解できたので、ネラは自分のちょっとした〝客観的〟な意見をもとにみなを目の前の課題に引き戻そうと努力した。けれども、上層部はアイビーリーグの出身者や縁故者ばかりを雇うべきではないのではないか、と指摘することはできなかった。ネラ自身の履歴書も、ヴァージニア大学の教授から知り合いの編集者の推薦をもらっていたからだ。そして、ネラがいちばん言いたかった気の利いた発言——確かにうちは〝あの黒人作家〟の本を去年出していますけど、ワーグナーで出版した最近の六人の黒人作家と同じように、あの作家は黒人のアメリカ人ではなくてアフリカ出身です。これは多様性の一例ではありますけど、そうではないとも言えます——も役に立ちそうになかった。白人と取り組むのはもちろん、自分自身ともまだ取り組む気になれない、新たな種類の議論がはじまるだけだっただろう。

次の一時間はぎこちないロールプレイとさらにぎこちない連想ゲームに終始して、当然ながら事態はさらに悪化した。ネラが〝多様性〟の関連語として〝BIPOC〟(黒人、先住民、有色人種の略)を出したところ、同僚たちは〝ああ……〟と言って、それぞれの思う関連語をあげた。〝左利き〟、〝近眼〟、〝失読症〟。誰かが〝非ミレニアル〟をあげたとき、出版業界内外での黒人の扱いに対する自分の懸念に答えてもらえることはほぼありえないとネラは悟った。そして、〝老人差別は？〟と誰かが言い出す前に、進行役はうなずいて、みなに——部屋には百人以上がいたが、ネラをのぞいて全員白人だった——〝率直〟な議論を感謝した。

お茶を飲んでひと息つけることにほっとして、同僚たちはセクシャルハラスメントのセミナーを受けたときよりもすばやく会議室から去っていった。みな、集会がはじまったときよりもいっそう困惑しているように見えた。

ネラも同じだった。ただし、理由はちがった。同僚たちはビットコインや中東紛争やブラックホールについての本を手がけているが、彼らのほとんどは多様性のある出版社の存在が重要である理由をわかっていない。次の任意参加の〈多様性についての対話集会〉に集まった人数は初回の半分ほどだったが、ネラは驚かなかった。その次はさらに参加者が減った。四回目には、参加したのはネラと、名前ももう覚えていない青い目の広報アシスタントだけになっていた。名前を覚えていないのは、すでに会社を辞めてしまったからだ。人事部のナタリーさえも、〝スケジュールの都合〟で参加しなくなっていた。

「ドーナツでも出せば参加者が増えるかも？」青い目のアシスタントはおずおずと言い、ネラは柄にもなく苛立ちをあらわにして、みなに伝えようと温めていた意見のメモを破り、つかつかと部屋を出た。

自分の弱さをさらしたこの出来事を思い出すと、ネラはいまでも顔が赤くなった。その場にいる唯一の黒人であることは、たいていの場合、それほど大変なことではない。ワーグナーで働くほかのアシスタントたちとは程度の差こそあれ少しずつ親しくなったし、受付や通信室で働く白人以外の人たちはネラを名前で呼ぶ。けれどもそれは、自分をほんとうに理解してくれる〝相棒〟を持つのとは別だ。人種的な配慮を欠いた登場人物に対する憤りを通路の向こうへ行って吐き出して、すっきりした気分でデスクに戻ってこられればいいのに、とネラは強く思った。

コリン・フランクリンの二十ページにおよぶ契約書をひと組プリンターから取り出して、ページをぱらぱらとめくった。心に渦巻くいくつもの感情について考えながら自分のブースへと戻りかけたとき、新しい隣人に正面からぶつかった。

「ごめんなさい！」ネラは腕を伸ばしてヘイゼルを支えようとしたが、支えがいるのはネラのほうだった。

ヘイゼルは眉をあげた——とまどっているのか責めているのかはわからなかった。そして、腰に手を当てた。「そんなに急いでどこへ行くの？」

ヘイゼルの口の左端が吊りあがって薄い笑みを作っているのを見て、ネラは確信した――さっきのは非難のしぐさだ。

「たいていの場合、このあたりを走りまわらないでいるのは難しくって。地獄から出てきたコウモリみたいに」ネラは言ったが、そんな小難しい言いまわしを使ったのははじめてだった。動揺を静めようと、腕時計に目を向けた。「その、メイジーとのランチはどうだった？　長いこと席をはずしてたじゃない――二時間くらい？」

「そんなに長かった？」ヘイゼルは言い、後ろを振り返った。「ランチは楽しかった。メイジーはすごくいい人。台湾料理の店へ行ったんだ」

「いいね、〈ル・ワン〉？」

「そう。九番街の」

「やっぱり。このあたりではいちばんだから」

「すごくおいしかった。とにかく、メイジーが時間をとってくれたことがうれしい」ヘイゼルはネラのブースの前で立ち止まった。「さてと、ランチから戻ったことだし、このメールについて訊いてもいい？」

「もちろん！」コリン・フランクリンの本の山の上に、ネラは契約書を置いた。本は契約の準備のためにとヴェラに頼まれてワーグナーの図書室から持ってきたもので、『スリー・リング・ブレット』や『隣に住むテロリスト』の売り上げ部数をジョシュに確認することはまだ頼まれていなかったものの、週末までには頼まれると確信していた。つまり、これから二週間のあいだに、ワーグナーはコリンの次作について契約を結ぶつもりだということだ――若い母親のシャートリシアや四・五人の子ども、六人の登場人物その他と。

ネラはこの強烈な最後のひと押しに身を震わせた。アンジェラ・デイヴィスを思わせる心の声が叫んでいるのを感じたけれども――とにかく精一杯の笑みを保った。そして、ヘイゼルのブースへ行って画面に映し出されているメールに目を向けた。本文が赤色のパピルス体なのを見て、内容を読むまでもなくネラは言った。「うわ、制作のディーからね」

「正直に言って……さっぱり意味がわからなくて」

ヘイゼルを責めることはできなかった――件名は〝シンプソンは？〟となっていて、本文にはただこうあった。〝どこまで行ってる？〟

「ちょっと待ってて。エリンが辞める前にこの件のメモを残してくれてた気がする……」ネラはエリンが辞めてから触っていなかった引き継ぎファイルをめくった。エリンはメイジーの前任のアシスタントで、アッパー・ウェスト・サイドにある父親の法律事務所を手伝うために四週間前に退職した。「ここの給料は雀の涙だから」エリンは本を入れた三つ目の箱を梱包しながら言っていた。「この給料でこの街にどうやって住めって言うの。お手上げよ」

いちばん手軽な出口戦略を持つ相手からこのコメントが出た皮肉を、ネラももちろん感じていた。とはいえ、三十五歳になる前に似たような理由でワーグナーを辞めていったほかの人たちと同様、エリンには一理あった。ワーグナーの給料はわずかで、このあと少なくとも五年はわずかでありつづける――その五年間でリチャード・ワーグナーその人にどれだけ近づけるかによるけれども。リチャードの歓心を得られればそのあとのキャリアが開けるが、失敗した場合は――ブリジットのような縁故採用や、リチャードが特に目をかけている者の下で働いているのでもないかぎり――手詰まりになる。好きなだけ会社に置いてはもらえるが、時給二十ドルほどで延々働くことになる。

　ネラは引き継ぎファイルの二ページ目に指を走らせた。右上の隅にできた油染みを慎重に避けながら、メイジーのどのアシスタントがこの染みをつけたのだろうと考えた。ヤンはデスクでは緑の葡萄《ぶどう》や赤い梨しか食べなかったし、エミリーはそもそも物を食べているのを見たことがなかった。キングス・カレッジ・ロンドンの卒業生で、〝ものすごく《ブラッディ》〟とか〝お手洗い《ルー》〟といったイギリス英語を乱発していたヘザーは、ブースに名札がつく前に辞めてしまった。犯人はエリン本人だろうとネラは思った。〈レイズ〉のポテトチップスの袋をいくつもストックしていたし、いつも何かを食べている音が聞こえていた。

「メイジーのアシスタントの引き継ぎファイルによると、シンプソンは校正の締め切りをたいてい一週間はオーバーするって」ネラは読みあげた。「いまは三週間遅れみたい。受信ボックスに彼からメールが来てない？」

　ヘイゼルはフレンチネイルを施した長い親指の爪でマウスを叩きながらメール画面をスクロールした。「ううん、ない」

「そう、それなら、メイジーがシンプソンと話をするとディーに伝えて。それから、シンプソンにあなたからメールを送る。自己紹介をして、彼の積乱雲に関する最新著作をほめちぎってから、最後にこう書くの。わたしが見るところ——事実として書いちゃだめだからね——もしかして……」メラはもう一度資料を見た。「一週間ほど締め切りを過ぎているんじゃないかって」

「でも、三週間遅れてる」

「そう。でもそうじゃないふりをしたほうがいい。最初だから、やんわりとね。そのあと、だんだん厳しくしていく。彼に気に入られてから」

「でも、最初から……そう……実際にどれだけ遅れているか伝えたほうがよくない？　しっかり責任を感じてもらうの。向こうだっていい大人なんだから」

それはどうだか、とネラは思った。「そうかもね。とりあえず、いつもはこうしてる」

「了解」ヘイゼルは言ったが、まだ懐疑的な声だった。首を伸ばして、自分でも引き継ぎファイルをのぞきこんだ。「そういうことがそこに全部書いてあるの？」

教育係としてやさしい笑みを貼りつけているのがつらくなってきた。自分がケイティの仕事を引き継いだときは、こんなに質問しなかったのでは？「全部ではないかな。雲のシリーズについての情報が少しと、彼のことは丁重に扱うようにってことだけ書いてある。何年か前に、メイジーの担当作家たちがどういう性格か研究した人がいて、その人が全員の資料を表にまとめてくれたの。後ろのほうに綴《と》じてある。ほら」ネラはファイルを手渡した。

ヘイゼルは疑わしげにファイルを受けとり、完璧なカーブを描いた眉を完璧な驚きの角度に吊りあげた。「これは絶対ラミネートするべき。アルファベット順で」

ネラは歯のあいだから息を漏らしつつ、自分のデスクに戻った。「まあね、そうかも」

「ふうん」ふたりはしばらく黙ってデスクに向かい、ヘイゼルは資料を読みこんだ。「ねえ――どうもありがとう」

「どういたしまして。ほかにもわからないことがあったらいつでも訊いて」さらに続けようとしたとき、ネラのパソコン画面にメールが表示された。〝コリンの直近三作のいちばんいい書評を印刷してもらえる？〟ヴェラからだった。〝三十分後にコリンのエージェントから電話が来るの〟

「ほんとうにありがとう」ヘイゼルは椅子ごとネラのほうを向いて言った。「あなたがいてくれてすごく心強い」

「たいしたことはしてないから」ネラはまた精一杯の笑みを浮かべようとしたが、これからコリンをほめたたえる書評を集めなくてはならないと思うと、笑うのは難しかった。

「質問しすぎだと思ったらそう言って――ね？」

「気にしないで。わたしもほかのアシスタントにいろいろ教えてもらったから。人生はめぐるってこと。アシスタントはそうするものなの。持ちつ持たれつ」

ヘイゼルはファイルをめくりながら、いろいろなアドバイスにふむふむ言ったり、首を振ったりした。「メイジーのアシスタントをずいぶんたくさん世話したみたいね」

「二年前にここで働くようになってから、少なくとも四人は。もっといたかも」

「うわ」ヘイゼルはファイルをおろし、同時に声も落としてネラの顔をまっすぐに見た。「それは代替わりが早すぎじゃない？　メイジーについて何か知っておくべきことはある？　でなければ、ワーグナー全体について」

ネラは考えをめぐらせた。新しいアシスタントにゴシップを教えるのはアシスタントの役目だが、少なくとも最初の何週間かは上司はごく普通の人間だと思わせておいたほうがいい、というのがここでの共通見解だった。ワーグナーは入るのがもっとも難しい出版社だ。志望者は――ネラもそうだったが――さまざまな幹部と四回立てつづけに面接をする。最終面接は、編集長でありワーグナーの創業者でもあるリチャードとお茶を飲むという緊張を強いられるものだ。そうやって高い壁を乗り越えてきた新人がいちばん聞きたくないのは、壁の向こうで待っていたのが常軌を逸した上司だという事実だろう。

とはいえ、今回は話が別だと思えた。ヘイゼルに真実を話さないなんて、自分はいったい何様なのか？

ネラはブースの壁を見あげ、少しだけ横目になって、〈多様性についての対話集会〉のメールが貼ってあった場所を見つめた。父親がはじめて就いた仕事について話していたことが脳裏によみがえった。ある日、〈バーガーキング〉に入った父親は、黒人《ブラザー》が床を掃いていて、レジ打ちをしているのも別のブラザーなのに気づいた。レジの向こうでは、やはりブラザーが注文された品を調理していた。

「白人の責任者はいないの？　いい職場みたいだね」父親のビル・ロジャーズはレジ係の黒人に言った。ちなみにそのレジ係は、父親のクラスメートだったジェラルド・ハバードのブラザー――実際の兄――だとのちにわかった。

ジェラルドの兄はにっこり笑って父親に求職申込書を手渡した。「事実上、自分たちで店をまわしてるんだ。いいときに来たよ。ちょうど空きが出るところなんだ」

五日後、父親はレジ係をしていた。シフト二回ぶんをミスなくこなした。三回目のシフトのときに、隙のないスーツにネクタイ姿の白人が店にやってきて、オーナーだと自己紹介をした。本来、なんの問題もないはずだった――ビルはオーナーが白人なのを忘れていなかったし、当時の黒人の例に漏れず、白人にそつなく接することができた。しかし、そのオーナーは現代のサイモン・リグリー、冷酷なあるじであることがわかった。そして、あとから知ったのだが、ジェラルドの兄はビルに仕事の空きが出ると告げたあとに最後のシフトを終えていた。

ネラの父親はその店で三週間働いたが、そのあいだに、上司に〝坊主《ボーイ》〟と呼ばれるなら、もっと時給のいい仕事をしようと決めた。数週間後、父親は町の反対側にある高級ホテルの案内係として働きはじめた。

何年かたってから、地域のピクニックに参加した折りに、父親はジェラルドの兄に尋ねた。なぜ警告してくれなかったのか？　「なんでかな」誰かの母親が午前中かかりきりで作ってきたスペアリブの筋をしゃぶりながら彼は言った。「おれが応募したときも同じことがあったんだ」

ネラはこの話を何度も聞かされ、話が終わるたびにいつも同じ気持ちになった。自分が似た状況に置かれることがあったら、ジェラルド・ハバードの兄のような利己的なことは絶対にするまい。そしていま、ネラは白人ばかりの職場で黒人として働くのがどんなものかを、マライカ以外に率直に語るべき状況にとうとう立たされた。

ネラが口を開きそうなのを感じとったのか、ヘイゼルは歯のあいだから息を吸いこんだ。まだネラを見つめていたものの、目は冷静で落ち着いていた。「教えてよ、シスター」ヘイゼルは静かに言った。「わたしにはほんとうのことを言ってもだいじょうぶ」

シスターという呼びかけが、喉のつかえにバームを塗ったかのように、ネラの心を洗った。関節の力が抜けるのを感じ、唇から小さく息が漏れた。「正直に言って……あなたの上司は有能。メイジーを知っている人はみんな、メイジーを尊敬してる。ほかの人がやりたがらない科学系の書籍を進んで編集するから、特に。でも」ネラは読唇術が必要なレベルにまで声を落とした。「張りつめてる。文字どおりに」

ヘイゼルは動じず、ただうなずいた。「そんな感じはしてた」そして、一拍おいて言った。「教えて。ここの人たちは黒人をどう思ってるの？」

ネラはまわりをうかがって、近くに誰もいないことを確かめた。「わたしならこう言う」大げさに目を見開いてみせた。「ワーグナーの人たちは〝色弱〟」

ヘイゼルは反応を見せなかった。ネラの声ににじむいたずらっぽさに気づいたのかどうかも、しばらくはっきりしなかった。何も聞いていなかったようにさえ見えた。

けれども、ヘイゼルの目の冷静さが増し、訳知り顔の笑みが浮かんだ。「ああ、そういう空気は感じてた。いっしょに働いてる人たちについて知っておくのは大事だよね」歯は見せずに唇の端を吊りあげて小さな笑みを作ったあと、ヘイゼルはデスクに向きなおってキーボードを叩きはじめた。

ネラは椅子を戻してパソコン画面に向き合い、ひとり微笑んだ。〝シスターだ、まさしく〟

数時間後、ネラはグラスの下のほうについた結露を小指でこすりとり、すでに湿ったナプキンで水気をぬぐった。「その子がボストンにしばらく住んでたってことはもう言ったっけ？　ボストンに？」

マライカは首を横に振った。「信じらんない！」その声と同時に、頭上のスピーカーから〈ジューシー〉が流れはじめた。今夜の店はベッドフォード＝スタイベサントにあるバー〈2Big〉で、ここではトゥパックとノトーリアスB.I.G.の曲だけを流している。店のウェブサイトによると、〝西海岸と東海岸をひとつに〟という少々遅ればせな試みらしい。

「それで、メイジーとヴェラがひたすらボストンの話をしたわけ、興が乗るといつもやってるみたいに。ほんとうにすてきな街、とかなんとか持ちあげて」

マライカは肩をすくめてラムコークを飲んだ。「ある種の人たちにはすてきかもね。ジェシー・ワトソンはなんて言ってたっけ。〝白人の聖地《メッカ》〟？」

ネラはジェシーが何カ月か前にボストンについて語った動画を思い出し、うなずいた。はじめての――そして最後の――ボストン・セルティックスの試合観戦をしたあとに投稿された動画だ。

「ああ、彼が恋しくなりそう。ジェシーが休暇もどきに入っちゃって、これからは無意識の差別と穴あきボードをどう見分ければいいわけ？」マライカは物憂げにジョークを飛ばした。「ところで、彼がいなくなってヴェラはほっとしてる？」

去年、ネラはワーグナーの『若き才能　四十選』というアンソロジーにジェシーを参加させたらどうかと提案した。しかし、ヴェラはその考えに舌打ちした。文字どおりに、大きな音を立てて。「ここだけの話」ヴェラは小声で言った。「彼を感情的テロリストと呼んでる人もいるのよ」

――わたしも同意しないとは言えない」

ネラはそのときと同じように顔をしかめた。「ヴェラがどのくらい黒人たちのツイッターを見てるのかはわからない」ネラは続けた。「でもまあ、そんなことはどうでもいいよ。ジェシーがほんとに〝永遠に消える〟なんてありえない。スポットライトが好きすぎるから」

「確かに」

「それに、ジェシーがしばらくオフラインに潜るって宣言したのは、ビヨンセ級の創造的な動画を作って復活したときに、反響がビヨンセ級になるからに決まってる。ジェシーみたいなタイプのいつもの手」ネラはまったく興味なしという口調で言ったが、ソーシャルメディアの活動をしばらく休むとジェシーが宣言したとき――とりわけその理由が〝作りたいものがあるから〟だと知ったとき――ネラも興味をそそられた。ヴェラは、ネラの『若き才能　四十選』での提案については却下したかもしれないが、ジェシーの単独著書については却下していない。ジェシーと連絡をとることができれば、リチャードやヴェラがその場で契約せずにはいられなくなるような魅力的な構想を書いてもらえるかもしれない。

ほんとうは、きょうはこの考えをマライカに話して、ジェシーが休養のあとにどんなものを引っさげて戻ってくるのか語り合うつもりだった——回顧録？　ドキュメンタリー？　ゴスペルのアルバム？　なのに、ヘイゼルの騒ぎですっかり忘れていた。

「とにかく、その新しい黒人の子の話に戻ろう」ネラの心を読んでマライカは言った。「〝白人の聖地〟かどうかはともかく、大事な質問はこれ。その子と友達になれそう？」

「もちろん！」ネラは言った。「マル、知ってるでしょ、わたしがどれほどこのときを待ってたか。ヘイゼルはすてきそうだし。実際、わたしには格好よすぎるかも」

「まさか」

「ヘイゼルはハーレム出身で、髪は自然のままにしてるんだ——長いドレッドに。グラデーション入りの」

グラデーション入りドレッドヘアという情報に、〝おお〟と声を漏らしてマライカはグラスを掲げた。「なるほど、その子はあんたよりちょっとだけかっこいいかも。まあ、とりあえず」抗議して腕をはたこうとしたネラをかわす。「乾杯。〝唯一〟じゃなくなってよかった」

「乾杯」ネラはほとんど空のビールのグラスをマライカのグラスに打ち合わせた。そして最後のひと口を残してグラスを置き、水曜の夜に飲みにやってきているまわりの客を眺めた。ほとんどは二十代か三十代の女性のふたり組で、背の高いバースツールに腰かけてグラスに口をつけたり笑ったり楽しげに頭を振ったりしている。ビジネスカジュアルのアンサンブルを着て、ジン・アンド・ジュースと仕事終わりの鬱憤で口をいっぱいにした大勢の女性たちに囲まれていると、温かな連帯感が湧きあがった。

マライカに聞いてもらおうとしていた愚痴のことを考えた。主に、シャートリシアの件に対処しなくてはならない不安のことだ。無理難題のように思えた。コリンとは、メールでネラの名前を綴りまちがえるのがほんの何カ月か前にようやく直ったばかりだし、ほんの何週間か前にコネチカット育ちというかすかな絆が一瞬生まれたばかりだった。盟友にはほど遠いけれども、作家とアシスタントという関係がほんの少し進展した気がしていた。そんな状況のいま、彼と――リース・ウィザースプーンとファーストネームで呼び合う仲の、賞もとったことのあるコリン・フランクリンと――顔を突き合わせて作品の問題点について話さなくてはいけないとは。

コリンのことは最後に話そうと決めて、ネラは親友がイーゴリ・イワノフの愚痴をこぼすのに耳を傾けた。イーゴリは人気のフィットネス・インストラクターで、マライカは彼のアシスタントを八年務めている。ネラは自分の話ばかりするのはよくないと思っていた。これまでにもシャートリシアの件はさんざん聞いてもらっている。そこで、マライカがイーゴリに最近ふくらはぎをけなされた話をしおえたとき、ネラはコリンのことは持ち出さずにグラスをまた掲げた。「もう一回乾杯しよう。新しい黒人の子とごっちゃにされずにすむことに。あの子がドレッドヘアでよかった」ネラはジョークを言った。

マライカは鼻を鳴らした。「なら、乾杯しないとね」そして、ラムコークを飲み干して、必要以上に勢いよくグラスをテーブルに置いた。マライカは、ネラがよく知っている〝真剣な話をしよう〟という表情を浮かべていた。大きな茶色の目をいつも以上に見開いて、瞬きせずにネラを見ている。「でも、ドレッドヘアであろうとなかろうと……わかってると思うけど、同僚の誰かがあんたとその新しい黒人の子をまちがうことが一回はあるよ。確実に」

3

二〇一八年八月二十日

　ネラはあくびをし、両肩に腕を巻きつけて、コーヒーマシンが止まる前にマグカップをつかみたくなるのを我慢した。マシンはこの一週間ほど調子が悪く、それはつまり、ジョスリン——ワーグナーの営業部長で、歯を剥いてうなるキューリグをなだめすかして甘美な果汁を絞りとるこつを知る唯一の社員——がドイツに帰省中であることを意味した。

　ジョスリンに戻ってきてもらいたかった。いますぐに。ゆうべ〈2B・ig〉にいたネラとマライカにあのあとオーウェンが合流したおかげで、頭がひどく痛んでいた。三人とも次の朝が早いのをわかっていたのに、店を出たのは予定を一時間も過ぎてからだった。

　オーウェンとベッドに潜りこんだのが結局何時だったのかを思い出そうとしていたとき、新たな香りがコーヒーの香りを掻き乱し、続いてネラの思考も掻き乱した。キューリグに鼻を近づけてもその甘い香りの正体はわからなかったが、後ろを振り返って納得した。ヘイゼルが颯爽とキッチンに入ってきたのだ。片方の手にコーヒーのマグカップ、もう片方にランチの入った保存容器を持っている。頭に巻いた明るい黄色のスカーフは、地下鉄の強力なエアコンに対抗できるくらいにはしっかりしていながらも、汗ばむプラットフォームではバッグに入れられるくらい薄い素材で、映画スターがかけていそうな大きな白縁のサングラスは、ネラが先日買い物へ出かけたときに試着したものに似ていた。小ぶりな丸顔で顎が大きくないネラがそれをかけると、まばゆくライトアップされたヘラルドスクエアの〈H&M〉の前でコスプレをするチワワに見えた。しかし、鮮やかな赤のリップと大きな銀色のフープピアスをつけたヘイゼルには、そのサングラスがよく似合っていた。

「おはよう、ネラ！　調子はどう？」ヘイゼルはキッチンの真ん中に置かれた大きなガラステーブルにマグカップを置いた。ネラはすでに、それがヘイゼルの会話のはじめかたなのだと学んでいた。どれほど答えが明白だろうと、どれほどメイジーが困惑しようと関係ない。メイジーがとまどっているのをネラは毎日目撃していた。

「いま、朝の一杯を待ってるところ」キューリグがまた湿った音を立てた。二日目よりもさらに大きな音で、キューリグも会話に参加したくてたまらないかのようだった。ジョスリンには至急、休暇から戻ってきてもらわなくてはならない。カフェイン不足に陥ったワーグナーのみながダンボールカッターやステープラーの針で互いに襲いかかる前に。

「まだそれの使い方がわかってないんだけど。おいしい？」

「うーん、汚染度全米ナンバーワンのゴワナス運河の水を汲みあげて、いちばん汚い靴で踏みつけたコーヒー豆にそそいだほうがまだましかも。でもまあ、無料だから……」

「ああ、〝無料〟って最高のフレーバーだよね」ヘイゼルは笑い、冷蔵庫にランチをしまって扉を閉めた。そしてジャケットのポケットからハーブのティーバッグを出した。その動きで、また甘い香りが鼻に漂ってきて、ネルはひるまないように努力した。ヘイゼルとブースが隣同士になって二週間がたっていたが、いまだに新しい隣人のヘアグリースの香りに慣れることができないでいた。香水かもしれないけれども、いずれにせよ、〈ブラウンバター〉でないことは確かだった。〈ブラウンバター〉の香りはこんなに強くない。

「恋人がティーサロンで働いてるの。いつも〝無料フレーバー〟のお茶をもらえるんだ」

「いいね」ネラはそのティーサロンについて尋ねようかと考えたが、ついにコーヒーができあがり、ヴェラの新しい担当作家が原稿整理について電話をかけてくる時間が五分後に迫っていた。

「もう行かないと」

「そう、じゃあ、また三秒後にね」

「了解！　またあとで」ネラはキューリグからマグカップをとった。立ち去ろうとしたとき、ヘイゼルがこれまで聞いたことのない興奮した声で言った。「あ、待って！　そのマグ、すごくすてき！」

「ありがとう。母からのプレゼントなんだ」

ヘイゼルはテーブルに二歩近づいて、自分のマグカップを持ちあげた。その側面に紫と青とオレンジで印刷されているのは、斜めに帽子をかぶったゾラ・ニール・ハーストンのイラストにまちがいなかった。

なぜこれまで気づかなかったのだろう、とネラは思った。こんなに目立つのに。「おそろいだ！　そっちのゾラのほうがかわいいけど。すてきな絵」

「どうも。わたしの自慢のマグなんだ」ヘイゼルはうれしそうに言って、熱湯のサーバーに歩みよった。

「どこで買ったの？」

「実は、恋人からもらったの。彼がイラストを描いたんだ。焼き物をやってる友達にこれを作ってもらって、付き合って五年の記念日にくれたってわけ。わたし用に持ち手も特製にしてくれて。すごいでしょ？」

持ち手につけられた、指をかける小さなくぼみをネラは顔を近づけてじっと見た。短いやりとりのあいだにヘイゼルが二度も恋人を持ち出したことに気づかないわけにはいかなかった。二度もというのは興味深かった。本来なんの意味もない情報だが——意味のないほかの情報とそれなりの量が組み合わされば、何かしらの意味が生まれる。

ネラの見るところ、その〝何か〟は自信の欠如だった。自分のほうは新しいブース仲間にまだ一度もオーウェンのことを話していない事実にちょっとした誇らしさを感じた。というか、いくらかの自己満足も感じた。恋人によって自分の価値が決まるわけではない。

とはいえ、オーウェンはこれまで三回めぐってきた記念日を全部忘れていた。

ネラはもう一度マグカップをほめ、ヘイゼルがハーブティーを淹れはじめると、じゃあねと挨拶をした。残りの三分で電話を受ける準備をしなくてはならない。

小走りしかけたとき、ヘイゼルが何か言うのが聞こえた。

ネラは足を止め、どうすべきか考えた。聞こえなかったふりをできるくらいの距離はある。けれども、聞いてしまった。実のところ、その二語を。『バーニング・ハート』。ネラの筋金入りの勤勉さを打ち消しうる、黒人の弱点《クリプトナイト》だ。

ネラの両親は、ネラが高校に入る前の夏、十四歳の誕生日に、そのダイアナ・ゴードンのデビュー作をプレゼントしてくれた。エピグラフからネラは心をわしづかみにされた。ニューイングランドの小さな町に住む保守的な両親から逃げてきた黒人のティーンエイジャー、強情なエヴィが大好きだったし、エヴィが恋に落ちるブラックパンサー党の屈強な党員もお気に入りだった。

エヴィは自分に少し似ている気がした。ネラの両親は侮辱を甘んじて受け入れるタイプではなく、不当なことをされたときには言い返せ、と教えてネラを育てた。他人に見くだされたら黙っているな、と。とはいえ、ティーンエイジャーのネラは、そうした武器を使う必要に迫られたことはなかった。だからこそ、本物の人生を経験したい、手の届かないところにある未知の世界を味わってみたいというエヴィの切実な思いに共感した。

ネラは八月のあいだずっと、『バーニング・ハート』を読むのをやめることができなかった。五百ページもある大著だというのに、三回立てつづけに読んだ。九月には高校一年の夏の読書感想文としてこの本について書き、それが八年後に大学の卒業論文の骨子になった――学術誌に発表することはできなかったが。『バーニング・ハート』は書いたのも編集したのも黒人女性で、やはり黒人の作家と編集者によって生み出されたほかの二冊の本――そういう本は少ないことをネラは知るようになっていた――と合わせ、その社会的意義を正面から論じた。

しかし、急いでいるいま、そうしたことを説明する暇はなかったので、ネラはすばやくキッチンに戻り、小さくため息をついて言った。「ごめん――いま『バーニング・ハート』について何か言った?」

ヘイゼルは振り返った。「ああ、あなたはダイアナ・ゴードンが好きかなって思って。ゆうべ、ジョーン・シルカテラがダイアナ・ゴードンについて書いた古い文章をたまたま見つけて、『バーニング・ハート』を読みなおしたくなったの。いま読まなきゃって」

「ジョーン・シルカテラ? すごい! 大学の卒業論文を書いたとき、彼女の著作をかなり参考にしたんだ」ヘイゼルの顔に好奇心めいたものが浮かんだのを見て、ネラは付け加えた。「『わたしたちのために、わたしたちによって――黒人の発想における黒人の視点』っていうの」

「ちょっと」ヘイゼルは目を見開いてマグカップをテーブルに置き、手を叩いて強調しながら言った。「それって、すっごく、すてき。ねえ、そんな控えめにしてないで、それを自分で世に出せばいいのに」

「ありがとう」ネラは微笑んだ。ちょっともったいぶって聞こえたかと気になって、ネラは訊かれてもいないのにさらに言った。「昔から、『バーニング・ハート』を書いたのも編集したのも黒人女性だってことに関心があって。だから、あの本の社会的影響をその観点も含めて論じてみたんだ。黒人の作家と編集者のペアで作られたほかのふたつの作品と比較しながら」

ヘイゼルはまた手を叩いた。「すっごい！　そういう文章が〈サロン〉みたいなサイトに載ってるのが目に浮かぶ。どこかに載ったら絶対に教えて。お願いよ」

「うーん、難しそうだけど……ケンドラ・レイ・フィリップスのこととかいろいろあるし……」

ネラは肩をすくめた。

「どういう意味？　待って、ああ――ケンドラ・レイはいまでもここで働いてるの？」ヘイゼルはキッチンを勢いよく見まわし、ドレッドヘアがその頬を打った。

「ううん、いないけど」ネラは言い、声を落とした。「それが問題。ケンドラ・レイは長いあいだ行方不明なの」

「ああ、そうだった。なるほど、それはあなたの作品にとって困った痛手になりそう」ヘイゼルはまたマグカップを持ちあげた。「彼女がいなくなったのはほんとうに残念。この業界には黒人の編集者や助言役がもっと必要なのに……黒人のあらゆる職種が」

「そう、それに――」ネラは言い、疲れを感じて頭を振った。ぜひとも論じ合いたい問題だけれども、いまはだめだ。「ああ、ほんとうにごめん。電話がかかってきちゃう」

じゅうぶん穏便に言ったつもりだった。〝ほんとうに〟を時間をかけて言い、自分にはどうしようもないのだと強調した。にもかかわらず、ヘイゼルの様子が変わった。重りをつけられたように肩がさがり、マグカップの持ち方まで変わった——手のひらにのせていたのを、取っ手を四本の指でつまむようにして、小指の長い爪でカップの側面を叩いている。

「ごめんね！」ネラは繰り返した。「個人的なものじゃないの。電話のことだけど。作家からかかってくるんだ、仕事の話で」

ヘイゼルは肩をすくめ、目つきを険しくした。「了解。わたしにもそういうときが来そう。そのうちに、たぶん」

「きっと、しょっちゅうになる。メイジーは電話で話すのが好きじゃないから。トニーをのぞいては」

「旦那さん？」

「セラピスト」

その答えに、ヘイゼルは微笑んだ。「知らないといけないことがまだまだありそう！」

場をなごませられたのを確信して、ネラはふたたびキッチンを出た。今回はヘイゼルもついてきて、隣に並んだ。

ネラは遠慮がちに短い笑みを向けた。「ねえ、今週のどこかでランチに行かない？　少しは慣れてきただろうから」ほかの社員が廊下を歩いていないか確認しながらネラは言った。上位の社員たちが姿を見せるのは、たいてい十時を過ぎてからだったが。「いろいろ伝えておきたいこともあるし。もちろんオフレコで」

「了解。ぜひ行きたい」

「よかった。あしたはどう？」

「あしたなら完璧」

とうとうデスクに着いて、ネラはこの二週間で増殖しつつある書類の山をどけてまだ口をつけていないコーヒーを置き、電話機を見つめた。留守電が二件。一件はヴェラ、もう一件はコリン・フランクリンからだった。おそらく来週の打ち合わせの確認だろう。

ネラはうめいた。

「どうしたの？」ヘイゼルが言った。「やだ、もう電話が来ちゃってたとか？　どうしよう」

ネラが顔をあげるとヘイゼルがそばにいて、口をきれいなOの字に開けていた。

「ううん、ちがう、電話はまだ。ただ――いまいろんなことを抱えてて。作家関係で」

「ああ、大変だね。ねえ、いつでもわたしがいるから。ダイアナとかゾラとかマヤとか、黒人文学の女王の話ならいつでも歓迎だし……いくらでも話せちゃう。でも、あなたの話も聞くよ。ゴシップでも愚痴でもなんでも吐き出しちゃって」ヘイゼルはネラの肩を叩いた。「ボストンでは黒人の同僚がいなかったし、ここでもできるとは思ってなかった。だから……いまはすごくうれしい」

ヤンがいなくなってからどのブース仲間にも感じたことのなかった温かな気持ちがあふれ出た。ネラはにっこりし、目が熱くなるのを感じた……これは涙？　いったいどうなっているのだろう。

「わたしも同じように思ってた、ヘイゼル」ネラは言った。「ありがとう」

「どういたしまして！」

ネラは向きなおって電話機に手を伸ばし、仕事モードに戻ろうとした。しかし、ふと手が止まった。

ヘイゼルが、まだそばにとどまっていた。

「じゃあ、もう平気？　だいじょうぶそう？」ヘイゼルは声を一オクターブさげ、母親が子どもをなぐさめるのによく使う音域で言った。その目は無表情で、貪欲な無だけが広がっていた。

落ち着かない気分になって、ネラはヘイゼルを見つめた。受話器を肩と首のあいだに挟んだままだったが、長くフックからはずされていたときのビープ音が鳴っていた。「うん、だいじょうぶ。ランチのときにまた話そう」ネラは頭でまわりを示し、小声で言った。「ここだと人の耳があるから」

ヘイゼルはうなずいてにやりとした。うつろな表情は消えていて、ウィンクが飛んできた。

「わかってる」

4

二〇一八年八月二十一日

ヘイゼルとのランチは〈ニコズ〉へ行った。〈オー・ボン・パン〉ふうの料理を〈プレタ・マンジェ〉ふうの店内で食べられる、非チェーンの目立たないカフェだ。特別に雰囲気がいいわけではないものの、安いことと、上司たちは来てもテイクアウトにすることから、ネラはここをよく利用していた。さらには、上司たちがエージェントや作家を連れてくるような店でもないので――ワインや食事を楽しむ客にはホールスタッフが欠かせない――〈ニコズ〉はネラにとっていちばん必要なものを提供してくれる場所だった。自分だけのランチ空間。会社のネラのブースは、ネラだけでなくほかのみなの戦場でもあった。

ヘイゼルは先に支払いをすませて、うれしいことに大きな窓のそばの日当たりのいいテーブルをとっていた。窓はにぎやかな七番街に面している。ネラはそのテーブルにつき、サンドイッチとジュースを置いて、ワーグナー・ブックスのくたびれたトートバッグに財布をしまった。

「お日さまを浴びたいと思って。ここでよかった？」

「もちろん。ビタミンDを作るのにいいし」

「そのとおり」ヘイゼルはサラダからプラスチックの蓋をとり、クルミを指でつついた。「こうしてランチができてよかった。コーヒーでもいっしょにどうかって誘おうと思ってたんだけど、できなくて。覚えることが多すぎるんだもの。この二週間くらいあっぷあっぷで、そんな時間がなかった」

ネラはうなずいた。「わたしも最初の何ヵ月かはきつかった。でも、あなたはよくやってる！そうでなかったら自分でもわかるはずだよ。ほんとうに」

ヘイゼルは、そのほめ言葉が肩から転がり落ちて、なかなか開かないサラダドレッシングの小さな容器に転がりこむに任せた。そして、フォークを持って、ドレッシングの蓋を突き刺した。「そういえば、メイジーから聞いたんだけど、ヴェラはいますごい本を何冊も手がけてるんだってね」ヘイゼルは言った。「あなたも楽しみなんじゃない？」

コリン・フランクリンが虐げられた黒人女性の心情を読みあげる声が耳に響いて、ネラは顔をしかめた。「うん、ヴェラが大作家たちを担当してるのは確か」

「サム・ルイスでしょ？　それにイヴリン・ケイ。それから……コリン・フランクリンも？」

「うん」

「コリンってどんな人？」ヘイゼルは目を見開いて尋ねた。「興味深い人なんでしょ」

「興味深いっていうのは……いい表現かも」

ヘイゼルはおもしろそうに身を乗り出した。「まだ言ってないことがたくさんあるような気がするのはなぜ？」

「うーん……いっしょに働きやすい人ではないかな。前よりは丸くなったけど」

「ああ、つまり――そもそもの出発点がひどいってこと？」

「そう。まさしく。でも、問題は……」ネラは店のなかを見まわして近くに知り合いがいないのを確かめた。「ヴェラの担当作家のことは誰とも話さないようにしてるの。大事なルールなんだ――内輪の恥を垂れ流してると考える編集者もいるから」

「なるほどね」

「愚痴を言うのも好きじゃないし……だって、そもそもワーグナーに入るのも難関だったわけだから。入れただけでも感謝しないと」

ヘイゼルはフォークを置いた。「ちょっと、なんなの？　言ってみてよ。わたしはライバルじゃないし」

ネラは問いかけるように首を傾けた。

「とにかく、いまのところは、ね。わたしはまだ書籍の編集者になりたいのかどうかもよくわかってなくて」ヘイゼルは言った。「まだ手探りしてる最中」

「そうなんだ」それでも、ネラには踏ん切りがつかなかった。「ここだけの話にしてくれる？」

「当然でしょ。わたしたちの仲じゃない。それに、外からの意見が役に立つかもしれないし」

それについて異論はなかった。そこで、『ひりつきと疼き』のシャートリシアについてすべて話した。自分が抱いている不快感のこと、懸念のこと――ずっと頭のなかでふるいにかけてきたすべてをそのテーブルで吐き出した。

話しおえるころにはヘイゼルはランチをたいらげていたが、ネラの目の前にはサンドイッチが丸々ひとつ残っていた。「ごめん」ネラは言い、サンドイッチのビニール包装を剝いてひと口食べた。「この話をするといつもこうなっちゃうんだ。余計に鬱憤がたまってきて。やっぱり、わたしの気にしすぎ？　過剰反応してるだけ？」

「まさか。シャートリシアについては、話を聞くかぎり、そう感じるのはもっともだと思う。高校のときに、ブッククラブでフランクリンの本を一冊読んだことがある。『イリーガリー・ユアーズ』だったかな。そこに出てくるメキシコ人の女性の造形が問題大ありだった。あなたの気持ちがよくわかる」

ネラはしかめ面をした。「あれね。ありがたいことに、コリンがあれを書いたときにはわたしはまだここにいなかった」

「それに、シャートリシアって名前は何？　典型的な黒人女性の名前なら、シャニクアじゃだめだったの？　よりによって、独創性を発揮しようと思った箇所がそこだったわけ？」

「それよ」ネラは指を鳴らした。それこそネラが聞きたかったことだった。「わたしも同じ意見。でも、だからこそすごく困ってて——面と向かっては指摘できないから」

「どうして？」

「だって、そんなことを言ったら、わたしがコリンのことを人種差別主義者呼ばわりしてると受けとられる。人種差別主義者だとほのめかされたときに白人がどう反応するかは知ってるでしょ」ネラはため息をついた。〈多様性についての対話集会〉のあと、キッチンでワーグナーの社員ふたりが非白人の社員を増やすことについて話しているのを聞いてしまったことがある。「言われたとおりにやってやろう」デジタルマーケティング部のケヴィンが憤然と言っていた。「言われたそのとおりに。それで、能力不足の社員が雇われて業務がぐちゃぐちゃになったときに、リチャードがどうするか見守るんだ。そうなればリチャードも考えを改めるだろうよ」

ケヴィンも、話をしているもうひとりの白人男性もネラに背を向けていた。とはいえ、ネラの姿が視界に入っていても、ふたりは同じことを言っただろうと思えた。奇妙にも、同僚たちは早くから、ネラのことを若い黒人の女性ではなく、たまたま黒人だった若い女性として見ていることをはっきりさせていた——大学の学位がメラニン色素をすっかり洗い流したかのようだった。同僚たちの目には、ネラは例外として映っていた。〝適格〟な人物として。出版界のオバマのようなものだ。

　それがありがたく思えるときもあった。作品の要配慮事項について意見を求められることはなかったし、〝黒人問題〟について訊かれることもめったになかった——そうすることでネラの気分を害したくないのか、単純に訊いてみようと思うほどそういう問題に関心がないかのどちらかだ。とはいえ、侮辱されているように感じるときもあった。ワーグナーの職に就くことが、黒人としてのアイデンティティを捨てることのように思えた。

「すごくよくわかる」ヘイゼルはフォークで自分の前の皿を叩いた。「人種差別主義者だとちょっとほのめかされるだけで、白人は——特に白人の男性は——顔を思いきりはたかれたみたいな反応をするよね。人種差別主義者と呼ばれるのだけは許せないって感じで、例外なく噛みついてくる。徹底的に」

「彼らにとってのNワードなんだよね」ネラは同意した。

「笑っちゃう。黒人はずっと昔からニガーって呼ばれてるのに、それをどうすることもできないできた。文句を言わずに歩きつづけるしかなかったの。何百年も」ヘイゼルはテーブルを拳で叩いた。「わたしたちはずっとニガーって呼ばれてきた。白人が人種差別主義者って呼ばれるようになったのはこの三十年くらいでしょ——人種差別主義者って言葉が英語としてよくない意味を持つようになったのだってごく最近で、いまでもそれを中傷と受け止めない人もいる。なのに突然、一部の人間にはそれがこの世の終わりになったわけよ」

　あっけにとられて、ネラはじっと座っていた。ヘイゼルの言ったことは、ある政治家がまた人種差別的なふるまいだか発言だかをしたという最近のニュースを見てネラやマライカが嘆いていたことと同じだったが、ヘイゼルがこれほど熱くなるとは意外だった。最初に会ったときにはメイジーとヴェラのボストン話にうまく調子を合わせていたし、冷静でいるのが得意なように見えた。

隣のテーブルにいた身なりのいい韓国人カップルも、ヘイゼルの激高を予想していなかったようだった。カップルは会話をやめて、食事もそこそこに興味津々でこちらをうかがっている。

ヘイゼルも隣のテーブルの変化に気づいたようだった。拳を開いて、小声でごめんと言った。「ううん、だいじょうぶ。むしろ、すかっとした」ネラは言った。「その……ありがとう」

「両親が社会活動のコミュニティの有名人なの」ヘイゼルは静かに付け加えた。「祖父母もそうだった。それどころか、祖父は抗議活動で命を落としたんだ。そういう血がわたしにも流れてるんだと思う」

ネラは息をのんだ。「そうなんだ！　お気の毒に。いつごろのこと？」

「一九六一年。新しい強制バス通学法案のひとつに抗議してたときに。〝過剰な警察の暴力〟で」ヘイゼルは指で引用符のマークを作った。

ネラは両手で頬を押さえた。公民権運動をまとめたモノクロ映像が脳裏によみがえった。怒りとともに振りおろされる警棒、バックに流れる沈鬱な黒人霊歌。「そうなんだ」ネラは繰り返した。言いたいことはたくさんあるのに、いい言葉が出てこなかった。「お気の毒に」とだけ付け加えた。

ヘイゼルは肩をすくめた。「ありがとう。でも、わたしはここにいる、そうでしょ？　祖父はそれほど無念がってはいないと思う」

ネラはうなずいて、サンドイッチを口に運んだ。ふたりがしばらく物思いに沈んで黙りこんでいるあいだに、韓国人カップルがテーブルを立ち、入れ替わりにもう少し年上のヨーロッパ人らしきふたり組が席をとった。そのあいだ、ヘイゼルの祖父の亡霊がテーブルの上をさまよい、孫娘がいま言ったような畏敬の言葉を言ってみろとネラに迫った。

ついに、サンドイッチの最後のひとかけらをのみこんでネラは言った。「わたしもコリンとヴェラに、この本について何か言うべきだよね。もっと大変な犠牲が払われてきたんだから」

ヘイゼルは目をあげてネラを見た。そして厳かにひとつうなずいた。

「問題は、どう言うか。ヴェラとの関係を危険にさらさないようにしないと。ふたりとも、真剣には受け止めてくれない気がするんだ。一介の黒人アシスタントがワーグナーのベストセラー作家に、あなたの黒人の登場人物はちょっと人種差別的に書かれてるって進言するんだから。クビにされるかも」

「そう思うの？」ヘイゼルは言い、考えこんだ。「うん、可能性はあるかも。でも、ヴェラはそれほどばかじゃないと思う」

「ヴェラは切れ者だけど、そこまで……〝見識がある〟とは思えない」

「ほんとうに？」

「ヴェラは富裕層だから」

「あなたもじゃないの？」

ネラは首を傾げて、どうしてヘイゼルはそう思ったのかといぶかった。ネラはいつも、自分はアイビーリーグを出た上位中流階級の同僚たちとはちがうと自負していた――見た目だけでなく、生き方も。それでも、そういう要素もかなりあることはわかっていた。両親は富豪ではなかったものの、ネラは何不自由ない子ども時代を過ごした。きれいな家に住み、半年に一度の休暇を楽しんだ。いい公立学校に通って、大学に進学するのを当然と考えていた。経済的な支援が必要なときには両親が助けてくれると信じて疑わなかった。

「わたしが生まれたとき、両親は裕福だったと思う。中流階級を裕福だというのなら。でもそれは、ほんとうの富裕層とはちがう。代々のお金持ちとは。少なくとも、わたしはそう思ってる」

「ごめんね、気を悪くさせるつもりじゃなかったんだけど……」ヘイゼルは片手をあげた。「ただ、あなたはワーグナーで働いてて、給料はあんなだから、いくらか蓄えがあるのかなって。それだけ」

「そうでもないよ。奨学金をもらってたから自分で返済しないといけないし」ネラは声に弁解がましさがにじむのを隠すことができず、テーブルの下で何度も脚を組み替えた。「それに両親に家賃の援助もしてもらってないから。緊急時とかは別だけど」

「そうなんだ。ごめんね」ヘイゼルはまた謝った。「とにかく、それは重要じゃなくて。わたしが言いたかったのはこういうこと。富裕層だからというだけで、ヴェラは黒人に共感できないとあなたは思ってるの？」

ネラはヘイゼルを見つめた。ランチ仲間のブラックパンサー精神はどこへ行ってしまったのだろう。六十秒もたたないうちに、活動家アミリ・バラカからバラク・オバマへと内面が変化してしまったようだ――対決の人から共感の人へと。ネラは混乱し、どちらのヘイゼルと話しているのかわからなくなった。「共感できないわけじゃないかもしれない」ネラは認めた。「でも、経済的な特権と白い肌の特権が合わさると、共感するのはかなり難しくなる気がする」

ヘイゼルは肩をすくめた。「どうかな。わたしはこの会社に入ったばかりだけど、社員のなかでもヴェラはとても……なんていうか。話しやすい？　少なくとも、メイジーよりはずっと気さくに思える」

「ああ、それはそうかも。それでも、腹を割って話せないような、明らかな壁をいつも感じるんだ」

「あなたの上司だしね……そういうこともあるかも。ただ、ヴェラはいい人のひとりなのかなって気がしたから。自分でもうまく説明できないけど」

〝いい人のひとり〟。英語のなかでも、もっとも危うい言いまわしのひとつだ、とネラの母親はいつも言っていて、ネラも母親に倣って育った。理解者がいるという考え方は認める――〝わかっている〟人は存在する。オーウェンのことは、オンラインで出会って付き合いはじめてから二週間ほどあとに、そういう人のひとりだと判断した。特別に何かきっかけがあったわけではない。〝人種を気にしない〟とかアル・グリーンの〈ラブ・アンド・ハピネス〉の歌詞を全部覚えているとかいう事実があったわけではなくて、彼は〝人種を意識する〟し、〈ラブ・アンド・ハピネス〉の歌詞を覚えていない（ただし、アル・グリーンのアドリブの真似はかなりうまい）。とはいえ、恋人のことであっても〝いい人のひとり〟とは呼びたくなかった。ひとりの人間にそんな一貫性と純粋さを求めるのはまず不可能だからだ。

この国でいちばん大きくて文化的に豊かな黒人の聖地で育った新しいブース仲間なら、同じような感覚を持っているだろうとネラは予想していた。ヘイゼルはここ何年か、ボストンの白人のなかで働いてきたのではなかったのだろうか。

とはいえ、出勤初日のヘイゼルをヴェラは温かく歓迎していた。ヴェラは一対一のときにはとても親切になれる――自らガードをさげ、多少なら隙を見せてもかまわないと思っているときには。自分は上司に少し厳しすぎるのかもしれない、とネラは思った。ヘイゼルに免じて、いくらか評価を甘くするべきなのかもしれない。

「まあ、あなたの言うとおりかも」ネラは認めた。「ヴェラはメイジーとはちがう」

ふたりはまた黙りこみ、窓の外を見つめた。ミッドタウンをたくさんの人が行き交っている。ことさら暑い日で、街を歩く旅行者たちがこの三十五度の気温をどうしていいのかわからないでいるのは明らかだ。ネラ自身も、朝に立ち襟のブラウスを着る前に天気予報を見なかったことを後悔していた。四十分前に三ブロックばかり歩いてきたせいで、脇の下がわずかに湿っているのを感じた。

一方のヘイゼルは、日差しのなかで完全にくつろいでいるように見えた。抜かりなく、青みがかったピンクのホルターネックのトップスを着ている。それをあらわにしたのは会社を出て少し歩いてからで、慎ましやかなカーディガンを脱げて快適そうにしていた。

また暑い外へ出ることを考えて、ネラは自分を何度かあおいだ。

「そろそろ戻ったほうがいいかも」ついにネラは言い、片方の手でテーブルの上のごみをまとめた。

「そうだね。これまでさんざんメイジーに迷惑をかけてるから、丸々一時間のランチ休憩をとる権利はまだなさそう」ヘイゼルはジョークを言った。「でも、もうひとつだけいい？」

「何？」ネラはすでにごみ箱へ向かおうと腰を浮かせ、バッグを肩にかけていた。

「役に立つかわからないけど、言わせてもらうね。ヴェラが気さくかどうかに関係なく、意見は言うべきだと思う。きっと感謝されるはず。それに、いま軌道修正をする機会を与えるほうが、目の前にあった要修正箇所を見逃した唯一の黒人になるよりましじゃない？　誰も声をあげなかったせいで、あのケンダル・ジェンナーのペプシのCMがどんなにひどい非難を浴びたか覚えてるでしょ」

もちろん覚えていた。あのCMを見た直後から、ネラとマライカは盛んにメッセージのやりとりをし、あのCMの制作にかかわった黒人たちについて考えた。ペプシに黒人の意思決定者はいなかったというのは大いにありそうなことだった。それならああなったのもうなずける。とはいえ、会議室ではなく、制作現場にいた黒人たちはどうだろう。撮影場所を探したり、カメラを構えたり、ヘアメイクを担当したりした黒人は？　近くに何人かは黒人がいたはずだ。CMがただのアイディアから映像になるまでを見守っていた人もいたかもしれない。そういう黒人カメラマンがいたとして、レンズの向こうでケンダル・ジェンナーがウィッグをとるのを見ていたその人は違和感を覚えなかったのだろうか。それとも、何度も業界の圧力に屈してきて、もう何も感じなくなっていたのだろうか。

気づいていて行動を起こさなかった人間と、何も気づかなかった人間と、どちらがより悪いのか、ネラたちには判断できなかった。けれども、マライカは、自分なら黙っていたと言った。いい給料をもらっているなら——実際そうだった——自分の立場を危うくするのはばかげている、と。いまは二十一世紀なのだ。白人たちが自分で政治的に正しい航路を見極められないなら、それは彼ら自身の問題だ。

ネラはその返事に、横目の絵文字を一列ぶん送り、それ以上は口を出さなかった。ネラ自身はまだワーグナーでそういう状況にはなったことがなかった。組織という機械に流されるままになるか、歯車に足を突っこむかを選択しなくてはならないような状況には。

これまではの話だけれども。

　ヘイゼルは注意深くネラの顔を見つめ、その顔に浮かんでいる懸念をネラが口にするかどうかを推し量っているようだった。ネラが黙ったままでいると、ヘイゼルはゆっくりと椅子から立ちあがった。けれども、ごみ箱のほうへ行く前に、テーブルに拳をついて身を乗り出した。先ほどのように叩きはしなかったものの、声には激しさが戻ってきていた。「怖いのはわかる。でも、あなたが書いた卒業論文を思い出して。考えてみてよ。この業界では黒人の女性作家が黒人の女性編集者を見つけるのがとても難しいことを、わたしもあなたも知ってる。その組み合わせが生まれたら、どんなに特別なことが起こるかも。だからこそ、わたしたちはそういう状況をまた作り出そうとしているんでしょ？　わたしたちは、出版業界で働きたいと思っている黒人の後輩たちのために、道を切り開かないといけないの、そうでしょ？」

「そうでしょ？」ネラがなかなか口を開かないのを見て、ヘイゼルはたたみかけた。

　ネラは大きくうなずいた。「そう！　そうだね、そのとおり」

「後輩たちのために、障壁を少しでも壊さなきゃ」ヘイゼルは宣言した。

　ネラは立ちあがった。力がみなぎるのを感じた。解き放たれた気分だった。困難に立ち向かう覚悟が——少なくとも黒人の気骨を育てる覚悟ができたように思えた。「そうだよね、ヘイゼル！」

「そうそう、それが聞きたかったの、シスター」ヘイゼルはほんの一瞬だけネラを抱きしめ、荷物を手に持った。「ねえ、すごく楽しかった！　近いうちにまたランチに来よう」

　ネラはうなずいた。ふたりであまり頻繁にランチに出たら、白人の同僚たちが心配しはじめるかもと冗談を飛ばすつもりだった。しかし、ヘイゼルはすでに数メートル先の、声の届かない場所まで行っていて、ネラはそのジョークをのみこんだ。

5

二〇一八年八月二十八日

ネラは三度目にカップを明かりにかざし、角度を変えながら眺めた。いまひとつの気がしたので、カップを置いて中白糖をひとつまみ追加し、アーモンドミルクを二滴半垂らしてかき混ぜた。その半滴を足したのが正しかったのかどうか慎重に考えていたとき、広報のシャノンがキッチンに入ってきた。空の耐熱ガラス容器を持っている。ネラがカップを見る目と同じ慎重さで、シャノンはネラを見た。

「夏のこの時期にしては、ずいぶん忙しそうね」シャノンはシンクへ向かいながら言った。「作家が打ち合わせにくるわけじゃないんでしょう？」

「来るんです」

「あらやだ。八月の最終週なのに！　毎年ヴェラは休暇をとって、実家に――ヴェラの実家はどこだったかしら？」

「ナンタケットです」ネラはカップに集中しながら言った。「でも、ヴェラはゆうべ車で帰ってきましたよ。休暇を短縮して」

シャノンは低く口笛を鳴らした。「ヴェラが、休暇を短縮？　待って」シャノンは急にそう言った。ネラが手もとから一度も目をあげていないことに気づいたらしい。「それ、氷が入ってる?」

「はい、入ってます」

「ということは、そのコーヒーは……」

「そうです、コリン・フランクリンのです」

ガラスが金属に当たる音がして、ついにネラの集中が途切れた。シャノンは青ざめて、コリンが突然現れるのではないかと言わんばかりにエレベーターホールの方向を見つめていた。「ああ、大変。きょうは火曜じゃないの」そうつぶやいて、ヒールを履いた足で反対のほうへ向かう。「彼が来るのをすっかり忘れてた。だって、八月の最後の週なんだから、普通は客なんて来ないわよ! ねえ、彼にわたしの居場所を訊かれたら――」

「一日じゅう打ち合わせだと言っておきます」

「あなたって最高」

「どういたしまして」ネラは言い、その言い訳を使えるシャノンをうらやましく思った。ため息をついて、今年のはじめにコリンから預かったビニールの保存袋を開け、謎の中身をコーヒーに振りかけた。気持ちを奮い立たせなくてはいけないのにそれは難しく、ネラは黒い粉が液体に溶けて、全体が不気味な灰色に変わっていくのを見つめた。もうコリンがいつ来てもおかしくない。シャートリシアがすぐそばに身をひそめて、ネラが自分を救ってくれるのかうかがっているのを早くも感じていた。

五分後、ネラがヴェラのオフィスへ入っていくと、コリンとヴェラがヴェラの携帯電話で何かを見ながら談笑していた。ネラは手で砕いた氷とその他が入ったコーヒーをコリンの前に置いた。

「それで、この子ったらペンキの刷毛をカーペットの上で引きずりまわしたの」ヴェラは言い、こってりとマスカラを塗った目をぬぐった。「かわいすぎるでしょ！」

「ほんとうにかわいいワンちゃんだ」コリンは手を組み合わせ、しばらくそのままにした。きょうの打ち合わせに、コリンは布を接ぎ合わせたキャスケットをかぶっていた。デニム、レザー、サテン、カーキ地の布、レースをらせん状に縫い合わせてある。執筆中の作品を〝ひとつの節目〟にしたいときにいつもかぶる帽子で、そのことははじめて会ったときにコリンがネラに打ち明けてくれた。数百万人いるフォロワーにも打ち明けていた。一度、おもしろ半分に、同じ帽子をオーウェンに受け狙いでプレゼントしようと調べてみたことがあるが、七百ドルもするとわかってすぐに気を変えた。ジョークに費やすには高すぎる金額だった——編集アシスタントの給料では。

コリンがその帽子をかぶっているのを見るのは、値段を知ってからは初だった。いま、ネラはそのデザイナーズ小物を不審の目で見つめていた。帽子がコリンの禿げた頭から飛んできて、自分の顔をはたくのではないか。とはいえ、そうなっても大したちがいはなかった。ネラが部屋に唯一残っていた席に腰かけて膝に手を置くのを、コリンもヴェラも気づいていないようだった。

少し待ったあと、ネラは咳払いをして明るい声で言った。「楽しそうですね！　われらがブレナーくんは元気ですか？」

「ああ、ネラ！　これ、ありがとう」コリンはコーヒーを手にとって寛大にも口をつけた。ひと口サイズの氷をひとつふたつ嚙み砕いてから、ネラにウィンクした。「申し分ないよ、いつものことながら」

「ブレナーの最新の動画を見せていたところなの。ナンタケットの家のキッチンの増築部分をペンキで塗ったんだけど――ようやくよ――ブレナーは当然ながらそれをバズるチャンスだと思ったみたい」〝バズる〟という言葉のぎこちない響きにたじろがないようネラが努力しているあいだに、ヴェラは興奮ぎみにインスタグラムを閉じて携帯電話を脇に置いた。「さあ、『ひりつきと疼き』についての話をはじめましょうか」

「もちろん！　待っていたよ」コリンは立ちあがり、ズボンのポケットから緑色のらせん綴じのメモ帳を取り出した。「きみたちふたりの感想を聞くのが待ち遠しくてね。妻とこの幾晩か、夜遅くまでまずいかもしれない点について話し合ってたよ」

「まあ、コリン……わたしたちはとても気に入ってるのよ」ヴェラは拳で原稿を軽く叩き、熱心に言った。「話題性があるし、問題に正面から向き合っている。国じゅうに広がっているオピオイド依存症の悲惨さについてみなが話し合ういいきっかけになるわ」

ネラは黙ったままうなずいて、同意を示した。ヴェラのもとで働くことのいい点は、ネラの意見を必ずしも聞き入れてくれるわけではないものの、すべての打ち合わせにネラを同席させたり、エージェントの良し悪しについて話したりして、学ぶ機会をできるだけたくさん与えてくれることだった。ヴェラはネラを有能な人間として扱ってくれ、それは多くのほかのアシスタントたちにはなかなか得られない待遇だった。

とはいえ、ネラがもっともすごいと感じているのは――もっとも感銘を受けて自分でも取り入れようとしているのは――作品について作家と話すときのヴェラの技だった。ヴェラはものの言い方を心得ていて、作品の前半を一から書きなおさなくてはいけないと伝えたあとでも、後半部分はピュリッツァー賞をとれるくらいに出来がいい、と思わせることができた。

「登場人物もみんなすばらしいし」ヴェラは続けた。「第一稿を読んだとき、この町にはもっと多様性が必要だと言ったわたしのアドバイスをしっかり活かしてる。この作品はより大勢の読者に訴えかけるものになると思うわ」

ネラは体をこわばらせたが、メモをとりつづけた。

「よかった！　それこそぼくが目指しているものなんだ」コリンはメモを走り書きした。ネラには読みとれなかったが、もっとほめてくれというコリンの表情を見るに、〝気に入ってもらえた！　やったぞ〟とかいったことを書いたのだろう。

それからさらに何分か、ヴェラとコリンはほめ言葉をやりとりした。それが終わって、指摘のパートがはじまる段になったとき、ふいにコリンがネラのほうを向いて帽子の位置を直し、言った。「さあ、今度はきみがどう思っているのかを聞きたいな。ヴェラによると、二、三、修正すべき点があると考えているそうだね」

ネラは凍りついた。上司がたっぷりとほめたあとで批評するとは聞いていない。ネラはヴェラのほうを見たが、ヴェラは無表情で瞬きすらしなかった。

ネラはコリンに向きなおった。「その、とてもすばらしい作品だと思います。ヴェラが言ったように、とても重要な意味を持つ作品です」

「ありがとう！」

「それに、物語を押し進めていくすばらしい勢いがあります」ネラはさらに言った。「この町の声が持つ潜在意識は、ほんとうに……力強い。声はどんどん大きくなっていって……ついには叫びはじめるんです。最後まで来るころには、〝なぜ世界のみなにはこれが見えていないんだ？〟という気持ちになります。この町が危機に瀕しているというのに、その一方で何百キロか離れた場所では人々が家でくつろいでいて、コーヒーやら駐車場やら遊び場のいじめっ子やらの心配をしているんですから。いまのわたしたちのように。いえ、いじめっ子のことは別ですよ！　まあ、会社のいじめっ子のことを心配している可能性はありますけど」

　ヴェラがくすくすと笑った。

　ネラは拳を胸に当てた。「それに、夕食のテーブルを囲むあの章。あれは……さすがです」

「ありがとう」コリンは言い、微笑んだ。「あの部分は書いていてとても楽しかったよ。コネチカットで隣に住んでいた子の家族がああいう感じでね。その子の兄と母親と父親はいつもひどく酔っ払っていた。オピオイドではなかったけどね。誓ってもいいが、彼らはお互いの話を聞くのに飽きたら食べ物を投げつけ合ってるにちがいない。熱々の食べ物を。政治の話に飽き飽きしたら？　うへえ、スパゲッティ・ミートボールが飛んでくる。金の話にうんざりしたら？　ブーン、ソーセージが目に突き刺さる」

「それは修羅場ね！」ヴェラは目をくるりとまわして、ボブにした髪に手を差しこんだ。「あなたはなぜその家に遊びにいくのをやめなかったの？」

「だって、その家に行けばMTVが見られたんだ！」

　部屋に快活な笑い声が響いた。笑いのもとになったのは、明るい未来があるとは思えない機能不全の家族だったけれども。「その話を広報チームにも伝えないと」ヴェラは言い、ネラに鋭い目を向けた。ネラはうなずき、〝空飛ぶスパゲッティ〟とメモを書いた。「インタビューか何かに使えそうだわ。作品が生まれた背景として」

「確かに。この話をすることにするよ」コリンはしばらく窓の外を見つめた。早くも、〈マクナリー・ジャクソン〉書店でたくさんのライトに照らされながらこの話をしている自分を想像しているようだった。「とはいえ、まじめに言うが――批判を受け止める覚悟はできているよ、ネラ。

経験は積んできているから、優れた書き手も推敲を重ねて作品を磨きあげていくことはわかっている」

「そのとおり！　さあ、ネラ――マイクをあなたに譲るわ」ヴェラは言い、唇にファスナーを引くふりをした。

先を続けるくらいなら、本物のマイクで自分の頭を殴って気絶したいとネラは思った。

「ええと、ありがとうございます、ヴェラ！　でもそちらから話をはじめてもらえるとうれしいんですが――そのあとわたしがときどき補足する形で」ほんとうは、コリンの制作秘話に話題がずれたことで、シャートリシアの件から逃れられるのを期待していた。先日メイジーがヘイゼルを連れてヴェラのオフィスへやってきたときのように。事前に自分の懸念についてヴェラと話しておかなかったことが悔やまれた。何度か機会はあったものの、ふいに電話がかかってきたり〝急ぎ〟の用事ができたりして手からボールをはたき落とされてしまい、相談することができなかった。先日ヴェラが帰省の荷造りをしていたときに最後の賭けのロングパスを狙ったのだが、折悪しくネラの携帯電話が鳴りはじめて不首尾に終わった。

まるで、神がネラに何かを伝えようとしているかに思えた。そしていま――強い影響力を持つ白人ふたりに見つめられながら――ネラは自分を納得させた。神が伝えようとしていたのは、〝いまだ、クイーン。いま話せ〟ということだ。

コリンが期待のこもった物腰で氷を噛み、閉じた唇の奥からその音が聞こえた。コリンの頭上に、オンラインサイト《バズフィード》の想像上の記事の見出しが浮かんでいた。〝コリン・フランクリン描く生活保護のシングルマザー　要配慮事項の確認はどこへ行った？〟

「では」ネラは声を低くした。「この作品には……ひとつだけ……手を入れられそうなところがあると思いました」

「言ってみてくれ」コリンは快活に言ったが、背を丸め、関節が白くなるほど拳を握りしめている様子から見て、率直な感想ではなく鈍器で激しく一撃されるのを覚悟しているかのようだった。

「シャートリシア・ダニエルズなんですが」

コリンはうなずき、またペンを手にとった。「そうか、なるほど！　シャートリシアについて話し合おう」

「いい考えね」ヴェラが口を挟んだが、ネラの考えを聞く心構えができているようには見えなかった。「このあいだも、シャートリシアについて不自然に思えるところがあるとか言っていたわね」

「はい」ネラは言った。勢いを失わずにいるには、自分のなかのすべてを掻き集めなくてはならなかった。こうなったら一か八かだとわかっていたけれども。「あのときは途中までしか話せなかったように思いますが、そうです」

〝下を向いてはいけない〟とネラのなかのアンジェラ・デイヴィスが叱咤したあと、もうひとりのデイヴィス、ヴィオラ・デイヴィスが口を開いた。〝お嬢ちゃんはやさしい子、賢い子、大事な大事な子〟

ネラはコリンと目を合わせた。「つまり……この物語においてシャートリシアの存在はとても重要だと思うんです。オピオイドの蔓延によって有色人種の人々がどれだけの犠牲を払わされてきたかをよく表すことができるので」

「第二稿では人種的な多様性《ダイバーシティ》を持たせるべきだとわたしが提案したのは、同じことを考えたからよ」ヴェラは言った。「メディアは有色人種の苦境にはあまり注目しないから。過去の苦境も無視してきた。一九九〇年代のコカインのときもそう。薬物は多様《ダイバース》な人種に被害をもたらすのに」ネラに強い視線を向ける。「そうでしょう？　そういうことを言いたいのよね」

「はい、そのとおりです。そして……ひとりの黒人がどうやってこの事態を乗り越えていくかが例示されているのはすばらしいと思います」

「ほんとうにすばらしいわ、コリン」ヴェラは言った。

ネラはさらに強い視線を上司に向けた。上司の顔は側面を――こめかみを――つねられているかのように引きつっていて、その近くの肌がわずかに紫がかっていた。

コリンもヴェラのほうへちらりと目を向けたが、すぐにネラに目を戻した。「ああ。ぼくもシャートリシアみたいな人物を登場させたいと思っていたんだ。物語や登場人物に多様性《ダイバーシティ》を、と話し合ったとき、心地いい範囲を超えて冒険をすることが重要だと思った」

「多様《ダイバース》な人々の人生を描くためにね」ヴェラは補足した。

「そうです」ネラは言い、この数分に何度Dワードが使われたかについては考えないことにした。「でも、シャートリシアには……言いにくいんですが……わたしは少し違和感を覚えるんです。どうも……血が通っていないというか」

「まあ。まあ。どういうところがそう感じるのか、コリンに具体的に説明してもらえる？」ヴェラは言った。

「そうだな」コリンは言った。あなたのお気に入りのキャスケットを線路に落としてしまったんです、とたったいま告白されたような声だった。「詳しく教えてくれ」

「その……率直に言って、シャートリシアはオハイオ州でオピオイドの蔓延に苦しむ黒人とはこういうものだろうという憶測に基づいているように思うんです。シャートリシアは典型の寄せ集めに見えます……悪しき典型の……そして物語の最後まで希望が見えてきません。行き詰まったままで」

ヴェラはペンを置き、〝それはあくまであなたの私観よね〟というように腕を組んだ。

コリンもペンを置いていた。眉を寄せ、氷を嚙むのをやめている。そして帽子を脱ぎ、膝に置いて脚を組んだ。その拍子にペンがカーペットの上に落ちて、コリンとネラの椅子のあいだに転がったが、コリンはペンを拾おうとはしなかった。

ネラは落ち着かない気分で髪をひと房引っ張り、あまり批判がましくなくてもっと意味深い常套句を探した。「シャートリシアにはあまり共感できないんです。造形が少し平板な気がします。一面的というか。一般化された——ざっくりとした描き方で、リアリティが感じられません。実際に生きて息をしている人物というより、風刺画のように感じられるんです。黒人読者の多くはシャートリシアに不満を覚えるのではないでしょうか。

それに、シャルトルーズが名前の由来という件は現実離れしすぎていると感じます。シャートリシアの母親のことを綴り方も知らないとあざけっているようで、そういう表現は——」

「何を言っているのかまったくわからない」コリンはネラをさえぎった。当惑した顔をヴェラに向け、自分の原稿を指さした。「ぼくはそんなことを書いたかな？　このなかに？」

ヴェラは首を横に振り、コリンの代わりにネラに原稿を差し出した。「わたしにもあなたが何を言っているのかわからないわ。ネラ、具体的な場面を教えてくれる？　コリンがシャートリシアをあざけっていると思う場面を」

数秒前、〝不満〟という言葉をコリンにぶつけたときには、深い満足を感じていた。いまは、満足しているのかよくわからなかった。「ええと……名前の場面がどのページかは覚えていません。ピンポイントで指摘するような台詞があるかも覚えてはいません。ただ、そういう印象を持ったんです」

「印象」

「そうです。それに、〝ラダーネル〟とか〝デモントレイン〟とか。これも戯画《カリカチュア》のように感じます。さらに言えば、五人も子どもを持っている必要がありますか?」ネラは自分が支離滅裂になりはじめたのを意識していた。しかし、止められなかった。〝片をつけてしまいなさい!〟アンジェラが怒った声で命じた。勢いよく坂を転がりはじめて、言うべきことを言いつくすまで止まれないように感じた。

「つまり、これはわたしたちが思い描くヘロイン依存症の黒人女性そのものじゃありませんか? この作品で唯一の黒人の登場人物なんですから、もう少し創造的になってもいいのではないでしょうか」

コリンは熱に浮かされたような目つきで躍起になってまだ原稿をめくりつづけていた。

「ねえ、ネラ」ヴェラは計算高く首を傾げた。「あえて言うけど——それって少し人種差別的な発言じゃない?」

「彼女はぼくを人種差別的だと言っているように感じるよ」コリンは同調した。「というか、人種差別的だという印象を持っているだけかもしれないが」宙で指をくるくるとまわし、人種差別的だという印象を持つのはブードゥー教といっしょでばかげているとほのめかす。そのあいだずっと、コリンの目はヴェラだけに向けられていた。この部屋にはふたりだけしか存在しないというように。

実際、ネラもそう感じていた——自分が壁際から壁際まで敷き詰められた忌まわしいカーペットの下に滑りこんで見えなくなってしまったかのように。こんなはずではなかった。たこのできたネラの足をマッサージしながらコリンに祖先の罪を謝罪されるのを期待していたわけではないにしても、黒人の登場人物像に疑義を呈したことを感謝されると思っていた。ワーグナーで作品を出してきた作家で、自分たちにはできない要配慮事項の確認をしてもらえた人がどれだけいるというのか。

「コリン、すみません」ネラは言った。「そういうことを言いたかったのではなくて――」

「ぼくは苦境にあるひとりの黒人女性について、特定の人物像を選んだだけだ。それは彼女の苦境であって、〝実在する誰か〟の苦境じゃない」コリンの声はしだいに大きくなっていき、オフィスの外にいる人たちにもこの混乱状態が筒抜けになっているにちがいないとネラは確信した。デスクにいるヘイゼルにもすべて聞こえているだろうかと考え、そのほうがいいのか悪いのかわからなくなった。「ぼくはこの本の作者であって、人種差別主義者じゃない。彼女の髪をもっときついカーリーヘアにしないといけないのか？　肌の色をもう少しばかり黒くしないといけないのか？　しゃべり方をもっと……シドニー・ポワチエみたいにしないといけないのか？　オハイオの片田舎で父親を知らずに育った黒人の娘みたいにではなく？　そもそも、この本はいったい誰の作品なんだ？」

ようやくヴェラは声を取り戻した。「いえ、コリン、わたしはけっして――」

「いや、ヴェラ、ちょっと待ってくれ」コリンは布を接ぎ合わせた帽子を握りしめ、目を閉じて三回、四回とヨガの呼吸法を繰り返した。そしてそのあと、立ちあがって原稿をヴェラのデスクにどさりと置いた。

そして、ネラとヴェラを凍りつかせたことに、オフィスから出ていった。

ネラは息をのみ、大きく開いたままのドアをただ見つめた。叱責される。そう確信していた。

ネラは待った。待ちつづけた。しかし何も起こらず、ネラはコリンが先ほど床に落としたボールペンを拾ってヴェラのデスクに置いた。

ヴェラは黙ったままだった。まだコリンの原稿を見つめている。

〝そして突然、一部の人にはそれがこの世の終わりになったわけよ〟

「ヴェラ」胃のよじれるような沈黙がさらに続いたあと、ネラは切り出した。「わたしが言いたかったのは――」

「いまは聞きたくないわ、ネラ」ヴェラはつぶやいた。目をあげようとはしなかった。「お願い、いまはやめて」

II

ケンドラ・レイ

一九八三年九月
〈アントニオズ〉
マンハッタン、フィナンシャル・ディストリクト

「じゃあ、彼はなんて言えばよかったんだ？　〝お断りします、サー・リチャード・アッテンボロー。自由世界の偉大なリーダーのひとりを演じるより、もっとましなことがいろいろありますので〟ってか？　キングズレーはそれまで実のところ無名で、その役を引き受けるのが彼にできるいちばん賢明な選択だったのに」

ウォードの濃い口髭にくっついている溶けたチーズを見ないようにして、わたしは議論の大部分のあいだ、空になったグラスに視線を落とし、ダブルを頼めばよかったと後悔しつつ、オリーブの実がひとつ余計にあるのを喜んだ。濡れた実を指でつまんで口にほうりこみ、嚙みしめながら考えをまとめるふりをした。

議論に勝ったとウォードが確信したのを見計らって、オリーブを口に入れたままわたしは言っ

た。「確かにね。でも、仮にビリー・ディー・ウィリアムズが――」

「誰だって？」ウォードがさえぎった。

「『スター・ウォーズ』よ。ランド役をやった人」

ウォードの顔から困惑が消えた。ウォードならあの映画を見ている――それも二回以上――という読みは当たりだったらしい。「ああ。続けて」

「仮にビリー・ディー・ウィリアムズが、その来年公開の新しい映画でモーツァルト役をやるとしたら、あなたはそれでも賛成？　しっくりくる？」

ウォードの表情があっという間に困惑顔に逆戻りしたのに満足して、わたしは言葉を切り、光り輝くオリーブの最後の実をつまんで口に運んだ。ハーバードでは、教授からゼミ仲間、論文指導教官まで、さまざまな相手がそういう表情を浮かべるのをよく見てきた。とはいえ、何度見ても、その虚を突かれた表情がわたしのエゴに引き起こす快感は変わらない。

わたしはたたみかけた。

「どう思う？」

「うーん、それは話が別だ。ビリー・ディー・ウィリアムズは……それはちょっと……どう考えても――」

「ばかげてる」わたしはあとを引き継いだ。「そう、そうよね、わたしもそう思った」

ウォードはネクタイを緩め、苛立ちに喉もとを真っ赤にしながら、からかわれたのかどうかを見定めようとした。「さてと、きみさえかまわなければ、妻の様子を見てきたいんだが」

わたしはウォードの背後へ目をやった。ウォードの妻で、ワーグナーでいちばんの美人編集者のポーラが、四人の男たちに囲まれていた。ふたりは見たことのない顔で、残りのふたり――わたしがワーグナーで働きはじめてからほとんど話しかけてきたことのない編集者たち――はポーラの両脇に立って、礼儀正しい会話にはふさわしからぬ態度でポーラの腰に手をまわしている。

「ああ、確かに助けが必要みたいね」

今回のからかいの響きは明白だった。ウォードは足早にその場を離れ、焦り丸出しで妻のもとへ向かった。わたしも体の向きを変え、オリーブとアルコールをもう一度調達しにいこうとしたとき、短い袖のシルク越しに温かい手が肩先に置かれた。

「ふうん、どうやら――また妻帯者を逃げ帰らせたみたいね」

振り返るまでもなく、声をかけてきたのはダイアナだとわかったが、とにかく振り返った。ダイアナは唇の片側を吊りあげ、肩に置いたのとは逆の手を腰に当てていた。

「ばれちゃった？」わたしはつぶやいた。「わかってる、わかってる。〝お行儀よくしてなさい。ほんの二、三時間なんだから〟でしょ。でも退屈で。ダイ、みんなもう……うんざり。おまけに、からかいがいもない。誰も彼も」〈アントニオズ〉に集まった五十人あまりの人々を手で示す。わたしとダイアナの成功を祝うという名目で集まった人々だ。わたしたちの本は、発売初週に《ニューヨーク・タイムズ》のベストセラー第一位に輝いた。

ダイアナは、わたしがダイアナに恥を掻かせないようプライベートでだけ〝ドナ・サマー・ウィッグ〟と呼んでいる代物のウェーブした前髪をいじった。わたしに倣って会場を見渡し、言った。「確かにそうかも。でも、ちょっとのあいだ、この光景を素直に楽しんでもいいじゃない？だって、ここにこれだけの白人が集まってるのは、わたしたちがそれだけのことをやってのけた証拠にほかならないんだから」

ダイアナが腕を組んできて、わたしはダイアナの目に映っているものを見ようとした。テーブルの中央に置かれた、白バラをふんだんにあしらった豪華なアレンジメント。シェービングクリームのモデルのようなウェイターが運んでくる高級な丸々としたホタテ貝の料理。わたしたちの入場に合わせて、会場の隅で〈アイム・エヴリ・ウーマン〉の演奏をはじめた軽快なジャズカルテット。何メートルか離れたところにある、サファイア色の水のなかを宝石めいた魚たちが悠々と泳ぎまわる巨大な水槽。

水槽はあまり好みではなかった。手の込んだ魚介料理もあってもなくてもいい。もし自分の好きにできるなら――できっこないのだが――ここではない店を選んでいた。別の界隈にある店を。フィナンシャル・ディストリクトだけは選ばない。寒々しくて非情な、かつては国内最大規模の奴隷市場があったこの界隈だけは。

しかし、会場の装飾がわたしの趣味に合おうが合うまいが、ダイアナは正しかった。わたしたちが今夜の主役だ――『バーニング・ハート』が刊行されてまだ一週間のころから、みながわたしたちこそ今年の顔だと噂しはじめていた。無名の黒人女性であるわたしたちふたりが、大方の予想を裏切って、売れないと言われていた本を全米ベストセラーにした。話題になりすぎて、三カ月先までインタビューの予定がびっしりだ。大手の週刊誌までが、わたしたちを表紙に取りあげることを〝鋭意検討中〟だと公言していた。

わたしたちはベストセラーをものにし、誰も――イギリス人のベン・キングズレーがガンジー役でオスカーを獲っても何も思わないどこぞの妻帯者も――わたしからそれを奪うことはできない。

それでも。

「まあね、ここはすべてがすばらしい。でも……わたしは……」肩をすくめて、わたしはどう続ければいいのか思案した。「忘れることができない。こういう白人たちのどれだけ大勢が、『バーニング・ハート』に対するわたしの判断に疑いの目を向けたかを」

わたしはダイアナのほうを向いた。その動きで組んでいた腕がはずれたが、言うべきことを言わなくてはならなかった。「売れるわけがないと思っていたからこそ、リチャードはあなたの本の編集を自分でやらずにわたしに任せた。ついた予算だってほんのわずか。それに、出版記念のプロモーションツアーも二週間だけ……全部、計算ずくだったのよ、ダイ。この本はこけると踏んで、それに備えてたの。だからわたしは各工程でいちいちリチャードと闘うはめになった」

言ったそばから、〝こける〟という言葉を取り消したくなった。ダイアナは目に奇妙な光を浮かべてわたしを見つめ、唇をきつく引き結んだ。そのとき、ダイアナの唇から濃いオレンジ色の口紅がはみ出していることに気づいた。直してやろうと手を伸ばし、クロークでエルロイとつかの間のふたりの時間を過ごしたのかと訊こうとしたとき、ダイアナが言った。「でも――それは全部終わったことでしょ。大事なのは、本が売れて、わたしたちがここにいるってこと。

「それに」ダイアナは続け、白のアシンメトリーのミニドレスと同じくらい白いクラッチバッグからコンパクトミラーを取り出した。「物事がどういうふうに進むかはあなただって知ってるでしょ。山のようなノーのあとで、ようやくひとつイエスをもらえる。重要なのはそのたったひとつのイエスなの。ほかのみんなはその山ほどのノーを、香水を振りまいたケツの穴に突っこんでる」

わたしは口もとをほころばせた。ダイアナが〝ケツの穴に突っこむ〟なんて言いまわしを使うのはめったにないことだ。中学生のとき、女子のあいだでダイアナに〝高貴な淡きダイ〟というあだ名――明るい褐色の肌の色だけでなく、優秀な成績、完璧な言葉遣い、『アイ・ラブ・ルーシー』の再放送が大好きだったことに由来する――がついたころ、地獄に堕ちろと啖呵《たんか》を切るのはダイアナではなくわたしのほうだった。たいていの場合、相手は黙り、おとなしくなった。四年生の校外見学でモントクレア美術館へ行ったときにジェフリー・ハドソンを叩きのめしたことが関係しているのだとほぼ確信している。

一箇所に数秒以上立ちつづけるのに苦労している親友をわたしは見つめた。明らかに、ワインを二杯以上飲んでいる。口紅がはみ出しているのも、〝ケツの穴に突っこむ〟発言をしたのもそのせいだろう。ふたたび腕を組んできたのもだ――今度は先ほどよりも有無を言わさないしぐさだった。「わたしがあなたにこんなことを言うなんて信じられない」ダイアナは言った。「でも、ケンドラ・レイ・フィリップス、少し落ち着いて深呼吸しなさい」

「わたしが深呼吸ぎらいなのを知ってるくせに」

「知ってる。でもわたしに免じてやって。さあ。ほら、吸って……」

わたしは唇を尖らせたものの、言われたとおりにした。

「はい、吐いて。どう？　気分がよくなったでしょ？　ね！」答えを待たずに、ダイアナはわたしの背中を叩いた。「ほら」鼻をくんくんさせ、もともと上向きの鼻を散歩中の子犬のようにひくつかせた。「におわない？」

わたしは眉を寄せた。「何が？　どんなにおいがするの？」

ダイアナは満面の笑みを浮かべた。「お金よ、ハニー。白人のお金だけじゃなく。ねえ、ワーグナーからもらった最初の小切手でわたしが何をしたか知りたくない？」

「〝銀行に入金した〟って答えではなさそうね」

「ご明察。キッチンのテーブルに小切手を置いて、しばらくたっぷり見つめたの。四十分か、一時間くらい。ほんとなんだから。それで、仕事から帰ってきたエルロイが小切手を手にとってよく見ようとしたんだけど、そのときわたしはどうしたと思う？　エルロイを怒鳴りつけたのよ、ハニー。そんなことをしたのは人生ではじめて」

　もう限界だった。わたしたちはふたりで大笑いした。文字どおり大笑いを。そして、笑っているうちに、ふたりとも昔に引き戻された。高校生だったころ、わたしたちは何人かの女友達と、ニューアークの中心街にある〈エイト・スケート〉へローラースケートをしにいく支度をしていた。レッドジュースと、イマニが親の隠し場所からこっそり持ち出してきた何かのお酒を飲んで、〈ザ・ビート・ゴーズ・オン〉を歌いながらダイアナの髪――本物の髪――にオラとわたしと交代でストレートアイロンを当てた。当てるのはたいていわたしだった。オラとちがって、わたしは誰かの頭に熱いものを当てているときにはリズムに乗るのをやめる分別があったからだ。もうじき、髪や服装以上のものが変わることになるのを、わたしは半ば意識していた。

　もうすぐみんなばらばらになる――ダイアナとイマニはハワード大学へ、オラはメキシコのオアハカへ。オラはそこで一年もしないうちに恋人に出会い、結婚して非営利団体を立ちあげることになった。そしてわたしはハーバード大学へ行って、そして……そこで何をすることになったのだろう？　恋人を見つけては捨てた。ニュージャージーを恋しく思い、ボストンを好きになろうとしてはそのたび失敗した。ますます本にのめりこんだ。

　そして、白人の輪からさらに遠くへ弾き出された。

　そうした記憶がよみがえるのはめずらしいことではなかったものの、わたしの酔いは覚め、ジャズカルテットが演奏するチャカ・カーンを楽しむ気分は消え失せた。そのとき、発作を起こしたように笑っていたわたしたちを、近くにいた白人カップルがあからさまな警戒の目で見ているのに気づいた。男性のほうと視線が合うと、ふたりはあわてて目をそらし、リチャードが見栄を張って会場の壁に飾らせたたくさんの文学賞受賞作品のひとつに興味を引かれたふりをした。

けれども、わたしは無罪放免にしてやるつもりはなかった。カップルを尊大な目で上から下までねめつけ、陶器を思わせる女性の華奢な首にかかったダイヤモンドのペンダントをじっと見た。五秒後、カップルは外の空気を求めて、会場の反対側へ歩き去った。

「まったくもう」今回のダイアナの声にやわらかさはなく、目をくるりとまわす様子を見るに、ダイアナはしばらく控えてきたことを言おうとしているようだった。〝救いようがないわね〟あるいは〝あなたといると気分が沈む〟

ところが、ダイアナはわたしのグラスを指さして、もう一杯もらってくるように言った。「そうしたら、それを飲んで、五分後に水槽のところに来て。リチャードと待ってるから」

上司の名前を聞いて、ほろ酔い気分が一瞬で覚めた。「そういうこと？　リチャードに言われてわたしを迎えにきたわけ？　ここに来たときにもう挨拶したし、帰り際にもそうするつもり。ほかに話をする必要は――」

ダイアナは首を横に振った。「ちがう、ばかね。《タイムズ》の記者が取材に来てて、わたしたち三人の写真を撮りたがってるの。まじめな話――どうしてそんなにリチャードを毛ぎらいするの？　そろそろうんざりなんだけど」

塗りなおされたダイアナの口紅をわたしは見つめた。「エルロイはどこ？」わざと話をそらした。「まだここにいるの？」

しかし、ダイアナは聞こえなかったふりをした。「確かに、リチャードは銀のスプーンをくわえて生まれてきたエリートよ。それは事実。だから、いくらか影響力を持ってる。でも、あなたがこれまで見てきた白人男性の代表ってわけじゃない。ねえ、考えてみてよ。無名の黒人女性ふたりにこんなことをしてくれる白人男性なんて、これまで会ったことがある？

それに、いつも言ってるでしょ」ダイアナは続け、耳打ちに失敗してはっきりと言った。「いまは彼らを利用して、そのうちお払い箱にしてやろうって。単純なことよ」

〝単純なこと〟もちろん、ダイアナはそう言うだろう。ダイアナはこれまで日常生活で白人男性に我慢させられてきたことがどれだけあるのだろう。ハワードで学士号をとり、ハワードで博士号もとって、大学に残って教鞭をとったダイアナは、わたしとはちがって、白人の門番に目の前で扉を閉められたことなどないはずだ。伝統的な黒人大学にいたことで、ダイアナは狭い視野という贈り物に恵まれた。白人の存在を忘れる能力を身につけたのだ——いっときのあいだであっても。

わたしが恵まれたのは、白人に抑圧される機会だった。

けれどもダイアナはそれを理解できないし、わたしから単刀直入に教えるわけにもいかない。そうしたら、認めることになるからだ。一九六八年にいくつもの大学からの合格通知を持ってふたりでわたしの家の玄関前の階段に座っていたとき、正しかったのはダイアナのほうだったということを。ハワードとハンプトン以外の大学に行くのはまちがいだということを。わたしは自分で思っていたほど強くなかったということを。

だめだ。今夜のイベントから逃げ出そうとするわたしを止めようと、ダイアナは説得しつづけるにちがいない。そこで、わたしは晴れやかな表情を作ってバーへ向かいはじめた。「あと二杯飲むことにする」わたしは言った。「だから、行くのは十分後」

「ご機嫌で来てね？」

わたしは空のグラスを掲げた。

「にっこにこでね」

6

二〇一八年八月二十九日

ネラの一日が不穏な空気で終わったことに驚きはなかった。結局、はじまりから不穏だったのだ。

公正を期して言えば、それはネラのせいだった。いくらかでも職を失いたくないと思っているなら、ワーグナーのベストセラー作家のひとりを怒らせて、次の日に四十五分遅刻するなど、無謀もいいところだ。

にもかかわらず――主に不安から――ネラは朝、長い時間をかけて、ベッドから出るよう自分に言い聞かせ、さらに長い時間をかけて、ヴェラとコリンに率直な意見を言ったのは悪い判断ではなかったとオーウェンから言い聞かせてもらった。

実のところ、オーウェンはこの事態全体を笑い飛ばした。

「やつがお高い帽子をびしょびしょにして涙をぬぐってるのを想像するだけで……ほんと……最高すぎる」オーウェンはそう言って笑った。

ネラはついにベッドから抜け出し、抽斗を漁って服を探した。「でも、ふたりのあの顔を見たら考えが変わるかも」

「見るまでもない。白人の罪悪感ならよく知ってるから、想像はつくよ」

ネラは言わずにはいられなかった。「バスルームの鏡でよく見てるってこと？」「まあ、続くのは何秒かで、そのあとはハンドソープといっしょに排水口に流れてしまうけど」

「『それでも夜は明ける』を見たあとにはね」間髪入れずにオーウェンは言った。

ネラは跳びはねて、ローション塗りたての脚をお気に入りのジーンズに入れた。「それって早すぎ！　今度の二月にやる『ルーツ』のミニシリーズを全部見てもらわなきゃ。わたしが忘れてたら言って」ネラはからかい、頭から突っこむ勢いでドレッサーに向かった。

オーウェンはうめいて横向きに寝転がったが、『ルーツ』を見てもオーウェンの良心は咎めたりしないのをふたりともわかっていた。原作を読むという選択肢があっても同じだ。オーウェンはネラ言うところの〝黒人もの〟に喜んで浸った。黒人文学でも名作映画でも、ネラが話す日々の出来事そのものでも。コリンの件から一夜明けたこの朝も、話をした。オーウェンはいつもツイッターで流れてくる最新の扇情的な話題を話し合いたがった。黒塗りメイクについて、黒人議員の不足について、警察による丸腰の黒人の射殺について。ただし、オーウェンは熱心すぎず――ネラがこれまで付き合ってきた白人男性たちとちがって、オーウェンはそういうすべてをもれなく人種差別と糾弾する必要を感じていない――だからこそネラはオーウェンを過去のどの恋人よりも信頼していた。オーウェンには証明しなくてはならないものなどない。三十年前にデンバーのレズビアンカップルの両親が築きあげ、《デモクラシー・ナウ！》のニュースを毎日見ることで確立された世界の見方が、自分を正しい方向に導いてくれていることにオーウェンは本心からの満足を感じていた。

そうした礎《いしずえ》によって、オーウェンは独自の道を切り開き、〈アプ＝タースクール・ラーニング〉というスタートアップ企業を自ら立ちあげた。どういう企業なのかネラはよく知らないが、恵まれない十代の子どもたちを導いたり支援したりしているらしい。もうひとつ理解しているのは、そのおかげでオーウェンはふたりで住んでいるこのベイ・リッジのアパートメントを好きな時間に出ればよく、気が向かなければ在宅勤務もできるということだ——その贅沢をネラはしょっちゅううらやんでいた。

「でも、まじめに言うけど」オーウェンは言った。まだネラに背を向けて横向きに寝ていたので、上掛けで声がくぐもっていた。「だいじょうぶだよ。全部うまくいく。すぐに収まるさ、そう、あと五日もすれば」

「あなたが言うのは簡単だけど」ネラはデオドラントスティックを塗る手を止め、オーウェンが寝返りをしてこちらを向くのを待った。思っていたより響きが重くなってしまい、何がそれを重くしているのかごまかせなくなっていた。つまり、オーウェンはシスジェンダー（「心の性」と「体の性」が一致している人）の白人男性であり、ネラがするような会話のほとんどは、いつかふたりで子どもを作りでもしないかぎり、彼には無縁だということを。ネラがほんとうに言いたかったのは、短くまとめると、オーウェンは出版業界の奇妙さを自分と同じようには理解できないということだった。ワーグナーにいるのはひと癖もふた癖もある社員ばかりだが、全体としてみれば彼らの行動や細かい無意識の差別は外部の人間には無害なものだ。〝なんだ、ほかの会社でもっとひどいのを見たことがあるよ〟とオーウェンはよく言い、ディズニーキャラクターの水筒何個かに小便をして昔の上司のオフィスにひと晩じゅう放置したという、自分の不満分子社員の話を持ち出した。

　ネラのワーグナーの同僚たちは社会病質者ではない。どこに小便をすべきか、すべきでないかはわきまえている。だからといって、いっしょにいてストレスを感じないことにはならない。毎日近くの席でこうした同僚と仕事をするのは――ごぼごぼと音を立てるキューリグの前やトイレの洗面台やプリンターの列で世間話をして、愛想笑いを浮かべて新しい夏の別荘の話や最近行ったヨーロッパ旅行の話を聞きながら、なぜ自分はいまだに時給二十ドルももらえずに働いているのだろうと考えて一年以上過ごすのはつらいものだ。フロアに見知らぬ黒人がやってくるたび、荷物受けとりのサインを求められたり、パソコンを直しましょうかと営業されたりする事実に慣れてしまうことも。そのせいで、月に一度はデスクから立ちあがってトイレへ行き、個室にこもって自問したくなる。〝なぜわたしはまだここにいるんだろう?〟

とうとう、のろのろと二十分も時間をかけて、ネラはようやく支度を終えた。オーウェンはベッドに横たわったままネラの頰に軽くキスをして、何もかもうまくいくよと声をかけた。けれどもその言葉の効力は唇の感触とともに消え、マンハッタン行きのR系統の地下鉄に乗るころには、トイレの個室にこもりきりの一日になりそうだと感じていた。

その予感は約一時間後、深呼吸をして回転ドアから会社のビルのロビーへ足を踏み出したときにさらに強まり、インディアに短く手を振るあいだだけ少し落ち着いた。インディアはコーヒー色の肌のほがらかな受付係で、ネラがワーグナーで働きはじめてからずっと、平日の朝六時から十一時までを担当している。「きょうのスカーフ、すてきだね、インディア」できるだけ明るい声でネラは言い、社員証を取り出して見せた。

インディアは腕を頭に持っていき、きょうはどれを着けているのか思い出そうとするように、艶やかな青と金色のスカーフに触れた。「ありがとう」インディアは心からの笑みを浮かべた。ネラが毎日、スカーフやイヤリングや新しい髪型について同じようなことを言っているにもかかわらず。ネラのほめ言葉も、もちろん、いつも真実に基づいている。きょうのスカーフは、青と金色の幾何学模様が美しくあしらわれていて、インディアはそれをミッドタウンのオフィスビルには華やかすぎるくらい込み入った方法で髪に巻きつけ、頭の上で左右対称の蝶結びにしていた。とはいえネラは、朝のやりとりがロビーからエレベーターホールまで移動するあいだに足を止めることなく完了するように気をつけていた。それは、朝にトウモロコシの粥を作ったり、地下鉄のホームを三分の二ほど奥まで進んでマンハッタンの駅で余分に歩かなくてすむようにしたりするのと同じように、朝の日課のひとつだった。

「ほんと、すてきなスカーフだよね？」

誰が同意してくれたのかと、ネラは振り返った。もちろん、それはヘイゼルだった。いつの間にか、原稿の束を右手に持って、すぐ後ろに立っていた。勤務初日に渡されたネイビーブルーのワーグナーのトートバッグが手首からぶらぶらと揺れている。

「ふたりとも、調子はどう？　ところで、インディア」ヘイゼルはトートに手を入れた。社員証を出すのか思いきや、出てきたのは茶色の紙袋だった。「先週話した、クイーンズのあのアフリカンファブリックの店へ行ったの。それで……これ！」

インディアはデスク越しに手を伸ばして、差し出されたものを受けとった。そのしぐさには、危うい、貪欲にも近い勢いがあった。知り合ってからの二年間で、こんなふうに感情をあらわにするインディアを見たのははじめてだった。

「すてきね、ヘイゼル！」インディアは感嘆し、みずみずしいピンクグレープフルーツの果肉を思わせる色の長いサテンのスカーフを揺らした。

「うわ、すごくきれい」ネラも言った。大幅に遅刻していたが、ヘイゼルは時間を気にしていないようだった。それに、このやりとりは自分とも暗黙の関係があるような気がした。救命ボートに群がるタイタニックの乗客たちのように、ほかの社員が次のエレベーターに乗ろうと先を急ぐなか、ネラはその場に釘づけになっていた。

「そのピンク、絶妙でしょ。見た瞬間にあなたを思い出したの、インディア。あなたが行くブロンクスの店ではピンクやオレンジのスカーフがすぐ売り切れちゃうって言ってたから」

「くれるの？　わたしに？」インディアは布地に指を走らせた。アーモンド形の大きな目に涙がたまっていた。

「もちろん、あなたによ！」ヘイゼルはいたずらっぽく声を落とし、インディアの腕を軽く叩いた。「誕生日おめでとう」

「そうなんだ！」ネラはおずおずと言った。「ごめんなさい、知らなくて……おめでとう、インディア」

しかし、インディアの目はヘイゼルを見つめたままだった。「ほんとうに？」インディアは口ごもった。「信じられない……ごめんなさい、でも……ここの人にこんなことをしてもらったのははじめてで。十年近く働いてるのに……」いまやインディアは涙をこぼしていた。ここがどこなのか忘れてしまったようだった。スカーフを置いてデスクの奥から出てくると、ヘイゼルをしっかりと抱きしめた。すぐ近くで、インディアに上階へ行く許可をもらいに来た来訪客が、とまどった様子で靴底に挟まった小石に突然気をとられたふりをしはじめた。

「ヘイゼル、ありがとう！　でも……どうして知ってたの？」

「まあ、いろいろね。それに、これを買った店はほかにもたくさんヘアアクセサリーを売ってて。つい引きよせられちゃったの」ヘイゼルはウィンクした。「きょうは働きすぎちゃだめだからね。自分を甘やかしてあげないと。じゃあ、またね！」

インディアがもう一度礼を言おうとするのを待たずに、ヘイゼルは歩き去った。ネラは急いであとを追い、ワーグナーの下の階にあるソフトウェア会社の社員と思しき長身のしかめ面の男性の前に割りこんだ。「あれ、すごくすてきだった」込み合ったエレベーターに乗りこみながらネラは繰り返した。ふたりはなんとか乗れたが、ソフトウェア会社の男性は乗れず、はばかることなく苛立ちをあらわにしたチェリーレッド色の顔の前で、扉が閉まった。

「でしょ？　いつもならああいうものは〈カール・セントラル〉で買うんだけど」

「〈カール・セントラル〉？」

「ベッドフォード＝スタイベサントにあるセンス抜群のヘアカフェ」ヘイゼルが顔を寄せて声を低くし、ココアバターの香りがネラの鼻を突いた。「黒人専用のヘアカフェなんだ」

「へえ」

「だから、〈カール・セントラル〉でインディアに何か買うつもりだったんだけど、クイーンズでハッピーアワーに友達と会う約束をしてたのを忘れてたってマニーが言うから、だったらアフリカンファブリックの店に行こうかなって」

「マニーって？」

「あ、ごめん。エマニュエル。マニー。わたしの彼氏」

「ああ、なるほど。マニーっていうんだ」

「あなたは彼、いる？」

「いるよ」ネラは答えた。「すごく……いい人」

「うわ、その顔……満面の笑み」

ネラはうなずき、肩をすくめて、恋人の名前や出会いについて訊かれるのを待った。そして、何も訊かれなかったので、こちらからオーウェンについて話すべきかと考えた。

結局それはやめて、ネラは声を落として言った。「インディアが巻いてるみたいなスカーフがずっとうらやましかったんだ。でもユーチューブのチュートリアルを見てもいつもうまくできなくて」ネラは髪をフレンチブレイドにするやり方を覚えたくて、スロー再生にしたり早戻しをしたりして何時間も動画を見てきた。何度見ても、肝心な部分を見逃しているようだったからだ。しまいには腕をあげているのがつらくなってあきらめ、髪がもっと長くなってから再挑戦することに決めた。「フラットツイストさえできなくて。三つ編みもいつもふぞろいになっちゃうし」

話しおえたときにちょうど扉が開き、四階で大多数が降りた。誰かの髪が口に入る恐れなしに振り向けるようになったので、ネラはヘイゼルのほうを向き、お勧めのユーチューブのチュートリアルはないか訊こうとした。しかしヘイゼルは、『カラーパープル』を見たことがないとたったいま告白されたような顔でネラを見つめていた。

「じゃあ……スカーフも結べないし、フラットツイストもできないってこと？」ヘイゼルは見るからに驚いていた。

「わたしは……」ネラは髪に触れる代わりにバッグの肩紐を握った。〝黒人の髪のスタイリング法を知らずにこれまでどうやってきたのか〟とはヘイゼルは訊かなかった。しかし、訊かれるまでもなく、これまで何度も自問してきた。

両親によるところが大きい、というのがいつもの答えだった。両親はコネチカット州の白人の多い地域でネラを育て、白人の多い公立学校へネラを通わせた。そして地に足をつけさせておくために、黒人の力場というようなものをネラのまわりに作り、黒人であることの誇りも育てた。普段から独自の黒人歴史教育を施し、人形を買い与えるときは白人ではなく黒人の人形を与えた。

けれども、世界最高の完成度の力場でもひびがあるもので、細くてまっすぐな髪へのあこがれがそのひびから忍びこんできた。両親に防ぐすべはなかった。学校、お泊まり会、ネラの行く先々でそういう髪が目に入った。黒人のバービー人形の髪もまっすぐだった。家のなかにも見本はあった。母親は九〇年代半ばから、フェアフィールドの小さな市立大学の学部長を務めるようになって縮毛矯正剤《リラクサー》を使っていた。そのため、九歳のネラが自分もやりたいと言いはじめたとき、両親は動じることなく受け入れた。ネラがそう望むようになるのは避けられないと見越していたのだろう。通過儀礼だとさえ思っていたのかもしれない。

　ネラが六年生になるとすぐに、母親はニューヘイヴンのヘアサロンへネラも連れていくようになった。ふたりは並んで頭にリラクサーを塗られ、一年遅れの《エッセンス》とテリー・マクミランの小説を読んだ。母子のこの儀式は六週間に一回、ネラが運転免許をとり、高校の新聞部の記者になって忙しい社交生活を送りはじめるまで続いた。十六歳の誕生日プレゼントに伯父がスバルのレガシィを中古で買ってくれたので、どこでも自由に行けるようになった。

　行くべき場所があるというのはいいものだった。家での生活は気の滅入るものになっていたからだ。ひと月またひと月と時が過ぎるにつれ、両親は結婚生活をそれぞれ楽しんでいるふりをすることに興味を失っていった。ときおり激しいやりとりが一、二度散発するだけだった夕食の席は、陰険な応酬の集中砲火となった。ひとりっ子のネラは仲裁役を務めたが、あまりうまくはいかなかった。懸命に努力したものの、離婚を阻止することはできず、ネラが高校の卒業証書を受けとった次の週にとうとう両親は別れることになった。それでも、ネラは何事もないような表向きを維持した。見た目は完璧だった。高校四年生のときの写真――真っ白な歯、隙のないメイク、艶やかでまっすぐな、肩の上で少しだけカールをつけた髪――を見れば納得してもらえるだろう。

家から遠い名門大学へ進み、黒人の友達を作り、すてきな黒人男性と恋に落ちて、優秀な成績で英文学の学位をとる。ヴァージニア大学が気に入れば、そこでふたつ目の学位もとってどこかの大学で教員をし、黒人の恋人と結婚して、世界じゅうを夫とめぐり、準備が整ったら子どもをふたりほど作る。そういう人生を送りそうなお嬢さんだ。

ネラは、最初の学位はとった。けれども、写真のお嬢さんに用意されたそのほかの計画は、ネラにはうまく当てはまらなかった。大学一年生のときに黒人女子学生社交クラブのパーティに二度ほど参加してみたが、興味を持てなかった。入会するためにさまざまな課題をこなすのは気が進まなかったし、無理に新しい女友達を作るためにそれだけの時間（言うまでもなく費用も）を投資する気になれなかった。

大学でもっと努力するべきだったのだろうか？　たまに大学時代を振り返るとき——マライカがエモリー大学の思い出話をするときが多かったが、ヘイゼルにフラットツイストもできないなんてという驚きの目を向けられているいまもそうだ——両親以上に責任があると感じる人物を責めたくなる。ネラ自身だ。黒人学生同盟の集会に通って、居心地のいい場所からもっと外へ出ていくべきだった。黒人の最初の親友をもっと早く作るべきだった。そうしていたら、自然のままの髪のすばらしさを、主流世界に受け入れられるずっと前から理解できていただろう。若い黒人女性のための文学クラブをニューヘイヴンで立ちあげていたかもしれないし、何かシェアするものはないかと黒人たちのツイッターを眺める代わりに、もっと多くの時間をデモ参加に使っていたかもしれない。

その仮定のリストはネラの茶色の腕と脚を全部合わせたより長く、髪に関するもののみならず、恋愛に関するものも含まれていた。子どものころに黒人の友達がいたら、ヴァージニア大学の黒人のクラスメートで、休暇中に飛行機で出会って手荷物受取所でデートに誘ってきたマーロンと、一度デートをするだけではなくもっと先まで進んでいたかもしれない。地下鉄のいろいろな駅のホームでオーウェンと手をつなぐとき、いまほどまわりを意識しなくてすんだかもしれない。向かいのホームからネラをあきれたように見ている黒人の子は知らないにしても、少なくともネラ自身は、自分には同じ祖先を持つ男の子と一度は付き合ったり寝たりした経験があるのだと思えたはずだからだ。

ニューヨークで新しい生活をはじめたあと——黒人が警官に不当に殺されたり、ヒューイ・ニュートンやマルコムXやフランツ・ファノンの本に延々と何時間も読みふけったり、ブルックリンのスーパー〈ターゲット〉の黒人用ヘアケア製品の通路の商品がいかに充実しているかを目の当たりにしたりしたあと——ネラはリラクサーでストレートにした髪を切って、どうなるかを見てみることにした。その結果、新しく現れたものが気に入った。気に入らなかったのは、それに気づくのに長い時間がかかったことだった。

このすべてを十三階へ着くまでにヘイゼルに話す方法をネラは探した。「わかってる、おかしいよね。昔から髪の扱いは得意じゃなくて。だって——」

「髪が伸びるにつれて、だんだんうまくなってくるものだから」ヘイゼルは小さな笑みを浮かべて言った。「それに、わたしもいくつかこつを教えてあげられる。一時期、編みこみをやめてたことがあるんだ。スカーフをつけるのも。でも、ドレッドヘアにするようになったら、編みこみやスカーフのよさがわかった。特に暑いときは……」

ヘイゼルが抱いたように見えた非難はどこかに消えていて、おしゃれのために頭皮を火傷した痛々しい思い出話がエレベーター内で披露された。まわりの人がさらに何人か降りて、ネラはリラックスして訊いた。「ドレッドにしてどれくらいになる？」

「ええと……もう八年かな。これまでにしたなかで最高の決断だった」

「そうなんだ」

「うん、手入れがすごく楽」

「楽そうだよね。髪を毎晩ツイストするのにはもううんざり。でもこの4Cの髪ときたら……何もしないで寝たら、次の朝は絡まって悲惨なことになる」

「確かに大変だった。覚えてる」ヘイゼルは言った。「わたしは大部分は4Bなんだ。うなじの毛《キッチン》は4Cだけど」

　ネラは口もとを緩めた。こんな会話を昼日中にミッドタウンのビルでできるとは、なんてわくわくするんだろう。エレベーター内にあとひとりだけいる女性は、もうその必要もないのに奥の角に体を押しつけている。その女性もワーグナーのトートバッグを肩にかけていたが、二〇一二年仕様のものだった。デジタルマーケティング部の社員——確かエレナだ、と思ったが、マーケティング部のほかの茶色い髪の誰かとまちがえている可能性も否めなかった。

　エレナと思しき女性は親指を盛んに動かし、集中して携帯電話を操作しているようだった。イヤホンはつけていないので、こちらの会話は聞こえているだろう、とネラは思った。エレナと思しき女性のボブにした薄茶色のまっすぐな髪を見つめ、彼女は黒人の髪についての会話をこれまでどれくらい聞いたことがあるのだろうと考えた。〝ツイスト〟や〝4B〟や〝キッチン〟をグーグルで検索しているのだろうか。それともまったく無関心なのだろうか。自分には関係ないと切り捨てているのだろうか。

　十三階でエレベーターの扉が開いた。エレナと思しき女性は携帯電話の画面に没頭したまま左へ曲がっていった。ヘイゼルはそのあとに続く代わりに、右を指さした。「ねえ、キッチンに寄ってもいい？　ランチを冷蔵庫に入れたいから」

「ああ、うん……」もうかなりの遅刻だ。とはいえ、四十四分も四十五分もたいして変わらないのでは？

たいして変わらない。ネラはヘイゼルについていくことにした。

「とにかく、今度クリントン・ヒルに来ることがあったら教えて」ヘイゼルは言ったが、その足どりはネラが望むよりもだいぶゆったりとしていた。「あなたもブルックリンに住んでるんでしょ？」

「うん。ベイ・リッジに」

「ベイ・リッジ？　あそこに住むのって変な感じがするんじゃない？　あそこってすごく……」

そこで声が途切れた。ベテランの制作編集者が紙の束を抱えて通りかかったからで、その編集者は誰かに――おそらくはそそっかしい編集アシスタントに――ひと言言う気まんまんのようだった。

「白人だらけだから？」またふたりきりになるのを待って、ネラはあとを引き継いだ。「まあね――お気に入りってわけじゃない。でも、いまのわたしたちに手が届く範囲ではいちばん」

「へえ、〝わたしたち〟？」ヘイゼルはキッチンへ入っていきながら眉をあげた。「それって……声の調子から察するに……〝特別な〟ルームメイトがいるってこと？」

「あはは、まあね。そう言っていいかも。彼は――」

「同棲してるんだ。いいね！　ということは、ベイ・リッジは相手の好み？　家賃がほどほどの場所ならブルックリンにはほかにもたくさんあるもの。白人だらけでないところも。クイーンズもあるし……」

「彼がベイ・リッジにこだわったんだ」ネラは言った。「『サタデー・ナイト・フィーバー』に妙な郷愁愛を抱いてて。彼が生まれるずっと前の映画なのに」

冷蔵庫のなかをいじっていたヘイゼルは、扉の陰から頭を出して言った。「じゃあ、彼はイタリア人なんだ」そしてまた扉の陰に隠れた。

「ほんの二十五パーセントだけね」ネラはいたずらっぽく言った。「だからって必ずしも——」

「彼は自分の二十五パーセントがどこ由来か知ってるんだ。ラッキーだね」ヘイゼルは言い、とうとうサラダを置く隙間を見つけた。そして、デスクのほうへと歩き出しながら言った。「白人の恋人がいるのっていつでもすごく楽しいよね」

ネラはヘイゼルをじっと見た。経験から言っているのだろうか、それとも想像で言っているだけ？　「訊いてもいい？」ネラは切り出した。「マニーって白——」

「ああ！　来たのね、ネラ。ようやく」

ぎらつく目をしたヴェラが、ネラのデスクの前に立っていた。頬を紅潮させ、両手をしっかりと腰に当てている。薄い笑みを浮かべているのは怒鳴らないようにするためで、しばらく前からそうしているようだった。「おはよう、ヘイゼル」

ヘイゼルはデスクの椅子に滑りこんで、おはようございます、と小声でつぶやいた。

「遅れてすみません」ネラは言い、言い訳を探したが、何も見つからなかった。

「そうね。次からはメールでもテキストメッセージでも狼煙《のろし》でも……なんでもいいからとにかく連絡して。いいわね？　よろしく。けさはしっちゃかめっちゃかなのよ」

ネラは黙りこんだ。そう、メールをすることはできた。けれども、ワーグナーで働くようになった二年のあいだに何度か遅刻をしたことはあったものの——正当な理由があるときもないときもあった——今回のようにはっきりと叱責されたことは一度もなかった。地下鉄に乗った時点で二十分遅れるのはわかっていたし、地下鉄を降りたときも、ロビーでヘイゼルやインディアと立ち話をしたときもわかっていた。エレベーターのなかでも、二階と三階のあいだを通過するあたりでまた意識した。とはいえ、ヴェラは午前中の早い時間はたいていオフィスのドアを閉め切って、人が出入りしはじめるとできなくなる仕事を片づけている——編集上のアドバイスや新しい表紙デザインの意見を求めたり、新入社員を紹介したり、雑談したりする人が入れ替わり立ち替わりやってくる前に。

しかし、その朝は——コリンに関係があるのだろう、とネラは思った——ヴェラのオフィスのドアは開け放たれていた。そしてどうやら、シャートリシアについての議論でネラが伝えた見解はいまだ活力を保ったまま、しぶとい小悪魔のようにヴェラとのあいだで踊りつづけているようだった。

その悪魔を感じとったのか、ヘイゼルは——先ほどおはようございますと言ったのと同じ遠慮がちな小声で——ニューヨークの地下鉄システムの混乱ぶりについて不満を口にしはじめた。「けさはふたりともひどい目に遭ったって話をしていたんです——誰かが線路に飛び降りたんだと思います。わたしの乗った電車は二十分は停まっていました」

ネラはメイジーの暗いオフィスのほうへすばやく目を向けた。ヘイゼルの遅刻を咎める可能性のある唯一の人物はまだ出社すらしていなかったが、それでもヘイゼルは助け船を出してくれている。あとでお礼を言わないと、と考えながらネラは付け加えた。「わたしの電車は二十五分停まっていました。トンネルのなかで」

「トンネルのなかで」ヴェラは繰り返した。

「は――はい。トンネルのなかで」いまついた嘘のせいか、ヴェラの〝嘘おっしゃい〟という目つきのせいか、ネラの体温が何度か上昇した。カーディガンを着たままだったのを急に思い出し、それを脱いで荷物といっしょに椅子に置いた。

ヴェラは唇を噛んだあと、口を開いた。「まあ、いいわ」まったくよくなかったが、ヴェラは話を変えて、『ひりつきと疼き』を二部印刷してほしいときびきびと指示をした。そしてオフィスへ戻っていき、ドアを閉めた。

ネラはヘイゼルのデスクのほうを振り返った。ヘイゼルがこちらを向いた。

「ふう。あれはどういうこと?」

ということは、きのうは聞こえていなかったのだ。よかった。ネラはヴェラのオフィスのドアをちらりと見て、完全に閉まっているのを確かめた。それから、椅子を滑らせてヘイゼルのブースへ移動した。

「コリンがご立腹で」ネラは小声で言った。「かんかんなんだ」

「え? どうして?」

「シャートリシアのことでありのままの意見を言ったの。〈ニコズ〉で話し合ったとおり、率直に伝えようと決めて。コリンは、わたしが彼を人種差別主義者呼ばわりした、って言った。そう言われるんじゃないかと予想はしてたけど」

「それで、ほんとうにそう呼んだの?」

「もちろん人種差別主義者なんて言ってない」ネラは言い、そんなミスをしかねない人間だと思われたことにむっとした。「でも、彼はそう言われたように感じて、そうじゃないと納得してもらうことはできなかった。本意ではなかったけど、しばらくしてコリンがトイレから戻ってきたときに謝罪した」

　コリンがヴェラのオフィスに戻ってきたのは二十分もたってからだった。帽子をかぶりなおして、唇を引き結び、目を少しどころではなく赤くしていた。〝あなたを人種差別主義者呼ばわりしたように思わせてしまってすみませんでした〟とネラは吐きそうなのをこらえながら言った。言葉が舌に張りつくかのようで、人影のない通りですぐ後ろをついてきた男にペッパースプレーをかけたのを謝っている気分になった。それでも、とにかく謝った。最後には実際に申し訳ない気分になっていたからだ——少しちがった意味でだが。

「コリンはしばらくヴェラのオフィスを離れていたよね？」ヘイゼルは尋ねた。「二十分くらいだったっけ？　なかなかの時間だね」

「そう、二十分ぐらい」ネラはつぶやいた。「ああ、いやな気分」

　ヘイゼルは肩をすくめた。「コリンがヴェラのドアを開けた瞬間、この席にいても寒気がした。大変だったね。わたしに聞こえたかぎり——」

「待って」ネラはヘイゼルをさえぎった。「じゃあ、何が起こってるか聞こえてたの？」

　ヘイゼルは首を振った。「ところどころだけで、全部は聞こえなかった。メイジーの仕事に集中してたし。でも、それより重要なのは——わたしの耳に入った内容から考えて——あなたは何もまちがったことはしてない。非難される道理はないよ」

　その言葉をネラが噛みしめようとしたとき、ヴェラのドアがふたたび開いた。「ネラ、パソコンにログインしてる？」

「あ——」

「三十分前に至急の用件をメールしたんだけど、いま再送信したから。確認してくれる？　いますぐに。よろしくね」

　ネラは急いで椅子を滑らせ、自分のデスクに戻ろうとしたが、その瞬間に靴紐がネラを裏切り、椅子のキャスターに絡まった。椅子はのろのろとしか進まず、ヴェラはそれを見つめて片眉をあげた。しかし、何も言わずにため息をついてオフィスに戻り、先ほどよりも大きな音を立ててドアを閉めた。


　その日の残りの時間も同じように過ぎていった。編集者もアシスタントも、どうすればいいのかわからないいたたまれない空気にどっぷりと浸かっていた。ヴェラの〝至急の用件〟は、本のカバーの袖に載せる作家名にミドルネームのイニシャルを入れたいのだが印刷前に間に合うかを管理編集者に確認するというものだった。その管理編集者のオフィスはヴェラのデスクから歩いてほんの十秒の場所にあった。

　これについてはなんとかこなした。しかし、どういうわけか、ほかの細々とした業務についてはオ力もむなしく失敗つづきだった。作家にメールを送ったときにはエージェントをｃｃに入れるのを忘れ、ヴェラに頼まれた書類をスキャンしたときには肝心な部分が欠けて取りこめていなかった。

　やることなすことうまくいかなかった。少なくとも、うまくいっていない気がした。ヴェラの苛立ちも、張りつめた空気も、コリン・フランクリンの悪魔も、全部ネラの頭のなかにだけ存在しているのだろうか？　ときどき、ネラは謝罪の言葉を途切れさせ、自分はただ自分の引け目を投影しているだけなのでは、といぶかった。しかしそのたび、ヴェラは〝まあ、いいわ〟とやりとりを締めくくり、その口調よりも冷たい目をしたので、自分たちのあいだでは確かに何かが変わったのだ、とネラは思った。

一方、そのあいだに、塹壕に隠れる兵士同士のように、ヘイゼルとの距離は近づいた。ヘイゼルは会社とは関係のない話題でネラの気を引き立てようとした。ヴェラの小言にネラが「わたしがそんなことを？　すみませんでした」と答えると、ヘイゼルはすぐさまメールでシットコムの人気キャラクター、スティーブ・アーケルのGIFを送ってきた。ランチのあとには、向かいにあるベーカリーでトリプルファッジ・ウォルナット・クッキーを買ってきてくれた。偶然にもそれはネラの大好物だった。そして、しばらくたった三時ごろには、〝センス抜群のヘアカフェ〟とエレベーターで言っていた〈カール・セントラル〉のリンクを送ってきた。

〈カール・セントラル〉のホームページには、この店は〝黒人の髪に関するあらゆる問題を解決する聖地〟でもあると謳われていた――そして、それは嘘ではなかった。〈カール・セントラル〉では実際にあらゆる要望に対応していた。スカーフを買えるだけでなく、スカーフを手のこんだスタイルで巻くワークショップに参加することもできた。ヘア・セラピスト――〝ミス・アイーシャ・B〟――もいて、木曜の午後五時から七時のあいだに店へ行けば、ドレッドヘアに関する悩みを三十分間相談できる。ニューヨーク在住でない場合や、ひとりでヘアセラピーを試したい場合は、ミス・アイーシャ・Bが書いた冊子を九・九九ドルでオンライン販売しているという。

店のオーナーは、販売しているヘアケア製品の香りやテクスチャーを伝えることに意をつくしているらしく、さまざまな髪質の黒人モデルを使って製品の効果を説明していた。このウェブサイトにはどれだけの時間と労力が注ぎこまれているのかとネラは感心し、興味を持って〝わたしたちについて〟のページを開いた。オーナーはファニータ・モレホンという魅力的な肉づきのいい女性で、3Cの髪を持ち、丈の短いトップスを好んでいるらしく、弟のマニーといっしょにドミニカ共和国で過ごした子ども時代をこよなく愛しているようだった。

ネラはふと考えた。マニー？　それって……ヘイゼルの恋人？

ファニータのプロフィールを最後まで読み、頭からまた目を通しなおした。気持ちがもやもやとしていたが、なぜなのかはよくわからなかった。ヘイゼルが〈カール・セントラル〉は恋人の姉の店だと言わなかったことが問題なのではない。私生活にオープンそうなヘイゼルが、その件については言わないでおこうと決めたことは奇妙に思えたけれども。

〈カール・セントラル〉のページを閉じてから、もやもやの理由に思い当たった。ヘイゼルの恋人は白人ではないと判明したことが、その感覚の源だった。マニーはドミニカ人だ。ドミニカ出身のドミニカ人。つまり、ドミニカ共和国で生まれて十歳までそこで育ち、ニューヨークに移民してきた。

ネラは新しい同僚に関するこの新情報について考えをめぐらせた。映画監督のスパイク・リーがブルックリンの申し子であるように、ヘイゼルはハーレムの申し子だが、なんとなく、ヘイゼルもオーウェンのような白人を選ぶのではないかという気がしていた。ボストンに一時期住んで働いていたヘイゼルは、ネラが高校や大学時代に交じっていたような、白人だらけの社会にいたはずだ。そしていま、ワーグナーでもまた白人に囲まれている。

とはいえ……ヘイゼルが白人の社会で生きていくのがうまいからといって、そうしたいと望んでいるとはかぎらない。ネラにもそれは理解できた。

「わたしはもう帰るわね、ネラ」

顔をあげると、帰り支度をしたヴェラがブースのそばに立っていた。一日じゅう張りつめていた表情がありがたいことに少しだけ緩んでいたが、すっかり赦してくれているようにはまだ見えなかった。すでに七時を過ぎた遅い時間で、ネラの労働意欲は一時間ほど前に帰ったヘイゼルとともにとっくに歩き去っていたので、いまは〝実はアフリカ系ドミニカ人のセレブ十人〟というリスト記事を読みふけっていたところだった。

ネラは片方の手で記事をクリックして閉じながら、もう片方で上司に手を振った。「もう帰る時間ですか？　気づきませんでした。楽しい夜を！」

ヴェラはおざなりに〝あなたも〟とだけ返し、エレベーターのほうへ歩いていった。

ネラはその日三十回目になろうかというため息をついた──ただし、今回は心からの安堵のため息だった。ようやく退社してマライカと一杯やれる。ようやくシャートリシアの事件のことを吐き出して、ようやく九時間あまり泳ぎつづけた緊張感の海から脱出できる。ネラは立ちあがって荷物をまとめはじめ、あすは必要のない原稿を脇に置き、必要な原稿を積み重ねた。

そのとき、デスクの奥の隅に、小さな白い封筒が置いてあるのに気づいた。丁寧に表書きがしてあり、すべて大文字で綴られたネラの名前がこちらを見あげていた。

最初は動けなかった。とまどって、封筒をただ見つめた。奇妙な何かが耳たぶを引っ張っていた。いつからそこにあったのだろう？　一時間前？　朝からずっと？

ヴェラからの、きょうのことを謝罪する手紙だろうか。

封筒を顔の前に掲げて、じっくり調べた。確かにネラの名前が書いてある──紫のインクのペンで。

二度肩をまわした。自分にあるとは知らなかったチックの発作だった。ストラップが腕を滑ってバッグが床に落ちたが、拾わなかった。その代わりに、手のなかの謎の封筒をもう一度見つめた。中身を見る勇気が出そうになかった。見ずにいる勇気はさらになかった。

どうにでもなれ。

ネラは指を切らないように角度をつけながら小指を封印の下に走らせた。なかには五センチ×七センチの大きさのインデックスカードが一枚入っていた。短い文が不可解にもコミック・サンズの漫画っぽいフォントでタイプされている。

ワーグナーから去れ、いますぐに

心臓の音で掻き消されそうになるなか、三つ数えた。そして息を吸いこんで、ブースの衝立の上からフロアをのぞき、誰がまだ残っているのかを確かめた。何を期待していたのかはよくわからないが——先の尖った白いフードをかぶった誰かが逃げていく姿か、コミック・サンズのフォントが格好いいと思ったサディスティックな子どもの不法侵入者か——見えたのはリチャードのアシスタントのドナルドだった。内気で用事がなければ挨拶もできないドナルド、左肘の脇に置いたディスクマンとつながれた〈ボーズ〉の大きなヘッドホンを丸刈りの頭につけて、彼にしか聞こえない音楽に合わせて頭を振っているドナルド。いまだにディスクマンを使っているドナルド。

いつも八ポイントのタイムズ・ニュー・ローマンという生まじめなフォントでちまちましたメールを書くドナルドがコミック・サンズを使うはずがない——脅すためでも、もっとありえないが、からかうためでも。ワーグナーの誰かがこんなフォントを使うはずがない。筋が通らない。

ふいに、喉から胃に冷たいものが走るのを感じて、ネラは椅子に深く身を沈めた。不健康な量のヘリウムガスをのみこんだかのようだった。もう一度、左手に持ったカードを観察し、そのあと右手に持った封筒に目を向けた。なぜ封筒が置かれたことに気づかなかったのかと必死に考えているうちに、いつの間にか午後八時が近づいて、普段はやかましい空調の音が小さくなり、終業後の節電モードの低いうなりに切り替わった。

〝ワーグナーから去れ、いますぐに〟

カードを裏返して、見逃したものがないか念のために確かめた。しかしほかには何も書かれておらず、表の文字をまた読んだ。

さらにもう一度。

四回目にメッセージを読み返したとき、腹の底から短い笑いがこみあげた。止められなかった。『スキャンダル』に登場する女性フィクサー、オリヴィア・ポープのような自信たっぷりの笑いではなかった。〝は、わたしはあんたとはちがって名乗れもしない小物の人種差別主義者じゃない――わたしはこんな脅しには屈しない。立ちなおってこのことを記事にして、脅そうとしたのを後悔させてやる〟などと思ったわけではけっしてなかった。

そうではなく、それはもっと単純な、あきらめの笑いだった。〝は！　とうとう来た。こんなときが来るとずっと思っていた〟コリン・フランクリンとしわくちゃの帽子が頭に浮かんだ。補聴器に手を伸ばそうとしてノースカロライナで射殺された黒人の老人や、白人の同僚と対等に見られることについてのジェシー・ワトソンの言葉が頭に浮かんだ。〝きみは受け入れられていると思うかもしれないし、彼らもそう思わせようとするだろうが、実際はちがう。彼らがきみを受け入れることは絶対にない。きみの存在は彼らの存在を脅かす〟

では？

〝彼ら〟。そう、自分がワーグナーで働きはじめたときからずっと、〝彼ら〟は存在していたの

ネラは息を吐いてカードを封筒に戻し、封筒ごとリサイクル用ごみ箱に捨てて読んだこと自体を忘れようかと思った。しかし、何かがネラを止めた——誰かに話してカタルシスを得たいという欲求と、生き延びたいという本能的な欲求だ。保健の授業で、いじめや人種差別に関する映画やビデオをいろいろ見てきた。冷たく湿った手のなかにあるのは、証拠だということをネラは知っていた。

シャニ

二〇一八年七月十日
〈ジョーの理髪店〉
ニューヨーク、ハーレム

「名前を」

わたしは拳に咳をした。いつものように湿気の多い夜だったというのに、急に喉がからからに渇いた。「シャニ。シャニ・エドモンズです」

「シャニ・エドモンズ。オーケー。やあ、シャニ」

入り口の番をしていた男性が携帯電話から目をあげて、わたしを観察した。あまり気にはならなかった。ついさっき〈ジョーの理髪店〉の入り口の階段をあがったときにこちらも同じことをして、建物の日よけの下の暗がりで可能なかぎり、彼を観察したからだ。まずまずの観察ができたので、これだけは言える。ハーレムに来たのははじめてだけれども、彼はハーレムの黒人男性はこんなふうだろうと思っていたとおりの外見だった。背が高く、肌の色が暗くて、キュートだ。祖父の軍隊時代の写真によく写っていた、髪をきちんとセットした愛想のいい男性たちを彷彿とさせる——一九四〇年代の、保守的な、濡れた砂のような色の肌と、女性を〝ビッチ〟ではなく

〝ブラウンシュガー〟と呼びそうな親切な微笑みを持つ男性たちを。

彼はわたしのことをどちらの方法でも呼ばなかったが、わたしの顔に浮かんでいたにちがいない困惑の表情を見て微笑んだ。「緊張することはないよ」彼は携帯電話をズボンの後ろポケットに突っこんだ。「おれたちはここではみんな家族だ。なかに入れば……すぐにわかる」

「〝家族〟？」十メートル離れた百二十七丁目とフレドリック・ダグラスの角で、自動車が一台、エンジンを空吹かししていた。四十五分かけてタクシーでここまで来るあいだ、インターネットで〝リン・ジョンソン〟や〝〈レジスタンス〉〟について調べたが、いつものように、調べ物が終わらないうちに目的地に着いてしまった。しかしいま、わたしはこうして、はじめて来た街の閉まっているらしい理髪店の前に、夜更けに立っている。

体重を反対の足に移し替え、トートバッグを肩にかけなおして、自信たっぷりの姿勢をとった。実際にはそんなものはなかったが。「それはすてきだけど、朝の三時に会うなんてどんな家族なのかよくわからない」

それを聞いた男性は笑った。「すぐにわかる。入ってくれ、シャニ」腕を伸ばして、わたしと拳を突き合わせる。「ウィルだ」

わたしは笑みを浮かべた。早くなかへ入って、エアコンが効いているにちがいない場所へ行きたかった。しかし、足を踏み入れようとしたとき、それを押しとどめる声が響いた。「ウィル！」女性の声だった。「何度言えばわかるの。通す前に、まず秘密の質問をしなさい」

ウィルはうめき、背後の暗がりのほうを向いて何か小声でささやいた。わたしは首を伸ばして誰と話しているのか見ようとしたが、店内は真っ暗だった。

「まったく」しばらくして女の声が言った。「もうあんたの顔を見られてるし、名前も知られてる。その子がＯＢＧだったらこの作戦全体がつぶれる。〈レジスタンス〉も終わる」

ウィルは完璧な歯のあいだから息を吸いこんだ。「〝終わる〟？　〝秘密の質問〟？　なんだか大げさな——」

「何度言えばいいの、あんたがどう思うかは関係ない。見つからないようにするのはわたしの責任なの。さっさと秘密の質問をして話を先に進めなさい」

　その言葉で、ウィルのおもしろがる雰囲気が消えた。とうとう振り返ったとき、彼の目にあった穏やかさは苛立ちに変わっていた。「小惑星が地球に迫ってきて、ひとりだけ残して黒人全員を滅ぼそうとしてる」ウィルは淡々と言った。「生き残れる幸運なろくでなしは、きらわれ者女優のステイシー・ダッシュか元医師の政治家ベン・カーソンのどちらかだ。きみならどっちを助ける？」

　なんてことだろう。これが秘密の質問？　わたしは首を振り、汗まみれのブラの肩紐を引きあげた。「時間はどれくらいもらえるの？」

「いいから考えろ。心の声はなんて言ってる？」

「わたしの心の声は、午前三時にそんなことを訊くなと言ってる——」わたしは苛立って腕時計を見た。クイーンズにある叔母の家を夜中に忍び出てきたのは、見知らぬ他人と秘密のクラブごっこをするためではない。彼がどれだけキュートだろうと関係なかった。「いまは午前三時十分で、わたしは暑くてたまらない。そこにいるの、リン？」わたしはウィルの背後に呼びかけた。「来たわよ、計画したとおりに。ボストンを出てきた。どうしてわたしにこんなことをさせるの？」

　女性の声は返ってこなかった。ウィルが言った。「おれならそんな態度はとらないね。とにかく質問に答えたほうがいい」

「でも、考慮すべき条件がいろいろありすぎる。簡単には――」

「ほらみろ！」ウィルは自己弁護の響きたっぷりの声で背後の人物に叫んだ。しかし、やはり答えはなく、ウィルは肩をすくめてニット帽をかぶりなおし、不服そうに言った。「答えは必須だ」

ため息をついて、わたしはどちらがよりろくでなしかを考えた。通りでおんぼろ車のエンジンがうなりつづけるなかで分析するのは難しかったが、しばらくして考えをまとめた。

「ベンにする」とうとうわたしは言った。「どっちもひどい人間だし、ベンはばかなことをいろいろ言ってるけど、でも少なくとも彼は人の命を救うことができる。わたしの考えはそんな感じ」

「なるほど」ウィルは小さく笑い、態度をまたやわらげた。そして、後ろを向いた。「通していいか？」

少し間があった。

「オーケー」女性の声が言った。「通して」

心臓がまた激しく打ちはじめる前に、わたしは足を踏み出した。「二階に着くまで明かりはない」女性の声がした。先ほどまでより大きく、リラックスした声だった。「でもいまのところは、これでじゅうぶんでしょう」

少し先で懐中電灯がついた。「リン？」まぶしい光に目をしばたたかせながら、わたしはまた呼びかけた。

「話は二階で。とにかく、ついてきて」

わたしは身震いし、言われたとおりにした。誰か――おそらくウィルだ――がわたしの両肩に手を置いて誘導してくれた。あたりは暗く、闇に沈んでいて、わたしは導かれるまま前に進みながら、天井からさがる鎖や、幅木に貼りついた乾いた肉片らしきもの――ここに来たのは愚かなまちがいだったことを証明する何か――を探して目を凝らした。

とはいえ、証拠を見つける必要はなかった。これは愚かなまちがいなんてかわいいものではない。狂気の沙汰だ。

〝ことわざではなんて言うんだったった？　行方不明の黒人の小娘なんて誰も探さない、だっけ？〟

「こっちだ、シャニ」ウィルがささやいた。彼の声が不安をさえぎり、耳にかかる息の温かさが、午前三時に寒々しい理髪店で、見知らぬ魅力的な男性とくっついていることを思い出させた。

〈ダイアル〉の石鹸とリステリンのにおいを強く漂わせた、親切なハーレムの住人と。

ゆっくりと誘導してもらいながら、通路を照らす人影のあとを歩いていった。「ところでさ」ウィルが言った。これから言おうとしていることをいつもおもしろがっているような声だった。

「おれの質問の正解は、どちらも助けない、だ。小惑星を一からやりなおす機会にするんだよ。でも、正解にたどり着くやつはほとんどいないから、きみは優秀だ」

7

二〇一八年八月三十日

ネラは目を開けて、目覚まし時計をちらりと見てうめいた。まだ朝の五時だった。寝たのは一時ごろだったのに。

オーウェンのほうを向くと、ぐっすりと眠っていて、妬ましくなってすぐに反対側を向いた。しかし、寝返りをしたせいで胃がいっそうむかついた。ゆうべどれだけたくさん飲んだのか……そもそもなぜそんなに飲んだのかを思い出し、気持ち悪さが悪化した。

〝ワーグナーから去れ〟という言葉が脳のなかで上下し、左右に引き延ばされて、なぜかさまざまなジャンルの曲調で大音量で響き渡りはじめた。カントリー、ラップ、ポルカ、さらには――いちばんきつい――ビッグ・バンド。朝の五時三分に聞くには最悪で、ネラはベッドから出てなんとか自分を保とうとした。

この拷問のような音楽は、まだ十二時間前にもならない退社の時分からずっと鳴りつづけていた。ワーグナーから〈マッキンリーズ〉まで地下鉄に乗っているあいだ、みなが自分を見ていると確信していた。見張られている？　つけられている？　ドアのそばに立っている男がこちらを見ているのは、わたしを殴り倒して財布を奪おうとしているのだろうか、それとも黒人がワーグナーで働いているのが気に入らないのだろうか。息子がワーグナーのインターンシップ採用に毎年落ちていて、いなくなっても誰も悲しまなさそうな人間に八つ当たりしようと決めたのだろうか。

新たな他人が目に入るたび、バッグに入れたあのカードが肩に重くのしかかり、〈マッキンリーズ〉の用心棒に身分証を見せて常連と手を振り合ったあと、まっすぐにバーへ向かいながら、早くも封筒をバッグから取り出した。そしてマライカのもとへたどり着くや、もう一刻も持っていたくないと、ダイナマイトを置くようにテーブルの上に置いた。

「これ、何？」マライカは尋ね、封筒を手にとって、中身を透かし見ようとするかのように、薄暗い店の明かりにかざした。

ネラはバーテンダーのラファエルに合図をして、いつものドリンクを頼んだ。「テキストメッセージを送ったのに、読んでないの？　もう」

「え？　ああ、ごめん。もうわかってると思ってたけど、あたしはイーゴリの世話で手いっぱいで、まわりの人の心配事を気にする余裕がなくて」マライカは眉をあげておどけてみせた。「これは何？　結婚式の招待状か何か？」ふいに息をのんで、胸に手を当てた。「まさか、あんたの結婚式の招待状？」

ネラは眉を寄せて、空になりかけているマライカのバーボンベースのカクテルに目をやった。

「マル、それ何杯目？」

「三杯目か、それくらい。きょうはイーゴリが早帰りさせてくれたんだ、ドライクリーニング店が閉まる前にあたしをおつかいに行かせたくて。だから、早くはじめない手はないって思ったわけ」

「なーるほど」ネラは一瞬――はじめてではなかったが――自分たちはたまにはバーでなくアイスクリーム店で会うことを考えるべきかもしれないと思った。けれどもその一瞬はいつものようにすぐに過ぎ去った。「開けてみてよ」

マライカはグラスを持ちあげて、これからひどく危険なことでもするかのように、時間をかけて最後のひと口を飲み干した。そしてグラスを置き、唇についた水滴をぬぐって、封筒を開ける作業に取りかかった。

奇妙なことに、それは実際、〝作業〟だった。いつの間にか封がまたくっついていて、もどかしいことに、開けるのにいつも以上の時間がかかった。とはいえ、中身を見たマライカの反応は、その待ち時間を埋め合わせるにじゅうぶんなものだった。マライカは、使用ずみのタンポンを投げ捨てるようなすばやさで封筒を床にほうり出した。

「何これ」マライカは言い、もう一度繰り返しながら、床のカードを拾いあげた。「誰がこれを？」

「さっぱりわからない」ネラは心配顔をしているラファエルに、アペロール・スプリッツの礼を言った。マライカがあんな感情的な反応をした原因についてラファエルが聞き耳を立てたがっているのは明らかだったが、少し離れた席で別のカップルがスツールにジャケットをかけはじめた。ラファエルはネラに会釈して、砂色の髪を顔に落ちかからせたあと、新たな客の出迎えに向かった。

「知らないうちに……いつの間にか置いてあったの。きょう、デスクの上に。帰り際に見つけた」

「誰が置いたのか、まったく心当たりがないわけ？」

「全然」

「いつ置かれたのかも？」

「デスクはいつも原稿に覆われてるから……きょうのどの時点でもおかしくない」ネラはカクテルをごくりと飲みこみ、その苦みで頭が少しだけすっきりするのを感じた。

「ふうん」マライカは唇を噛んだ。「おかんむりの作家ってことは？」

バーに来る途中でその可能性も頭に浮かんだものの、浮かんだときと同じように一瞬で消えた。コリンが黒人の登場人物に関するネラのフィードバックに気を悪くしたとしても、『ひりつきと疼き』に支払われる予定の報酬をふいにするとは思えない。コリンは打たれ弱くて、繊細な自尊心の持ち主かもしれないが、愚かではない。「マライカがそれを言うなんておもしろい。おかんむりの作家なら、実際ここに来る途中でひとり頭をよぎったけど……ありえないよ」

「誰？」

「コリン。きのう怒らせちゃって」ネラは説明した。「シャートリシアについて、わたしの意見を伝えたんだ。でもそのことはあとで話す」

マライカは心配げに眉を寄せた。「そんなことがあったんだ」

「うん、でも、コリンがこんなことをしようなんて考えるはずがない。犯人にはあからさますぎるよ。ハラスメントの前科があるから、なおさら」

「〝ハラスメント〟？」マライカは笑い飛ばした。「自分が何を言ってるかわかってる？」

「何年も前の話だよ。タブロイド紙がコリンのスキャンダルを取りあげて、リチャードはコリンを冷遇したらしいんだ。それ以来、コリンはお行儀よくしてる。いちおうは」

マライカはため息をついた。「なるほどね。彼じゃないかも。でも、ヴェラはどう？」

ネラはカクテルをこぼしそうになった。「まさか——」

「まだ細かいことは何も聞いてないけど、ヴェラはコリンの件でかなり怒ってるんじゃないかなって」

「まあね、でも……ヴェラがこんなことをしたら見え見えすぎる。ヴェラはそんなばかじゃないし、そんなつまらない人でもない」

マライカは〝本気で言ってんの〟というお得意の目つきをした。「あたしは〈ライフタイム・ムービー・ネットワーク〉をずっと見てるから、野心家の白人女性がどんな行動をするかはわかってる。上へ行くためなら、卑劣なことだってなんだってする。それで、いったんのぼりつめたらその地位を死守するためになんでもするんだ。赤ん坊を盗んだり、誰かの飼い犬を切り刻んだり。卑劣な手を使う」

「そういう人もいるってだけで、全員じゃないでしょ。それに」取り乱したヴェラがダンボールカッターとガムテープを持って目の前に立っている光景がふと脳裏をよぎったものの、ネラは付け加えた。「もしヴェラがほんとうにわたしをクビにしたいと思ってるなら、とっくにそうしてるはず。ワーグナーの古株だから、それくらいの権限は持ってるよ」

マライカは鼻を鳴らした。「あんたもあたしも、そんな単純な話じゃないのはわかってる」もう一度封筒を手にとって、ドクター・スースの絵本を読むように、カードを読みあげた。「〝ワーグナーから去れ、いますぐに〟これがヘイトクライムでないなら、なんなのか見当もつかない」

「〝ワーグナーから去れ、いますぐに、ニガー〟って書いてあるなら、ヘイトクライムだろうけど」

「うーん……でもそう書いてあるも同然じゃない？」

ネラはカードに手を伸ばした。「そうかな」

「確かに、文字どおりにはないけど。でも、書いてあるようなものだよ。ねえ、ネラ」ネラが目をくるりとまわすのを見て、マライカは続けた。「あんたは黒人。あんたが黒人であるという事実は、他人があんたについて言うすべてのことに色をつける——これはしゃれだけど」そう付け加えてネラのつっこみを封じる。「みなが認めようが認めまいが、それが事実だよ」

「言ってることはわかる。一理あるとも思うけど、でも——」

「それに、先月出たあの匿名の記事——白人の職場で働く黒人女性についての——あれはあんたが書いたんじゃないかって大親友のソフィーに訊かれたって言ってたよね？」マライカは胸を押さえてあえいでみせた。「会社のみんなが、あれを書いたのはあんただと思って、追い出そうとしてるんじゃ？」

「ワーグナーの社員は変わり者ばかりだとは言ったけど、ＫＧＢだとは言ってないよ」

「でも……ＫＧＢじゃないにしても、あんたがはじめた〝黒人であることに誇りを〟活動のことを、ヴェラは自粛しろって言ったんでしょ」

「まあね。でもそれは別の話だよ。それにいずれにせよ、あの活動はまたはじめようと思ってる」ネラは付け加えたが、ワーグナーの〈多様性についての対話集会〉を復活させるというのは、そばで燃えているティーライトキャンドルに髪をくっつけるのと同じくらい、そそられない考えに思えた。「とにかく……これまでこういうことは一度も起こらなかった。こんなことを言うと事なかれ主義のおかしな人間に聞こえるかもしれないけど——」

「確かに、それがあんたのスタイルだよね」

「――でも、ワーグナーの社内であからさまな人種差別をされたことなんてない。少なくとも、ちょっとした無意識の差別以上のものは。ほんとうだよ、マルも知ってるでしょ」

気休めで嘘を言っているわけではなかった。それが事実なのだ。フロアでただひとりの黒人であることはどれくらいつらいのかと訊かれたら、答えは日によって変わる。カニエ・ウェストの精神疾患の深刻さや、『ガールズ・トリップ』に出てくる黒人の子たちがスカーフで髪を覆っていることの意味など、黒人文化をわかっていない人たちに黒人文化を説明しなくてはならないのはつらい。それに、有名な黒人文学すべてを熱心に読んでいるわけではないので（『青い眼がほしい』は五回ほど手にとったものの、最初の章より先に進めたことがない）、新進のあの黒人作家やこの黒人作家が全盛期のトニ・モリスンと比べてどうだという論評はできない。

とはいえ、自分の世界の見方がワーグナー・ブックスの均質な社員たちの世界の見方とまったくちがっていること、あえて言うなら急進的であることに、心のどこかで誇りを感じていることは否定できない。いや、出版業界全体と比べてもそうだ。いつもとはちがう人口統計層から新しく人を雇うように同僚たちを説得することはできていないけれども、少なくとも足がかりは作っている。会議にただ出席したり、キッチンで親しく話したりするだけでも、みなに無意識であれ人種について考えさせることができている。

そして、心のさらに奥深く――先ほどの考えよりさらに何千メートルも深い、〝プライド〟と呼んでもいい領域――では、ネラはヴェラを含めたワーグナーの同僚の多くが自分にある種の敬意を抱いているのではないかと考えていた。畏怖を抱いているのではないか、と。ネラの履歴書にアイビーリーグの名前も出版業界でのインターン経験も記されていないのを見た同僚たちが、〝ここにたどり着くのにどれだけ必死に闘ってきたかを想像してごらんよ〟と自分の知らないところで話し合っているさまを思い描いた。自分はもとから出版業界に連なる人間ではない。たいていの人よりも努力して競争相手を押しのけてきた。言うまでもないことだけれども。

「これまであからさまな人種差別をされたことがないのがほんとうだとしても、それはこれまでのことでしょ」マライカはネラの物思いをさえぎった。「事実について話そうよ。事実その1、あんたは黒人。事実その2、あんたは黒人。事実その3、ワーグナーでこういうメモを受けとったことのある白人が何人いると思う？　というか、ひとりでもいると思う？　それが事実だよ、掛け値なしの真実」

ネラは黙りこんだ。マライカは酔うと現実を突きつけてくる癖があり、ネラはそれを気に入っていたし、きらってもいた。いつもなら午後九時ごろ、食べ物なしで二杯目を飲みおえるころからそれがはじまる。

「おおっとっと、でも待って」マライカは声をあげ、氷を喉に詰まらせかけた。「事実その4、あんたはもう唯一じゃない！　もうひとりの黒人の子のことを忘れてた。なんて名前だっけ？」

「そうだった。ヘイゼルだよ」ネラ自身、ワーグナーはもう白人だけの会社ではないことをまだ忘れがちだった。自分とヘイゼルがお互いの延長のように、一枚のコインの表と裏のように感じられるからかもしれない。「帰る前に、ヘイゼルのデスクにも同じものがないか、確認してくればよかった」帰り際のヘイゼルの様子を思い出して、きょうの出来事とそれより前の出来事とを選別しようとしたものの、思い出せるのはさまざまな段階の苛立ちを見せるヴェラだけだった。黒い実用本位の靴で床を叩くヴェラ。ネラのデスクに近づいてくるヴェラ。眉を寄せるヴェラ——いつものことだけれども。ヘイゼルが帰ろうとしているとき、自分はほかのことに気をとられていたにちがいない。

「もしかして……」マライカは目を見開いた。思い浮かんだことが気に入らないのだろうとネラにはわかった。

「もしかして、何？」

「もしかして……封筒を置いたのはヘイゼルなんじゃ」

「は？　そんなわけない。きょうは『ファミリー・マターズ』のＧＩＦを送ってくれたし。どうしてそう思うわけ？」

マライカは考えこんだ。「そうだね」しばらくして言った。「あんたの言うとおり。黒人なら、あんたを追い出すのにそんな遠まわしなやり方はしない。それに、がんばったのはあんただもの。あのワーグナーの白人たちのなかに努力で入りこんだのも、この二年間、会議で白人がばかげたことを言わないように環境を整えてきたのも。あれはたぶんヘイゼルじゃ……」

ネラはその考えをただちに訂正した。「絶対にヘイゼルじゃない」

けれども、ヘイゼルが封筒を置いたかもしれないという考えはネラの首もとに爪を立て、一杯目を飲みおえて二杯目も空にするころにはその爪がさらに深く食いこんだ。三杯目を飲んでいたとき、ヘイゼルをフェイスブックで検索したことがあるかとマライカが訊き、ネラは進んでこの話題に立ち返ろうとバッグから携帯電話を取り出した。それまで話していた実のある議論——『ボーイズン・ザ・フッド』はミュージカル化できるかどうか——はすでに意見が出つくしていた。

「名前はヘイゼル・マッコール」ネラはそう言いながら白い検索バーに名前を打ちこんだ。

「いままで検索しなかったなんて信じられない。なんでやってなかったんだろう？」

「さあ。きょう、ヘイゼルの恋人のお姉さんのヘアカフェのサイトを見てたんだけど、ヘイゼルを調べることは思いつかなかった。ヴェラに犬みたいにこき使われてたから」

「ヘアカフェ？」

「あとで見せてあげるけど、まずはヘイゼルを調べないと」ネラは画面をスクロールし、苛立って言った。「うわ、ヘイゼル・マッコールってこんなにたくさんいるんだ！」

「へえ？　意外。ところで、その〝ヘアカフェ〟のこと、早めに教えてよね」

「そういえば」ネラは残っていたカクテルを飲み干してから画面を何度かタップした。「ヘイゼルのフルネームは、ハイフンで何かつながってた気がする。ヘイゼル＝アンとかヘイゼル＝スーとか……ヘイゼル＝メイ！　それだ」ネラはそれを打ちこんだ。マライカはその響きの田舎くささについて何やらつぶやいていた。

今回は、ブルックリン在住の該当者はひとりだけだった。プロフィールの写真はエレガントな翡翠《ひすい》色のドレスで着飾ってモデルばりのメイクをしていたものの、同僚だとすぐに確信した。

「そのドレス！」マライカは声をあげた。「それに連れの男性！　うわあ、誰？」

携帯電話を取りあげられたので、深緑のタキシードを着たセクシーな男性についてはよく見る暇がなかったが、マライカが見つめているのはマニーだとわかっていた。見つめてしまう気持ちは理解できた。いつもなら、黒と紺以外のタキシードはあか抜けないと感じるところだが、この深緑のタキシードは彼のテラコッタ色の肌によく映えていて、センスのよさを認めないわけにはいかなかった。ウェーブした黒っぽい長い髪が顔まわりを完璧に縁どっていて、その微笑みはヘイゼルの微笑み以上にまばゆかった。

ふたりはすばらしく華やか——いや、大胆だった。この若い魅力的なカップルは、伝統からはずれた風貌をまとっていた。オーウェンにこのしゃれたタキシードを着せるにはどれだけ運動が必要か考えた。かなりの量が必要だ。とうてい無理なくらいの。

「マニーだよ。ヘイゼルの恋人。ドミニカ人」会ったことがあるかのように、マライカに訊かれたかのように、ネラは言った。マライカは森羅万象の秘密を授けられたような声で、おお、とつぶやいた。

　ネラは引きつづきヘイゼルのフェイスブックを確認し、直近の投稿に目を通して、最近タグづけされた写真を見ていった。三日前に、四人の黒人の少女に囲まれたヘイゼルの写真が投稿されていた。全員が同じ紫のシャツを着ていて、シャツには何かロゴがついていたが、小さすぎて読みとれなかった。少女たちは十六、七歳に見え、ヘイゼルに腕をまわしていて、ヘイゼルはその真ん中で、瞳が見えないくらいに目を細めて微笑んでいた。

　ネラはコメントは読まずに――普段はありふれたコメントをついつい追ってしまうのだが――画面をスクロールして次の写真を表示した。こちらにはまっすぐにカメラを見つめるヘイゼルが写っていて、〝黒人女性に敬意を〟という大きなプラカードを掲げていた。

　ネラが見た最後の写真では、ドレッドヘアを頭のてっぺんでまとめたヘイゼルが淡いピンクの照明に照らされながらステージに立ち、マイクを手に持っていた。少し前にDCへ行って黒人女性の詩作リトリート（リフレッシュのための休暇）に参加した、とヘイゼルが話していたのをネラは思い出した。

「黒人の少女の指導役……詩作リトリート……全部大文字で書かれたプラカード……いかにも怪しげ」マライカがジョークを飛ばした。「でも、ちょっと待った」片手をあげて言う。「ヘイゼルの恋人の名前はマニーだって言った？」

「うん」ネラはまだヘイゼルの写真を見つめ、プラカードの大文字とあの謎めいた封筒の宛名の大文字を比べていた。「なんで？」

マライカは椅子から落ちそうになりながら、またネラの携帯電話に手を伸ばした。「この顔、見たことがある気がする」親指でマニーの顔を叩きながら言う。

「へえ？　ラファエル、手が空いているときでいいから、よかったら――」ネラは自分たちの空になった水のグラスを示した。マライカが椅子から落ちかけたのを見て、そこまで酔いがまわっているときには水分補給が大事なのを思い出した。特に、平日の夜に飲むときには。

「ふたつお持ちします」

「あんたはあたしの最初で、最後で、すべてだよ、神のお恵みを！」マライカはラファエルに叫んだが、目は携帯電話を見つめたままだった。「絶対、前にどこかで見たことがある。仕事は何をしてるって？」

「アーティストか何かじゃないかな。ゾラ・ニール・ハーストンのすてきな絵を描いてマグカップにプリントしたのを、ヘイゼルに記念日のプレゼントとして贈ってた」

マライカは手のひらでテーブルを叩いた。「思い出した！　去年、《メラニン・マンスリー》で見たんだ。確か、〝注目のアーティスト〟リストみたいな記事に載ってた。あたしたちの世代のアンディ・ウォーホルなんだって。ウォーホルとバスキアを掛け合わせたみたいな。そう書いてあったんだよ、あたしが言ったわけじゃなく」マライカは自分の携帯電話のロックを解除してインスタグラムを開いた。五秒もたたずに、小さな正方形の画像がモザイクのように並ぶ画面を表示した。マニーのページだ。〝アート＋ＢＫ〟と書いてある――端的で気の利いた言いまわしだ、とネラは思った。プロフィールを見ると、フォロワーが十万人近くいて、投稿が三千以上あった。

ネラは画面をスクロールしていった。サムネイルのままでも、マニーが投稿した作品はどれも、ゾラ・ニール・ハーストンのイラストと似た控えめでさわやかなスタイルなのがわかった。マグカップだけでなく、Tシャツやトートバッグ、バッジ、マグネットにもプリントされている。

自分や誰かへのプレゼントに買いたくなるものばかりで、ひとつひとつが特別だった。黒人女子テニス選手の草分けアリシア・ギブソンを印象派ふうに紫で描いたすばらしいイラストを拡大しながら、ネラは考えた。ヘイゼルは恋人がいることは自慢したかったとしても、その恋人がどれほどすばらしいアーティストかは強調したくなかったようだ。

ほかには何を隠しているのだろう？

さらに二、三列ぶん投稿をスクロールして、ヘイゼルについて何か情報がないか探した。何も見つからなかったので、携帯電話を滑らせてマライカに返した。「マニーはすごいアーティストみたいだね」

マライカは携帯電話をその場に置いたまま言った。「それで？」

「それでって？」

「あのメモを置いたのはやっぱりヘイゼルだと思う？」

ネラはため息をついた。どう答えればいいのかわからなかった。自分がどう感じているかはわかっていた。たったひとりの黒人の同僚を名指しするのは不当だ。〝罰当《ばち》たり〟という言葉が脳裏をよぎり、そのあと〝樽のなかのカニ（上を目指す仲間の足を引っ張るという意）〟という言葉が浮かんだ。今回それを言ったのはアンジェラ・デイヴィスではなく、ネラの母親だった。このことわざを父親はばかにしていたが、母親はいつも大事にしていた。瞑想のときの詠唱のように心を落ち着けてくれるし、家の鍵と同じくらい実用的だ、と。ネラはたいてい父親の側についたが、それは無抵抗と無関心の中間くらいの理由からだった。

けれども、ネラがいま理解しはじめたことがひとつあるとすれば、そうした性質は現実世界ではまったく役に立たないということだった。

ネラはとうとうベッドから這い出ると、猫のように静かに動いてズボンを見つけ、最初に目についた清潔なセーターを頭からかぶった。そして、残りの支度をしにバスルームへ行き、鏡の上のまぶしい電球の光で、ようやくしっかり目を覚ました。

普段の日なら、鏡に映ったものを見て驚いていただろう。髪はくしゃくしゃで、しかも〝仕事が忙しすぎて身なりにかまっていられない〟というようなかわいらしいレベルではなかった。ゆうべは疲れきって、髪を編んだり就寝用のスカーフをつけたりする気力さえなく寝てしまったのだ。しかし、きょうは髪の縮れ具合を見つめて時間を無駄にすることなく、後ろになでつけてヘアバンドで留め、歯を磨いて顔を洗った。コーヒーを淹れたり、トウモロコシ粥を作ったりするのも省略した。ただ靴を履き、トートバッグを肩にかけて、蒸し暑い夏の朝へ足を踏み出した。

何かがネラを職場へと駆り立てていた。それがなんなのかはよくわかっていなかった。わかっているのは、そのせいで、財布からメトロカードを出そうとしてもたついていた小柄な女性を文字どおり押しのけて先へ進んだことだ。さらには、七時十五分前という、いちばん仕事熱心な編集者でさえまだ出社していない時間にワーグナーのロビーに着いたときには、ドアマットにつまずいて頭から床に倒れそうになった。

いくらか体面を保てたことに、手を先に突けた。「くそったれ」ネラは悪態をつき、古いドアマットのいやなにおいを吸いこんでから体を起こした。恥ずかしい。とはいえ、転んだり大声で悪態をついたりしたのを目撃したワーグナー社員がいなかったのは幸運だった。

ただし……

ネラはすばやくあたりを見まわした。白いシーツをかぶっているかどうかはともかく、あからさまな部外者がいないか確かめた。見える範囲に人影はなく、いたのは受付のインディアだけだった。

エレベーターへ向かう足を止めずに、息を切らしながらバッグのなかの社員証を手探りし、こんなに早く出社した言い訳をいつでも話せるよう身構えた。しかし、近づいていっても、インディアはいつもとちがって顔をあげなかった。

「インディア。おはよう。元気？　きのうの誕生日は楽しかった？」

インディアは雑誌から目をあげた。邪魔をされたことに驚いているようだった。いくらかとまどってさえいるようだ。「ああ、おはよう、ネラ」どことなくなげやりな口調でインディアは言った。「いま、なんて言ったの？」

「その……誕生日は楽しかったのって訊いただけ」

「ああ。うん、楽しかった。ありがとう」

インディアは雑誌に目を戻した。

ネラは喉がきつく締めつけられるのを感じた。〝それだけ？〟いぶかりながら、エレベーターに乗って十三階のボタンを押した。金属の扉が耐えがたいほどのろのろと閉まっていき、そのあいだ、ひどくそっけない応対をした受付係をもう一度見つめた。

各階を通りすぎていくなか、インディアの挨拶について何度も繰り返し考えた。何かが変化していた。インディアがこちらへ向けた目は、ネラの同僚の白人たちへ向ける目と同じだった。

ヘイゼルはこの三週間で、ネラが二年間で話した時間よりずっと長く、インディアと話していた。ヘイゼルに親切にされたことで、インディアがネラをほかのみなと同じ括りに入れたという可能性はあるだろうか。インディアとヘイゼルが組んで、奇妙ないたずらとして、あのメモの件を考えついたのだろうか。インディアはビル内にたくさんの伝手を持っている。関係者用の出入り口もひとつ残らず知っているし……封筒や紫のペンも好きなだけ備品庫から調達できるだろう。

でも、なんのためにそんなことを？

ネラは大きく息を吐き出し、吸いこんだ。ありえない。ちがう。考えすぎだ。結局、あのメモがもたらした不安のせいで世界の見方がゆがんでしまっているのかもしれない。〝インディアはいつもと変わっていない。ほかの社員はまだ来ない時間だったから、インディアはこんな早い時間からいつもの挨拶祭りをはじめなくてはならないとは思っていなかっただけだ。一日に千人に微笑みかけなくてはいけないとしたら、どんな気分になることか〟

数階ぶん上昇するあいだに、そうした考えは形を変えていった。ぐちゃぐちゃの塊になって、十三階で扉が開いたころには、〝ああ、おはよう、ネラ〟という言葉が〝ワーグナーから去れ〟という言葉と組み合わさって頭のなかをぐるぐるとまわり、ネラにはよくわからない何かを警告していた。

自分のデスクへ向かいながら、誰もいないデスクをひとつひとつじっと眺めた。エレベーターの閉鎖空間から解放されたのはうれしかったけれども、フロアに戻れてうれしいとは思えなかった。これはネラの望んでいたはずのことだった——犯罪現場へ戻って、まだ荒らされていないフロアを調べることは。けれども、ワーグナーのすべてがこれまでとはちがって感じられた。医療機関を思わせる明るい照明がこれまで以上に病院めいた雰囲気を作り出している。エアコンもついていないようだった。

荷物を椅子に置いて、パソコンを立ちあげてから、ヘイゼルのブースへそっと入った。そして、目にしたものに驚いた。隣のデスクがいかにすっきりと片づいているか、これまでまったく気づいていなかった。すべてが定位置に置かれていた。キーボードの左に書類の山がふたつあり、片方には〝未処理〟、もうひとつには〝メイジーに確認〟とラベルがつけてある。奥の壁に沿って文房具が並べられ、片側には輪ゴムと画鋲の壜、もう片方にはステープラーとクリップの箱が置いてあった。角に置かれたメイソンジャーにはラインマーカーや鉛筆やペンが立ててある。

黒のペンが数本。赤のペンが一本。青のペンが二本。紫のペンはない。

とりあえずはほっとして、自分のブースへ戻って椅子に座り、目を閉じた。暗闇の代わりに、前日のやりとりがまぶたの裏に浮かんだ。たくさんの人たち。言葉を交わした人たちはみな変わりなかった。制作チーム、広報担当者たち、ほかのアシスタントたち。そしてヘイゼル――ヘイゼルはこれまで以上に親しげだった。GIFやブルックリンのしゃれた黒人用ヘアケア専門店のリンクを送ってきた。ヴェラの細かいあら探しから気をそらせるようにしてくれた。

それを考えれば、職場で自分とのあいだになんらかの問題があったのはヴェラひとりだった。ヴェラの態度は頑なだった。公平とは言いがたい。シャートリシアについて率直な意見を言ったり、一度ひどく遅刻したり……そうしたことは自分が無能なアシスタントだという証拠にはならない。だめなアシスタントがどんなものかはわかっている。ほんとうだ。編集者たちがランチに出ているときに、フロアを見まわしてみればいい。ほかのアシスタントたちはすぐに気を散らすし、意欲がないし、なまけがちだ。

なまけがち。

何時間か前にベッドで目覚めたときよりも、すばやくネラは目を開けた。すっかり忘れていた。

あのメモがどこから来たかの手がかりではなく、ヴェラに頼まれていた、もっと若い層への訴求力が増すようにオンラインのキャッチコピーを手直しするという仕事のことを。こんなに早く会社に来ようとしたほんとうの理由はそれだったのかもしれない。無意識のほうが自分自身よりも役に立ったのは、これがはじめてではなかった。

急に肩身の狭い気分になって、ネラはデスクを指でこつこつと叩きながら、パソコンでもとのワードファイルを探して印刷ボタンを押した。フロアの反対側の壁際にあるプリンターからすぐに印刷したページが吐き出された。ネラはその音に驚いてプリンターに目をやった。いつもなら、朝いちばんに印刷をするときは、プリンターがスリープモードから立ちあがるのに九十秒ほどかかる。

ネラは印刷された紙をとってデスクに戻った。椅子のところまで来て腰をおろそうとしたとき、紙が一枚ではなく二枚あることに気づいた。自分が印刷したほうを椅子に置いてから、もう一枚を本来の持ち主のためにプリンターに戻そうと引き返した。

そうするのがここではマナーになっていた。内容を読んだり、ブリジットがよくやるように紙を落とし物のパンツさながらに頭上で振りながらフロアを歩きまわったりして持ち主を探すよりも、ただプリンターに返しておくやり方がネラは気に入っていた。

しかし、いまはフロアに誰もいないので、ネラは礼儀を気にせず、偶然手にした書類にはばかることなく目を向けた。そして、角を曲がったところで、はっと足を止めた。

それはリストだった。スプレッドシートで作成されている。ワーグナーの編集者が担当書籍の整理に使うソフトウェアを使った、正式なもののように見えた——ただし、左の列に書かれているのは書籍のタイトルではなかった。

アリーヤ・H
アヤナ・P
カミーユ・P
エボニー・J
ジェイダ・A
ジャズミン・S
キアラ・T
ニア・W

名前だ。名前の次の真ん中の列には日付が書いてある。その次、いちばん右の列には地名が並んでいた。というか、ほとんどが同じ地名だ。ニューヨーク、ニューヨーク、ニューヨークと続いている。カミーユ・Pがミズーラとなっているのだけが例外だった。

ネラはもう一度リストにざっと目を通した。ミズーラというのが気になった。ここにあがっているのはどれも、黒人女性の名前のようなのに。

いったいどういうものなのだろう。

そのあと、ふいに明るい気持ちになって、紙をプリンターの上に戻した。〝これは採用候補者のリストなのでは？〟背伸びをして確認すると、リチャードのオフィスの明かりが確かについていた。

「何をやってるんだい、ネラ」

名前を呼ばれ、ネラはぎょっとした。あと三十分はひとりきりだと思っていた。「え？誰？」

ネラのデスクのほうから笑い声が聞こえた。「誰だと思う？」声は尋ねた。「おれだよ！」聞き覚えのある声だった。ブースに戻ると、空っぽの椅子の脇にC・Jが立っていた。満足げなにやにや笑いを浮かべて、〝ワーグナー通信室〟と書かれたネイビーブルーの小さすぎる前開きの半袖シャツ姿で腕を組んでいる。ネラがワーグナーで働きはじめてほどなく、三週間か四週間後にバターのような深いアクセントで教えてくれたところによると、シャツを乾燥機に長くかけすぎてしまったそうだ。サイズが三分の一に縮んで、〝クロップトップになる五秒前〟だった、とC・Jは笑っていた。なぜ新しいものにしないのか訊くと、買い替えるには五十ドル以上かかるとのことだった。

それからふたりは親しくなった。

「脅かさないでよ、C・J」ネラはC・Jの肩を叩いたが、会えたのがうれしくて泣きそうだった。確かなことが何かひとつあるとしたら、それは犯人はC・Jではないということだ。「あなたでほっとした」

C・Jは眉をあげた。ネラが泣きそうになっていることに彼も気づいたらしい。「もっと頻繁に手術を受けるべきかな。顔を合わせるのは――六週間ぶり？　それで、もうおれのことを忘れてた？」ほがらかな笑い声が誰もいない通路とネラの体の芯に響いて、一月の寒い日に飲むオクラのスープのようにネラをぬくもりで満たした。

「忘れてないってば」ネラは言った。その証拠としてハグをしたくなったが、思いとどまって椅子に座った。C・Jに誤解させたくなかった。何カ月か前に酔ったC・Jがインスタグラムで気まずいダイレクトメッセージを送ってきたことがあり、それについては謝ってくれていてお互い水に流していたものの、自分たちの関係は〝一般レベルだが大事なもの〟という位置づけにしておくのが賢明な気がした。

「膝はどう？」ネラは尋ねた。

「ああ、ほら、役目は果たしてるよ。めちゃくちゃ痛いけど、こうして働いてる」

「もう少し休む気はなかったの？」

「無理だよ」C・Jは言った。「おれたちの時間にはかぎりがあるからね」

ネラはうなずいた。彼の言う〝おれたち〟にネラは含まれていないことはわかっていたけれども。C・Jや通信室のスタッフは、有給休暇がほかの社員より少ない。ネラとC・Jは、会社の外の状況もかなりちがっていた。C・Jはオーシャン・ヒルで姉と姉の子と暮らしていて、ワーグナーの給料と週末の仕事の給料でふたりを援助している。どこのナイトクラブで用心棒をしているのかは覚えていないが、自宅の近くではないと聞いた記憶があった――ヘルズ・キッチンかコロンビア大学のあたりだったかもしれない。そちらのほうが会社に近いので、理に適っている。月曜の朝には、配達の途中に郵便物のケースにもたれかかって休憩しているC・Jをよく見かけた。

二十二歳でどうやってすべてをこなしているのかわからなかった。通勤、かけもちの仕事、家族だけれども引き受ける義務はない家族の世話。少なくともネラの恵まれた基準では義務ではない。それなのに引き受けて、いつも笑顔で働いている。

ネラは心配の目でC・Jの膝を見つめた。「せめて、もう少し朝はゆっくり来たら？」静かに言う。

「あはは、シェリーからテキストメッセージが来て、おれの代わりをやってたやつが使えないって言うからさ。一週間以上前の消印が押されてるのにまだ配達されてない郵便物をさっき見つけたところだよ。ありゃだめだね。なんでこの仕事ができないんだ？　だってさ、単純な仕事だろ」

C・Jの代わりに下のソフトウェア会社からまわされてきたやせこけた中年の配達係のことをネラは思い浮かべた。その男性がワーグナーでの短期勤務をはじめた週にカートでメイジーを轢いてしまったのを思い出して、くすくすと笑った。同僚のなかで、配達ミスの被害を受けていないのはネラだけだった。「最初のころはできるだけ手伝ってたんだけど、あの気の毒な人は……うまくこなせなくて。郵便物の多さに圧倒されてたんだと思う」

「おれが何を考えてるかわかる？」C・Jは左腕を曲げて力こぶにキスをした。「やつはおれじゃない。そういうことだよ」

ネラは笑った。「そうかも」

「それで、こっちはどうだったんだ？　もう世界征服はすんだか？　最新のベストセラーをものにした？」

「ううん、まだ。でも……その……きのう妙なことがあって。おかしなメモが置いてあったんだ」

「おかしなメモ？」

「そう」

「誰から？」

「そこが妙なところで。わからないんだ。匿名だったから。でもわたしの名前を書いた封筒に入ってて。〝ワーグナーから去れ、いますぐに〟って書いてあった」

「まじか？　からかってるんだろう」

「だったらいいんだけど。すごく怖くて。それでこんな早くから会社に来ちゃった」

「なんのために？　それを置いていったやつと対決するのか？」C・Jは茶化したが、口調に交じるユーモアは目までは届いていなかった。心配げにこちらに向けられたまっすぐなまなざしが、早朝に出社した理由をネラに思い出させた。自分はゆうべ見逃したかもしれない手がかりを探しにきたのだ。動かぬ証拠——あのいまいましい紫のペン——がヘイゼルのデスクにないかどうかを確かめるために。

C・Jのことは信頼していたものの、そこまで話す心の準備はまだできていなかったので、ネラはただ肩をすくめた。「何をするつもりだったのかよくわからないんだ、自分でも」

C・Jはうなずいた。「ここの誰かがきみをいびり出そうとしてるんじゃないかとじっくり考えてみたことは？」

「ある。でも、どうしていまごろ、二年もたってからはじめるわけ？　白人至上主義か何かだとしたら、わたしが働きはじめたときにやってたんじゃない？　でなければ、あの多様性の活動をはじめたときに」

「でも、夏のこの時期に会社にいるのはきみたちがほとんどだろ？　アシスタントが？　だから、もしここで働いてる誰かがやったとすれば……」

C・Jはそこで言葉を切ったが、目はやはり心穏やかでない不安げな光を浮かべていた。何も言わなければよかった、とネラは思いはじめた——C・Jには言わなければよかった。二日酔いが収まるまでは。自分でも納得できる説明を思いつくまでは。

「なんできみがそんなに落ち着いていられるのかわからないよ」しばらくしてC・Jは言った。「これは無視していいことじゃない……ほうっておけばすむことじゃないよ。誰かに相談した？」

「まだ。ゆうべの遅い時間に気づいたから。ほとんど全員が帰ったあとに」

「ほとんど？」

「ドナルドはまだ残ってた。わたしの知るかぎりだけど」

「ああ、〝ウォークマン〟か」C・Jは言った。リチャードのアシスタントのことを考えるC・Jの目の奥で、十二時間前のネラと同じように、歯車が回転しているのが見える気がした。「郵送されてきたの？」

「ううん」ネラは首を振った。「誰かが知らないうちにデスクに置いていった」

「誰でもできるな。くそ。ナタリーに話したほうがいい。ナタリーはすごく頭が切れるから」

「そうだね、もう一回こういうことがあったらそうする。でも今回は何もしないつもり。いまはいろいろ手いっぱいで」ネラは言葉を切った。コリンの件を話そうかと考えたものの、C・Jの険しい眉間の皺を見て、いい考えではないだろうと判断した。

「助けが必要ならすぐに言って。いいね？　ミッドタウンの会社で取っ組み合いをやめさせたことはまだないけど、ステープラーが飛び交いはじめたら駆けつけるから」

C・Jが頭上に何度かパンチを繰り出しながらブースをゆっくりと離れはじめ、ネラはくすくすと笑った。「ありがとう、C・J」

「どういたしまして。会えてよかったよ、ネラ」

「わたしも。あ、待って！　もうひとつ言い忘れてた」C・Jが戻ってくると、ネラはヘイゼルの空っぽの椅子を指さした。「こっちのほうがすごいニュースかも。黒人の子が何週間か前からここで働きはじめたんだ！」

C・Jの目が、ああというように輝いた。「そうらしいね！　さっき会ったよ。かっこいい子だね」

「さっき会った？　それって……きょう？」

「ああ、このへんにいると思うよ。コピー室で会ったんだ」C・Jはヘイゼルのブースを頭で示した。「きみたちが隣同士になるなんておもしろいな。仲間同士でいつも呼び合ってるみたいだ。どこにいようと」

言葉を失って、ネラはヘイゼルのブースをもう一度見つめた。身をかがめなければ見えなかったが、そこには確かにヘイゼルのトートバッグが置かれていた。飛行機の手荷物のように、デスクの下にきちんとしまいこんである。わざわざのぞかなければ気づかない位置だった。逆に、普段なら気づかないわけがないのが、ヘイゼルがいつも漂わせているあの甘いにおいだったが――いま考えてみると、あのにおいを前回嗅いだのはいつだったか思い出せなかった。すっかり鼻が慣れてしまったのだろう。「もう出社してたなんて気づかなかった」

「それで、白人はおれたちを怠け者だって言うんだからな。まったく、きみたちを見てみろよ、夜明けから会社に来てるじゃないか」

ほめられたというのに、ネラはデスクで過ごせると思っていたひとときりの時間を失ってしまったことのほうに気をとられていた。「どうしてこんな早くから来てるんだろう」

「読まなきゃいけない原稿があるから早くとりかかりたいとか言ってた。読むんじゃなくて編集だったかな？　どっちだったか覚えてないけど」

「編集の仕事があるとは思えないな。働きはじめてまだほんの二週間くらいだから」〝それに、わたしだってまだ編集はさせてもらってない〟とネラは心のなかで付け加えた。

できるだけニュートラルな声を出したつもりだったものの、C・Jが大きく肩をすくめたのを見るに、どうやら失敗したようだった。「ここのやり方のことはわからない。おれは郵便物を運ぶだけだから。でも、あの子はきみと同じくらい働き者らしいってことは言えるよ」

「この世の仕組みはわかってるでしょ。望むものを手に入れるには、わたしたちは二倍がんばらないといけない」ネラはいつもの呪文を口にし、口に出した瞬間に、それがより当てはまるのは自分ではなくC・Jのほうだと気づいた。ネラは奨学金ローンを母親に半分肩代わりしてもらっていたし、一日働いたあとで算数の宿題を見てやらなくてはならない姪も甥もいない。

C・Jはただうなずいて、また歩きはじめた。今度は先ほどよりもいくらか決然とした足どりだった。角を曲がったあたりで声が聞こえてきた。「なあ――ヘイゼルは六時にはもうここにいたよ。彼女は三倍がんばってるのかもしれない。気をつけろよ」

ネラは椅子の上で背筋を伸ばした。C・Jがほんとうにそう言ったのか、そんな気がしただけなのか、判然としなかった。「え？　気をつけるって何に？」

けれども、脚の長いC・Jはすでに角を曲がって通路の先へ行っていて、ネラはひとり取り残されて物思いに沈んだ。

ヘイゼルはどこにいるのだろう？

通路の向かいにもう一度目をやった。ブースの外に貼られた名札をじっと見る。控えめな十四ポイントのエリアルのフォントで刻印されたヘイゼルの名前が、対抗するかのようにネラの名前と向き合っている。その太字の名前を長々と見つめた。長く見つめすぎて、文字が溶け合い、読み解けない黒い塊と化した。もう一度目を閉じ、震える息を大きく吸って、吐き出した。ゆうべ会社を出たときよりも、さらに動揺していた。〝気をつけろよ〟という言葉が――〝ああ、おはよう、ネラ〟という言葉と同じように、〝ワーグナーから去れ、いますぐに〟という言葉とまったく同じように――まだ耳から離れないのが気に入らなかった。C・Jがあのメモを重大事として受け止めたことも、すこぶる気に入らなかった。もしかしたら、C・Jが正しいのかもしれない。

そして、ヘイゼルのことも正しいのでは？　ヘイゼルはもちろん、あてがわれた場所にいる。メイジーのオフィスのすぐ外に。そこはたまたまフロアのネラのいる側にあった。でも、それでも――奇妙だ。よりによって、とうとう新しく黒人のアシスタントを雇った編集者が、フロアの逆側で働く編集者の誰かではなくメイジーだったとは。あちらのほうが刺激を求めていそうなものなのに。まるで、神の意志が身長百五十五センチの人事部員ナタリーの形をとって、ヘイゼルを選び出し、ネラのすぐ隣のこの席に――

「おはよう、ネラ！　わたしたち同じことを考えてたみたいね？」

それは、ひとりで働く時間を求めて早出した人間がもっとも同僚に言われたくない言葉だった――ヘイゼルのような快活な口調で言われるのはなおさら気に障った。「ああ――おはよう、ヘイゼル。あなたも朝いちばんに仕事に名前を呼ばれちゃった？」

「五時に目が覚めて、そうしたらもう眠れなくなって。わかるでしょ」

確かによくわかった。とはいえ、ネラが朝早く目覚めた理由は、ヘイゼルとはだいぶちがっていそうだった。そして、朝の日課も。通勤の途中でネラは顎についたよだれの跡をぬぐって、鏡もろくに見ずに家を出てきたことに気づいたが、ヘイゼルは――元気ではつらつとした顔をしていて――マスカラやアイラインやコーラルのリップグロスまで使う余裕があったようだ。

「それで」ヘイゼルは両手で持って肩で支えていた分厚い紙の束をもう一方の肩に移した。「こんな早くから何をしてるの？」

「わたしも眠れなくて。仕事がたくさんあってゆうべのうちに終わらなかったから……それで早く来ようと思ったんだ」

ラッシュアワーの遅延したL系統の地下鉄から吐き出されてくる不機嫌な乗客たちのように、口から嘘がこぼれ出た。

「ふたりして早く来ちゃったなんて、なんだかすごい！」ヘイゼルはネラのブースに一歩近づいた。「空気に何か漂ってるのかも」

「かもね。低気圧か何かが」ネラは指で円を描いた。

「うん。圧といえば……」ヘイゼルは落ち着かなげに笑った。「くだらないことを訊いてもいい？　まったく、いつになったら質問攻めにしないでいられるようになるんだか……」

「そんなの、全然かまわないよ」ネラは少しだけ緊張を解いた。「どうしたの？」

「この原稿を読んで、その……〝編集者としての意見〟を教えてくれって言われてて。それがどういう仕事で、どういうふうにやればいいかはわかってる――面接でもそういう課題があったから！　あなたもやったでしょ。でも、しくじりそうで心配なんだ」

ネラは肩の力を抜いた。「くだらない質問なんかじゃないよ。ヴェラに原稿を読んでほしいと言われたときに提出したものを、見本に送ってあげる。でも、メイジーのアシスタントの引き継ぎファイルを見たほうがいいかも。メイジーの編集スタイルはヴェラとはかなりちがうから」

「ううん、あなたが書いたものをどれでもいいから送ってもらえると助かる。意見はメイジーじゃなくてヴェラに送るものだから」

声が喉に詰まるのを感じた。「ヴェラに？」

「ヴェラがわたしに読んでほしいっていう作品を送ってきたんだ。意見を聞きたいって」

ネラは凍りついた。ヘイゼルが何を言おうとしているのか、まだ完全にはのみこめていなかった。しばらくして、ネラは言った。「それってコリン・フランクリンの原稿じゃないよね」

「え、ちがう、ちがう。やめてよ」ヘイゼルは笑った。「別の作家の作品。『嘘』っていうやつ。あなたも読んだんでしょ？」

ネラは眉を寄せた。「読んでない。誰の？」ここ数日にそういう件名のメールが来ていたか思い出そうとしたが、記憶になかった。

「ああ、ごめん――あなたはもう読みはじめてるんだと思ってた。レスリー・ハワードの新作。レスリーもヴェラの担当作家なんでしょ」

「うん。ヴェラは……まだわたしには送ってきてない」

「変だね。もしかしたら、あなたがもう手いっぱいなのをわかってたのかも。コリンの件で……」

「いつ送られてきたの？」ネラはさえぎった。生え際に汗がにじみはじめ、ネラはそれをぬぐった。

ヘイゼルは心配そうにしていた。「ゆうべ。帰り際にヴェラに出くわして、ほかの編集者がいま何を読んでるか訊いて好みとかを知っておくといいってあなたが言ってたのを思い出したから、それを実践してみたの。そうしたら、きのうの午後に受けとったっていう原稿を送ると言われて。きょうもらえるのかと思ってたら、ゆうべの午後十一時に送られてきた。ヴェラも毎日二十四時間、休暇中まで働くタイプだったりする？　だとしたら、お子さんたちがお気の毒」

ネラは、ヴェラの子どもを気遣うヘイゼルの独り言の部分は聞き流し——ヴェラに子どもはいない——最初の部分に焦点を合わせた。〝きのうの午後〟というのはいろいろな解釈ができるし、ヴェラがずっと打ち合わせをしていたのなら——よくあることだ——自分に原稿が送られてきていないことに大きな意味はない。けれども、きのうはヴェラと何度も顔を合わせていたし、ヴェラが帰宅するまでに合計一時間はいっしょに過ごしていた。

「ネラ？」ヘイゼルは小指の爪でネラのブースの壁を叩いた。「だいじょうぶ？」

「え？　うん。ヴェラはわたしに送るのを忘れてるだけだと思う」ネラはヘイゼルから目をそらしてマウスを動かし、パソコンをスリープモードから立ちあげた。画面が明るくなってから、勇気を出してヘイゼルに向きなおると、ヘイゼルはなんとも言えない目で遠くを見つめていた。しばらくして、ヘイゼルはネラに視線を戻した。

「ごめん。いま考えてたんだけど……ヴェラはいつも担当してる作家の原稿を全部あなたに送ってるんだよね？」

「うん」

「その……ちょっと思っただけで……まちがってるかもしれないけど、ヴェラはコリンのことであなたにまだ腹を立ててるんじゃないかな」

「それはわたしも考えたけど、でも——」

「きっと意識してるわけじゃないんだよ。ね？　だとすれば、あなたには原稿を送らなかったことも説明がつく。ヴェラにはまだわだかまりがあって、自分ではそれに気づいていなくて——」

「ゆうべ会社を出てからまだメールをチェックしてないんだ。たぶんもう送られてきてるのにわたしがまだ見てないだけだよ」

それもまた嘘だった。実際には、強迫観念に駆られて何度もメールチェックをしていた。真夜中に〈マッキンリーズ〉から家へ帰る途中でもメールボックスを開いた――あのメモを置いていった人物がメールでも接触してきていないか確かめるために。

「そうか、それなら絶対来てるね。わたしなら心配しない」

「わたしが心配してるって？　まさか――心配なんてしてない」

尖った声になってしまったのは意図したことではなかった。ヘイゼルは前向きにこちらを安心させようとしてくれているのだから、なおさらだ。けれども謝る気にはなれなかった。そのときも、ヘイゼルが黙りこんだまま四十五分がたってからも。

そのころには空調が動き出していて、ほかの社員たちがようやくひとりふたりと姿を現しはじめ、コーヒーを淹れたり、地下鉄の遅れの文句を言ったり、あの本やこの本の最新レビューを読んだかと尋ね合ったりしていた。十六時間閉まったままだったオフィスのドアがきしみを立てて開いたり、デスクの電話が鳴って注意を引いたりするのが聞こえてくる。ブリジットのお気に入りの朝の一曲〈スタンド・バック〉のベースラインが大きくなったり小さくなったりしていた。フロア全体が活気づき、朝いちばんにネラが足を踏み入れたときほど恐ろしくは感じられなくなった。

ヴェラはいつもの時間に悠々とやってきた。水色のレインコートに雨粒がついていて、フードをしっかりとかぶったままだった。「あら、すばらしい、あなたが先に来てるなんて！」ヴェラは声をあげ、まだよだれの跡が残っていただろうかと思わず考えてしまうような驚きの目を向けてきた。

しかし、皮肉な挨拶にひるむことなく、ネラは言った。「おはようございます、ヴェラ。雨が降ってるんですか？　何時間か前は降りそうな感じでしたけど」

「一時間くらい前に降りはじめたみたいね。外はひどいものよ」

「うわ、最悪。ああ、そういえば――けさの八時くらいに、グレッチェンから電話がありました」

ヴェラはオフィスのドアロで立ち止まった。「そんなに早く？　そんな時間に電話してくる重要な用事なんてエージェントにはないでしょうに」

「契約金の支払いのことで訊きたいことがあるとか――」

「やめてよ、あの本は先週契約したばかりなのに。ほかに心配することはないわけ？　どうしてミッキーの本は四十代から五十代の層に売れないのか、とか」追い払うように手を振ったあと、ヴェラはオフィスのドアノブをまわした。「まったく、エージェントっていうのは！　よかれと思って出てくれたのはわかるけど、そんな時間にかかってくる電話には出なくていいから。次からは無視して。いいわね？」

「そうします」ネラは答えたが、ヴェラはすでにオフィスのなかにいて、声は届いていなかった。ネラは思わず笑った。これぞネラのよく知る愛すべきヴェラだ。おそらく、自分たちの関係は壊れたわけではなく、ヴェラは自分がほかの大きなプロジェクトに専念できるようにしてくれているのだ。

気分が浮上し、いくらかほっとして、ネラはキッチンでその日二杯目のコーヒーを淹れた。キューリグがごぼごぼとうなるのを聞きながら、レスリー・ハワードの新作についてヴェラにさりげなく訊く方法を考えた。いつもの十五分間の朝の打ち合わせでそれとなく切り出してもいいかもしれない。ヴェラが忘れているのではないかと心配していることがあるのだけれども、とか、社内の言いまわしを使って、〝山のてっぺんにのせる〟必要のある読むべき原稿は何かないか、とか。

二番目の案にしようと決めてネラはキッチンをあとにし、そろそろ朝の打ち合わせをしてもいいかと尋ねにヴェラのオフィスへ向かった。しかし、キンバリーのオフィスの前を過ぎ、メイジーのオフィスの前に差しかかったとき、ネラの足が止まった。ヘイゼルが席を立って、ノートを持ち、決然と胸を張ってブースから出てきた。

一直線にヴェラのオフィスへ歩いていく。

しかし、オフィスに足を踏み入れる直前、ヘイゼルは立ち止まってまっすぐにネラを見た。ネラは、ヘイゼルが〝どうしよう、呼び出されちゃった〟と肩をすくめるのを期待した。申し訳なさそうな顔をするのを。

しかし、そんなそぶりは微塵もなかった。ヘイゼルは冷たい、硬い表情を浮かべていた。そしてヴェラのオフィスへすばやく入り、花嫁のブーケをキャッチしたかのように、ノートを高く掲げた。「ヴェラ！　このレスリー・ハワードの作品はとっても、めちゃくちゃ、すばらしいです。いますぐ読んでほしいくらいに」

一方のネラは、ブーケを取りそこねたブライドメイドよりさらに深くうなだれながら、デスクまでの残り数メートルを力なく進んだ。「お仕事の邪魔じゃなかったですか？」ヘイゼルの声が聞こえた。注意深く気遣いをにじませた声だった。「とにかく、ちょっとだけでも話をしたくて」

ネラはどさりと椅子に腰かけた。どうぞ座ってとヴェラが明るく答える声がはっきりと聞こえた。熱のこもった活気あふれる声だった——いつからか思い出せないほど長いあいだネラには使っていない声だ。
そして——とうとう——ドアの閉まる音が聞こえた。

シャニ

二〇一八年八月十四日
〈ライズ＆グラインド・カフェ〉
マンハッタン、ミッドタウン

最初は誰だかわからなかった。たいていの場合、こういう日々には——業界では一目置かれている雑誌の仕事を辞めて、ミッドタウンのカフェの床に落ちたストローの袋を掃いているのはいったいどうしてなのかと考える日々には——店の扉が開く音など気にならない。ドアがきしみながら開いて、きしみながら閉じる。数分後、また同じことが起こる。それがもたらすものはいつも変わらない。微笑み。うなずき。〝Wi-Fiはある？〟〝トイレの錠の番号は？〟〝クレジットカードは使えますか？〟

その日はそういうふうにはじまった。なんとなく彼女に目を向けて——印象的な髪、襟の高いチュニック、派手な金のフープピアスを見て——自分よりもずっといい人生を送るニューヨークのミレニアル世代のひとりなのだろうと思い、また床に目を戻した。

なんと言えばいいのだろう？　彼女は周囲にうまく溶けこんでいた。そのあとも溶けこんだままだっただろう——あの声さえなければ。わたしの二十二歳のボス、クリストファーと話す、少しハスキーで少しなれなれしい声。あの髪は見たことがなかったものの、首が折れそうなほど大きく髪を後ろに払うしぐさには見覚えがあった。ラテとコールドブリューのちがいがわからないふりをして、くすくすと笑う様子にも見覚えがあった。以前、彼女がクーパーズ・マガジンの上司たちにコーヒーの専門知識を生き生きと披露しているのを聞いたことがあったけれども。

わたしは箒を取り落としかけた。確かに、ボストンで最後に見たときとはちがって、彼女はもっと世慣れた女性に見える——当時の〈ジェイジル〉ふうのスタイルではなく、〈ザラ〉ふうのスタイルに見える。

それでも、あれは彼女だ。

そばへ行って箒で殴りつけたい、ととっさに思った。あんなことをした人間は、ミッドタウンのカフェで箒を持った女に殴られてもしかたない。

けれども、そうはしなかった。ボストンであんなことがあったあとでも、まだプライドはいくらか残っていた。新しい知識も増えていた。彼女はいやになるほど頭がいいし、行動するタイミングにもそつがない。この新しい街で出し抜かれたくなかったら、相手の三歩先を行かなくてはならないとわかっていた。ボストンでのわたしの最大の失敗は、三歩遅れをとっていたことだ。

レッドラインの地下鉄で話しかけられたとき、リンはなんて言っていただろう? 〝ゆうべ、あなたたちふたりを見た〟そんな感じだった。もちろん、わたしは無視をした。最初は。けれども相手はやめようとしなかった。「わたしが誰か、あなたが知らないのはわかってる。でもこれだけは言わせて。あなたはカモにされてる」

わたしは一瞬だけ相手に目を向けた——話しかけられているのは自分なのか確かめるのに必要な、ほんの一瞬だけ。わたしにとってその人物はまだ〝リン〟ではなかった。朝の通勤の邪魔をする、ただの奇妙な他人だった。そして、話しかけてくるのが叔母のクリスタルに似た黒人女性――叔母に鼻ピアスをする勇気があったとすればの話だけれども――なのに気づいて、いまなんと言ったのかと尋ねた。ほうっておいてと言う代わりに。

「ゆうべ、あなたたちふたりを見た、と言ったの。〈ペッパーズ〉で」

「わたしが〈ペッパーズ〉にいたのをどうして知ってるの」

「そして、わたしが耳に挟んだところによると」リンはわたしを無視して言った。「……あなたの旗色はよくない」

それを聞いて、わたしは読んでいた《ニューヨーカー》のページの耳を折り、最初に頭に浮かんだことを言った。「ごめんなさい」そして、手がかりを集めてきっとこういうことだろうという予測を立ててから続けた。「でも、よくわからなくて。あなたたちは付き合ってるとか、そういうこと？　でも、ゆうべのはそういうことじゃないから。わたしたちはただいっしょに出かけて、お酒を飲んでただけ。同僚だから」

リンはしばらくわたしを見つめた。そして、笑った。長い、高らかな笑いで、近くに座っている通勤客の半分がこちらに目を向けた。そのあいだにわたしは女性をもう一度観察し、髪に巻いている黒いスカーフや表情の大部分を隠しているサングラスを検分した。

いまなら、頭がおかしくても害はない人間だという証拠を探していたのだと言うだろう。けれども、そのときのわたしは、女性が恋人に裏切られた人間だという証拠も見つけようとしていた。

「誰なの？」わたしはついに尋ねた。「わたしになんの用？」

「わたしたちの仲間になってほしい」

「〝わたしたち〟？」女性の後ろの席でゆで卵の殻を剥いている黄ばんだ老人にわたしは目をや

った。「彼もあなたの仲間なの？　それとも、わたしの知らない、もっとすてきな目に見えないお友達がこの電車にたくさん乗ってるということ？」

女性はにこりともしなかった。ただ、首を振った。「あなたはもう終わり。あなたは言いすぎた」

そして、小さな茶色い革のバッグを引っ掻きまわしはじめた。目立つしぐさだった——少なくともそう見えていたにちがいない。わたしが持っているのと同じ号の《ニューヨーカー》をたまたま持っていた二十歳くらいの白人の男性が、こちらに注意を向けていた。わたしは男性に連帯感の微笑みを向けようとしたが、唇がその動きを完遂する前に、謎の女性が苛立った様子で咳払いをした。振り返ると、女性は白人男性に向かって顔をしかめていた——というか、サングラスの下でそうしているように見えた。

わたしの手に紙が一枚差しこまれ、女性が言った。「これを」

「うれしいですけど」わたしは顔を赤くして言った。「でもそういう興味は——」

「シャニ」女性はきっぱりと言った。見知らぬ他人に名前を呼ばれたことに驚いて、手の力が緩み、紙と雑誌の両方が地下鉄の汚れた床に落ちた。「いい加減にして。わたしはあなたをからかってるわけじゃない。助けようとしてるの」

電車がスピードを落とし、停車した。「わたしは今夜ハーレムに戻らないといけない。でも、仕事が終わったらこの番号にテキストメッセージを送って。そのころには絶対にそうしたくなってる。信じて」

女性は電車から降り、わたしは名前も聞き出せないまま取り残されて、しかたなくかがんで足もとを探り、ボストンの冬がいかに厳しいかを知って買った〈スペリー〉のブーツの横から染みのついたカードを拾いあげた。

〝リン・ジョンソンは対抗する〟とそこには書かれていた。職場のパソコンでその名前を検索したが、何も出てこなかった。わたしはけさのことは忘れようと決めた。

けれども、ほどなく、ひどいことが起こった。リンが言っていたとおりに。わたしの書いた記事が流出して、匿名で拡散された。上司がみなの前でわたしを罵り、みなの前で……わたしはクビになった。そしてそれが、クーパーズや完成目指して情熱を傾けてきた記事との別れになった。

会社を出て家へ帰る途中で、リンにテキストメッセージを送った。ようやく話を聞く気持ちになっていた。リンは自分の知らない何かを知っている。それを否定しても何もはじまらない。リンがニューヨークの家から与えたあらゆるパンくずを、わたしはむさぼった。リンや〈レジスタンス〉の仲間がこの五年をかけてまとめたリストやグラフ——そして彼女の家へ行ったらもっとたくさんのことを教えるという約束。バスのチケットが送られてきて、マンハッタンのぱっとしないカフェで面接を受け、わたしはそこで……床掃除の仕事をはじめた。

箒の柄を握る手を緩めた。緊張してきつく握りしめていたせいで、柄は手のひらと同じくらい熱を持っていた。〝街中でOBGに出くわすことがあったら、目立たないようにまわりに溶けこみなさい〟とリンは言っていた。〝あなたの居場所をつかまれずに彼女の居場所をつかむことができれば、より多くの情報を手に入れられる〟

彼女はわたしに気づいただろうか。わたしがここで働いていることを知っているのだろうか。

わたしは急いで奥の角の床掃除に戻り、マルーン5は時代を追うに従ってどんどんうまくなっていると彼女がクリストファーに説き聞かせているのに耳を傾けた。まただ。ボストンでは、彼女はジョン・メイヤーの大ファンだったのに。

それを思い出して、わたしはついに動いた。後ろポケットから携帯電話を出して、できるだけさりげなく写真を撮った。ぶれていたので、もう一枚撮った——そして念のためにさらに一枚。雄牛を刺激するようなものだと言われるかもしれないが、わたしは気にしなかった。

三枚目はなんとか使えそうだった。急に彼女が媚びるように首を傾げたせいで——彼女はその角度がお得意なのだと言っておく——〈ライズ&グラインド〉の汚れた窓ガラスから差しこむ遅い午後の光が濃い褐色の肌や高い頬骨をはっきりと写し出していた。これならリンは資料の写真と比べることができるだろう。

すばやく携帯電話をしまって、掃き掃除に戻った。けれどもあまり意味はなかった。赤いタイルの床を適当に大きく掃いて、ごみをむしろ散らかしながら、わたしは返事をいまかいまかと待った。

数分後、返信が来た。わたしはソープの残量を確認しにトイレへ移動した。

当たり。彼女よ。それがエヴァ。

8

二〇一八年八月三十日

ネラは、ヘイゼルの氷を思わせる冷たいまなざしを頭から追い払えなかった。

普段なら、上司に対して独占欲を感じたりしない。これまでそんな必要はなかった。ほかのアシスタントがヴェラの機嫌をとる理由などない。「あなたたちふたりは相性ぴったりね」以前、いきなり現れたソフィーが、背後からヴェラとネラのメールのやりとりをのぞきこんで言ったことがある。「ふたりとも完璧主義だから」

自分のことをよく知らない人間がそこまで読みとったことにネラは驚いた。とはいえ、ソフィーの指摘は的を射ていた。ネラとヴェラはたいてい、ワーグナーのほかの編集者とアシスタントのペアとはちがって、チームのように働いていた。

そして、コリンの件が起こった。

ネラは身震いした。プリンターにあったあのリストは*それ*なのだろうか。ヴェラの新しいアシスタント候補のリスト？

この新しい可能性について考えながら、ヴェラのオフィスの閉じたドアから漏れ聞こえる会話に耳をそばだてた。午前中ずっとそうしていかねなかったが、出し抜けに立ちあがって気持ちを立てなおした。自分がやるべきことは明白だ。リチャードと話をしよう。寝不足でぼんやりしているし、あれがほんとうに新しいアシスタント候補のリストなのか知るすべはないものの、あの名前を見てからヴェラのオフィスのドアが閉ざされるまでどこかの時点で、心の奥底に不安が芽生えていた。ヴェラは自分を追い出してほかのアシスタントを迎え入れるつもりなのではないか。ネラを追い出したことなど気にならなくなるような、もっと能力のある黒人の新人を。

まだ、出版の仕事をあきらめるつもりも、健康保険や有給休暇やサマーフライデーズ（月曜から木曜まで少し長く働いて金曜に早帰りする制度）を手放すつもりもない。そんな簡単に辞めるつもりはない。それに、いきなり昔のようにライムの四つ切りとドライビールのパイントグラスをほしがるようになったら、その理由を〈エイト・バー〉にどう説明すればいいのか。

気持ちが固まった。リチャードの角部屋のオフィスへ行こう。約束なしで訪ねたことはこれまでなかった。一度たりとも。それどころか、リチャードと一対一で話すのは二年ぶりで、そのときも自然な成り行きだったとは言いがたい。採用された新人はさまざまな書類にサインをし、オリエンテーションに参加してほかのアシスタントから引き継ぎを受けたあと、それぞれリチャード・ワーグナーとお茶を飲んでから出勤初日を迎える〝決まり〟になっている。

ワーグナーには厳密な規則はほとんどない。服装の規定もないので、そうしたければ〝黒人のみんなを応援してる〟と書かれたTシャツで出勤してもかまわない。ワーグナーには〝プロらしい服装〟についての暗黙の了解があり、考えなしのインターンがルールを破ることがあると、ほかの社員たちが眉をあげたり辛辣なまなざしを向けたりして、いまがどういうときかを教える。

リチャードとのお茶も、職務規定で義務づけられているわけではない。けれども、幸運にも前任者のケイティが教えてくれたところによると、招待を断った場合、出世は見込めなくなるという。

リチャード・ワーグナーは、彼を知る者全員にとって一種の謎だ。裕福すぎて、それをひけらかしたりはしない。出版業界では中心といえる存在で、あらゆるトレンド――少なくとも、〝重要な〟トレンド――の先端にいる。かぎられた招待者だけでパーティをよく開くので、アシスタントはみな上司のオフィスをこっそりのぞいて、デスクの上に招待状が無造作に置かれていないか嗅ぎまわる。

とはいえ、リチャードがほかの編集者といちばん異なっているのは、リチャードはほとんどいつもオフィスにいる点だ。サマーフライデーズを使うことはめったにないし、八月の最終週も、秋のはじまりとして重要な週と位置づけて休みをとらない。

それは、リチャードがワーグナー一族ではじめて政界ではなく出版業界に乗り出した人物だからだ、と一部では考えられている。リチャードは大学のときに上院議員にはならないことを決め、彼の両親はその後五年間、彼が存在しないかのようにふるまったというのが語り草になっている。数年後、リチャードは出版社を立ちあげることにし、有名作家数人が手を貸すと同意した。そして、一九七二年にワーグナーが旗揚げするころには、業界全体がこぞってリチャードを歓迎した。彼の両親も好意的になっていた。

それから四十年以上がたって、リチャードは取り入るべき出版人になった。彼と言葉を交わせば彼の視界に入ることができ、一対一で話すことができればめったにない好機になった。つまり、リチャードとお茶を飲むのは賢明というだけではない――逃すことなど考えられないチャンスなのだ。

「編集者になりたいなら」ケイティは言っていた。「戦略的に行動しないと」

戦略的な行動こそ、そもそもネラがワーグナーに入れた理由でもあった。いちばん好きな本を作った出版社にネラが応募したのは偶然ではない。大学で研究したふたりの女性が歩いた廊下を歩きたかったし、ケンドラ・レイ・フィリップスとダイアナ・ゴードンが向き合って編集をしたデスクに座りたかった。

しかし、ネラの不健全なところは、〝ケンドラ・レイに何が起こったか〟にもっとも興味を引かれている点だった。『バーニング・ハート』が国じゅうを沸かせた年、メディアの注目を集めたあとに、ケンドラ・レイはスポットライトから姿を消し、その後いっさい消息がつかめなくなった。ネラは失踪の詳細を調べるのに力をそそいだ。黒人たちのツイッターではまことしやかな陰謀説が広まっていたが、どれも確証はなく、ネラは疑問を抱きつづけていた。ダイアナ・ゴードンが次から次に毎年作品を送り出す一方で、ダイアナの編集者だった黒人女性には何が起こったのだろう。ダイアナの謝辞によれば、ケンドラ・レイは〝エヴィの人物像を作りあげるのに計り知れない貢献をしてくれた〟という。

二年前、オーウェンとミッドタウン行きのR系統の地下鉄に乗り、新入社員としてリチャードのお茶会へ向かっていたときにも、当然ながらこの疑問がネラの脳裏をよぎった。オーウェンはやさしくも、ワーグナーまでいっしょに行くと申し出てくれた。ネラが業界一の影響力を持つ人物（《GQ》によれば）とお茶を飲むあいだ、自分は街中で雑用を片づけるから、と。

「なあ、この件についてはもう話し合いずみなのはわかってるけど……ケンドラ・レイがいまどうしているかを知っているのかどうか、リチャードに訊いてみたらどうなんだ？」地下鉄がプリンス・ストリート駅、そして八丁目駅に停まるなか、オーウェンは座席で膝を突き合わせながら尋ねた。「いまでも連絡を取り合ってるかもしれないし。そうしたら引き合わせてくれる可能性だってある」

ネラは首を振った。「それって礼儀に欠けるでしょ。ケンドラ・レイ・フィリップスに何があったか知ってますか、なんてずけずけ訊けない。そんなことをしたら、お粗末なストーカーみたいに思われる」

「でも、実際そうじゃないか」オーウェンは言った。「きみは第二のケンドラ・レイになりたいんだと思ってた。だからワーグナーだけを志望してたんだろ？」

ネラはむっとし、オーウェンもそれに気づいた。ふたりはしばらく黙りこみ、やがてオーウェンがまた口を開いた。「別のことを訊いてもいい？」

「わたしに選択肢がある？」ネラは冗談に聞こえるように言った。

「いや、ないけど。なんで日曜の誰もいない会社で白人の大御所編集者とお茶を飲まなきゃならないんだ？」

ネラは肩をすくめた。「だって……そういう決まりだから」

オーウェンはネラをじっと見た。

「わかってよ……そういうしきたりなの」

それは当時のネラには無縁だった言葉、ケイティの引き継ぎを受けた三時間ほどのあいだに身につけた呪文にすぎなかった。オーウェンにはことさら無縁な言葉だったらしく、その答えに納得などできないようだった。しかし、ほつれた糸を引っ張る代わりに、オーウェンはこう続けた。

「なあ、『バーニング・ハート』が生まれた場所を見るのが待ちきれないんじゃないか？」

話題を変えてくれたオーウェンにネラはキスしたくなった。「もちろん。同じ空気を吸えるなんて、信じられない」

「ふたりの名前を冠したプリンターだってあるかもしれない。それか、ふたりの名前がついた会議室とか」

「リチャード本人のオフィスがそうかも。ほんとうにそうだったらすごいよね」

オーウェンは落ち着かなげに身じろぎした。

「今度は何よ？」

「いや――ほとんど何も知らない男のオフィスにきみがひとりで行くと思うとさ。悪いけど、ネラ、うさんくさいよ。〝これがこの業界のやり方です〟なんてのが通用するのは十年前までだ」

オーウェンは人差し指を立てて、反論しようとするネラを制止した。「現代では、なぜ何も問いたださずにきみを老編集者とのお茶会に行かせたのか、ぼくが〝大ばか野郎〟として人々に釈明しなくちゃならなくなるし、残りの人生をそんなふうに生きていくつもりはない」

ネラはにっこりした。〝大ばか野郎〟というのは犯罪ドキュメンタリー番組の見すぎに由来する言いまわしだ。〝大ばか野郎〟とはたいてい、〝なぜその男が運転免許証を三つも持っているのかは訊きませんでした〟などと答えるインタビュー対象者を指す。

そうやすやすと殺されたりしないくらいにはネラはテレビをたくさん見ていたので、オーウェンの手を握って、すべてうまくいくと請け合った。

しかし、二十分後、ワーグナーが入っている建物の入り口ドアに手を伸ばせるように、ネラがオーウェンの手から自分の手を引き抜こうとしたとき、オーウェンはもう一度ネラの手を握った――普段の愛情表現よりも少しだけ強い力で。

「ほんとうにだいじょうぶなんだな、ネラ」

「オーウェン」ネラはできるだけそっとオーウェンの手をはずし、その頰に触れた。四日ほど髭を剃っていなかったので、赤茶色の硬い無精髭が手のひらを引っ掻いた。ネラはその感触が好きだった。「リチャードはお年寄りだから。年をとってたらひどいことができないっていうわけじゃないけど、バッグにはペッパースプレーも入ってる。それに知ってるでしょ、わたしはストリート育ちなの」強調して胸を叩いてみせた。

「きみはコネチカットの郊外で育ったんだろ」オーウェンはにべもなく言った。

「シカゴ生まれの強面《こわもて》の父親のもとでね」

「お父さんも郊外の生まれじゃなかったか」

「それに、わたしは――」

「黒帯を持ってるんだよな」オーウェンはあとを続け、いまや思いきりにやついていた。「はいはい、きみはいつもそう言うけど、この目で見たら信じるよ」

「ちょっと、これも前に話したけど――両親が離婚したときに黒帯はなくしちゃったの」ネラはオーウェンの唇にキスをして、それ以上口答えができないようにした。「一時間後にメッセージを送るから」

歩き出そうとしたネラをオーウェンは引きよせた。「六十一分たってもメッセージが来なかったら、このドアを叩き壊してきみを見つけにいくからな」

「なんにも壊す必要なんてない」しばらく抱きしめられていたあと、ネラはふたたびドアに手を伸ばした。「ね？　このドアは鍵がかかってない。まあ、セキュリティを通ったあとの内部のドアは――」

「ネラ・ロジャーズ？」

振り向くと、オーウェンのすぐ後ろに、リチャード・ワーグナーその人が立っていた。骨張った長身の男性で、髪は真っ白、ベージュのジャケットにネイビーブルーと明るい黄緑色のストライプのズボンという恰好だった。ほかの人ならちぐはぐになりそうなコーディネートだが、リチャードのべっ甲縁の眼鏡とカーキの革のブリーフケースが合わさって、実績で他人の批判を封じてきたスマートなメディア業界人という印象を醸し出している。

オーウェンもネラも、とっさに道を空けた。「はい、わたしです！」ネラは言った。「ミスター・ワーグナーですか？」

「リチャードと呼んでくれ。絶対だ」リチャードはふたりに近づいてきて、ネラの手を握った。そしてドアへと向かい、なかへ入った。「じゃあまたあとで」振り返ってそう言ったあと、答えを待たずに歩み去った。

ネラは体の向きを変えてオーウェンに目を向けた。言いたいことがあるけれども言わずにいるときにいつもする顔を想像していたのだが、オーウェンはすでに歩道を戻りはじめていた。落胆が胸で疼いたが——リチャードのストライプのズボンを買ってこようかとオーウェンに訊きたかったのだ——ネラは手を振り、頭を高く掲げて、新しい職場へ入っていった。

「さてと」自己紹介の礼儀正しいやりとりを終え、出版業よりセラピーに似合いそうな革張りの椅子を勧められたネラが腰をおろしたところで、リチャードが言った。「きみは不思議に思っているんじゃないかな。なぜわたしにきみが誰かわかったのか」

リチャードは正確に二回まばたきをしてからネラをじっと見つめ、答えを待った。ネラは不思議に思ってはいなかった——心臓が耳もとで跳ねるなか、エレベーターで十三階へのぼりながら考えていたことのなかで、それはいちばん些細なことだった。とはいえ、小さな笑みを作って、なんとか答えた。「そうですね、わたしはネラっぽいってよく言われます」

リチャードは頭をのけぞらせてくつくつと笑った。軽い笑いだったが、部屋全体が揺れたように感じた——このオフィスの広さを考えれば、すばらしい偉業だった。ここはヴェラのオフィスよりもずっと広く、フロアの一角の大部分を占めていて、ふたつの大きな窓——二面の壁にひとつずつある——がネラとオーウェンの狭いワンルームのアパートメントでは味わったことがないほどのたっぷりとした日差しを取りこんでいた。ネラが座っているセラピーを思わせる椅子と同じように、室内の設《しつら》えもいかにも創業者らしいもので、明らかにイケアのものではない本物の大工が作ったと思しき大きな木のデスクや、がっしりとしていて簡単にフリークライミングができそうな巨大な書棚が配置されている。

「では、教えてくれ、ネラ」リチャードは言った。「なぜ出版の道を志したのかな」

何日か前にヴェラに話した、練習ずみの説明をしようかとネラは考えた。文章を読んだり書いたりするのが好きだし、本は若者の世界を大きく変えることができる、という説明を。〝その説明で行きなさい、何度も話してすっかり暗記しているでしょう〟

「正直に言うと……わたしはケンドラ・レイ・フィリップスと『バーニング・ハート』が大好きなんです」

気づくとネラはそう言っていた。リチャードの顔に驚きが広がり、そのあとおもしろがる表情が浮かんだ。リチャードはお茶をひと口飲み、無言でネラをまた見つめた。

ネラはひるみ、妙なことを口走った自分がたちまちいやになった。リチャードの目は恐ろしく明るく、SF映画に出てきそうな鋭くて人工的なその明るさに、ネラは何かが彼の注意をそらしてくれないかと願った。

「ケンドラ・レイのことを知っているのか?」ついにリチャードは言った。

ネラは熱をこめてうなずいた。「『バーニング・ハート』を読んで本が大好きになったんです」

「ふむ。実のところ、わたしはあの本の編集を断ったんだ」リチャードは打ち明けた。「草稿を読んで、とても気に入ったんだが——これは化けると思ったよ——ケンドラ・レイがあの本の編集にいくらか興味を持っていると聞いて、すぐに譲ることにした。ケンドラ・レイのほうがダイアナの編集者には適していると思った」

「そうだったんですか。ケンドラ・レイがダイアナを見つけたんだとばかり思っていました」ネラはリチャードの額や眉間の肌を見つめた。五十代に見えたが、『バーニング・ハート』が刊行されたのは一九八三年なので、少なくとも七十代半ばになっているはずだった。「譲ったなんて、心が広いんですね」

「そのときからケンドラ・レイが優秀なのはわかっていたからね」

リチャードはデスクの隅に置いてあった小さなゴムノキに視線を向けた。何かの思い出がその顔をよぎったように見えた。お茶のカップの熱がネラの指を焼いていたが、リチャードの視線がほかにそれたので、ネラは大胆になって言った。「ケンドラ・レイがいなくなってさぞさびしく思われているんでしょうね」

リチャードはすばやく顔をあげた。そして、咳払いをした。偉大な男性の顔に困惑が浮かんでいるのは奇妙だったが、こちらに向けられた目に浮かんでいるのは確かに困惑だった。「ああ。というか、彼女はまだ——いまも——」

「そういうつもりでは——すみません、わたし——」ネラは口ごもったが、ケンドラ・レイ・フィリップスはもう死んでいると思っているわけではないと弁解するわけにもいかないと思いなおした。「ただ、あまりに長いあいだ姿を見せていないので……」

リチャードはカップを口もとに運び、小さく息を吹きかけた。「そのほうがいいのかもしれない。あのスポットライト。あれに耐えられない者もいる。そして……彼女が折れかけていたのは明らかだ。ケンドラの長年の友人であるダイアナも、そう確信していた」

ネラとしては同意するしかなかった。〝折れる〟という言葉でリチャードが何を言おうとしていたのかはよくわからなかったが。ダイアナがケンドラ・レイについて、何かが〝壊れてしまった〟と書いているのを読んだことがあるが、どういう意味なのか確認することはできていなかった。

「さあ、その話はもういい。これはきみのことを話す場だ。きみについて話してくれ」

ネラは微笑んだ。「話すことがありすぎて困りはしなさそうです」そして続けた。「わたしはコネチカットの生まれで、十八年ほどあちらに住んでいました。そのあと……」

ネラは声を途切れさせた。〝コネチカット〟と言った瞬間にリチャードが眉を寄せたのがはっきりとわかった。この州は特定の人たちに強い反応を引き起こすことがよくあるが、リチャードの反応は奇妙で、レモンの種を嚙みつぶしたような表情は少々大げさすぎるように思えた――ネイビーブルーと明るい黄緑色のストライプのズボンを穿く男性であっても。「だいじょうぶですか？」ネラは尋ねた。

リチャードはすぐに言った。「ああ、なんでもない、ほんとうに――失礼したね」ポケットに手を入れて、携帯電話を取り出した。「ちょっと前に携帯電話が鳴り出したものだから。無視しようとしたんだが、これは出たほうがよさそうだ。ちょっといいかな？」

「ああ、もちろんです」ネラはカップを置いて腰をあげた。「外で待って――」

「いや、いいんだ。どうか座っていてくれ。すぐに戻る。三分もかからない。ほんとうにすまないね」

ネラは手を振った。「お気になさらず。ごゆっくりどうぞ」リチャードは会釈をしてオフィスから出ていった。ややあって、廊下から苛立った声がはっきりと聞こえた。「もしもし、なんだ」しかし、リチャードが遠ざかるにつれ、そのあとの言葉は距離にのみこまれた。

ネラは息を吐いた。つかの間でもひとりになれたことにほっとし、あたりをじっくりと見まわせるのを喜んだ。家具は鑑賞できていたが、壁にはあまりに多くのものが飾られていて——数十個はありそうだ——ざっと眺めることしかできていなかった。

けれどもいまは、リチャードが席をはずしている。自分が大胆になっているのをネラは感じた。ドアのほうを確認しないでいられるほどの度胸はなかったものの、コーヒーテーブルの横へ移動して、左側の壁に近づいた。額に入った書面に目を向ける。タイプライターで打たれているので、ネラの年と同じくらい古いもののようだ。もっと古いかもしれない。さらによく見ると、その推測が正しかったことがわかった。それは二段落しかない短い手紙で、一九七九年十一月一日と日付が記され、〝わが編集者、わが友、わが兄弟へ、あなたなしではわたしは存在しない〟と宛名が書かれている。

残りの文章は読み飛ばして——仰々しい呼びかけだけでじゅうぶんだ——署名を見た。それはノーベル平和賞をとった作家のもので、つい何カ月か前にその人物の訃報を見たばかりなのを思い出した。〝さすがはリチャード〟とネラは感心した。〝ほんとうに大物なんだ。心に留めておかないと〟

見るべきものをすべて見たとはとうてい思えなかったので、デスクがあるほうの壁へ移動した。

何度かちらりと目をやったところでは、こちらの壁にはリチャード個人の交遊関係を披露するものが飾られているようだったが、実際そのとおりだった。どの額の写真にも、いろいろな顔が写っていた。白黒もカラーもあり、ふざけたものもあった――イヴニングドレスを着た若い女性がタキシード姿の若い男性の頭の後ろからこっそりウサギの耳を出している写真や、緑豊かな森でポロシャツを着て微笑むハンサムな男性四人の写真といった具合だ。

写真のたくさんの目に囲まれて見おろされているのはどうにも気分が落ち着かず、ネラは壁際から離れてお茶と心地いいセラピー用の椅子のほうへ戻ろうとしたが、そのとき、窓の外で雲が切れて、ネラの視界の片隅で何かが一瞬だけ光った。午後の日の光を反射したのはなんだったのかと顔をあげると、ブロンズの額に入ったハガキほどの大きさの一枚の写真が目についた。

近づいてよく見ると、三人の人物が写っていた。ひとりはいまより若くてもう少しふっくらしているリチャードだ。両手をそれぞれ、茶色い肌の女性ふたりの肩に置いている。大きな笑みを浮かべていて、目がほとんど閉じているように見えたが――酔って赤く染まった頬から察するに、たとえ開いていてもカメラマンのほうを見ていなかっただろうことは明らかだった。

リチャードの左で微笑んでいる真っ白なドレスの女性はダイアナ・ゴードンにちがいなかった。ネラはじっとダイアナを見つめた。何カ月か前にインタビュー記事で見たダイアナ・ゴードンとこの写真のダイアナ・ゴードンが変わっていないことに驚きはなかった。年を重ねたダイアナも、若いダイアナも、どこまでもなめらかな肌とまばゆい微笑みの持ち主だった。

そのあと、ネラの視線はもうひとりの黒人女性へ移った。体が――わずかながら――右側へ傾いている。彼女の顔にも何かが浮かんでいたが、それは微笑みではなかった。微笑んでいるように見えるとしたら、右手に持っているマティーニのせいだろうとネラは思った――高くグラスを掲げているのは、乾杯のしぐさではなく、表明のしぐさだった。〝わたしはまだここにいる〟と宣言しているかのようで、ふたりの連れと離れて見えるのを気にするそぶりもなく、カメラをまっすぐに見つめるさまが、それを裏づけていた。

「きみのヒーローを見つけたようだね」背後から声がした。

ネラははっと後ろを振り返った。リチャードが帰ってきていて、デスクに戻る代わりに、ネラが座っていた椅子のそばに立っていた。引っくり返ったネラのトートバッグの肩紐が、磨きこまれた革靴の左足に踏まれている。じっと見つめられて、ネラは落ち着かない気分になった。

「いつものことだ」リチャードは写真の飾られた壁を手で示した。「たくさんの写真、たくさんの顔。客がいるときはいつも、どの写真が誰の注意を引くかを見て楽しんでいる。みな、それぞれに……好みがちがう」

「すみません、我慢できなくて。この写真ははじめて見ました。このケンドラ・レイの写真ですけど。あなたとダイアナもいっしょの」ネラはゆっくりと椅子のほうへ戻り、リチャードもデスクへ移動した。

「その写真はおそらく数千ドルの価値がある。ケンドラ・レイは写真を撮られるのが好きではなかったから……」リチャードは肩をすくめた。「さっきも言ったが、関心の的になるのがきらいだったんだ。この一枚だけでも手もとにあってよかったよ。『バーニング・ハート』が発売初週に《ニューヨーク・タイムズ》のベストセラー第一位になったのを〈アントニオズ〉で祝った夜に撮ったものだ。あのころのパーティはほんとうに最高だった。

さてと……」リチャードは足首で脚を重ねた。「先ほど失礼する前は、なんの話をしていたんだったかな？　ああ、そうだ、ここはきみのことを話す場だ、というところだった。コネチカットの出身だと言っていたね」

　手持ち無沙汰をどうにかしたくて、ネラは砂糖のキューブにまた手を伸ばし――三個目だとわかっていたが、リチャードには気づかれていないことを願った――そのあと言った。「はい。スプリングヴィルで生まれました。小さな町で、車で十五分くらい走ると――」

「ニューヘイヴンに行ける。ああ、スプリングヴィルのことはよく知っているよ。イェール大学の四年生のときに、イェール大学出版局で編集者としてのキャリアをスタートさせたんだ。ニューヘイヴンはいいところだ。文化に富んでいて、食べ物がうまくて、いい劇場もある。美術も……」

「イェールのギャラリーはどこもすばらしいですよね」

　リチャードはそれを聞いてうれしそうにした。「ブリティッシュ・アート・センターとかね」

　ネラは大きくうなずいた。「よくあそこで過ごしました。最初に行ったのは高校のときですけど、休暇で帰るたびに行きたくなります」

「ほう？」リチャードは椅子の上で身を乗り出した。いつまでも若々しい顔のなかで、目が見開かれた。ネラも同じしぐさをした。奇妙に聞こえるかもしれないが、ネラが白人に自分の基本的なことを話すと、相手が目をみはるのはよくあることだった――そういうとき、ネラが生まれるずっと前の世代の黒人の人々をもっとも近くに感じた。字が読めるというだけで白人に感心された奴隷の黒人たち。医者や弁護士といった、黒人にはなれないと言われる職業に就いた黒人たち。発明家のギャレット・モーガン、歌手のマリアン・アンダーソン、ダイアン・キャロル、バラク・オバマ。ネラの両親。存在するだけで白人を感心させてきたすべての黒人たち。この四百年で黒人がリンチされたりレイプされたり殴り倒されたりした回数を考えれば、黒人はひとり残らずそういう存在だと言うべきかもしれない。

「そういうニューヘイヴンのあらゆる文化にいつでも触れられるのはすばらしいことだったんだろうね」リチャードは言い、またお茶を飲んだ。

「はい、とても」

「最近の若者はギャラリーなんかには行かないものだと思っていた。インターネットやらインスタグラムやらがあるから」

「わたしは少し古風といっていいのかもしれません」認めてもらえたことでついうれしくなってしまい、ネラは脚を組んでアールグレイにはじめて口をつけた。そのときには当然ながら冷めていたが――いつもお茶の短い飲みごろを逃してしまう――とてもおいしいと感想を添えた。

「甘すぎないかい?」リチャードは片方の眉をあげた。

「わたしは甘いお茶が文化になっている地域の大学に行ったんですよ、リチャード。こんなのへっちゃらです」自分はストリート育ちなのだとオーウェンに冗談を言ったときに使ったのと同じ、大げさな小生意気な口調でネラは返した。リチャードの背後にブロンズの額が見えて、ネラはすぐさま自分の口調を後悔した。職場でそういう態度をとると、誤解を受ける恐れがある。職場でも奔放にふるまう考えなしの黒人と思われるか、そういうほかの黒人を笑い物にする黒人だと思われる――どちらがより悪いのかネラにはわからなかった。ケンドラ・レイならいまのネラの態度をどう思うだろう。

答えを知るすべはなかった。けれどもとにかく、リチャードはずっと聞こえていた地下室の不気味な物音の正体をとうとう説明してもらった子どものような穏やかさで、ネラの言葉をのみこんだ。ネラは完璧な生意気具合としかるべき分量の奔放さを発揮したようだった。ふたりのあいだの空気がなごみ、肩の力が抜けたように感じた。

そこで、ネラはもうひと口お茶を飲み、カップを置いて、思いきってよどみなく打ち明けた。自分はワーグナーの第二の敏腕黒人編集者になりたいのだ、と。


いま、ネラは熱いお茶を飲みたかったけれども、深い集中した息を吐いたあと、二年前にリチャードと話をしたときの自信を掻き集めようと努力しながらデスクから立ちあがった。これからしようとしていることはまったくうまくいかない可能性もある。リチャードがコリンの件を知っているかどうかさえよくわからないからだ。コリンのツイッターを見て、彼があの件を五十万人のフォロワーに発信していないことは確認していたし、ヴェラは普段から自分の仕事について他人に報告するのをよしとしない——特に男性には。リチャードが何も知らない確率は高く、もしリチャードが何も知らないなら、無駄に自分の汚点を披露してしまう恐れがある。

それでも、ネラはリチャードのオフィスへ向かった。いまやるべきもっとも実際的な行動は、すべてを説明して、誤解を招いてしまったことを謝罪することだ。話し方をコントロールしながら、自分のミスを打ち明ける。潔く、保身を顧みずにやれば、はじめての面接で生意気な態度を受け止めてくれたように、リチャードはその態度を認めてくれるだろう。二年前に会ったときと同じように、ネラがいまも気概を持った成熟した社員であることを信じてくれるだろう。ネラが正直で高潔な人物であることを認めて、その資質をほかの社員の資質で置き換えたくないと思ってくれるだろう。

ネラは頭を高く掲げてドナルドのデスクに近づいていき、リチャードに会えるか訊こうと口を開いた。しかし、ドナルドが席にいないのに気づいて、その口を閉じた。ディスクマンは置いてあるが、ドナルド本人の姿はない。

ネラはオフィスのほうを見た。明かりがついていて、ドアが大きく開け放してある。リチャードが話しているのが聞こえたが、低い声で、独り言をつぶやいているかのようだった。

ネラはドナルドのデスクに目を戻した。この二秒でドナルドが忽然と姿を現したかもしれないと期待したものの、やはりどこにもいない。そこでリチャードのオフィスに近づき、開いたドアをノックして少し時間をもらえないかと訊こうとした。しかし、ネラはその言葉をのみこんだ。

低くて厳しいリチャードの声が聞こえた。

「──まだ昼日中だ。いまはこれ以上話せない。メールにしてくれと言っただろう」

沈黙。

「ああ、わかっている。だが──」

リチャードはため息をついた。ふたたび話し出したとき、その声は苦々しかった。

「なあ、急に良心に目覚めたわけじゃあるまい。これを思いついたのは誰だった？」

さらに長い沈黙。

「いいだろう。だが忘れるな、きみがボールを投げたんだ。きみがあの方法でケニーに対処することを選んだ。それをいまさら──」

リチャードが吐き捨てるように言った〝対処〟という言葉の何かがネラの血を凍りつかせた。そのあと、ケニー・ブリッジズのことを思い出した。この作家が出版チームを窮地に陥らせたことは、ネラももちろん噂に聞いていた。エージェントが作家を抑えるのに失敗したことを、リチャードは彼らしくもなく怒っているのだろう。そう気づいてネラは緊張を解き、電話が終わるのをじりじりしながら待った。いまこの瞬間に誰かがそばを通ったら、いかにも怪しく見えることだろう。

「わかった」リチャードが言うのが聞こえた。「だがお互いのために、助けなどいらないふりをするのはよしてくれ。いいな？　よし。わたしも愛しているよ。じゃあ」

受話器を置く音がし、続いて「くそ」とつぶやく低い声がした。けれどもネラは、〝愛しているよ〟という言葉に注意を奪われていた。何かを聞きちがえたのだろうか。いや、〝ケニーに対処〟とリチャードははっきりと言っていた。ケニーのエージェントと話していたのはまちがいない。

それなら、〝愛している〟というのはどういうことなのか？　リチャードの妻がソーホーからハンプトンズまでを展開エリアとするキャンドルのチェーン店を経営しているのは誰もが知る事実だ。リチャードの妻が扱っているのは香りつきキャンドルで、気難しい作家ではない。意味がわからない。

とはいえ、電話の相手が妻ではなかったのなら話は別だ。つまり、リチャードとケニーのエージェントは……

ネラは息をのんで口を押さえた。自分は聞くべきではない何かを聞いてしまったのだ。そして、この電話のせいでリチャードは目下、不機嫌になっている。いまは乗りこんでいってワーグナーの大事な作家のひとりを怒らせてしまった件を持ち出すタイミングではない――リチャードがまだ何も聞いていないのなら、なおさら。

デスクの椅子のキャスターが木の床を滑る音がして、ネラは現実に立ち返った。「おい？　誰かそこにいるのか？」リチャードの声は歌っているかのようで、ネラの影が不用意にもドアロに延びていたのを見たにちがいなかった。「ドナルド？　戻ってきたのか？」

ネラはそれ以上何か言われる前に、急いでその場を離れた。角を曲がるとき、焦りのあまり〈ケッズ〉のスニーカーが脱げそうになった。

9

それから数日、ネラはうつむいて口を閉ざしたまま社内を歩きまわった。ただし、目はしっかりと開けていた。同僚たちが使う筆記具を漏らさず視界にとらえた。誰かがネラのデスクにやってきたときには――それが誰であれ――話をした時刻と内容を書き留めた。

ヘイゼルも例外ではなかった。当たり障りのない会話でもやりとりはすべて書き留め、さらにヘイゼルとヴェラのやりとりも記録した――リチャードのオフィスの外で電話を盗み聞きしてしまった直後からはじめたことだった。あの日、デスクに戻ったとき、ヴェラたちがまだ『嘘』について話し合っているのを知って、ネラはショックを受けた。ようやくドアがふたたび開いたときには（ヘイゼルが入っていってから約六十八分後だった）、ネラは非常用に抽斗にしまっていたプレッツェルの大袋をとうに食べおえていた。それはその月の〝全力疾走スナック〟――一日の最後の何時間かを乗り切るための少なくとも四週間ぶんのエネルギー源――だったが、閉まったドアの下からときおり漏れてくる笑い声とクビになるかもしれない不安が相まって、一個残らずたいらげてしまった。

最後の塩粒まで口に入れようとしていたそのとき、ヴェラのオフィスのドアがついに引き開けられて、ヘイゼルが足どりも軽く姿を現した。

「ありがとうございました、ヴェラ！」ヘイゼルは原稿を斜めに抱えて言った。「お話しできてほんとうによかったです」

「あら、ありがとう！　それに、こんなに早く取りかかってくれて助かったわ、ヘイズ。読みおえたあとの意見も聞くのが楽しみ——もちろん、時間があればでいいんだけど」

ドアは細くしか開いていなかったけれども、隙間から頭をのぞかせているヴェラの様子や、ヘイゼルに向けている目つき——親しげで楽しそうだ——を見て、未来の花嫁がデパートの試着室でブライドメイドを見つめる姿をネラは連想した。これまでヴェラからそんな目を向けられたことは一度もなかった。

「わかりました。あしたか金曜にランチミーティングができそうなら教えてください。コーヒーでもかまいません」ヘイゼルは言い、すばらしい時間の名残を惜しむように、ヴェラのほうを向いたまま後ろ向きに自分のデスクへ戻りはじめた。「最後まで読んだら、検討すべき部分がまだまだ出てきそうですね、きょうだって……ああ、ところでいま何時？」

しばらくかかって、ネラはその質問が自分に向けられたものだと気づいた。ヘイゼルはこれまで三人でなかよくおしゃべりをしていたかのように、ネラに温かい目を向けていた。ヴェラもネラをじっと見ていて、ドア枠に寄りかかったときに右腕にはめたロレックスの銀色の腕時計が光ったが、先ほどまでの高揚した雰囲気は消えていた。

ネラはパソコン画面の右下に表示された時計に目を向けた。「十時二十七分よ」硬い声で言った。

それを機に、ふたりは解散した。ヘイゼルは頭を振ってヒューと口笛を吹き、颯爽とデスクへ戻って携帯電話のメッセージを確認しはじめた。ヴェラはドアから頭だけ突き出して、しばらくひとりにしてほしいとみんなに言っておいて、といつもの口調で指示をした。作家のひとりが原稿を送ってきたので、改善の余地がある箇所すべてに手を入れなくてはならない、午前中いっぱいは誰も通さないでくれ、とのことだった。

もっともな依頼だった。ネラでも同じようにしただろう――ワーグナーの社員が開いたドアを青信号と見なすのを何度も見てきたし、ブースを守る障壁があればいいのにとネラ自身も幾度となく願ったことがある。パソコンで操作できる、床から天井まで延びたもっと頑丈で大きなガラスの衝立か何かがあれば、気の乗らない長々とした雑談を避けるために電話がかかってきたふりやトイレに行かなくてはならないふりをしなくてすむ。アシスタントを持つというのは第二の策だった。ガラスの衝立より効果的かもしれない。

そういうわけで、ネラ自身もヴェラと話をしたかったものの、もう一度オフィスのドアが開くのをひたすら待った。そのあいだに、伝言を預かったり、ヴェラが読むのを忘れそうなメールを印刷したりした。

しかし、ヴェラのドアが開くことはなかった。午前中も、ランチのあと午後になっても。ついにヴェラが出てきたのは四時半になる一分前で、レインコートを着てキルトバッグを肩にかけていた。

「まったく、なんて日なの。ネラ、人と会う約束があるからもう行くわ。きょうはお疲れさま！またあしたね」

キッチンで見つけたハネデューメロンの残りを食べながら、ネラは人生でいちばんみじめな声でこう言うしかなかった。「がんばってください」

それだけでも最悪だった。しかし、一日じゅうほとんど話をしていなかったヘイゼルが「ヴェラってほんとうにすごい」と言ってきて、ネラは傷みかけたメロンの皿を持ちあげ、ごみ箱に捨てた。そして無言で、何も入っていない非常用スナックの抽斗の底を物ほしげに探った。ネラの耳に息がかかった。いつの間にかヘイゼルが脇に立っていて、コーンチップスの袋を差し出していた。くれるということらしい。

ネラが〝いらない〟というしぐさをすると、胃が抗議した。先ほど想像したガラスの衝立がふたたび脳裏に出現した——今回はヘイゼルを締め出す衝立が。

「ねえ、教えて。ヴェラは『嘘』をもう送ってきた？」

ネラをあざけろうとする訊き方ではなかった。目を大きく開いてコーンチップスをかじる様子には、純粋な心配がうかがえた。けれども、その問いにネラは胸をえぐられ、原稿が送られてきたと嘘をつきそうになった。

ひとつ、深く息を吸いこんだ。だめだ、とネラは思った。問題はヘイゼルではない。自分に気を引き締めさせるために、ヴェラは自分たちを対抗させているにちがいない。

「まだ送られてきてない」ネラは認めた。「よかったら、わたしに……」

「もちろん！」ヘイゼルは急いで自分のブースへ引き返した。「きっと、単に忘れてるだけだと思う。山ほど仕事を抱えてるから」

ヘイゼルの指がキーボードを叩く音を聞きながら、ネラは大いに子ども扱いされている気分になった。これまでヴェラが原稿をほかのアシスタントに読ませたことはなかった。それどころか、ヴェラはワーグナーでもかなり秘密主義の部類に入る。企画を温めている本についてこんな初期の段階で他人と話し合うことはほぼない——じゅうぶんな時間をとって、自分の感触を固めるまでは。

それを言うなら、ヴェラがレスリー・ハワードの原稿をぴかぴかの新人に送ったことも奇妙に思えた。何かがおかしい。意図的にネラをのけ者にしようとしているのでなければ。コリンの件でまだ怒っているのでなければ。

「いま送った！」ヘイゼルは椅子を回転させてネラと向き合った。

「ありがとう」ネラは画面上の時計を見て、退社時間まであとどれくらいか確かめた。「届いた」

しばらくしてヘイゼルのほうを見ると、ヘイゼルはまだ椅子をこちらに向けたまま、じっと待っていた。

「ねえ、これを言っておいたほうがいいんじゃないかと思って」

「何？」

「オフィスにいたときに、ヴェラが『ひりつきと疼き』の話を出したんだ」

ネラは体をこわばらせた。

「わたしはまったく読んでないけど」ヘイゼルは続けた。「シャートリシアのことはできるだけ援護射撃をしておいた」

「そうなんだ。ありがとう」ネラは少しだけ椅子を回転させて、ブースの衝立に完全に隠れてしまわないようにした。「それで、ヴェラはなんて？」

「意見を聞かせてくれてありがとうって。そのあと草稿を送ってくれた」

「ほんとうに？」

「うん。セカンドオピニオンがほしいんだと思う」

「ふうん」自分の判断が信用されていないことが苛立たしくもあったが、一方で、それは自分の言葉が少しは影響を与えている証拠のようにも思えた。ヴェラはあの作品を読みなおして、考えを改めたのかもしれない。「よかった。でも、別の編集者の仕事をこんなに請け負って、メイジーが気にしない？　前のアシスタントのときは縄張り意識がすごかったけど」

ヘイゼルは肩をすくめた。「メイジーは個人的なことで忙しいみたい。なんだかは知らないけど。でもずっとオフィスにいないし、わたしはほとんどほったらかし状態なんだ。わたしが暇を持て余さないように、仕事をまわしてやってくれとリチャードがヴェラに頼んだのかも。わたしはまだ新人だから、やることがなくなると思ってるんじゃないかな」

「ああ」ここ数日、この一角がとても静かだったことにネラははじめて気づいた。メイジーは先日、朝早く出社したかと思うと、十五分もたたないうちにいつもよりたくさんの荷物を抱え、いつも以上に唇を引き結んでどこかへ去っていった。「気づかなかった」

「わたしは時間があるから、コリンのだめ小説を読んでもたいした実害はないと思う。それに」ヘイゼルは声を落とした。「シャートリシアについて黒人アシスタントがふたりとも否定的な意見を言えば、ヴェラも考えざるをえないと思う。もちろん、あなたの意見が信用できないというんじゃなくて、要するに……たくさんの読み手がいればそれだけ信憑性が増すってこと。ね？」

ネラはうなずいた。想像上のガラスの衝立が、出現したときと同じくらいすばやく消えた。

「確かに」

ネラはその説に満足して午後の残りの時間を過ごし、『嘘』を印刷して荷物をまとめ、駅へ向かった。何日分にも感じられる長い一日のあとで、ようやくマンハッタンを離れようとしていた。印刷したての五百ページもある『嘘』の原稿が地下鉄のホームへおりるネラの左肩に重くのしかかっていたが、気にはならなかった。空にして掃除した冷蔵庫を補充するために買った食料でいっぱいの紙袋のように、意義ある重さに思えた。このトートバッグに入っているのは食料だ。レスリー・ハワードの文章を今夜じゅうにたいらげて、先まわりしてフィードバックを伝えれば、ヴェラは感心するだろう。単純なことだ。

しかし、単純ではなかった。あしたから新たな気持ちでやっていこうと決心してホームに立っていたとき、原稿を引っ張り出そうとバッグに手を伸ばすと――入れた覚えのない封筒が手に触れた。

ネラの名前が表に書かれている。またもすべて大文字で。またも紫のペンで。

あのことわざはなんて言っただろう？　〝いつも何かがある〟それがことわざなのか、引力や胃痛のような人生の現実なのかはよくわからなかった。父親がよく口にするフレーズで、数カ月前にとうとうシカゴに家を買って以来、特に使うことが増えていた。それまでは、ネラの祖母が暮らしている高齢者ケア施設の近くに四年ほどずっと家を借りていたのだ。ほんの一週間前、父親は、屋根の穴をようやく修理したら今度は洗濯機の配管に不具合が出たという話を詳しく教えてくれた。「家を買ったときのつきものなんだ」父親は電話に向かって、ネラにというより自分自身にため息をついた。「いつも何かがある」

新しい真っ白な封筒を見つめるネラの脳裏にその言葉が漂ってきた。心臓が激しく打っていた。数日前に受けとって、読んだあと眠れなくなったあの封筒ではありえない。あの最初の封筒はクローゼットにしまってある。

そうではなく、これは二通目の封筒だ――それだけは確かだった。わからないのは、どうしてこのバッグに、混み合いはじめた地下鉄のホームに立っているあいだに入っていたのかだ。左側を、そして右側を振り返ってみたが、この十五分間、ずっと同じふたりに挟まれていた――生肉の悪臭を放つ男性と、生意気な子どもとの対決姿勢をあらわにしている子守役の年嵩の女性だ。

ネラは息を吐き出し、封筒を胸に近づけて、ラッシュアワーの地下鉄のホームでは確保するのが難しいプライバシーを保とうと努力しながら、垂れ蓋を剝がした。

去れ。ぐずぐずするほど厳しいことになる。
証拠がほしい？　518‐772‐2234に電話を。テキストメッセージではなく。

突然、誰かの手が腰に触れて、ネラは線路に封筒を落としそうになった。誰が触れているのか確かめようと体をひねったとき、〝去ったりしない〟という言葉が舌の上で形作られかけた。しかし、見える範囲にワーグナーの同僚の見知った顔はなかった——元気な子どもが隣にいる子守の女性を困らせているだけだった。

「やめて、やめて、やめて、悪い子だね、クロエ！」子守は叫んだ。どこか東欧のアクセントが感じられる声だった。がっしりとした腕を少女の肩に置き、引きよせた。「いい子だから——やめなさい。まわりの人がひとり残らずみじめな気分になってるでしょう。わたしも含めて」

普段のネラは、大人が子どもにそういう辛辣な物言いをするのが好きではない。小さいころは両親にときどき怒鳴られたが、そういうときも両親は丁寧だった。けれども、混んだホームで——じっとしていられない子どもと悪臭のする生肉男に肘のぶつかる距離で挟まれながら——ネラはその東欧の女性に同調したい気分になっていた。やめて、やめて、やめて、やめて。

ダイアナ

一九八三年十一月
ヴァーモント州エセックス

「どう思う――いい？　だめ？」

わたしは赤褐色のウィッグを頭の上で振ってみせた。けさのホテルの朝食で焼きの甘いソーセージを振ってみせたときと同じように。二時間前は、彼は愉快そうに笑って卵を食べつづけたけれども、いまはにこりともしなかった。意外ではなかった。バスルームの鏡越しに、彼が背後をうろつきながら方向転換する回数を数えていたし（二十回だった）、腕時計を確認する回数も数えていた（二十回以上だった）。彼の顎の下にたまった汗を拭けるように、わたしは洗面台でペーパータオルを濡らして差し出した。しかし、彼は彼――エルロイ・K・シンプソン、三十四歳で首の太い、誰の前でも、額の髪が後退しはじめているのに気づいたときでさえも冷静さを失わない男性――なので、差し出されたその手を丁重に押しやった。

「ダイ、ハニー……」エルロイは、わたしたちが進学のために最初に離れ離れになったときから伸ばしはじめた、黒っぽくてやわらかい顎髭をなでた。「そろそろ街へ出かける時間じゃないか？　もう十時半だ。十一時に来てほしいと言われてるんだろう」

わたしはため息をつき、縮れた後れ毛を慎重に引っ張った。前回このウィッグをかぶったときには――バンクーバーだったと思う――そのあと何日か頭皮の痒みが続いた。夕食のあいだも地下鉄に乗っているときも寝ているときも掻きつづけ、盛大にベッドが揺れたのでエルロイはわたしが買ったばかりだったアンティークのベッドに文句を言った。作家インタビューの最中も頭を掻きつづけ、ソファのわたしのまわりの席が空いていくのを見つめた。

二度とかぶらないとわたしは心に誓った。それがいまここにあり、身支度の敵になっている。〝髪の手入れを楽にするための苦労〟と母親はいつも言っていた。

「メイクは終わってる」わたしはエルロイに言った。「着替えもすんだ。あとは髪だけ。五分でできるから」

「髪なんてどうでもいい。さあ、行こう。遅れるよ」

「いつも言ってるでしょ、エル――イベントの主催者が十一時に来いと言うときは、十二時に来ればいいと思ってるのよ。遅れるのを見越して十一時って言ってるの。渋滞、ガソリン切れ……そういういろんなことが起こるから」

エルロイは便器の蓋に腰をおろして頭を振った。「そうだとしても、ベイビー、少なくとも三十分前には出発してなきゃいけなかったんだ。あるいは、タクシーを呼ぶか」

わたしは取り合わなかった。「まったく、あなたときたら、せっかちなんだから」

「せっかちなんじゃない」エルロイは弁解がましく言った。「劇場までどれくらいかかるかわからないってだけだ。このあたりでタクシーを拾うのにどれくらい時間がかかるかも読めないし」そう付け加えて、自分たちがはじめての土地、ヴァーモントにいることをやんわりと思い出させる。

「ばかね。重要なのは、着くときには着くってこと」わたしは耳の後ろの髪をピンで留めなおし、後れ毛を整えた。そしてウィッグを広げて頭にかぶせた。「結局のところ」新しい髪がもとの髪を覆うのを見つめながら、わたしは続けた。「わたしなしで質問コーナーがはじまることはない。ケニーがそんなこと許すわけがないもの。わたしたちふたりのうちで頑固なのはケニーのほう。わかってるでしょ」

エルロイはうなった。間接的な抗議として、先週ショッピングモールでわたしが買ってあげた栗色のシルクのシャツのボタンをまたひとつはずした。「おい、ダイ。その口調、誰に似てきたかわかってるか？」

ウィッグを調整する手を止め、わたしはエルロイと目を合わせてにやりとした。「だあれ？」声にありったけのゴールドラメとカシミアをまぶして言った。「ダイアナ・ロスとか？」

エルロイは笑った。蜂蜜でコーティングされたその笑い声は、ニューアークにいたころ、エルロイがわたしとケニーとイマニを追いかけて学校までついてきて、テンプテーションズの一員のように歌ったり踊ったりしようとしたときや、それから十年ほどたって、わたしたちがそれぞれの大学を卒業して休暇で家に戻ったときに、わたしが彼に恋をした笑い声そのものだった。とはいえ、いつものように四本の笑い皺が目尻に刻まれていても、その下には単なる茶目っ気を超えた鋭い何かが感じられた。たぶん、非難だ。

わたしはそれが気に入らなかった。エルロイが便器の蓋から立ちあがって近づいてきて、わたしが寝室から引っ張ってきた木の椅子の高い背もたれ越しに身をかがめて頬にキスをしたときも、それは変わらなかった。

「ちがう」エルロイはウィッグのカールした毛束をひとつ指でひねった。「ダイアナじゃない」

「ダイアナ以上の歌姫なんている？」

「きみのお母さんだよ」エルロイは言った。「それと、お母さんがよく家に呼んでいた奥さまがた。昔よく真似をして遊んだよな。白い長手袋をはめてた」

　わたしが顔をしかめたことに気づかなかったらしく、エルロイは続けた。「あの奥さまはなんていったっけ？　曜日ごとにちがうパステルカラーの服を着てたのは。ベヴァリー・カーターだったか？」

「ああ、それは――レベッカ・カーターよ」わたしは言い、歯ブラシと歯磨き粉をどかしてヘアアイロンに手を伸ばした。「ハーバート・カーター四世の奥さま」

　今度はエルロイが顔をしかめ、椅子にもたれかかった。「そうだ。〝k〟がひとつのレベッカ・カーターだ。いつもお高くとまってた」

「〝あたくしはレ・ベッ・カよ、レ・ベッ・クァじゃありません〟」わたしは思い出してくすくすと笑い出し、笑いの発作が止まらなくなって額を火傷しそうになった。「覚えてる？　あなたが面と向かって彼女を〝レベッ・カス〟って呼んだときのこと」

「悪ガキだったからね」エルロイは認めた。「それでもあのころ、きみのお母さんがぼくを夕食に呼んでくれてたなんて驚きだ」

「呼んではいなかった。そう――毎回は。シドニーの家でスワヒリ語の勉強をするからきょうは来ないでって言った夜があったのを覚えてるでしょ？」

「ああ」

「わたしがスワヒリ語をひと言でも話すのを聞いたことある？」

　エルロイは笑った。「なるほど。エル坊やにゴードン家の夕食を台なしにさせるわけにはいきませんってか」

「ママの白いカーペットを茶色い泥の跡だらけにするしね」

「最新の悪いニュースを嬉々として言いふらすし。玄関ポーチでペッティングをするし……明かりを全部消して」エルロイは眉をあげさげしてみせた。

「アライグマたちにスナック菓子を食べさせたことも忘れないで。あのときはジョナサンまで食べさせるところだった」

「おいおい、あれは全部きみがやったんだろう」エルロイは微笑んだ。「ジョナサンとぼくはいつもうまくやってた。ジョナサンはゴードン家でただひとり、ぼくとつるむのをいやがらなかった。きみのお父さんもまあ少しは受け入れてくれたが、きみのお母さんは……まったく、ぼくが近づくたびに目を三角にしてた。ぼくの親父がドアマンだったたってだけで」

わたしはエルロイを見つめた。早く行こうというそぶりの下で、何かが変化していた。心穏やかでない記憶とともに、嫌悪がよみがえったらしい。思い出話はそこで途切れた。エルロイの手はまだ椅子の背もたれをつかんでいたが、目は閉じられていて、彼が別のどこかをさまよっているのがわかった。たいてい、いつもこうなる。完璧な絶好調が、どうしようもない不調へと一瞬で切り替わる。

わたしは鏡に目を戻し、そこに映っているものに先ほどまでのような自信を持てなくなっているのを感じた。はじめて、青いアイシャドウがけばけばしく見えた。アイラインは子どもがまぶたにクレヨンを塗ったかのようだ。肌は色が薄く、乾いた砂や病人を思わせた。

これがこれから三百人の観客の前に立つ人間？　胃がよじれた。強いライトのもとでは、わたしはケニーよりもずっと色褪せて見えるだろう。美しく、茶色く、ハーバード仕込みの洗練された雰囲気を持つケニーよりも。

頬を一度つねって、色味が増すのを期待した。そうしたあとで、この方法は白人女性にしか通用しないのを思い出した。両手で顔を覆い、わたしはこれから人前に立つ者がやるべきではない唯一のことをした。泣きはじめたのだ。

エルロイの手が肩に置かれ、わたしは彼が現実に戻ってきたのを知った。「ぼくは……ただこのサテンのシャツとか、きみがきみのイベントに遅れてしまうこととか――そういういろんなことでいっぱいいっぱいいっぱいになってしまって。わかるだろう？　とにかく、きみにはああいうふうには……」

わたしはエルロイに向かってまばたきをした。エルロイもまばたきをした。

「レベッカ・カーターと比べたのは大げさだったかもしれない」エルロイは慎重に続けた。「でも、言いたいことはわかるだろう。レベッカがどれだけ身勝手にふるまえたか、きみもわかっているはずだ」

エルロイの言うことにも一理あった。裕福でどこへ行くにもヒールを履くカフェオレ色の肌のレベッカは、一九五九年から一九六七年まで、夏のあいだは毎朝うちに居座っていた。たぶん、さびしかったのだろう。レベッカの夫は仕事で国じゅうを飛びまわっていたらしい。わたしが知っていたのは、目が覚めて朝食におりていくと、いつもレベッカと母親がキッチンの猫足のテーブルで政治や音楽や男女の最新ゴシップについておしゃべりをしていたことだけだ。ときどき、わたしの体形やしなびた外見について言及し、起き抜けから夫探しに出かけられるような恰好でいなくてはならないと言わんばかりの指摘をした。けれどもたいていは――ありがたいことに――わたしには話しかけてこなかった。母親のそのときどきの要望を叶えるために、あちこちの黒人を紹介するのに忙しかったからだ。新しい草刈り作業員だとか、新しい美容師だとか、新しい歯医者だとか。

母親はいつもレベッカを人生の救い主と呼んでいた。夕食の席では――もちろんレベッカがいなくて、母親が普段よりくつろいでいるときに――父親はレベッカを人生の巣食い虫と呼んでいた。

わたしは手を伸ばしてエルロイの指を握ってから、髪を巻く作業に戻った。「わたしだって、十五年は前からわかってる。レベッカは一生かかっても本の一冊も読めない」

エルロイは身をかがめて、今度はわたしの頭のてっぺんにキスをした。その感覚は物足りなかった――ウィッグ越しでは軽いキスはほとんど感じとれなかった。「ぼくは、きみがあのころの彼女よりずっとずっときれいなこともわかっている。ずっと才能があることも。そして、ずっと心が広いことも」レベッカなら、男の手が彼女のあそこに伸びようものなら――」

「ちょっと」わたしはヘアアイロンを彼に向けてみせ、彼はバスルームから逃げ出すふりをした。

「〝ずっと才能があることも〟でやめておくべきだったわね」

「心が広いってのはセクシーでもあるじゃないか！」エルロイは振り返って言った。

わたしは鼻を鳴らした。「ねえ、どこへ行くの？　わたしを置いていく気じゃないでしょうね。あと一分で終わるから」

「落ち着けよ、奥さん」エルロイは寝室から叫んだ。「ぼくはどこへも行かない。そこが明るすぎて耐えられないだけだよ。閉所恐怖症みたいな気分になる」

「あと六十秒よ」わたしは言い、髪束をとっては右手で何度もカールをつけた。母親が十八年近く毎朝やるのを見てきたしぐさだった。母親が巻いていたのは人工毛ではなく、地毛だったが。

鏡を見るときには、その区別をしっかりつけるようにいつも気をつけていた。いまは地毛を隠しているけれども、そのおかげで、少なくともいつか隠すのをやめるときには、健康的な髪を披露できるだろう。最後の数年の母親のように、髪が抜けはじめるような事態にはしたくない——もっとも、あれは病気のせいだったのだとは思うけれども。

「これって野暮ったいと思う？　エル」わたしはヘアブラシに手を伸ばしながら言った。「この赤い髪」

「その質問は罠だね。きみのことはよく知ってるから引っかからないよ」

「でも、ヴァーモントの人はどう思うかしら？」

「ぼくならその点は深く考えないことにするよ、ダイ」エルロイは言った。「白人たちは、それがきみの地毛じゃないなんて想像もできない。それに、彼らが見にきてるのは髪なんかじゃないしね。輝かしいダイアナ・ゴードンと輝かしいケンドラ・レイ・フィリップスが、輝かしい一冊——いや、これからたくさん生まれる輝かしいベストセラーの最初の一冊について語るのを——

——」

エルロイの声が突然途切れた。

「エル？」わたしはバスルームのドアロから首を伸ばした。「どうしたの？」

エルロイは答えなかった。

「六十秒を過ぎちゃったのはわかってる」わたしはヘアアイロンのコードを抜いた。「でもただ……なんて言うか」鏡に映った姿を見つめて微笑もうとしたが、笑みはしかめ面に変わった。「どうもこの感じが気に入らなくて」

わたしは待った。自然のままの髪の黒人女性は美しいとか、メイクは白人のために作られたものなのになぜきみがそんなにこだわるのかわからない、などと彼が持論を披露する間を与えた。けれども、聞こえたのは不具合のあるトイレのタンクからときおり水が滴る音だけだった。「ベイビー？　だいじょうぶ？」わたしは口紅とコンパクトミラーを手にとった。「わかった、あなたの勝ちよ。いますぐ出かけましょう」そして、ドアへと歩き出した。

エルロイはタクシーを拾えそうか確かめにいったのかもしれない、と考えはじめていた。実際的なのはいつもエルロイのほうだ。しかしそのとき、エルロイがまだ部屋にいるのが目に入った。ベッドの足もとに身を乗り出している。

「何を見てるの？」わたしは尋ねた。

エルロイはこの数分間彼の興味を奪っていたものをくしゃくしゃに丸め、背中に隠した。あの気遣わしげな表情が戻ってきていた。「何もないと言うつもりはないよ。そうじゃないことはもうきみにもわかってるだろうから。でも、それでも……ダイ……」エルロイは息を吐き出した。「ほんとうになんでもない。いや、ちがうな。でも、じきにそうなる。二、三日後には」

わたしは疑いの目を向けた。「それ、新聞みたいね」

エルロイはためらった。嘘をつくべきかどうか考えているようだった。「そうだ」ぎこちなく言った。

「見せて」

「ぼくは……」

「のんびりしてる時間はないでしょう」

エルロイは新聞を裏向きに差し出したが——テニスボールをとってと丁寧に頼んだのにふざけて頭に投げつけてくる子どもを思わせる、癇《かん》に障る態度だった——わたしは何も言わずに新聞をひっくり返した。そして、黙ったまま白黒の写真を見つめた。そこには、三週間前にいっしょに全米規模のスポットライトに飛びこんだ女性の顔が写っていた。ミズ・エイブラハムの七年生の科学のクラスで出会った、二十年来の親友である女性の顔が。

わたしは唾を飲みこみ、息を吸いこんだ。「ベストセラー『バーニング・ハート』の編集者は言う。〝あなたが白人なら、あなたとわたしは相容れない〟」バースデーカードを読むようにわたしは読みあげた。そして、一拍おいてエルロイを見た。「どういうこと。ケニーは何をしたの？」

エルロイはまた顎髭を引っ張った。エルロイの知っていることもわたしと大差なかった。「わからない。でも、突き止めるのはイベントが終わってからにしたほうがいいんじゃないか」

「だけど、質問コーナーで何か訊かれたらどうするの」

エルロイは肩をすくめた。「ここの参加者たちが《ニューヨーク・タイムズ》を読んでいるとは思えないよ、ベイビー。ぼくだって、きみがいなければ読んでなかった」そう言うなりエルロイはてきぱきと動きはじめ、ホテルの部屋のドアのそばにかけられた床まである姿見の前に置いておいた黒いハイヒールをわたしに手渡した。「ぼくなら、いまは何も知らないふりをする」エルロイは言った。「黙秘する。それがいちばんいい方法だ、きみにも、ケニーにも。そのあいだにきみならケニーの考えを変えさせられるかもしれない。彼女のことは、数時間後にすべてが終わってから考えよう」

わたしが眉を寄せているあいだに、エルロイは新聞をわたしから取りあげてベッドの足もとに置いた。「理想的と言いがたいのはわかってる。でも、これは悪い知らせだ、ダイ。いま知っておくべきなのはそれだけだよ。ケニーは一歩を踏み出した。このうえは、ケニーがきみの居間を踏み荒さないように気をつけるしかない」

わたしは頭を振った。エルロイが正しいことはわかっていても、何時間か何も知らないふりをしなくてはならないと考えると吐き気がした。不安をしまいこんで、靴を履かなくてはならない。

そのとき、電話が鳴った。

「出るな」エルロイが言った。

ふたりで見つめ合うなか、呼び出し音が二回、三回と鳴った。四回目が鳴ったとき、わたしは電話機に飛びついて、エルロイの手を払った。「ディックかも」その名前を聞いて夫がひるんだことは無視し、受話器を持ちあげて耳に当て、待った。

さらに待った。

「ダイ」電話線の向こうから、ついにささやく声が聞こえた。「手を打たないと。いま、すぐに」

10

二〇一八年九月十四日

「ですので、『クリスタル・ソウル』の表紙デザイン案五つに対するサム・ルイスの返信メール五通を印刷しました。このいちばん上にあるのが最新で、火曜日のものです」ネラは膝に置いた紙をめくり、メール本文に指を走らせた。この元ロックミュージシャンはメールを五通どころではなく送ってきていて、本文はなしで件名に罵り言葉が書いてあるだけというメールもあった。とはいえ、この打ち合わせにおいては、そうしたほかの返信はなかったことになっている。「けさ電話で話したところ、サムいわく、このデザインは第二案には及ばないが、第四案よりはまし、とのことでした」

「〝五通〟も？ あらまあ。じゅうぶんね」ヴェラはネラに頼んですべての案を光沢紙に高解像度で印刷したものをオフィスに持ってこさせていたが、自分でもネラが送った添付ファイルを開いてそれぞれのデザインをゆっくりとスクロールした。

ネラは五枚の印刷した表紙案を見つめ、今回だけでなく、これまでにワーグナーで頼まれた作業でどれだけのインクが無駄になったかを心のなかで嘆いた。十枚のうち九枚は最終的にごみ箱行きになる。この二年でどれだけの無駄遣いに手を貸してきたのだろう。奨学金ローンを完済できるくらいだろうか。しゃれた大人の靴を買えるくらいだろうか。「それから、覚えていらっしゃるかわかりませんが、前回レナードと話したとき、レナードは〝『クリスタル・ソウル』の表紙の新しいデザインはもうやらない〟と言っていました。本気だと受け止めるべきでしょうか」

「そうね。先週レナードにエレベーターでつかまっちゃって、まだトラウマになってる」

想像すると、おもしろすぎた。トレードマークの赤と青のチェックのシャツを着て耳にゴルフペンシルを挟んだ百六十センチのレナードと、黒ずくめの服で彼を見おろす百七十三センチのヴェラ。ネラは笑いを嚙み殺した。「それは大変でしたね。お気の毒です」

「ほんとうよ。レナードにはサムのメールを転送してないわよね？　まさか――」

「いいえ」

「もちろんしてません。とんでもない。絶対に。あらゆる言葉をすべて言い換えておきました」

「よかった」ヴェラはため息をつき、こめかみをさすった。「いい判断よ。ありがとう。いずれにせよ、とにかく、すでに送ったもののなかから一枚選んでもらうよう、なんとかサムを説得しないと。でなければ外注だけど、そんな余裕はないし。今回の予算はぎりぎりだから」

「そうですね。わたしもそう思っていました。考えたんですが――だめだと思ったらそう言ってください、こんな提案をしてお気に障らないといいんですけど――でもわたしとしては、レナードが描いた二番目のデザインを推すべきだと思うんです」

ヴェラは黙っていたが、〝そこまでよ〟という目つきではなかったので、ネラは咳払いをして続けた。

「というのも、これはサムの直近二作品の表紙とも調和がとれていますし、サムの反応も比較的穏やかでした」〝本物のにおいがする〟とサムは電話で言っていた。どんなにおいなのか具体的な説明はなかったが、ネラは好意的な評価と受けとっていた。「どう思われますか？」

「え?」ヴェラは尋ねた。パソコンから通知音がして、どうしたのかとヴェラはそちらを向いていた。

「第二案のデザインを推すことです。星がモチーフの。レナードにフォントの大きさか何かを変えてもらえば、実質的に〝新しい〟バージョンになります。それをサムに送るのはどうでしょう？　それでだいじょうぶでしょうか」

「ええ！　いえ、待って。だめよ」ヴェラは画面に目を向けたまま、片方の手を差し出した。

「そのデザイン案を渡してもらえる？」

ネラは身を乗り出して、いちばん上の紙を手渡した。そして、唾を飲みこんで、できるだけ淡々と言った。「よかったら、レナードのデスクへ行って頼んできます。第五案のデザインからモチーフをいくつかとって、第二案に織りこんでもらうように。リチャードは第五案がお気に入りでしたよね」

ヴェラはさらに三十秒間、画面を見つめた。ネラが飢えたライオンの檻に首を突っこむと申し出たことなど、なかったかのようだった。ネラはその隙に上司のオフィスをこっそりと見まわした。ヴェラのペンや鉛筆のコレクションをその週に何度もやってきたように観察したが――黒いペンだけで色物はなかった。枯山水の鉢の隣にこれまでなかった透明のプラスチックの文具入れが置いてあったが、そこに入っている封筒は高級で美しく、ネラが受けとったものとはまったくちがっている。一瞬、黒ずくめの犯人が〈パピルス・ストア〉にたたずんで、どのまっさらのカードが人種差別的な短いメッセージを送るのにふさわしいかを慎重に選んでいる姿を想像した。

心から笑いたくなったのはひさしぶりだったが、そのときヴェラが振り返って手渡された紙を見つめ、ネラは笑いをのみこんだ。「残念だけど――これはだめ。第一案のデザインを印刷したものを見せてもらえる？　どんなだったか忘れちゃったわ」

「はい。これです」ネラは第一案を手渡した。

「うーん──ありがとう、でも、レナードが出してきたいちばんはじめのデザインを見たいの。ほかの五つと並べて」

「わかりました」ネラは言ったが、ヴェラの言う〝いちばんはじめのデザイン〟が何かわからなかった。ネラの知るかぎり、レナードが作った表紙案は五種類で、六種類ではない。急いで立ちあがり、ないとわかっている記憶を脳内で探した。「いますぐ印刷します。これからどうしても出なくてはいけない制作チームとの短い打ち合わせが階下であるんですが、たぶん間に合うと──」

「だいじょうぶよ、午後の時間があるときにくれれば」ネラが息をつくと、ヴェラは淡々と両手の指を組み合わせた。「サムが求めてるのは最後のひと押しなの。レナードはただでさえ最近働きすぎだし、サムにもそろそろうちのスタッフがとても優秀だってことをわかってもらわないと」

ネラはうなずいた。事情はよくわかっていたが──というかネラの一部はよくわかっていたが──サムの意見を聞き入れないというのは自分がくだすべき判断ではないように感じていた。コリンとの打ち合わせの二の舞になって、裏目に出たらどうすればいいのだろう？　ヴェラの口調や目をほとんど合わせない態度から考えて、実のところ、コリンの件の余波はまだ色濃く残っていた。

ヴェラがパソコンに向きなおったので、ネラはデスクへ戻ろうと歩き出した。しかし、ドアロを抜ける前に、振り返って出し抜けに言った。「もうひとついいですか」

「何？」ヴェラはパソコンに向かって言った。

〝匿名のメモを受けとったんです。仕事をやめろというメモを。怖くてたまりません〟

けれども、口に出すことはできなかった。「『嘘』をちょうど読みおわりました」

ヴェラが勢いよく振り返り、椅子が分解するのではないかという音を立てた。ヴェラの笑顔のまばゆさは、思わず見入ってしまうほどだった。「それはうれしいわ！　それで？　どう思う？気に入ったでしょう？」

「そうですね……読んでいたら地下鉄を降り損ねてしまったので、それが何かの指標になるのなら……」ネラは言葉を途切れさせ、目を見開いてみせた。『嘘』の出来はまずまずで、あえてほめ言葉を探すほどの長所はないと思えたが、そう思っていることをヴェラに知らせる必要はない。

「レポートを送りましょうか」

ヴェラはうなずいた。「お願い！　そうしてもらえると助かるわ。契約をしようと検討してるの。あなたに送るのを忘れてたなんて信じられない――ヘイゼルに転送してもらったのよね？」

やはりそうだ。これは謝罪だ。一種の。「はい。わたしは気にしてませんので。ほんとうに」

「まったく、つくづく自分がいやになるわ」ヴェラは言葉を切り、首を押さえた。「そうだ……あれをそんなに早く読めたんだったら、あしたまでにもうひとつ読めそう？　いますぐに送るわ、今度こそ。『鉄の心』っていうんだけど、ものすごい傑作なの。『高慢と偏見』と『われはロボット』を足して二で割った感じで」

ネラはうなずいて、もちろんですと言った。その夜はデンバーからやってくるオーウェンの母親たちとハイラインで会う予定になっていたのだが。自分のデスクへ戻りながら、短い作品であることを祈っていたとき、ヴェラが言った。「ネラ？　もうひとつだけいいかしら」

「はい？」

「最近あまり顔を合わせていないのはわかってるの。あなたがそれを……コリンの件のせいだと考えてるにちがいないことも」ヴェラの声は低く、抑制されていた。

ネラはぎこちなくボールペンをノックしてペン先を出したりしまったりしながら、ドアロからヴェラを見つめた。

「まあ、関係はあるかもしれない。多少は。よくわからないの。やることがありすぎてばたばたしてて……これまででいちばん忙しいかも……とにかく、うまく言えないんだけど、いやな思いをさせていたならごめんなさい。どんな形でも。わたしがあなたの意見を訊いたのだし、意見を聞かせてもらって感謝してる」

ネラは笑みを浮かべた。「全然かまいません。こちらこそすみませんでした。あんなことになってしまって」

「よかった」ヴェラは大きく息を吐き出した。「わだかまりが解けてほっとしたわ。コリンとは毎日話をして、彼がどう感じているのか探っているんだけど、彼もあんなことになったのを遺憾に思っているみたい」

「そうなんですか」

「ええ。でも、わたしが思うに……」ヴェラは片手の指四本をもう片方の手で握った。「もう一度彼に謝っておくのは悪い考えじゃないと思うの。ちょっとした謝罪でいいのよ。そうして、白紙に戻す」

ネラはペンをノックするのをやめた。

「どう思う？」

〝コリンがオフィスを出る前にもう謝りました、四回も〟「その……考えてみます」ネラはそう言いながら、自分の声がうつろに響くのを聞いていた。「申し訳ないんですが、もうすんだことだと思っていたので」

「申し訳ないけど、ネラ、あのときのあなたの謝罪は少し……」ヴェラは頭を振った。「〝あなたを人種差別主義者呼ばわりしたように思わせてしまってすみませんでした〟っていうのは、〝あなたの子犬をわたしの車で轢いたように思わせてしまってすみませんでした〟っていうようなものだと思うの。それって……なんだか心がこもっていない。わたしが何を言っているかわかるかしら」

〝あなたが何を言っているか、あなたはわかってる？〟「よく考えてみます」ネラは繰り返した。わかったとヴェラは言ったが、最後の言葉の何かがわずかによそよそしくなった。

ネラは目をそらし、いつの間にか腕を組んでいたことに気づいて腕を解いた。「コリンに電話しようと思います」

「メールのほうがいいんじゃないかしら。コリンはいま前回の本の映画化の仕事で、カリフォルニアにいるの。でも、コリンに送る前にまずわたしにメールしてね。確認できるように」

メールで謝罪するのは気が進まなかった。直接話して謝罪するほうがいい。どう謝ればいいかわからなかったので、電話でコリンの口調を聞けば助けになるかもしれないと思ったのもあったが、同時に、自分の母親ならなんとしてでもメールでの謝罪は拒んだだろうと思えた。〝上司に書面で証拠を押さえられないようにしなさい〟と母親はいつも言っていた。

布を接ぎ合わせた帽子をかぶったコリンがネラのメールを印刷して冷蔵庫に貼り出し、訪れた客に見せびらかす光景が脳裏をよぎった。けれども、自分にもポーカーフェイスはできる。「わかりました、そうします」ネラは明るく言った。

その明るさを顔に貼りつけたまま、トイレへ向かった。そして個室のドアを閉めるなり、その場で崩れ落ちた。


その日の午後じゅう、ネラはがむしゃらに働き、ひとりきりになったと確信できるまでフロアに残った。もう九時近い時間で、七時からすでにデスクの脇を通る同僚はいなくなっていた……でも、通路の奥から聞こえてくる口笛のような音はなんだろう。

ネラは音楽を止めてまわりを見渡した。口笛は聞こえない。静かだった。全部、くらくらする頭のなかで聞こえているだけなのだ。けれども、バッグのなかとデスクの上にあったあのメモは、頭のなかだけに存在するわけではない。まだ読んでいない二百ページの『鉄の心』と同じように現実だ。そして、その現実のメモを置いたのがほんとうに同僚の誰かだとしたら、いまごろその誰かは第三のメモをひそかに置くにはこれまで以上の慎重さが必要だと気づいているだろう。

それでも、何も起こらないまま一週間が過ぎていた。

ネラは椅子にもたれ、オーウェンに送るGIFを探す作業に戻った。〝まだ会社にいるの、ごめんなさい、大好き、ご両親によろしく伝えて〟というGIFがほしかったのだが、なんとか見つかったのは、オーウェンに何回か無理やり見せたくだらないデート番組の動画クリップだけだった。送信ボタンを押して、笑ってもらえることを願った。そしてヴェラに頼まれた本を読むのに戻り、残っているページ数に顔をしかめた。百九十九ページだ。

ページはなかなか進まなかった。作者は十九世紀の典型的な人物像と現代のテクノロジー用語を融合しようとして失敗していた。それでも、ぎこちないロボットの会話を読むほうが、コリンへの謝罪を書くよりもましだった。どちらも会社を出るまでに終わらせないといけないが、後者は自尊心が打ちのめされるので、まだ手をつける気になれなかった。それに、実際に両方をやりおえたら、地下鉄に乗って家へ帰り、オーウェンと彼の両親と出かけるチャンスを逃したことを噛みしめなくてはならない。そして、その代わりにやったことといえば、駄作の所感と最悪な作家への謝罪文を書くことなのだ。

考えれば考えるほど、腹が立ってきた。あまりに腹が立って、読んでも何も頭に入ってこない苛立たしい数分を過ごしたあと、ユーチューブを開いて〝ジェシー・ワトソン　何に謝る〟を検索した。フロアには誰もいなかったので――ドナルドでさえとっくに帰宅していた――ヘッドホンを差すことはしなかった。椅子に体を預け、散らかったデスクに足をのせて、音量をあげた。

「教えてくれ、いったいわれわれに何を求めてるんだ？　〝肌がこんなに黒くて、髪がこんなに多くてすみません〟と言えばいいのか？　〝あなたがたが何代もの――何世代もの――われわれの祖先を殺してきたことを残念に思いますし、あなたがたに殺されなかったものの、経済的に困窮させられて子どもたちに残す財産をまったく持たない黒人たちのことを残念に思います〟と言えばいいのか？　〝あなたがたがわれわれの祖先を船で連れてきて、わたしがあなたがたとともに暮らさざるをえなくなったことを残念に思います〟と言えばいいのか？」

ネラは動画を二回見て、ジェシーの怒りがブースの衝立を越えて広がっていくのを楽しんだ。そして新しいファイルを作り、文字を打ちはじめた。

親愛なるジェシー・ワトソン

あなたはこういうメッセージを毎日たくさん受けとっていると思いますし、あなたに何かを求めてくる一方的なメッセージを読む以外のことをしたいといまこの瞬間も考えていらっしゃるだろうと思います。けれども、あなたがこのメッセージを削除する前に、これだけは伝えさせてください。わたしはあなたに何かを求めているわけではありません。あなたのために何かしたいと思っているのです。出版業界に無視されていると感じている若い黒人の読者全員のために。

あなたの心のなかにはきっと本にすべき何かが

ネラの脚を何かがかすめた。ネラは叫び声をあげて脚をばたつかせたあと、それが終業後にフロアの清掃をする親切なチリ人のパムで、ネラのごみ箱を空けようとしているのだと気づいた。「ああ、パム」ネラは叫んでパムの腕に触れた。「ほんとうにほんとうにごめんなさい！」

パムは丁重にネラの手をはずした。「気にしてないから、ハニー」そして、もう一度ごみ箱に手を伸ばした。「わたしもここにいると気味が悪いもの」

11

二〇一八年九月二十六日

ワーグナーの大会議室は、朝食カウンターで食べ物をとってそれぞれの席についた数十人の社員のおしゃべりでざわついていた――編集者やほかの上役たちは大きな石のテーブルに、それ以外の社員はテーブルと向かい合わせに四列に並べられた椅子に腰かけていた。

ネラとほかのアシスタントたちは〝アシスタント列〟に座っていた。今期初のマーケティング会議のメモをとれるくらいにはテーブルに近いが、ぼんやりしていても気づかれないくらいには遠い席だ。いちばん遠い桟敷席というわけではなかった。最後列はおそらく抗議の一環として、電子書籍チーム――本来なされるべき正当な評価を受けていない部署――と、気難しい装幀デザイナーのレナードによって占領されていた。それはともかく、ネラとヘイゼルが何分か前に会議室へ入ったとき、ヘイゼルはソフィーがとっておいてくれたアシスタント列の席に不満そうな顔をした。〝もっと前に空いてる席があるじゃない〟と言いたげだった。しかしそのとき、ソフィーがいきなりヘイゼルのまとめ髪を大きな声でほめたので、ヘイゼルは三列目の席を微笑みつつ受け入れるしかなくなった。

アシスタントは石のテーブルに近い席には座らないものなのだと説明しなくてすんだことにネ

ラはほっとした。そういう慣習になっているのだ。とはいえ、なぜそういうことになっているのかとネラはベーグルをかじりながら考えずにはいられなかった。

「ねえ」ヘイゼルはシナモンレーズンのミニベーグルをかじったあと身を乗り出し、ネラ、ソフィー、知ったかぶりのジュニア広報部員ジーナに話しかけた。「みんな、今夜のわたしの〈若者《Y》と黒人《B》と文学《L》〉のイベントに来てくれるでしょ？」

ネラの首筋がこわばった。その質問は自分に、自分だけに向けられているように感じた。ネラはボールペンが書けなくなっていないか確かめるのに集中しているふりをした。

行きたくないわけではなかった。何日か前にフェイスブックでイベント招待の通知を受けとってから、行ってみようかと一度ならず考えた。ネラが調べたところでは、〈ＹＢＬ〉はハーレムの黒人高校生のためにヘイゼル自身が立ちあげた非営利の詩作グループで、ネラとマライカはいつも、そういうものがもっと広まればいいのにと話をしていた——地域密着型の、黒人学校の課外授業のような位置づけの活動が。

さらに調べてみると、同じように考えている人がほかにも大勢いることがわかった。インスタグラムにはおよそ一万五千人のフォロワー、フェイスブックには二万二千人のファンがいた。〝わたしたちは二〇一二年から、語るべき言葉を持ちながらマイクを持っていない十代の若者の声を広く届けるための活動をしています〟とメインのホームページには書かれていた。〝わたしたちの目標は、次世代のマヤ・アンジェロウ、ローリン・ヒル、ルシール・クリフトンを育てることです〟

ネットワークはニューヨーク以外にも広がっていた——シカゴやＬＡでも教育者たちがそれぞれのコミュニティで活動をはじめていた。しかし、なかでもすばらしいのは〈ＹＢＬ〉のツイッターのページで、三万人近いフォロワーを抱え、さまざまなツイートを発信していた。日に五回更新されることもあり、国じゅうのあらゆる世代の黒人作家のインタビューや、ネラも知らないことが多々ある黒人詩人の誕生日を知らせる投稿などを読むことができる。読み応えのある黒人向けのコンテンツがあまりに充実しているので、ベッドに横たわって一時間読みふけってしまいそうだった。二時間でもいけるかもしれない。

けれども、最近はその時間がなかった。『嘘』について話をしてから、ヴェラは日々新たな原稿を送ってきていた。どれから読むべきかとネラが考えていたとき、ソフィーが言った。「待って！　あなたの朗読会イベントって今夜だった？　すっかり忘れてた。場所をもう一度訊いていい？」

「ベッドフォード＝スタイベサントの〈カール・セントラル〉」

ジーナが眉を寄せて考えこんだ。彼女の口の端がさがる音が聞こえた気がした。赤毛のジーナは筋金入りの広報部員というあまり多くはないが尊敬すべき人種で、〝何がはやりで何がはやりでないか〟を告げる水晶玉のように、街の名所の名前を聞きつけるなり、そこは作家イベントを開けそうなくらい文学好きが集まる場所かどうかを――こちらの興味にはおかまいなしに――いそいそと話し出す。ネラがほしいと思う才能ではなかったが、感心は禁じえなかった。

「〈カール・セントラル〉ね。ふうん」ジーナは口を左に曲げた。そして、じっくりと考えをめぐらせたあとに続けた。「そこではこれまでうちの社のイベントを開いたことはないわね」

ヘイゼルは笑った。「ないと思う」邪気のない声だったが、その目におもしろがる光が浮かんだのがネラには見えた。メイジーが白人だてらにハーレムについて説明をはじめたときに浮かんだのと同じ光だった。「ヘアカフェでやるんだ。恋人のお姉さんの店で、そこで文学サロンを開くのはこれがはじめて。じゅうぶんな広さがあるから、会場にうってつけだなって」

「ヘアカフェ」ジーナは繰り返し、コーヒーをひと口飲んでまた考えこんだ。「それって新しいかも」

「行かせてもらうわ、ぜひ」ソフィーがうれしげに言った。ソフィーは日に二回はヘイゼルのブースにおしゃべりに寄っているので、目先を変えて社外でヘイゼルに会うという考えに興奮しているのだろうとネラは思った。

「ありがとう」ヘイゼルはうなずいた。そして視線を動かし、今回はまっすぐにネラのほうを見た。

「わたしも行くつもり。もうひとつの予定をキャンセルできたら」ジーナが言った。しかたないという雰囲気がいくらか漂っていた。「将来イベントをやれそうかどうか、下見しておくのもいいかも」

「よかった！　ネラは？」

ネラが顔をあげると、ヘイゼルの目が懇願していた。〝お願い、黒人向けのヘアサロンでわたしをこの白人の子たちと三人きりにしないで〟「来られそう？」

「うーん……」ネラはうなじをさすった。きょうは仕事が終わってすぐに予定が入っていた。家に帰って『ア・ディファレント・ワールド』の再放送を見るためにでっちあげたわけではない。本物の予定だ。何カ月も会う機会をうかがっていた、実力派の若手エージェントと会うことになっていて、そのあとはオーウェンとマリファナ煙草を分け合ってからお気に入りのB級SF映画『ブロブ／宇宙からの不明物体』をダウンタウンへ見にいく約束をしていた。二カ月前にチケットを買ってあって、それはニューヨークでは一年前に匹敵する早期購入なのに加えて、オーウェンの両親と会う約束を反故にしてからまだ失地回復もできていない。オーウェンには借りがあった。

「来てよ、きっと楽しいから！　〈カール・セントラル〉に行ってみたいって言ってたじゃない。来なきゃ。オーウェンも連れてくればいいよ」

その提案の何かが引っかかったが、深く考えずにネラは言った。「なんとか行けるかも。きょうはエージェントと一杯飲む約束をしてるんだけど、長くはかからないと思うから」

「エージェントと飲む？」ソフィーが歓声をあげた。「すごいじゃない！」

「どのエージェント？」ヘイゼルが尋ねた。

「レナ・ジョーダン」

「エージェントと会わないととは常々思ってるんだけど、いろんな仕事の合間にどうやって時間を見つければいいのかわからない」ソフィーは愚痴をこぼした。「ねえ？」

キンバリーは手術を受けてからまだ復帰していなかったが、ネラは同情の印にうなずいた。ヘイゼルの詩の朗読会から話題がそれてほっとしていた。

「エージェントと会うのははじめて？」ジーナが言った。会話への興味が復活したようだった。

「うん。二年かかってはじめて会ってくれる相手ができた」

「編集畑の人にはそれが普通なんでしょ？　正直言って、あなたたちがそんなに辛抱強くやれるのが信じられない」ジーナは言った。「去年、ジュニア広報部員に昇格してなかったら、わたしは絶対ほかの出版社に転職してた」

ヘイゼル以外はうなずいたが、ヘイゼル以外は全員、ジーナがそんなに早く昇格できたのはひとえに上席の社員が亡くなったからだと知っていた。

「出世の階段をのぼるのにそんなに時間がかかるなんて信じられない」ヘイゼルはベーグルの残りを口に入れた。そして、しばらくベーグルを嚙んだ。「でも、実際……場合によるんでしょ？」

「どういう意味？」ネラは尋ねた。ヘイゼルはジーナの前の上司がワーグナーのデスクで安らかに息を引きとったことを知っているのかもしれない。なんといっても、社内ではいまもときどき話題にのぼるのだから。

「つまり、そのアシスタントによるんじゃない？　リチャードが言っていたけど、ときどき例外はあるって。ときどきだけど。わたしが上を狙ってるとか、そういうことじゃないけど」ヘイゼルはすばやく付け加えた。

ソフィーは目を見開いた。「リチャードがあなたにそう言ったの？　いつ？」

ネラは会議室を見まわしてリチャードを探し、テーブルの上座にいるのをすぐに見つけた。襟の高いサテンの柿色のシャツ姿で、用心深い目をして薄い笑みを浮かべたリチャードは、頼もしい編集長というよりも、敵ではないかとまわりの人間を警戒するマクベスを思わせた。「新入社員のお茶会でそう言ってたの？」ソフィーと同じように驚きながら、ネラは尋ねた。

「ちがうちがう、それより、ずっと言おうと思ってたんだけど……」ヘイゼルは椅子の上で身を乗り出した。またしてもネラだけに話しかけているように見えた。「二週間くらい前に〈YBL〉の支援者のためのイベントがあって、それにリチャードを招待したの。いくらか寄付をしてくれるんじゃないかと思って。そうしたら来てくれて！　今夜のイベントにも来てくれることになってるんだ」

「すごいじゃない！」ソフィーは言い、編んだ髪を引っ張った。「ほんとうに、この業界には黒人の若い人たちがもっと必要よね。ちょうど話してたところなの、ワーグナーに黒人のアシスタントがもうひとり入るまでに、どうしてこんなに時間がかかったんだろうって。ねえ、ジーナ？」

ジーナは爪の甘皮に急に興味を奪われたようだった。「うん、そんな話をしたかも」

「だって、ヘイゼルはほんとうに優秀だもの。あなたもよ、ネラ」ソフィーは付け加えた。そして頭を振った。「ほんと……ここが白人だらけなのはよろしくない、よろしくない」十回目くらいにソフィーは《ブックセンター》に数カ月前に載った論評記事のことを持ち出した。今回はいつもとちがって、執筆者のフルネームも添えたことにネラは気づいた。「黒人の人たちにもきちんと機会が与えられるべき。以上。この業界であまり見ないからって、彼らがうまくやっていけないわけじゃないんだから。そうでしょ？」

ソフィーが〝彼ら〟という言葉を使うのがなぜ不適切なのかをジーナは理解しているらしく、椅子の上で体をさらに縮こめた。ヘイゼルは困惑した顔でソフィーを見つめた。

マーケティング部長のエイミー・デイヴィッドソンが四人を救った。「みなさん、あと一分ではじめます」エイミーは呼びかけた。会議室にいた者の三分の一が、ジーナやソフィーを含めて席を立ち、コーヒーをつぎ足したりベーグルをさらに一、二個確保したりしにいった。

「若い黒人女性作家のためのグループを運営してるのはほんとうにすばらしいと思う」ネラはヘイゼルのほうを向いて言った。「高校生のときにそういう場があったら喜んで参加してた」

「ありがとう！　わたしが卒業した高校の生徒がきょう何人か朗読をするから、わたしもすごく楽しみにしてる。ちなみに、食べ物や飲み物の売り上げの半分はグループのメンバーのものになるんだ」

「いいね」

「登壇する子たちもみんな最高でね」ヘイゼルは遠い目をした。「それにすごく才能がある」

「そうなんだ」ネラはベーグルをかじり、それ以上話さなくてすむようにした。ベーグルはタマネギのほかに、何か好みではないものの風味がした。「それで、きょうリチャードが来るっていうのはほんとうなの？」

ヘイゼルはうなずき、会議室の上座にいるリチャードを見た。「最初はすごく厳しい人かと思ってたけど、ものすごく鷹揚にもなれるんだね。わたしがお茶に詳しかったから、リチャードは気に入ってくれたのかも。マニーのこだわりもたまには役に立つってことかな」ヘイゼルは笑った。

「リチャードはまちがいなく個性的だよね」ネラは同意した。テーブルに目を向けたが、ネラの前の席に座っていた長身の髪の薄い男性がコーヒーカウンターから戻ってきていて、視界を塞いでいた。ネラはため息をつき、そこはかとなく憂鬱な気分が背骨に忍びこむのを感じた。ヘイゼルの催しに行くつもりはなかった。オーウェンとの約束をまた破るわけにはいかない。けれども、リチャードが来るとわかり、昇進には例外もありうると知ったいま、この機会を無視することはできなかった。

あとでレナ・ジョーダンに待ち合わせの時間を六時半ではなく五時半に早めてもらうようにメールしようと心にメモをした。不本意だけれども――この約束を取りつけるのに何カ月もかかったのだ――そうするしかない。それに、ワーグナーにふたりしかいない黒人社員のひとりがもうひとりを応援しなかったら、ひどく薄情な人間に見えてしまう。

エイミーがすばやく手を叩いて全員の注意を引きつけた。三度目に手のひらが合わさるころには、通夜のような静けさが二十人ほどの集まる会議室に広がっていた。

「みんな落ち着いたようなので」エイミーは言い、深紅のサングラスをはずした。「そろそろはじめたいと思います」紫がかった白髪を肩の上で払い、いつも左の肘の近くに置いているワイヤーフレームのリーディンググラスを手にとった。

エイミーが会議で司会をするとき以外いつもかけているサングラスは、彼女が二十代のときに眼鏡技師に処方されたものだと噂されていた。けれどもネラは、サングラスは権力闘争の一環なのだと半ば確信していた。エイミーくらい長くワーグナーに勤めている人たちはみな――エイミーの場合は三十二年になる――新入りには許されない何かしらの奇妙な癖を持っている。というか、白人以外には許されない何かしらの奇妙な癖を。そして、ほかの人と比べると、エイミーの癖はそれほど奇抜ではなかった。サングラスで目が隠れているエイミーと話すのは、ブルートゥースのイヤホンマイクでほかの人と話しているアレクサンダーと話すのや、これまで組んできた作家の言葉を引用しまくるベテラン編集者のオリヴァーと話すのよりはまだましだった。

「きょうのマーケティング会議は、話し合うべき大きな企画が目白押しです」エイミーは目の前に置いていた資料の束を並べ替えた。「まずは、ヴェラのこの秋の新刊二作品からはじめましょう。キティ・クルーグラーの作品と、コリン・フランクリンの作品です。どちらからはじめたいか希望はある、ヴェラ?」

「そうだな、わたしとしては」リチャードが言うのが聞こえた。「コリンからはじめたい」

「ドル箱からってことだな?」イエスマンのジョシュが言った。ジョシュは早くから会議室に来ていて、リチャードとはアレクサンダーを挟んで隣の席を確保していた――特筆すべき成果だった。

みなが笑い、熱心にうなずいた。ネラはそのちょっとしたジョークについてメモをとった――ドル箱の部分ではなく、ワーグナーの社員たちがコリン・フランクリンに対して抱いている信頼のレベルを。次回、ヴェラとふたりでコリンに会って売り上げの報告をするとき、コリンに伝えれば喜んでもらえるだろう。コリンのここ何作品かの売り上げが極めて平凡なのを考えればなおさらだ。実のところ、二〇〇九年に『わたしの牧師は例外』を原作にした映画の主演女優が封切りから数カ月後にコリンをハラスメントで訴えてから、売り上げは芳しくない。

新しい本が映画化されたら、シャートリシアを演じたがる女優はいるだろうか？　有名どころはいやがるだろう、とネラは思った。大ブレイクを狙う無名の女優がやることになりそうだ。そういう女優にはうってつけの役かもしれない。映画が炎上して名前が売れ、もっといい役がつき、ほかの黒人女優がすでに獲得したとみなが考えていたような数々の〝はじめて〟を達成する女優になるかもしれない。俳優業だけでなく、トークショーの司会にも進出して、次代のブラック・エレン・デジェネレス――ブレレン・デジェネレス？――になり、数年後には自ら黒人女性の映画会社を立ちあげるまでになるかもしれない。何十億ドルも稼ぎ、何百万人ものフォロワーを獲得する。エミー賞やグラミー賞やオスカーやトニー賞をとる。世界に名を轟かせる。そのすべてが達成されるころには、そもそものきっかけになったシャートリシア役のことなど誰も覚えていない。

おそらく。

とはいえ、きっとそうはならない。黒人はけっして忘れない。ネラのような人間は。メディアにおける黒人表現について少なからず考えたり話したりしている人間は。

ネラは頭を振り、ヴェラに指示された謝罪について考え、コリンの作品が刊行されたらメディアはどう評価するだろうと何度目かに想像して……自分の無力さを噛みしめた。ヴェラのオフィスでのあの打ち合わせのときに、もっと粘り強くコリンに訴えかけるべきだったのかもしれない。

「ですが、この小説のもっともすばらしいところは」ヴェラが言っていた。「コリンがとりわけ積極的に登場人物の心理を掘りさげている点です。そして、彼の描き出したものは、そうした壊れた社会にいる読者の琴線にもまちがいなく触れることでしょう。こうした作品は、まさしく彼らのためにあるからです。オハイオの田舎で暮らす人々、国じゅうの田舎で暮らす人々のために」

「でも、そういう人たちは本を読むのかしら？」ソフィーがジーナの耳に少しばかり大きすぎる声でささやいた。ジーナは忍び笑いを手で押さえた。

エイミーがヴェラの口上に割って入った。「ほんとうにすばらしいと思うわ、ヴェラ。わたしもこの作品を読んで、これは別格だと感じました。これは、こう言ってよければ、コリンのこれまでの作品との決別になるんじゃないか、と。家族のシーンにはほんとうに胸を打たれた。とても強く、深く」

エイミーは言葉を切り、話の途中で目を閉じるというお得意の手段を使って、自分の言いたいことを強調した。ネラも自分のまぶたが重くなるのを感じた。エイミーのヨガ・ボイスを聞いているとよくそうなる。「原稿を読みおえたあと、イェールに通っている下の息子に電話して、あなたが選んだ道に感謝しているって伝えた。あなたが選ばなかった道についても感謝しているって」

ネラの前の席にいる薄毛の男性が同調してうなずいた。

「でも、ひとつだけ訊きたいことがあるの」

また間が空いた。エイミーはみなに〝下向きの犬のポーズ〟をさせる気なのでは、とネラは思った。

「ターゲット読者のことなんだけど。この本をどうやってそういう荒れた環境にいる人たちの手に届けるの？」

ソフィーが手を伸ばして、勝ち誇ったようにジーナの太腿をつかんだ。

「申し訳ないけど、わたしは非情な魔女になって、このテーブルにいるみなさんに問いたいと思います。わたしの心も痛むんだけれど――コリンが描いているようなああいう人たちは、本というものを買うかしら？　それとも、単純にそのぶんのお金でオピオイドをもっと買おうとする？」

ネラはひるんだ。ほとんどが白人のグループのなかで、〝ああいう人たち〟という言いまわしが使われると、奇妙に満足げに聞こえる。ヘイゼルも同じように感じているのか知りたかったが、ずっと左の席にいるので、ネラの視界からははずれていた。

「それはもっともな問いだな」ジョシュが言った。「きみが魔女なら、エイミー、ぼくも喜んで魔王になるが――」明らかに気を遣ったくすくす笑いがいくつか聞こえた。「――一般大衆はこのストーリー展開にもう飽き飽きしているんじゃないか？　オピオイドの濫用は昔からあって……まあ、いまもなくなってはいないが、だが率直に言って、メディアは以前ほどこの問題に関心を割いていないように思う。つまり、この作品のマーケティング方法については念入りに検討する必要があるということだ」

〝オピオイドはまだ旬か？〟ネラはメモをとった。あとでヴェラ向けに清書するときにはもう少し穏やかな表現に変えるつもりだった。

「確かに、それは少々厄介な問題です」ヴェラはわずかに声を低くして言った。「コリンもそれを意識していることはまちがいありません。でも、コリンはこの作品の執筆過程に関するQ&Aの機会をたくさん設けることを計画していますし、そうすればメディア側も興味を持つと思います。それに、コリンはヤングアダルト層もターゲットにしようと考えています。アメリカ中西部の高校で講演会をするのも手かもしれません」

ヴェラの何席か隣で、メイジー――ブロンズ色に焼けた肌が目立っている――が咳払いをした。何日か前に仕事に復帰してから、"特別な長期休暇が必要だった"のだとみなに説明していたが、メイジーが先日出社するなり大荷物を持ってどこかへ消えたことをネラは忘れていなかった。

「よかったらわたしにも意見を言わせてもらいたいんですが」メイジーは言った。

どうぞ、とテーブルの人々がうなずいた。

「わたしも少し読みましたが――」メイジーは体の向きを変えてヴェラと目を合わせた。「エイミーと同じように胸を打たれて、息子に愛してる、道をまちがえないでねと伝えました――まあ、息子はまだ〝ママ〟と言うのもおぼつかないので、選択についての話をするのは十六年後になりそうだけど」明らかに気を遣ったくすくす笑いがまたいくつか聞こえた。ネラは乾いた笑いを漏らした。「それで、わたしが思うに、『ひりつきと疼き』の特別なところは――ヴェラ、あなたがこれから言おうとしていたことならそう言ってね――オピオイドの危機に巻きこまれたさまざまな層が描かれている点です。白人だけでなく、黒人も描かれている」

「そのとおり」ヴェラは言った。「これからその点について話すつもりだったの。ありがとう」

ネラは体をこわばらせた。ヴェラのオフィスでシャートリシアについて話すことと、同僚二十人とともにその話を聞かなくてはならないことは、まったく別の問題だ。コリンが多様な登場人物をいかにうまく表現したかについて、ヴェラとメイジーが美辞麗句を並べるのを聞きたくなかった。みなが熱心にうなずくのを見たくなかった。ほんの一瞬、トイレへ行こうかと考えた。それがどれだけ人目を引くとしても。

そのとき、思い出した。いまの自分には味方がいる。もし同僚の誰かがたまたまネラのほうを見て、いま話し合われていることについてネラがなんらかの意見を表情に出しているか確かめるとしても、彼らはヘイゼルにも目を向けるはずだ。自分がこの部屋でただひとりの黒人ではないことを、どうして忘れていたのだろう。

ネラは大きく息を吸いこんだ。重荷が消えたわけではないことはわかっていた。けっして消えてはいない。それでも、少なくとも重荷を分かち合うことができるし、あとで笑い合うこともできる。次にマライカと会うときにヘイゼルも誘って、三人でじっくり話し合ってもいいかもしれない。

こわばりがふたたび腰を離れ、肩へと浮きあがって天井へ立ちのぼっていくのが感じられた。しかし、気を緩めたのはまちがいだった。無防備な状態で、そのあとの出来事が起こった。まず、ヴェラがヘイゼルの名前を呼んだ。そしてリチャードもヘイゼルの名前を呼んで、アシスタント列に注意を向けた。

「意見を聞かせてもらえるかな、ヘイゼル？」

ネラは凍りついた。リチャードがこういう会議で駆け出しの社員の意見を求めるのはこれまで見たことがなかった。

「はい。わたしはヴェラに『ひりつきと疼き』を読ませてもらえないか頼みました。以前からコリン・フランクリンの大ファンなので、興味があったんです」ヘイゼルの声は若さと情熱にあふれ、豊かで明瞭で歯切れがよかった。アシスタントがマーケティング会議で発言するのがよくあることのように、会議室にいる全員がヘイゼルに注目した。

〝ヴェラから読むように頼まれたと言ってなかった？〟とネラは思った。大きなテーブルで、オリヴァーが身を乗り出してアレクサンダーの耳に何かをささやいた。アレクサンダーは頭でメイジーのほうを示した。

「わたしの意見を言ってよければ」ヘイゼルは続けた。「黒人の登場人物とその家族は、有色人種の読者の心に強く響くと思います。とりわけ、依存症に苦しんでいる読者の心に。わたしの両親はニューヨークでコカインが蔓延していた一九八〇年代に大人になったんですが、この本を読んでいたとき、両親から昔聞いた話がよみがえってきました——コカインの蔓延に白人がほとんど関心を持っていないように思えたという話も」

何人かがうなずいた。エイミーは教会の聖歌隊を思わせる旋律をハミングした。

「率直に言えば、シャートリシアには一部の人たちが引っかかりそうな点がありますが……」

ヘイゼルがこちらをちらりと見たのは気のせいではないかとネラが思ったとしても、ネラの前に座っている薄毛の制作編集者の鋭い視線が気のせいではないことを裏づけていた。残りの全員もこちらを見ているのが感じられた。

「それでも、全体としてコリンはすばらしい仕事をしていて、あらゆる読者に寄り添うような、読む者の心を打つ作品を作りあげています。どんな反響があるか楽しみです」

「ありがとう、ヘイゼル」ヴェラは満面の笑みを浮かべていて、ヴェラの愛犬が後ろ肢で立ちあがってアメリカ文学の新たな傑作を書きはじめたのかと思うほどだった。その一方で、前の席の制作編集者はなおもネラを見つめつづけていた。明らかな不信感に目を険しくしている。

ネラは肩のほうを向いて咳をするふりをした。

「どういたしまして。原稿を読ませてくださってありがとうございました。きょう発言の機会を与えてくださったことにも感謝します」ヘイゼルは会釈した。

エイミーも会釈を返した。「意見を聞かせてくれてありがとう、ヘイゼル。わたしたちも、人種の多様性という視点を心に刻んでおかないと。大切なことよね？」エイミーは全員に問いかけた。修辞的な問いかけだったにもかかわらず、何人かが声に出して同意した。異論があると誤解されたくなかったのだろう。リチャードが何度か手を叩いた。

「ありがとうございます」ヴェラは言った。「では、次に進みます。クルーグラーの作品です。はじめて会ったとき、キティはパートナーなし、子どもなし、七万五千ドルの奨学金ローンありの無名の新人作家でした。けれども『透明な影』がヒットしてそのすべてが変わり……」

ネラは人差し指で左の小鼻を押さえ、十秒数えた。目の端が熱くなりはじめ、制作編集者がようやく前に向きなおったところだったので、彼の禿げて輝く後頭部にひたすら意識を集中した。涙がこぼれそうだったが、こぼれたところで誰も気づかないとしても——大学中退でプリンストン大学の教授にのぼりつめたキティ・クルーグラーの物語にみな聞き入っていた——泣くわけにはいかなかった。どんな感情も見せるわけにはいかない。そんなことをしたら同僚たちがなんと言うかわかっていた。母親がなんと言うかも。〝ちょっとネラ、あなたはこの国で屈指の出版社で働く二十六歳の編集アシスタントなんだから、何を泣くことがあるの〟

母親にうまく説明できそうにないのは、いま頬にこぼれ落ちそうになっている涙は悲しみの涙ではないということだった。それは、熱くて重い、怒りと困惑の涙だった。ネラは歯を食いしばり、ヘイゼルのほうを見ないようにした。どんな表情をしているのか見たくてたまらなかったけれども、少しでもそちらに頭を動かしたら、この部屋から急いで出ていかなくてはならなくなりそうだった――でなければ、もっと悪いことに、椅子から立ちあがってヘイゼルの両肩をつかみ、同僚たちの前で揺さぶってしまいそうだった。

ネラはそうしてじっと座ったまま、自分の呼吸と編集者たちの声にだけ集中して四十五分を過ごした。エイミーがいつものように締めくくりとしてマーケットの動向や本をめぐる社会情勢、この場にいるひとりひとりの仕事の重要性について話しはじめたころには、ネラの顔の熱は引き、顎の力も緩んでいた。ヘイゼルに問いただしたいことが山ほどあったが、何事もなかったかのように黙っているのがいちばんいいのだとわかっていた。会社はそういう会話をするのにふさわしい場所ではない――〈カール・セントラル〉で会うときまで待つのが賢明だ。

ようやく決心がついて、ネラはさりげなく頭を左へ向けていった。左側にあったこわばりが広がっていくのを感じながら、ついに左を向くと、驚いたことにヘイゼルがまっすぐにこちらを見ていた。何か考えこんでいるように、眉を寄せて目を曇らせている。

〝オーウェンも連れてくればいいし〟ヘイゼルが言うと、提案というよりも命令に聞こえた。けれども、そこではない。あの言葉に違和感を覚えたのは、そういう理由ではない。あのとき困惑したのは、ヘイゼルの口からオーウェンの名前が出たせいだ。ヘイゼルにオーウェンについて話したことは一度もなかった。何かのついでにでも話したことはない。絶対に確かだ。フェイスブックにもオーウェンの名前は出てこない――オーウェンはソーシャルメディアが好きではなく、心の自由を大事にしていたので、それを尊重してネラのページにもオーウェンの名前は載せないようにしていた。いずれにせよ、フェイスブックをもうそういうふうには使っていなかった。

ネラはヘイゼルの視線を受け止め、できうるかぎりの露骨な非難のまなざしを返した。ヘイゼルはニュートラルな表情を崩さなかった。そして、うっすらとした笑みの兆しを浮かべながら、ゆっくりと前方へ向きなおりはじめた。

ケンドラ・レイ

二〇一八年九月二十六日
ニューヨーク州キャッツキル

〝助けて。頭がおかしくなりそう〟

　わたしは長く、深く息をつき、グラスを持ちあげて、さらに長く、深くワインを喉に流しこんだ。この留守電メッセージから永遠に逃げつづけることはできない。気をそらすためにできることはすべてやった。一時間ほど散歩をしたし、食料品を何点かとピノ・ノワール一ケースも買ってきた。飲んでいるあいだ何かしたくて、書き物も少しした。

　しかし、心は落ち着かなかった。いっときも。自分の声の代わりに、この女性の甲高い声が耳にこだましつづけた。

　ため息をつき、再生ボタンを押すと、もう何度聞いたかわからない取り乱した声がキッチンに響いた。

「ねえ、あなたが誰か知らないし、なぜわたしに何度も接触してくるのかもわからない。実のところ、なぜあなたに電話してるのかすらわからない。あなたに……いまいましい薄気味悪いストーカーの変人に」

軽く鼻をすする音が聞こえた——その音で、彼女がずっと泣いていたことがわかった。

「ああもう。頭がぐちゃぐちゃ。わたしの人生がぐちゃぐちゃ。オーウェンはわたしに腹を立ててる。ヴェラはわたしのことを信頼できないアシスタントだと思ってて、わたしはクビになりかけてる……まあ正直言って、仕事を続けたいのかもよくわからないけど」

電話の女性はまた口を閉ざした。わたしは緑のボトルから滴り落ちてテーブルのチェリーウッドの天板に染みこんだピノ・ノワールをぬぐった。指をなめてからまたワインをぬぐい、四秒前からカウントダウンすると、予想どおりに彼女がまたしゃべり出した。「ううん、それは嘘。わたしは——仕事を続けたい。編集者になりたい。いま、若い黒人女性の編集者が何人いる？ ひとりもいない」女性はため息をついた。「去れってあなたは言いつづけてるけど、それはできない。ヘイゼルをこのままには……」また鼻をすする音がした。今回は先ほどよりも控えめだった。

「ああもう、なぜあなたにこんな話をしてるのかわからない……誰だかも知らないのに」

〝わたしだってなぜあなたがそんな話をしてるのかわからない〟最初にメッセージを聞いたとき、わたしは苛立ってそう思った。〝錯乱して電話してきた変人はそっちじゃない〟連絡をとっているのはトレースだけだ。トレースがわたしの命綱であり、わたしとお金、家族、以前の生活をつなぐ血管だ。それ以外の人間は避けるのが賢明だ——昔の同僚も、ハーバード時代から付き合っている数少ない友達も。

ダイアナさえ過去に置いてきた。もっとも、その部分は本来よりもずっと簡単だったけれども。正直に言って、ダイアナは少なくとも形だけでもトレースに謝罪してくるのではないかと思っていた。はるか昔にわたしを窮地に置き去りにしたことを。わたしはもう歓迎されざる人間なのだと思わせたことを。わたしを変えようとしたことを。

誤解はしないでほしい――わたしが公言したタイミングが最高ではなかったことは自覚している。でも、だからといって、ダイアナのやろうとしたことが正当化されるわけではない。

電話の女性がしばらく話しつづけるのを聞きながら、わたしは待った。そして、その言葉が聞こえた。一日じゅうわたしの頭を混乱させつづけている言葉が。

〝ワーグナー〟

聞くのが四回目でも、混乱はまったく弱まっていなかった。すべてがまたぶり返した。彼の名前から逃げ出した歳月。人生の脅威。わたしはもう子どもたちのロールモデルではなくなったと書いてきた黒人の親たち。髪型を変え、新しい仕事を見つけ、新たな黒人の隣人に誰も特別な関心を払わないニューヨーク州北部の小さな町に落ち着いてから、長い年月がたった……すべてはあの名前から遠ざかるためにしたことだ。それなのに、リンとつながりのある女性から留守電メッセージが来て、ワーグナーがどうの、彼女の〝チーム〟のしている任務がどうのと口にした。そしていままた、ワーグナーがわたしの生活に入りこんできた。

このふたつのメッセージが無関係だという可能性はあるのだろうか。今回の女性はわたしを引っ張り出すためにリンが送りこんできたリンの仲間ではないという可能性はあるのだろうか。

グラスに残っていたワインを飲み干し、新たにつぎ足してから、また再生ボタンを押した。さらにもう一度。ピースをつなぎ合わせて、ぼんやりとした絵を描きあげるまで。誰だかわからない電話の女性は、ヴェラ・パリーニの下で働いているらしい。わたしが知り合ったときには、ヴェラはワーグナーの一編集アシスタント、さえない白人女性にすぎなかった。そしていま、リンが――あるいはリンの仲間が――この気の毒な女性にわたしの電話番号を教えた。おそらくは、この女性がわたしをニューヨークへ引き戻すのを期待して。

ため息をついて、人間の尊厳や自由を描いた画家ジェイコブ・ローレンスの青と金色の複製画を見つめた。父が亡くなる数週間前にわたしに送ってきたものだ。父の葬儀は三月にしてはとても暖かいよく晴れた日に行われ、参列者が集まりすぎて、母が一部の人の参列を断らなくてはならなくなったほどだった。少なくとも、トレースからはそう聞いている。

わたしは参列しなかった。

「でも、お父さんなのに」トレースは埋葬の前の週に懇願した。電話越しながら、子どものころのようにトレースがわたしの腕を引っ張って注意を引こうとするのを感じた。「顔を隠せばいいじゃない。ウィッグをかぶるとか。なんでもいい。とにかくわたしひとりにすべてを背負わせないで、ケニー」

わたしは舌打ちした。「彼らは全員をじっくり監視してる。わたしが戻ってくるんじゃないかと。絶対に見破られる」

ほかの人には——ほかのほとんどの人には——わたしが正気を失っているように思えるだろう。けれどもトレースはわたしの身内であり、親友でもある。トレースだけは理解せざるをえない。姿を消す直前の、最後の日々のわたしをトレースは見ている。あの変化を目の当たりにしている。だからこそ、これだけ長いあいだ手を貸してくれているのだ。わたしがリチャードやダイアナやほかのみなから姿を隠すのを。

〝ああ。頭がぐちゃぐちゃ……わたしの人生がぐちゃぐちゃ……〟

携帯電話の画面が暗くなっても、わたしはそれを見つめつづけ、やがて気持ちが変化しはじめた。ふいに、彼女が電話番号を非通知にしていなければよかったのにと思った。また電話をかけてきて、もっと詳しく話してくれればいいのに。彼女のパニックは、いつまでも青くさい二十代の、思いどおりに事が運ばないという身勝手さとはまったく別のものだとわかっていた。なんであれ、彼女の身に降りかかっていることのせいで彼女が追い詰められているのは明らかだ。

椅子にもたれかかり、不安と同情とがせめぎ合い、分別を少しずつ削りとっていくのを痛烈に意識した。せめぎ合いを感じていること自体に驚いた。長いあいだ、身を隠していたいという欲求が、どこに住むか、どこで買い物をするか、誰と話すかといった事柄を支配してきた。リンがワーグナーに関する大がかりな仮説を立て、さらに大がかりな協力を依頼してきたとき、わたしは疑いの余地のない言葉で、ニューヨークに戻るつもりはないと伝えた。〝いまになってそんなリスクを冒すのはばかげてる。ようやく平穏な生活を手に入れたのに〟

でも、ほんとうにそうなのだろうか。七十歳を前にして、わたしはここでひとりきりで暮らしている。友達はひと握りで――それも知り合いの域を出ず――クライアントへの手紙の送付も二週間遅れている。きょうの言い訳は？　平日にひとりでワインを飲みすぎてしまって。

どれほど無視したいと思っていても、わたしのひびは現実にそこに存在し、さらに存在感を増していた。まだ残されていたわたしのかけらが、この途方に暮れた女性の独白によって顔を出しつつあった。

ワイングラスをどかしてパソコンを引きよせ、トレースのフェイスブックのアカウントにログインした。ことさらさびしくなったときにはいつでも使っていいと言われている。電話の女性の名前はわからなかったが、上司の名前は知っているし、同僚と思しき人物の名前もわかる。オーウェン、そしてヘイゼルという人物だ。しかし、それぞれの名前を検索バーに入力すると、どちらの場合も確認しきれないほど大量のアカウントが表示された。

わたしは鼻の付け根を揉んだ。しばらく考えたあと、グーグルで〝ヘイゼル〟と〝ワーグナー

・ブックス〟を同時に検索した。また検索結果の雪崩が起こるのを覚悟していたが、画面のなかほどに、ヘイゼル＝メイ・マッコールという女性が主催するフェイスブックイベントのリンクが表示されていた。まさにきょう、ヘイゼル＝メイ・マッコールのグループがブルックリンにある黒人用ヘアサロンで朗読会を開くという。
参加予定者のなかに、リチャード・ワーグナーがいた。

そして、イベントの共同主催者はワーグナー・ブックスだ。

この情報が奇妙にも胃の奥に居座り、ランチに飲んだワインといっしょに喉もとにこみあげそうになった。勢いに任せてヘイゼルの写真をクリックした。いちばんに目を引いたのは、彼女のドレッドヘアだった。その次に目を引いたのは、彼女の人付き合いの広さだ。しかし、タイムラインを見るに、彼女はワーグナーに入ってまだ二カ月ほどのようだった。

リチャードの心持ちが大きく変わったのか、あるいはこちらのほうがありそうだが、何か狙いがあるのか。そうでなければ、リチャードが大金を使ったうえに、〝出版界の多様性を推し進める重要な活動を支援する〟のが待ちきれないなどと公に投稿したりするはずがない。これは、入社した週にわたしを夕食に招待してきれいな白人の妻に〝女同士の話〟をさせ、わたしの髪をおとなしくさせてニューアークではなくノーサンプトン出身のような話し方をしなければ出版業界ではやっていけないと忠告させたあの人物だ。その何年かあとに、『バーニング・ハート』は多くの読者を得るには〝ニッチすぎる〟が、ダイアナはじゅうぶん魅力的だし、わたしもじゅうぶん賢いので、黒人が世界的ポップスターになれるならわたしたちも必ず売れる、と言ったあの人物だ。

あの本がベストセラーになったとたん、自身の道をわたしたちのスポットライトのほうへとねじ曲げたあの人物だ。

この若い女性のドレッドヘアや、腰に置いた手について考えた。リチャードはこの女性と寝ているのだろうか。さもしい考えだったけれども、突飛とはいえない。しかし、この女性にはリチャードがいつも引きつけられていた穏やかな明るい輝きはなかった。ヘイゼルが放っているのはもっと別の何かだ。

リチャードが惹かれることはありえない。ヘイゼルが惹かれることもないだろう。ヘイゼルはリチャードには強すぎるように見える。隙が……なさすぎるように見える。

とはいえ、ダイアナもそうだった。

突然、脚が勝手に動き出し、わたしを居間へ運んで、マホガニーの本棚の前に立たせた。キャッツキルに越してきてすぐにガレージセールで買ったものだ。この五十年で集めた本の擦り切れた背表紙を指でたどっていき、とうとうこの場所に立った理由を見つけた。

ラルフ・エリソンやトニ・モリスンが手にとってくれ、もう一度開いてくれとささやきかけていたが、その誘惑に抗って床に膝をつき、いちばん下の段をのぞきこんだ。ゴードン・パークスの回顧録、ビリー・ホリデイの伝記、黒人の芸術家たちについてのさまざまな本。わたしには、本をアルファベット順に並べる人の気が知れなかった。本はテーマごとに並べるにかぎる――その場合でも目当ての本を探し出すのに苦労することはままあるけれども。そこで、背表紙を一冊ずつ読み、《JET》や《エボニー》の古い号を見ていって、やがて厚みがなさすぎてタイトルが読めない一冊の本を見つけた。

あった。

五十数年たっている本の背表紙を傷つけないように、用心深く手を伸ばした。これだ。アミリ

・バラカの『奴隷』と『便所』の舞台プログラム。わたしが十四歳のときに両親が劇場に連れていってくれた。しばらくプログラムを両手で持ち、セント・マークス劇場へ行く車のなかで父親が繰り返しバラカもニューアークの出身なのだと話していたことを思い出した。それからプログラムを開き、カバーの折りこみ部分に手を入れて、何年も見ていなかった写真の校正刷りを取り出した。

そこには、ダイアナとわたしがいた。幻に終わった雑誌の表紙のためのポーズをとっている。わたしは黒、ダイアナはローズ色の装いで、どちらの服にも指を置いたら切れそうな肩パッドが入っている。カメラマンに宙で拳を合わせるのはどうかとポーズの提案をされたが、わたしたちには古くさく思えたので、腕を組んで背中合わせに立ち、眉をあげることにした――なぜかはわからないが、そのほうが自然だとそのときは思ったのだ。いちばん下、わたしたちの茶色い足首のあたりに、〝出版界に新時代到来？〟という見出しが書かれている。

タイトルの文法に、当時と同じく苛立ちを覚えた。〝なぜクエスチョンマークをつけるのか？〟わたしは編集長に訊いた。わたしたちが一流雑誌の表紙を飾ること自体が新時代の到来ではないか。少なくとも、わたしにとってはそうだ。

けれどもそのあと、わたしは口を開いた。それにより、彼らはこの表紙を取りさげた。そして、このいわゆる新時代に何が起こったか？

校正刷りとプログラムをソファに置いて、キッチンへ戻った。ほんの十分前には、携帯電話のなかに入りこんで、この見知らぬ女性に編集者になどなるものではないと教えてやりたいと思っていた――気をつけなければわたしのようになってしまう。もっと悪いことになるかもしれない。それと同時に、携帯電話を壁に投げつけたいとも思っていた。

けれども、そうはしなかった。代わりに、ジェイコブ・ローレンスの複製画に目を戻した。図書館の本のカートを永遠に、ひょっとしたらそれよりも長く押しつづけるがっしりとした黒い腕。

そして、リンに電話した。

III

12

二〇一八年九月二十六日

マライカは水色に染められた人工の4Bの毛束を自分の生え際に当てた。「ヘイゼルはあんたを蹴落とそうとしてるんだよ、わかってるんでしょ?」そう言って、髪染め製品の通路に置かれた鏡のひとつに顔を近づけた。「そういうことだよ。ヘイゼルはあんたを蹴落とそうとしてる」

ネラは別の製品に手を伸ばし、照明にかざして目を細めた。十分ほど前に〈カール・セントラル〉の店内に入ってきたのだが、ネラの目はまだほの暗い照明に慣れず、容器のラベルをしかるべき距離で読むことができなかった。「〈いい雰囲気〉っていうんだって。これを一日二回、頭皮に塗ってマッサージすれば、〝いい雰囲気、いい気持ち、いい時間が手に入ります。ビーチにもバーにも、居間でネットフリックス三昧になるときにも最適です〟だって」

マライカは鼻を鳴らした。「職場はどうなの? あんたの職場にはいい雰囲気が必要みたいだし。あんたの同僚たちにも」

〈いい雰囲気〉のヘアグリースの容器をソフィーに手渡すのを想像し、ソフィーがトイレでこのヘアグリースを二本のフレンチブレイドのあいだに塗るさまを思い描いた。そんな気楽な反応をしてもらえる見込みがまだあると思えていたら、ネラは笑っていたかもしれない。けれども、笑わなかった。その日のマーケティング会議での困惑――そしてそのあとのショック――が頬をかすめた。例の匿名の人物にきょう電話をかけたことは、マライカにはまだ話していなかったし、しばらくは打ち明けられそうになかった。知ったらマライカは怒るにちがいなく、怒るのも当然だった。

「それで、最近はどうなの？　電話番号が書いてあった二枚目のメモのあと、新しいのは来てないんでしょ？」ふいに親友が静かになったのに気づいて、マライカが言った。

「うん、来てない。九月七日が最後」

「ならよかった。でも、きょうのことがあったからには……ヘイゼルが犯人だろうね。そう思わない？」

ネラはただ肩をすくめた。マライカはそれに気づかなかったか、あるいは完全に無視した。「黒人の席はひとつしかないってヘイゼルはわかってて、自分がそのひとりになろうとしてる。あんたを弾き出そうとしてるんだよ」マライカは続け、今度は緑色の毛束をとった。「ヘイゼルはあんたとゲームをしてる。そうでなきゃ、気づかれないようにこっそりメモを置いたりするはずがない。それに、きょうのあの仕打ち。みんなの前であんたを裏切るなんて」

「わたしにはわからない。でも、今夜話をしてみるつもり。ヘイゼルがオーウェンのことを持ち出したっていうのはもう言ったっけ？　名前を出したんだ。絶対にヘイゼルの前ではオーウェンの名前を言ってないのに。一度も」

マライカは目を見開いた。「一度も？　確か？」

「絶対まちがいない。恋人がいるとは言ったけど、それだけ。それに、オーウェンが根っからのソーシャルメディアぎらいなのは知ってるでしょ。仕事で必要なときはインターンにやらせてるくらい徹底してる」

「そうだね。じゃあ、ヘイゼルと〝話す〟っていうのは、つまり……」マライカのシルエットがイヤリングを片方ずつはずすしぐさをした。

「ちがうってば」ネラはくすくすと笑った。「ほんとうに話すだけ。推定無罪だから」その言葉はぴりりと舌を刺し、意図したよりも独善的に響いた。

「でも――」

「〈いい雰囲気〉ってどんな成分が入ってるんだろう」ネラはつぶやき、話題を変えた。「パンテノール、グリセロール、フルクトース……」

マライカは不満げな息を漏らして、渋い顔で緑色の人工の毛束をまたいじりはじめた。

ネラは〈いい雰囲気〉をもとの場所に戻して、棚に顔を近づけた。今夜はしっかりしていなくてはいけない。〈カール・セントラル〉のトイレに逃げこんで、見知らぬ相手の留守番電話に取り乱したメッセージをまた残すわけにはいかない。

「このヘアグリースのシリーズ、変わってる。何これ？〈鎮静剤〉、〈天真爛漫〉、〈いいところを見せる〉――」

「〈いいところを見せる〉には何が入ってるの？」

「たぶん〈いい雰囲気〉に入ってるもの全部と、あとスパイシーな何かかな？よくわからない」

「頭に塗るごみだね」マライカは却下するように言い、緑色の毛束を鏡の隣のラックに戻して肩を落とした。「やりたいなあ」

「何を？」

「髪染め。もちろん、植物由来のやつ。イメージチェンジしてみたいんだ」

「わかる」ネラは言った。夏のある暑い日にブッシュウィックの理髪店の前を通りかかって、ストレートにした髪を全部切ってしまおうと決めたときのことを思い出した。「やればいいのに。青か緑に染めて、ときどきやってるコーンロウにしたらすごく似合うと思う」

「その勇気があっても、イーゴリからごちゃごちゃ言われそうなんだよね、そう、ひと月くらいは。イーゴリがそういうのをどう思ってるか知ってるでしょ」

ネラはうなずいた。この前の夏に、マライカが気まぐれにエメラルドグリーンの小さな鼻ピアスをしたときも、イーゴリは慣れるのに難儀していた。ひどく怒って、〝きみの鼻ピアスのセンスは顧客候補にある種の印象を与えかねない〟と直截に言い放った。マライカはぼやいていたが、その意を汲んで結局ピアスをとった。高給がもらえるのは重要だったし、フォート・グリーンに部屋を持てるのはもっと重要だった。

「わかった、髪染めはなしね。でも、この通路でほかにほしいものはない？　ヘアグリースとか」

「ヘアグリースなんて買う必要ない。バーベキューソースを買うようなものだよ」

「バーベキューソースも自分で作るようになったんだっけ」

「〈ピンタレスト〉はほんと、お役立ちだよね」

ネラは笑って――今度は心からの笑いだった――マライカの腕を軽く叩いた。「行こう、マル。はじまる前にアイーシャ・Bの本を見てみたいんだ」

「ミス・アイーシャ・B！　いいね、行こう」マライカは先に立って歩きはじめた。影になった後ろ姿のなかで、エア・ジョーダンのネオンピンクのスウッシュだけが浮かびあがっていた。ネラはくすくすと笑いながら後ろをついていった。ふたりはこれまで、不健全なほど長い時間、ミス・アイーシャ・Bを茶化して楽しんでいた。彼女はステーキを食べるのかとか、秘密結社のイルミナティを信じているのかとか、今夜の朗読会に参加するのかとか。マライカがこの会に来たのはその最後の部分のためだった。〝文化振興のために来てほしい〟とネラが懇願しても、マライカの心は動かなかった。少なくとも平日の夜の催しでは。

「朗読会がはじまるまでまだ時間がある？」マライカは尋ねた。「アイーシャの本は定価どおり十ドルぶんの価値があるのか興味がある」

ネラはうなずいた。店に入ってきたときに、本棚とトイレの位置は確認してあった。誰かの家へ行ったときにはそうするのが習慣になっていた。店の奥へ向かうとき、フレグランスと保湿のダブル効果があるという派手な容器のヘアスプレーを熱心に見ている黒人の女の子ふたりの脇を横歩きして通り抜けた。ひとりは口のなかが矯正のワイヤーだらけで、もうひとりは〝ばっさり〟やった直後のネラを思い起こさせる短いアフロヘアだった。

「これは心を落ち着かせてくれるんだって」口がワイヤーだらけの子が言った。黒のキャスケットをかぶって髪をボックスブレイドにしているのは、まちがいなく『ポエティック・ジャスティス』のころのジャネット・ジャクソンを真似してのことだろう。「SATの試験を受けるときに役に立つかな」

「だめだめ」連れの子が言った。「〈セレニティ・スプレー〉のほうがいいよ。お姉ちゃんはあれを信頼してる。お姉ちゃんはフォーダム大学のロースクールに行ったんだよ」

学校での恐ろしい銃乱射事件や、無分別な教会の爆撃、取り返しのつかない地球温暖化といった暗いことだらけの世のなかで鎮静効果を謳うスプレーが作られているという考えに、ネラは笑いを噛み殺した。しかし、ネラとマライカが角を曲がったころには、その会話をおもしろがる気持ちはうらやましさに変わった。リラクサーの化学物質のせいで失ってしまった若いころの髪を思い、あのころ自然のままの髪をきらっていなかったらいまごろ自分のアフロはどれだけ大きくなっていただろうと考えた。

けれども、長く物思いに浸っていることはできなかった。マライカが急に足を止めて、耳をつんざく叫び声をあげた。

「うわ。思ってたよりずっとすごい！」

何を騒いでいるのかと、ネラは前に進んだ。マライカが叫んだのも納得だった。目の前に、まばゆい白い光を浴びて、ミス・アイーシャ・Bその人のラミネート加工された等身大のパネルがそそり立っていた。頭の上の両側で蜂蜜色の髪を〈シナボン〉の大きさにまとめていて、唇にはローズゴールドのグリッター入りのリップを塗り、ブラックスプロイテーション（センセーショナルな時事問題をテーマにした黒人向け映画）の映画ポスターふうに手袋をした手を片方腰に当て、もう片方の手でドライヤーを上に向けて持っている。腰にしっかり巻かれたケンテ布を思わせる色鮮やかな柄のエプロンや、口もとにつけられた〝わたしは髪の神〟という吹き出しがなければ、この女性はミス・アイーシャ・Bではなく、グラフィックノベルのヒロインだと思っただろう。

「これって……」ネラは笑いをこらえながら言った。

マライカは我慢するのを潔くあきらめて笑い出した。「ちょっと、このエプロンここで売ってるのかな？　本を買うより、四十ドル出してこっちを買いたい」

ネラは肩を震わせた。「しーっ。誰か聞いてるかも」

「〝わたしは髪の神〟ほかにどんな案があったのかな？　〝髪の髪明家〟〝アイーシャ・B、あなたのそばのサイコヘアラピスト〟？」

「マル！」

「ごめんごめん。だっておかしくって。ごめんてば」マライカは繰り返したが、声はまだフルボリュームだった。パネルに背を向けて、自撮りの体勢をとった。「この写真をいとこに送る。美容師になる勉強をしてるんだ」

まわりを気にしつつも、親友を再度諫めることなく、ネラは『ブラック・ヘアラピー　カーリーヘアを手懐ける十の方法』を一冊手にとった。ページをめくって、〈カール・セントラル〉のサイトで謳われていたミス・アイーシャ・Bが教える真髄とやらを探した。文章は悪くなかったものの、使われているフォントから判断するに――ネラに言わせれば三倍ほど大きすぎる――この本がどこかの家の地下室で手作りされたのは明らかだった。裏に返して、背表紙をじっと見た。ワーグナーで身についた癖で、ネラがやるたび、他人の家にいるときは特に、オーウェンがいやな顔をする。まだオーウェンが〈カール・セントラル〉に来ていないことにネラは少しだけほっとした。

本を置き、マライカとミス・アイーシャ・Bのツーショットに交じろうとしたとき、高い声が聞こえた。「売り上げは全部、学校に寄付されるの！」

好き放題していた現場を見つかって、ふたりはすばやく振り返った。ファニータ・モレホンその人が、サイトの写真で見たとおりの姿でそこに立っていた。ハイウェストのスカートに丈の短いトップス――ただし、きょうのアンサンブルは黒と白のストライプだった。「それに、本を買ってくれたらドリンクが半額になるわよ」

「はい、聞いてます」ネラはにっこりと微笑んで手を差し出した。「すばらしい仕組みですね。ファニータですよね？　ネラといいます。ワーグナー・ブックスでヘイゼルといっしょに働いてます」

「ああ！　あなたがネラね。会えてほんとうにうれしいわ！　いろいろ話を聞いてるのよ」ファニータは言った。心構えをする前に、ファニータはネラを予想外の強さできつく抱きしめた。ファニータはやわらかく、ココアバターのような強い香りがして、よく知るその香りにネラはいくらかほっとした。「ヘイゼルはまだ来てないの。たぶん〈YBL〉の女の子たちを朗読会の前に夕食に連れていってるんだと思う。やさしいわよね？」

　ファニータがいつまでも待っているので、ネラは渋々ながら答えた。「すてきですね」

「でも、あなたが来られて、わたしたちふたりともほんとうに喜んでるの。ヘイゼルから聞いたけど、今夜は大事な約束があったんですって？　エージェントと？」最後の言葉を強調してファニータは尖った長い付け爪を持ちあげ、ラメの輝くそれをひらひらと動かした。

「結局、日を改めることにしました。会う予定だった人が今夜はほかの時間が空いていないそうで、わたしもどうしてもここに来たかったので」

　隣でマライカが咳払いをした――まだ正式に紹介されていないのが不満だったからではなく、ネラの払った犠牲に言いたいことがあったからだった。

〝会ったこともない高校生たちのために予定変更するわけ？〟少し前にマライカはそう尋ねた。

〝文化のためだよ！〟ネラは繰り返し答えた。

「こちらは友人のマライカです。彼女もぜひ来たいとのことで。詩が大好きなんです」

三つのうちふたつは事実ではなかったが、店内は薄暗かったので、マライカの不実な目つきはファニータには見えていないはずだった。「いらっしゃい、ようこそ！　あなたも来てくれてうれしいわ」ファニータは言い、長いカールした髪をひと束、鋭い小指の爪で後ろに払った。理由はわからないものの、マライカは骨が砕けそうな抱擁を受けなかったが、そのほうがお互いにとっていいだろうとネラは思った。「さあ――うちの製品について何か質問があったらなんでも訊いて。でも、うちに来たのがはじめてなら、まずはミス・アイーシャ・Bの予約をとることをお勧めするわ。髪の悩みを解決するのにどれを試すのがいいか、喜んで教えてくれるから」

ファニータは言葉を切って、しばらくネラの髪を観察した。「それから、うちには髪の根もとを元気にするトリートメント効果の高い保湿剤やスプレーもいろいろあるのよ」

ネラは頭皮に手をやり、言われてみれば乾燥ぎみかもしれないと思った。

「ふたりとも、会えてうれしかったわ。あとひとつだけいい？　インスタグラムに何かをアップするなら、できればでいいんだけど、〈カール・セントラル〉をタグ付けしてもらえる？　でも、飲み物は写さないようにして」ファニータは急いで付け加えた。「うちはまだアルコール販売のライセンスをとってないから。いいかしら？　よかった！　じゃあ、またあとで」ファニータは一度手を叩き、〈セレニティ・スプレー〉についてまだ話をしている高校生のほうへ歩き去った。

ネラはもう一度髪の根もとに触ってから、マライカの表情をうかがった。ミス・アイーシャ・Bのスポットライトからはずれていたので、表情を読みとるのは難しかった。けれども、ネラが尋ねる前に、マライカは鼻を鳴らして言った。「あの人、『リアル・ハウスワイフ』に出てきそう」

ネラも鼻を鳴らした。「アルコール販売のライセンスがないのに、高校生の朗読会でアルコールを売るって？　非難がましいことは言いたくないけど、でも……どうなの」

「どうなんだろうね」マライカは言った。「でも、あたしが来たのはそのためでもある」

　予想とたがわず、オーウェンは会がはじまる二分前に姿を見せた。席はほぼ埋まっていた。ネラは最初は小さく手を振り、気づいてもらえなかったので何度か大きく手を振って、後ろのほうの列の中央に三つとっておいた席からオーウェンの注意を引いた。

「この会で唯一の白人が有色人種時間に現れるとはね」近づいてくるオーウェンを見ながらマライカが言った。

「ジェシーは〝有色人種時間〟って言葉を使うのはやめろと言ってなかった？」

「まあね。〝時間とは、おれとは見た目のまったくちがう人々によって作られ、保持されている構造だ。正当な構造もあるが、ほかの構造が構造化されるのを防ぐためだけに存在する構造もある〟ふう、ジェシーってほんと……」マライカは架空の棍棒で殴られたような顔をした。

　ネラは笑って、よく知る黒人男性の口調を精一杯真似しながらあとを引き継いだ。「〝よって、わが兄弟姉妹よ、われわれは『有色人種時間』という言葉を使うときには立ち止まってよく考えなくてはならない。この言葉を使うたびにわれわれは、『時間』にはひとつの種類しかなく、黒人にはその特定の『時間』を守らない問題がある、との固定観念をひたすら強化していることになる。おれは来たいときに来る。それがおれの特権だ。おれはおれの構造を作る〟」

「やだやだ。有色人種時間の話をするのは、アンジェラ・バセットを崇拝するのと同じくらい黒人にとっては自然なことなのに。それは否定できないでしょ。もしかしたら、いまジェシーがソーシャルメディアを休んでるのはそのせいなのかも――それもすべて構造だってことをとうとう受け入れたんだ」

それには一理あったものの、ネラは議論よりもオーウェンの前進具合のほうに興味があった。オーウェンは、白熱した議論を繰り広げている文学好きの黒人カップルの前を苦労して通り抜けたところだった。その先に残っているのは、ばらばらの服装をした黒人女性四人のグループだけだ。オーウェンが盛んに謝罪しながら女性をひとりずつ乗り越えるたび、女性は興味深そうにオーウェンを見あげて、この若い白人男性――赤い顔に茶色い髪の、今夜〈カール・セントラル〉に来ているいまのところふたりだけの白人のひとり――がどの席に座ろうとしているのか見定めようとした。オーウェンがネラとマライカのそばで立ち止まると、その列のいちばん遠くに座っていた女性がネラには聞こえない小さな声で何かつぶやいた。別の女性が両手を動かして論点を強調しながら勢いよく何かを答え、四人全員が同意の印にうなずいて眉をあげた。

ネラは女性たちがどんな判決をくだしたのか考えないようにしつつ、腰を浮かせてオーウェンの頬にキスをした。「間に合ったね!」

「悪い、インターネットに何か問題があったみたいで会社に寄らなくちゃならなくなって。映画館もチケット売り場が長蛇の列で、乗るつもりだった電車に乗り遅れた」オーウェンがメッセンジャーバッグをおろしてパイプ椅子の下に突っこんだときに、いくらか苛立ちの混じった汗のにおいが漂ってきた。「元気かい、マル」

「いつもどおり。ワインを飲んで、これから文化に浸るとこ」

「『ブロブ』のチケット、別の回に交換できたりした?」ネラはオーウェンに尋ねた。

「だめだった。係の男が言うには、ほかの回は満員だし、空きがあったとしても、返金はできるけど上映回の変更はできない決まりだって」

ネラはうめいた。「そうなんだ。ごめんね。次のときは絶対見にいこう。チケット代はわたしが持つから」

「気にしないで。ただ今夜の詩の朗読はすばらしいものであってほしいな。『死ぬことを考えた黒い女たちのために』レベルの」オーウェンはいくらか気を取りなおした様子で言った。「朗読会が終わるころには、ぼくの魂に羽根が生えて、空高く舞いあがってることを祈るよ。そうしたらきみを赦せそうだ。たぶん」

「ヌトザケ・シャンゲの作品を引き合いに出してくれてよかった」ネラはいたずらっぽく言った。「マヤ・アンジェロウじゃなくて。ヌトザケのほうが、なんていうか、深みがあるから」

「オーウェンに深みがあるように思える」マライカが同調した。「あんたの恋人を大事にしよう」

「ほんとほんと」ネラは笑みを浮かべ、オーウェンの太腿をぎゅっとつかんだ。

オーウェンは目をくるりとまわしたが、いまのやりとりで明らかに気分がいくらか浮上したようだった。本人は認めないだろうけれども、ネラとマライカに認められたのをオーウェンが内心で喜んでいるのをネラは感じた。結局のところ、オーウェンは付き合いはじめた最初の年のほとんどの期間、マライカから〝ネラの今度の白人の恋人〟と面と向かっても呼ばれつづけてきた。ネラにはいない姉と、ネラにもいる母親の中間のような存在として、マライカはオーウェンの意図に当初からかなり懐疑的だった。マライカ自身の白人男性との経験から、多かれ少なかれ白人がみな持っていると思しき醜い本性をオーウェンもそのうち現すのではと案じていた。

ネラにもその気持ちはわかった。大学のときのルームメイトに連れられて白人だらけの学生社交パーティに何度も行ったことがあったので、オンラインでオーウェンと出会ったとき、ネラ自身も懐疑的にならずにはいられなかった。社交パーティで唯一の黒人女性になるというのはすなわち目立つということで――さらに、連れがいない場合（ほとんどそうだったが）、熱心に言い寄られることになる。そうやって近づいてくる相手が何を見ているのか、ネラはよくわかっていた。タイトな丈の短いトップスにもっとタイトなハイウェストのジーンズを穿いた脚の長い黒人。ひとりきりで、酔っている脚の長い黒人。落としやすい獲物だ。ネラはしばしば、彼らとのおしゃべりに耐えたものだった。何年生なのか、どういう伝手でこのパーティに来たのか（たいていはルームメイトのリヴの紹介で、彼女は実質的に学生センターに住んでいた）。しかし、彼らにとっては意外なことに、そして当てはずれなことに、ネラは踏みこんだ質問を返し――どこの出身か訊くだけでなく、いちばん好きな本は何かや刑務所に入るならどんな罪がいいかを尋ねて――トイレにしけこんでネラのハイウェストのジーンズのファスナーを歯で挟むのを最終目標にしていた男性たちは、気づくとお気に入りの文学作品の登場人物について清い真剣な会話を交わしていることになる。当惑しつつ、彼らは話を合わせ、ときにはこれまでそういうパーティで話したことがないような本音まで打ち明けて……

……そして、彼らはやがて、ネラのファスナーがおりることはないと気づく。目から光が消え、グラスが空になって、彼らは逃げていく。もっと食べやすい牧草を探す馬のように。

大学一、二年生のときは、相手のこのギアチェンジにネラは落胆したものだった。そのころはまだ、大学で誰かに出会えるかもしれないという希望を持ちつづけていた――食堂で隣の席に座っていいか訊かれたときや、グラウンドでAマイナスの成績表を見つめて物思いに沈んでいるときに。十八歳のネラは、社交パーティでももしかしたら、と期待していた。映画やドラマではそういう出会いが描かれているからだ。

それから大学を卒業し、ニューヨークへ来て、大人になった。携帯電話にデートアプリをいくつかダウンロードして、バーでの出会いにはあまり期待しないようになった。それでも、たいていの相手はネラと会ったあと、やはりギアチェンジをしたが——白人にかぎったことではない——ついに、ギアチェンジをしない相手に出会った。〈オーケーキューピッド〉ではじめてやりとりをしたときから、〈ジェフリー〉でビールを飲んだときまで、オーウェンには切り替えるもうひとつの態度などないことがネラにはよくわかった。ありがたいことに、オーウェンにはひとつのギア——〝興味津々〟——しかなく、何度か会ってオーウェンが一時的な興味で近寄ってきたわけではないことがはっきりすると、ネラの気持ちは固まった。

マライカの手綱も緩んだ。オーウェンのことを〝ネラの今度の白人の恋人〟と呼ぶのはやめなかったけれども、真摯な求婚者として扱うようになり、本人の前で白人のシスジェンダー男性としての盲点についてからかうようにさえなった。対して、オーウェンのほうは——逆説的に——悠然としていた。からかわれても、それに身を委ねるのを好んだ。そこで、ネラはマライカの有色人種時間についての先ほどのジョークを、オーウェン本人にも気にせず伝えた。

「ぼくをおだてる気だな」オーウェンは冗談を言って笑った。「それで、仕事はどうだった？　著作権エージェントと飲む話はうまくいったの？　彼女は〝大衆小説だけど文学はだし〟の傑作をじゃんじゃん送ってくれるって？　ネラの表現だからね、このジャンルの言い方は。ぼくが言ったんじゃない」マライカが眉をあげたのを見て、オーウェンは付け加えた。

ネラはマライカの視線を避けた。マライカがそういう表情を浮かべているのはオーウェンのジャンル捏造のせいではなく、現状のせいだとわかっていた。「仕事はまあまあ」ネラは嘘をついた。「帰り道に詳しく話すね」

「よかった」オーウェンは黒のボマージャケットのファスナーをおろしてあたりを見まわし、四十人ほどの客たち、そして四つ並んだシャンプー台に詰めこまれた氷と〈レッドストライプ〉や〈パブストブルーリボン〉のビール缶に目をやった。「画期的だな。ひと缶買ってくる時間はありそう？」

三人の目は部屋の前方へ向かった。ヘイゼルと朗読者たちの席はまだ空いている。客席にいる白人をもう一度確かめたところ、リチャードもまだ到着していないようだった。

「時間はまだまだありそう」ネラはため息をついた。

オーウェンは納得していない顔だった。「あれはヘイゼルじゃないのか？」そう言って、ファニータのほうに頭を倒した。ファニータは何列か前にいる常連のひとりにしなだれかかり、笑いながら色とりどりのラメが光る爪で髪を盛んに後ろに払っていた。もう片方の手に持った透明のプラスチックのコップでピンクの液体がしょっちゅう揺れて、服にこぼれそうになっているが、まったく気にしていないようだった。ヘイゼルがまだ姿を見せないことも気にしていないようだ。

「ちがう。あれは〈カール・セントラル〉のオーナー」

「そうか」オーウェンは立ちあがった。「よし。じゃあ飲み物を買ってくる。きみたちはどうする？」

「〈レッドストライプ〉をもう一本いい？」ネラはオーウェンの太腿を、今回はねだるようにまた握った。爪が少々食いこんだとしても、オーウェンは気づかなかったようだった。「わかった。マルは？」

「あたしはだいじょうぶ。ありがとう」

オーウェンはネラと四人の女性たちの前をまたすり抜けた。女性たちは前回ほど寛容ではなかった。みな苛立ちはじめていた。前の列に座っている客たちもとうに話の種がつきて、話題を探すのに疲れてしまっていた。時刻は七時十五分で、ファニータはみながすでにわかっていることをまだ告げようとすらしていなかった――〝開始が遅れています〟とは。

「会社で起こってることをオーウェンは知ってるわけ？」マライカが尋ねた。

「ええと……まだ話してない」

「話してないのはメモのこと？　それともヘイゼルがあらゆる手で攻撃してきてること？　受付の子をスカーフで釣ったことは？　ヴェラにも取り入ったことは？　まあ、ヴェラは別にどうでもいいんだけど」

「話してない」

「なんで？」

「ヘイゼルのことは、オーウェンにわかってもらえるか自信がない。メモのことは……聞いたら怒って、わたしがやりたくないことをやれって言ってきそうだし」〝それに、あの電話番号にかけたのを知ったら激怒しそうだし〟ネラは思った。〝マライカも〟

「たとえばどんなこと？」

「人事部に相談しろとか」

「いまの段階でそうするのはいい考えじゃないと思ってるってこと？」

「前にも言ったけど、上司たちのあいだでわたしの立ち位置はあやうくなってる気がして。この件は自分で解決したほうがいいと思う」

マライカは脚を組んで、上側の足を揺らした――苛立っている証拠だ。「ひとつ言ってもいい？」

「もうわかってる。わたしが無責任だって言うんでしょ」

「ちがう。いや、それもあるけど。でもあたしが言いたかったのは、やっぱりあのエージェントに会えたんじゃないかってこと。だって、いま何時？」

「やめてよ」ネラはうめいた。携帯電話で時間を確認しようとしたとき、〈カール・セントラル〉の入り口のドアが開いた。黒のタートルネックに金縁の眼鏡、タイトな紫のコーデュロイのオーバーオールという文学少女ふうの恰好をしたヘイゼルが入ってきた。そのすぐ後ろから顔を上気させた高校生たちが申し訳なさげな笑みを浮かべて現れ、そそくさと最前列の四つの席に座った。

にわかに、場の緊張感がやわらいで拍手が起こった。誰かが叫んだ。「やっと来たね、ヘイゼル＝メイ！」別の誰かがはやした。「行け行け！」

ネラはゆっくりと拍手に加わった。

「まだ来てない」喝采に掻き消されないよう、わずかに声を張った。

「誰が来てないの？」

「リチャード・ワーグナー」

マライカはあっけにとられた顔をした。拍手するのも待つのもきらいなマライカはすでに拍手をやめていて、空いた腕を体に巻きつけていた。

「上司の上司。わたしがエージェントに会うのをあきらめてここに来たほんとうの理由」

マライカは肩をすくめた。「ここに来たのは新しい黒人の子と対決するためかと思ってた。そっちをやめるわけじゃないいんでしょ」

「やめないよ。用事がふたつあっても両方こなせる」ネラが少々子どもっぽく言い返したとき、オーウェンがまたネラの前を横切って席に座った。〈レッドストライプ〉を手渡しながらネラを怪訝《けげん》そうに見たが、何も言わなかった。

「みんな、ほんとうにごめんなさい！」誰かが渡したヘッドセットをつけたヘイゼルが、TEDトークスタイルで会場前方のスペースを歩いていた。「このすばらしい生徒たちと軽く食事をしていたら、例によってバスが遅れてて。公共交通機関っていつもこう。わかるでしょ、みんな？」

客たちがいっせいに同意の声を漏らした。

「じゃあ、はじめる前に、ちょっとだけ話をしたいと思います。いいかな？　話はあとにしてくれっていう人はいる？」

「どうぞ、話して」先ほど〝行け行け！〟と叫んでいたのと同一人物らしき女性が言った。

「ここに来る前、〈ピーチ〉に寄ってたんです。〈ピーチ〉は知ってるでしょ？」何人かから声援があがった。「それで、おいしい南部料理を食べたの。フライドグリーントマトとか、ナマズとか、そのほか……いろんなものを。ほんと、いちばんお勧めの店があるのはハーレムかベッドフォード＝スタイベサントかと訊かれたら、祖母には悪いけど──安らかに眠ってね──ベッドフォード＝スタイベサントのほうを選ぶ」

また何人かが同意し、ひとりだけ、そんなことない、と叫んだ。ネラの胃が鳴った。ファニータがイベントのために用意したチーズキューブはコーンミールの揚げパンほどの食べごたえもないが、ここに着いたときにマライカがやっていたように、いくつかナプキンに包んでおけばよかったと後悔しはじめていた。リチャードと話すときに息がにおったらいやだと思ってとらなかったのだ。けれどもいま、リチャードの姿はなく、手のひらいっぱいのペッパージャックチーズとチェダーチーズをピックごと食べられそうなほど空腹を感じていた。

「もう来ないのかも」ネラは身を乗り出して、マライカの耳もとで言った。

マライカは手のひらを上に向け、〝しかたないね〟というしぐさをした。

「――〈ピーチ〉では、わたしが二カ月ほど前から働いている会社の上司もいっしょだったんです」ヘイゼルは続けた。「リチャード・ワーグナーっていうんだけど、知ってる人はいる？　名前はたぶん知らないかもね。でも、彼の作った本は知ってるはずだし、彼が抱えてる作家たちもきっと知ってるはず。『ブルースカイ』とか『ゴーイング、ゴーン』とか。『ジミー・クロウを置いて』とか。ダイアナ・ゴードンの『バーニング・ハート』はみんな知ってるでしょ」

ネラの後ろから歓声があがり、ヘイゼルはスピーチのあいだに誰かが手渡していたコップを掲げた。何人かがそれぞれのコップを同じように掲げた。

「『バーニング・ハート』は暗闇の谷に差しこんだひと筋の光でした。というか、〝白い谷〟と言うべきかも」ヘイゼルは続け、何人かがうなずいた。「あの本はいくつかの難しい問題を取りあげ、わたしたちはそのぶん前進しました。そういうわけで、ワーグナーで働くようになって、わたしはリチャードに訊いてみたんです、わたしたちの高校生のスポンサーになってくれませんかって。ちなみに、ちょっとした豆知識を披露すると、ミズ・ゴードンと彼女の編集者のケンドラ・レイ・フィリップスは、ふたりとも十代のときから文章を書くのに情熱を傾けるようになったそうよ。すごく感受性の豊かな年ごろよね。

とにかく、無理を承知でリチャードに頼んでみたの。そうしたら驚いたことに、リチャードは乗り気になってくれただけでなく、一万ドルも寄付してくれたんです」

客たちがどよめいた。「嘘でしょ」ネラの前方に座っていた丸刈りの女性が誰にともなく言った。マライカがこちらを向いたが、ネラは目を合わせなかった。

「それに、すごいの、きょうのヘアケア製品の売り上げと同じ額をさらに寄付してくれるって!」またしても会場が沸いた。ヘイゼルは微笑んで、ベテラン議員のように満足げに目を閉じながらどよめきが静まるのを待った。ついに声がやむと、続けて言った。

「確かにうれしいことよ。資金援助は重要。でも、もうひとつあるの。もっと継続的で、もっと価値のあることが。リチャード・ワーグナーは約束してくれたんです、今後ワーグナーの編集者が新しい社員を雇うときのやり方を考えなおすって。新しい基準を作って、もっと全体的なやり方にすると言っていました。それに加えて、この十年にワーグナーが出版した本を分析して、この国の人口構成と比較してみるとも言ってくれました。

みんな――出版業界が業界内部の多様性の問題を抱えていることを意識していない人たちにとって、これは大きなことなの。とてつもなく大きなこと。ワーグナーはここしばらく白人中心になっていた。そして……わたしたちは第二の『バーニング・ハート』を長いあいだ待っている。ワーグナーは業界の先端を行っているから、ほかの出版社の考え方に与える影響もまちがいなく大きい! でもみんな――これは、まだ、手はじめよ」

「ワオ」大喝采のなか、オーウェンが驚きの声をあげたのが聞こえた。オーウェンはネラの膝をぎゅっとつかんで言った。「すごいな」

ネラはうなずいたものの、血は冷えきっていた。この日二度目に目が焼けるように熱くなるのを感じながら、客たちが頭の上で手を叩いているのを見つめた。プラスチックのコップを持っている客たちは、腿を叩いてヘイゼルを讃えている。マライカまでもが笑みを浮かべて、ポッドキャストで〈ザ・リード〉を聞くときにいつもやるように指を鳴らした。

ネラも興奮するべきだった。興奮するだけでなく——ヘイゼルにスタンディングオベーションをして、足も踏み鳴らして腰を振り、いつもやってみたいと思っているけれどもやり方がわからない指笛も鳴らすべきだった。でなければ、前方のスペースまで歩いていってヘイゼルのマイクを奪い、内情をぶちまけてもよかったかもしれない。自分がワーグナーで多様性委員会を立ちあげようとして失敗したことや、二月の黒人歴史月間に多様性への関心を煽られた同僚たちが、この期間はワーグナーのツイッターやインスタグラムを真っ黒にしたらどうかと言ってきたこと。ひと握りの人間がどの本に出版する価値があるかないかを決めていて、それが今後どんな本が書棚に並ぶかを決めていること。ひと握りの意思決定者たちが読者層を見定められないせいで、門前払いされてしまったたくさんの本のこと。

そして、シャートリシアのこと。

何度か——主にワーグナーで働きはじめたころ——ネラは黒人作家が黒人について書いた本を推したことがあった。丁重にその意見は退けられた。白人の反対の声は、ヴェラだけでなくほかの編集者やエイミーからもあがった。彼らの持ち出す理由はあいまいながらネラの不満を抑えられる程度には具体的だった——マライカと会って話をすると不満は再燃するのだが。飲みながら、ネラは白人たちの口調を真似てみせたが、どういうわけか、その口調はイギリス人の気どったアクセントになった。イギリス出身の社員はひとりもいなかったけれども。〝収益面からいって、この本に出してみる価値はないと思う〟〝登場人物にどうも共感できない〟〝筆致に力強さがない〟

ネラには、最後の言い訳が特にばかばかしく感じられた。ワーグナーでは文字どおり誰が何を読んでも口にするフレーズだったからだ。どんな筆致も主観的なものではなく、どんな本であれ第一稿を読めばベストセラーになるかどうかが誰でも百パーセントわかると言わんばかりだった。同僚たちの試算のやり方にも驚かされたものだ――社会がまったく変化しない予測可能なものであるかのように、過去の数字が未来の成功を約束するかのように、検討中の本と過去に出版した本を比較するのだ。

それでも、ネラは反論しなかった。仕事をいくらかでもスムーズにするために――そして昇進を期待して――徐々にではあるが確実に、そうした言い訳をひとつひとつ受け入れていった。反旗を翻《ひるがえ》すときには、賢く戦場を選んだ。つまるところ、それがネラの身につけた処世術だった。長いあいだじっと立っていて、いざ走り出したときにはまわりが驚いて追いかけることすらできないようにする。そう、それがネラのやってきたことだった。じっと立っていることが。

そしていま、ヘイゼルが現れ、はるか先を走っている。

その瞬間に頭にあったのは、ヘイゼルがほんの二カ月のうちに独力で現状を打ち破る方法を見つけたことではなかった。ヘイゼルがほかの白人以外の人々にワーグナーへの門戸を開いたことでもなかった。ネラの頭をいっぱいにしていたのは、自分は必要のない存在だという思いだった。完膚なきまでに、痛々しいほどに、自分は必要ない。

朗読会のあと、ヘイゼルがひとりでいるところをつかまえるのは困難を極めた。ネラは二回、話をしようと試みた。

一回目は、ヘイゼルは挨拶に無言で手を振って、女子生徒の親らしき女性との会話を続けた。ネラは出なおすことにした。

二回目は、それから十五分ほどたったころ、ヘイゼルが店の奥にあるトイレへ向かうのを見つけた。ネラはマライカとオーウェンに自分もトイレへ行くと断ってあとを追った。ヘイゼルと話をする列に並んで、対決するつもりだった。ところが、トイレまであと五歩というところで誰かに腕を引っ張られて計画を阻まれ、気づくとファニータと明るい肌の黒人の青年との会話に引っ張りこまれていた。青年は朗読会がはじまる前にパイプ椅子を並べているのを見かけた子で、顔立ちがひどく幼く、髪を頭頂部を長くしたフェードカットにして、下の歯にぐるりと金属の飾り《グリル》らしきものをつけていた。

「ねえ、あなたならアンドレにいくつかアドバイスができるんじゃないかと思って」ファニータはネラの頭上の空間に向かって言った。明らかに酔っていて、コカインも少しやっているらしく、さっきまで手に持っていたピンクの液体は〈ミラー・ハイライフ〉のビールに変わっていた。

「アンドレ、こちらはステラ。ヘイゼル＝メイとワーグナーで働いてるの。ニコル、こちらはアンドレ――ここの最高の清掃係のひとりよ。ブルックリン・カレッジの一年生で、小説を出したがってるの」

「二年生です」とアンドレが言うのと、「ネラです」とネラが言うのが重なった。それぞれの言葉が聞きとれずにふたりは顔を見合わせたが、あえて訊きなおしはしなかった。

「完璧ね！　じゃあ、あとはふたりで。話して！　しゃべって！　会話して《パルレ》！　きっと実のある時間になる」ファニータはふたりの背中を叩いて歩き去った。

ネラはアンドレの穏やかな雰囲気が気に入ったので――まだ赤ん坊のいとこをなんとなく思い出させた――十五分だけ付き合うことにした。そのあいだにアンドレはその小説のあらすじ――〝映画『ドゥ・ザ・ライト・シング』に似ているけれどもその続篇というべきもので、ラジオ・ラヒームが警察に殺されたあと、主人公のムーキーが雇い主のサルを助けるのではなく殺したらどうなるか、舞台もボルチモアに変えたらどうなるか、というような物語〟――を話し、ネラは小説を見せにきた作家志望者たちにいつも言う台詞を言った。インターネットでそのへんの誰かに八百ドル払って〝すてきな〟表紙をデザインしてもらう前に、まずエージェントを見つけなさい。

がんばって、と声をかけ、口のなかで光っていたのはグリルだったのかただの金歯だったのかと考えながらネラは歩き出した。しかしそのとき、アンドレが小説を読んでもらえないかと頼んできた。承諾して仕事用のメールアドレスを教えると、アンドレはうれしそうに笑った。名誉を挽回して十五分前よりだいぶ落ち着いた気分になり、ネラはマライカとオーウェンのもとへ戻った。

『ムーキーの逆襲』について、そしてもっと重要なこととして、アンドレのグリルについて説明すると、マライカは「いいね」とそっけなく言った。「でも、お友達とは話したの？　もう遅い時間になってきたから、どうやって家まで帰りつくか、そろそろ考えはじめたいんだけど」

ネラはオーウェンの腕をつかんで腕時計を確認した。十時近くになっていて、地下鉄はどの路線も夜間工事のためのルート変更がはじまっていた。刻一刻と、三人の家路は旅から冒険へ変わりつつあった。「ヘイゼルと話さないと。十分だけ待って。ね？　オーウェン、いいでしょ？」

オーウェンは顎をなでた。「うーん、ネラ、すごく疲れてるし……あしたは朝が早いから……」

「十分だけ」ネラは約束した。「一分でも遅れたら、タクシー代を出す。ね？」

マライカが眉をあげた。

「全員ぶん出すから」ネラは補足した。

「それなら、よし」マライカは言った。「でも十分だけだよ。あたしもあしたは朝早くから仕事だし。イーゴリと」そして、あたりを見まわした。今回は人が三分の一ほどに減っていたので時間はかからなかった。ほとんどの客は三十分ほど前からヘイゼルに挨拶をしてハグをしたあと、三々五々帰っていっていた。「蛇女はあそこにいるよ」

ネラは振り返った。通りに面した窓のそばで、ヘイゼルとファニータが握った手を口もとに当てて何やらくすくすと笑っている。「ありがと。すぐ戻るから」

「助けがいるときは言ってよ」マライカがまた、両耳のイヤリングをはずすしぐさをした。

「何？」マライカはオーウェンが眉を寄せたのに気づいて言った。

「なんで〝蛇女〟なんだ？　彼女と何か問題でもあるのか、ネラ」

「帰りに全部話すよ」ネラはとっさに言った。完全な真実ではなかった。ヘイゼルがシャートリシアの件でどんな仕打ちをしたかだけを話して、メモのことは黙っているつもりだった。

嘘を感じとっているかのように、オーウェンはネラをじっと見た。もちろん、気づくだろう。なんといっても、いっしょに暮らしているのだから。「何かぼくの知らないことがあるみたいだな」オーウェンはゆっくりと言った。

気の毒なオーウェン。大好きだけれども、オーウェンはいつも半歩後ろを歩いている。「ヘイゼルは最近、何を考えてるのかよくわからなくて」ネラはできるだけ心配をかけないように言った。「仕事の件でいくつか話したいことがあるから、それが終わったら帰ろう」

ネラは歩き出したが、オーウェンはまた口を開いた。「何を考えてるのかわからない？　信じられないな。彼女はすごく……」言葉を途切れさせ、ヘイゼルとファニータに目を向ける。

ネラは足を止めた。自分のあらゆる側面にまとわりついてくる苛立たしさが気に入らなかったし、窓辺のふたりを見るオーウェンの目がとりわけ気に入らなかった。でも、それは自業自得だった。自分がこの状況を作り出したのだ――きょうではなく、何週間も前、ヘイゼルにはじめて会って、服装や自信にあふれた物腰をうらやましく思ったときに。

それに、ヘイゼルのドレッドヘア。オーウェンと付き合いはじめて一年くらいたったころ、コニーアイランドでホットドッグを買う列に並んでいたとき、オーウェンがネラに、ドレッドヘアにしようと考えたことはあるかと訊いてきた。〝きっとすごくセクシーだよ〟とオーウェンは言った。

出し抜けの発言ではなかった。ネラたちの前に少し年上の女性が並んでいて、その女性がボディコンシャスな服を着て豊かなドレッドヘアを腰まで伸ばしていたのだ。

ネラ自身もその髪に目を奪われていた。オーウェンがそう言う前から、その女性に自分で全部やっているのか訊こうかとさえ思っていた。けれども、その発言によって――腰に添えられたオーウェンのやさしい手で多少はやわらげられていたものの――ネラは自分の髪やセクシーさについて意識せざるをえなくなった。当時はリラクサーをやめて間もないころで、髪は六センチほどの長さしかなく、縮れ具合をまだ確かめている最中だった。恋人にロングヘアの自分を想像されるのは、いちばんうれしくないことだった――想像しているのが自然のままの髪であろうと、そうでなかろうと。

「〝彼女はすごく〟何？」ネラは問いつめた。「どうして知ってるの？」

「少ししゃべったんだ。きみがいないあいだに……きみが何をしてたのかは知らないけど……将来〈ＹＢＬ〉と〈アプ＝タースクール・ラーニング〉とで協力できないかみたいなことを言って、ぼくが思うに――」

「協力」ネラは懐疑的に繰り返した。

「彼女はすごくくつろいで見えたよ。ワーグナーでの仕事も楽しんでるようだし――」

「わたしとはちがって、ね？　わたしは愚痴を言ってばかりだから。そうでしょ？」

ネラは腕を組んだ。自分の口調がいやだったものの――そっけなくて、棘があって、オーウェンの友達がいつも文句を言っている強迫観念にとりつかれた恋人そっくりだ――恋人がヘイゼルについていまのように話すのは受け入れがたかった。

オーウェンは目をそらしたが、その動きは少しだけ速すぎた。「ぼくが言いたかったのは、彼女は感じがよかったってことだ。それだけだよ。気にしないでいい。ほら、行ってきて」

その言葉で呪縛が解けた。「ごめんね、オーウェン」ネラはオーウェンに一歩近づいて、手を握った。「あんな言い方をして……わたし……」

「いいんだ。ほら、行って」オーウェンは繰り返したが、今回のほうが口調はずっとやわらかかった。腕時計を見て言い添える。「カウントダウン開始だ」

ネラはうなずいた。帰ったら、いつも以上にやさしくしなくては、と考えた。そして、ヘイゼルとファニータが立っていた場所をまっすぐに目指した。そこにはいま、両腕を脇に垂らしたヘイゼルしかいなかった。近づいてくるネラをじっと見ているその様子は、静けさを彫り出した像を思わせた。この瞬間にこれが起こるのを予期していたかのようだった。

「ネラ！　来てくれたんだね」

ヘイゼルはいつも落ち着き払って見えるが、それでもその声の冷静さにネラは驚かずにはいられなかった。何か気の利いたことを言おうとしたものの、まったく準備しておかなかった自分が急に愚かしく思えた。言葉がひとつも浮かんでこない。

「きょうは同僚がひとりは来てくれてよかった」ヘイゼルは続けた。「まったく、ジーナもソフィーも〝悪いけどやっぱり行けなくなった〟ってメッセージを送ってきたんだ。夕方会社を出てすぐに。根性なしだよね？　暗くなってからベッドフォード＝スタイベサントに来るのが怖かったんだよ、きっと」

ふたりのことをネラは忘れていた。昼間は朗読会に行くのを楽しみにしている様子だった。三人で電話番号まで交換した。ジーナやソフィーとそんなことをするとは、これまで想像したこともなかった。

「朗読会はどうだった？」ヘイゼルは尋ねた。そのときはじめて、ヘイゼルが眉ピアスをスタッズから小さなフープに変えていたことにネラは気づいた。「それからこの店も。すごくいいでしょ」

おじけづく前に、ネラは半歩近づいて声を落とした。「どういうつもり？」

「え？」

「いったいどういうつもり？　リチャードのことも、あのメモのことも、コリンの本のことも……」いまやネラは体を震わせていた。止められなかった。どんな感情よりも動揺が十倍上まわってしまったことに腹が立ち、この会話を最初からやりなおしたくなった。批判をひとつひとつ、冷静に伝えるつもりだったのに。〝いったい〟なんて単語は使わないつもりだったのに。ここが会社のキッチンでもブースでもないというだけで、強い言葉があっさりこぼれ出てしまった。

「え？　悪いけど、もうちょっと具体的に話して」ヘイゼルの目の光はあまりに訳知りふうで悦に入っていて、説明が必要とは思えなかった。

それでもネラは続けた。「それに、リチャードがしたっていう約束。あれは事実なの？　ほんとうにリチャードはワーグナーの多様性を推し進めるつもりなの？」

「もちろん！　白人以外の社員を採用する方法についても、もう話し合いをはじめてる」

やっぱり。予想は当たっていた。プリンターで見つけたあのリストは、リチャードが雇おうと考えている黒人女性のリストだったのだ。

ヘイゼルが目をすがめた。「何？　よく聞こえない」

知らないうちに、ネラは考えを口に出していたようだった。「わたしが言ったのは」ネラは繰り返した。「理解できないってこと」

「何が理解できないの？」ヘイゼルの当惑した表情の下に、うっすらとした笑みが浮かびあがった。「落ち着いて話そうよ。きょうのマーケティング会議のことを言ってるんだよね」

「わたしがばかみたいに見えた」ネラは言った。「どうして急に態度を変えたの」

ヘイゼルは笑った。「あれはあなたとは全然関係ない。けさ『ひりつきと疼き』をようやく読みおわったんだけど、そうしたら、なんとまあ、別にきらいじゃなかったってだけ。さあ、ちょっと座って話そうよ。いいでしょ？　時間はあるよね」

朗読会のために並べられていたパイプ椅子をヘイゼルは示した。アンドレが何脚か片づけていたが、イベントが終わってからもただひとり残っていた〈ＹＢＬ〉の女子生徒と話しこんで、彼は途中で仕事を投げ出していた。ふたりは部屋の隅で、明らかにレモネードではないピンクの液体を飲みながら、みるみる距離を縮めている。分別の声に逆らって、ネラはヘイゼルの向かいの椅子に腰かけた。

声の届く範囲にまだいるのは、ヘイゼルがスピーチをしていたときに〝嘘でしょ〟とか言っていた女性だけだった。女性は一瞬だけ振り返って、誰が客席に加わったのか確かめたあと、携帯電話に目を戻した。短く刈られた頭の右側に、まずまずの大きさのピンクの傷が見えた。小さな三日月形の傷で、誰かが後頭部にジェルネイルをした爪を深く突き刺したかのようだった。想像しただけで、ネラ自身の頭皮に痛みが走った。

ヘイゼルもその女性を見ていた。やはりピンクの傷に気づいたのか、一瞬眉を寄せたあと、椅子に座った。「ネラ、本音を言うね、いい？」ヘイゼルは声をやわらげた。「黒人同士の正直な話。あのシャートリシアの本は傑作とはいえない。はっきり言って、駄作。リアリティがないし、滑稽。あなたはそれをわかってる。わたしもわかってる。ここの人以外でも、少しでも良識があれば誰でもわかるはず。あれは読んでて気分が悪いし、恥ずかしくなる」

ネラは息をのんだ。マーケティング会議のあと、社員が何人かヴェラのオフィスにやってきて、コリンの本をとても気に入ったと話していった。彼らはそのあとヘイゼルのブースにも顔を出して、ヘイゼルや八〇年代のハーレムで育ったというヘイゼルの両親の生活について尋ねていた――ネラには立ち入りすぎに思える質問だったが、ヘイゼルは喜んで答えているようだった。

ネラは少し離れたところからぎこちなく聞き耳を立てていた。自分が私生活について最後に尋ねられたのはいつだっただろうと考えて、たぶん新人のときだと結論づけた――そのときでさえ、〝どこから来たのか〟以上のことは訊かれなかった。

「待って、じゃあ」ネラは困惑して言った。「マーケティング会議で言ってたことは――」

「演技かって？」ヘイゼルは言った。「ううん、正確にはちがう」

「じゃあ、どうして」

「オーケー」ヘイゼルはあたりを見まわした。近くに誰もいないことに満足して、声を落とした。

「何もかも話すね。でも、誰にも言わないで」

「わかった」

「あなたの友達にも言わないで。もちろんオーウェンにも」

ネラは唇を噛んだ。ヘイゼルの口からオーウェンの名前を聞くのは、マーケティング会議のときと同じように奇妙に感じた。

「ほんとうに……」ヘイゼルは言った。

「わかってるってば。早く言って」

「了解。おかしな話に聞こえると思うけど、とにかく最後まで聞いて、いい?」ヘイゼルはドレッドヘアをひと房ねじりながら天井を見あげた。五秒ほどそうしてから、おずおずと切り出した。

「要するに、こういうこと。あなたが聞いたことがあるかはわからないけど」

ヘイゼルは近くに座っている女性の背中にちらりと目をやった。女性は頭の傷をこちらに向けたまま、深くうつむいて携帯電話に集中している。「これは――一種の社会現象。世に言う…………」ヘイゼルは大きく息を吸い、すぼめた唇から吐き出して身を乗り出した。「〝態度の切り替え《コード・スイッチング》〟」

ヘイゼルがくすくすと笑い出し、ネラは耳の先端が熱くなるのを感じた。「もういい」ネラはむっとして言い、腰をあげた。

ヘイゼルは涙をぬぐった。「ごめん、ごめん。ねえ、おもしろかったって認めてよ。ちょろかったよね」ネラが笑っていないのに気づいて、ヘイゼルは付け加えた。「なあに、どうしたの? コリンの本をどう思ってるか話したのを後悔してるわけ? そういうこと?」

「ちがう」ネラは言った。少なくとも、後悔していると思ってはいない。じっくり考えたときに心に引っかかるのは、コリン・フランクリンの本をきらっていないと言う――それでいてネラをじっと見てくる――ヘイゼルは、生まれ持った暗黙の約束を反故にしているという感覚だった。生まれ持った性質として、ヘイゼルはコリン・フランクリンの本を嫌悪するはずだ。そして、暗黙の約束として、会社で人種についての議論がはじまった場合にはヘイゼルは多かれ少なかれ公にネラの味方をするか――少なくとも事前に対応を協議するべきだ。黒人同士ならそうするものではないか？　力を合わせるものではないか？　ネラにメイジーのゴシップを尋ねたとき、ヘイゼル自身がそういう忠誠心を口にしていなかったか？

なんと言えばいいのか、ネラにはわからなかった。「わたしはただ、あなたがあんなにほめるつもりなのをあらかじめ知っていたかっただけ」

「あなたがヴェラとあんなにこじれることになるとは思ってなかったから」ヘイゼルはため息をついた。「ごめんね。でも心配しないで。シャートリシアのどの部分を改善すればいいか、ヴェラにはっきりと伝えておく。コリンにはとにかく、少しやさしく接するつもり。そうしないとコリンは聞き入れないだろうから」

ネラは無表情でヘイゼルを見つめた。

「よければ、あなたの指摘内容を送ってくれたら、わたしのぶんと交ぜてふたりに見せるようにする。どう？　あなたの指摘だとはヴェラには言わないから」

ヘイゼルが手を差し伸べようとしてくれているのだとしても、自分が原稿を読むのにかけた労力を評価してもらえないのは気に入らなかった。それに、ヘイゼル自身についてもまだつかみきれていなかった。コード・スイッチングがあれほど得意なら、例のメモを書いた犯人から黒人の同僚にもすばやく態度を切り替えられるのでは？　よくわからなかった。

夜がどんどん更けていくのを意識していた。もう帰らなくてはならない。「もう行かないと」

ネラはそれだけ言い、立ちあがった。「友達が待ってるから」

「わかった。でも、ディックが来たから、よかったら帰る前に会って挨拶したら?」

「誰?」

「ああ、ごめん……」ヘイゼルは手で顔を覆うしぐさをし、やはり立ちあがった。「リチャードのこと」

「ここにいるの?」ネラは周囲を見まわした。すると、ちょうどそのとき、リチャードがこちらへ歩いてきた。濃色のデニムジャケットを右肩に無造作にかけている。三時間も遅刻してなどいないかのような、一万ドルを寄付しているのだから遅刻など問題にならないというかのような、悠然とした足どりだった。

「リチャード! 用事は片づいたんですか?」

「ヘイゼル、やあ!」リチャードはほがらかに言ったが、ネラには目を向けなかった。「朗読会に間に合わなくて悪かったね。作家のひとりと、次の作品のタイトルに〝ザ〟をつけるかどうかでつい話しこんでしまって。ご想像のとおり、話は一時間以上も続いて、そのあともどうしてもやっておかなくてはいけない用事がいくつかあって……あっという間に時間が過ぎてしまった」

「大変ですね!」ネラが声をあげるのと同時に、ヘイゼルが言った。「ジョシュア・エドワーズですか?」

リチャードは笑ってヘイゼルの肩を叩いた。「当たりだ」

「ジョシュア・エドワーズ? すごい!」ネラは言ったが、声が少し大きすぎ、明るすぎたのを意識した。

リチャードはネラのほうを見て——ここに来てから、はじめてだった——物憂げに微笑んだ。「ネラ！　ここで会えるとはうれしい驚きだ」そしてヘイゼルに向きなおった。ふた粒の磨かれたサファイアのように目を輝かせている。「どうか、あの子たちの朗読を録画してあると言ってくれ。ワーグナーのウェブサイトに載せられないかと考えているんだ。ソーシャルメディアに組みこんでもいいかもしれない」

「そうしてもらえたらうれしいです！　ファニータが全部録画していると思います。あとで紹介しますね」

リチャードはふたたび手を叩いた。「よし。ところで、この店だが？　話に聞いていたよりずっといいじゃないか。そう……ここにいるとあの映画を思い出す。なんと言ったかな、九〇年代に作られた、若いアフリカ系アメリカ人の詩人と、彼が恋に落ちる写真家の女性が出てくる映画なんだが」

「『ラブ・ジョーンズ』ですか？」ヘイゼルは言った。

リチャードは自身の腿を叩いた。「それだ！　この店はあの映画を思い出させる」

ヘイゼルが同意するあいだ、ネラはリチャードを注意深く観察した。リチャードは見るからに心を揺さぶられている。いまにも泣き出しそうだ。〝あなたに『ラブ・ジョーンズ』の何がわかるの？〟苛立ったアンジェラ・デイヴィスがネラの頭のなかで言った。〝何ひとつわかっていないくせに〟

とはいえ、ネラは何も言えなかった。リチャードは九〇年代のロマンティックコメディに目がないのかもしれないし、ニア・ロングの大ファンなのかもしれない。

あるいは……リチャードは彼自身のニア・ロングと付き合っているのかもしれない。ケニーのエージェント——愛人——は黒人なのかもしれない。ネラが思わずにやりとしそうになったとき、ヘイゼルがリチャードに言った。「この店はすばらしいでしょう？　ここで朗読会か何かを開いたらいいんじゃないかと思う作家のリストをわたしなりに作ってみてるんです。ご興味があればお話しします」

「検討しよう。今週中に時間はとれるかな？」

ネラは大きくあくびをしてみせ、ジャケットのボタンを留めはじめた。「あの、もう遅い時間なので」

リチャードはうなずき、ネラの後方の壁にある何かに注意を向けた。

何を見ているのだろうと興味を引かれてネラは後ろを振り向いた。そこにあったのは、ストレートのブローしたての髪をした美しい女性のポスターだった。美しい漆黒の女性だ。

「あの……わたしはこれで失礼します」ネラは言った。「おふたりに会えてうれしかったです」

威厳が許すかぎりネラはその場にとどまったが、ついに立ち去ろうとしたそのとき、リチャードがポスターを指さしてヘイゼルに尋ねた。「この女性はここで働いているのか？」

ネラは吐き気をこらえながらその場を離れた。彼のそっけない態度は、ヴェラやインディアのそっけなさよりも胸に堪えた。それは、ただそっけないだけではなく、懲らしめであり、罰であり、この何週間か悩まされていた問いへの答えでもあった。そう、リチャードはネラとコリンの本のことを聞いていいるのだ——おそらくはヴェラから、そしてたぶんヘイゼルからも。一年目のころは、遅くまで残業しているネラを見るたび、リチャードは目を輝かせて〝ほかの編集アシスタントもみな、きみのように熱心ならいいんだが〟と言っていたものだ。〝きみがいてヴェラは幸運だ〟と。

その評価はもう吹き飛ばされてしまったらしい。

動揺しながら、ネラはまわりを見て恋人と親友を探した。ふたりはやっと帰れるとうれしそうに手を振ったが、ふいに手をおろした。オーウェンが身をかがめてマライカに何かささやき、マライカは首を振って目を閉じた。

誰かが肩を叩いたのをネラは感じた。

「ねえ――ネラ？」

振り返ると、ヘイゼルがまたそこに立っていた。先ほどまではなかった、明るい青の小さな容器を持っている。「あなたが帰る前に、これを渡したくて」ヘイゼルは言い。容器をネラに差し出した。「秋になると毛先が乾燥するって言ってたでしょ。これ、効くよ」

ネラはそれを受けとり、いちばん近い天井の明かりの下で容器をまわして観察した。ラベルはなく、成分表もない。ただの青いプラスチックの容器だった。「何？」ネラは蓋をねじって開け、中身のにおいを嗅いだ。〈ブラウンバター〉に似ているが、もう少しだけ甘いにおいがした。深く吸いこむと、モラセスシロップのような甘ったるさを感じた。

「〈スムーズ〉っていって、わたしは絶対の信頼を置いてるんだ。ファニータも愛用してる」

つまり、これはヘイゼルがいつもつけているヘアグリースということだ。小指の爪の先につけてみると、グリースというよりポマードを思わせた。「洗い流さなくていいトリートメント？」

「そう。一日二回使って。一回でもだいじょうぶ。効果抜群だから」

「ありがとう」ネラはまだ握りしめていたナプキンで爪のグリースを拭きとった。「いま使ってる〈ブラウンバター〉がなくなったら試してみる」

「ぜひとも使ってみて。正直、わたしだったらいますぐ使いはじめる。潤いを閉じこめて、冬の乾燥に備えるわけ。それに、これは〈ブラウンバター〉よりずっと効くから。半々で使いはじめてもいいかも」

これはヘイゼルなりの和解の印だったが、ネラは何も言わずに容器をバッグに入れた。顔をあげると、丸刈りの女性が〈カール・セントラル〉の出入り口へ歩いていくところだった。一瞬、目が合ったが、ヘイゼルがまたしゃべり出した。

「わたしたちのあいだがちょっとぎこちなくなっちゃったのはわかってるけど、そんなふうになる必要はないんだって言いたくて」

「わたしは――」

「待って」ヘイゼルは人差し指を立てた。「最後まで言わせて」ため息をついてから、後ろにいるリチャードをちらりと見て、そのあと声を落として言った。「これって……ほんとうに不公平すぎる。白人はわたしたちとちがって自分をひどく意識する必要がない。部屋に入っていったとき、どんな人種がいるかをすぐさま確かめたり分析したりしなくてもいい。採用担当が怠け者で同じ人種の社員をほかに雇わなかったとしても、この国にいる何千万人もの黒人たちの気持ちを代表しなくちゃって気を張らなくてもいい。小さな店に入っても、店員にあとをついてまわられる心配をしなくていい。南部で夜に脇道を走っているときに車が故障したらどうしようと不安にならなくていい。というか、夜にかぎらず、昼間でも。わかるでしょ?」

ネラはうなずいた。

「たいていの場合、わたしはそういうことを気にしない」ヘイゼルは顎をあげて続けた。「意識しないという意味だけど。それでも、ストレスや不安や――水面下の重荷は存在する。でしょ?」

「そうだね」ネラは言った。「そのとおり。ただ、シャートリシアの件に戻るけど……なぜわたしが悪い警官の役をやらされた気分になってるのかはわかってもらわないと。みんながわたしのことを――」

「わかってる。嘘じゃない」ヘイゼルは言った。「でも、それは忘れて。大事なのは最終的にコリンの本がよりよくなること。あなたとわたしの力で。わたしたちでそれをやったんだよ。ふたりで。

とにかく……わたしが言いたいのは、わたしたちがお互いをライバル視する必要はないってこと。白人だらけの職場にふたりしかいない黒人として、ただでさえストレスを抱えてるんだから。そういうわけで……」ヘイゼルはネラの肩に手を置いた。「十月二十五日は何か予定がある？」

予想外の質問だった。「十月二十五日？　ええと、どうかな」

「わたしの家で女友達を集めてナチュラルヘア・パーティをするんだ。こぢんまりした集まり。ワインとチーズを用意する。インスタントのカプチーノも少し。ファニータが来て〈カール・セントラル〉の新製品をいくつか見せてくれることになってて、わたしのいとこのタニヤが無料で髪を編んでくれる。スカーフの巻き方を習いたかったら、ファニータにいくつか持ってきてもらうこともできるよ」

「楽しそう」ネラは言った。認めるのは少し悔しかったけれども、ほんとうに楽しそうだと思った。

「よかった。詳しいことはあした会社で話そう。友達も連れてきていいから。彼女の名前はなんだっけ、確か〝M〟ではじまるんだったよね」

「マライカ」

「マライカ。そうだった」ヘイゼルはネラの肩を叩いた。話は終わったという合図だとネラは思ったが、おやすみの挨拶をしかけたとき、ヘイゼルはまた口を開いた。「ところで」ドレッドヘアをひと房引っ張りながら言う。「〝メモ〟がどうのとか言ってたけど、あれは――なんのこと？」

「メモ？」

「さっき言ってたでしょ。〝いったいどういうつもり？　リチャードのことも、メモのことも……〟」

「ああ、あれね」言うつもりはなかったのに、うっかり口から滑り出て、ヘイゼルに聞き咎められてしまった。「誰かが匿名で変なメモを何通かよこしてきてて」できるだけ何気なく聞こえるようにネラは言った。

「変なメモ？　どう変なの？」

「簡単に言うと、会社から去れって書いてあった」

「ワ、ワ、ワーグナーから？」

ネラはヘイゼルをじっと見た。青ざめて、健康的なヒッコリー色の顔が不安げなウォールナット色に変わっている。今夜はじめて、いつもはありえないほど完璧な上唇の深い赤のリップが剝げていることにネラは気づいた。

「そう」ネラは言った。「ワーグナーから去れって」

ヘイゼルはネラを見つめた。そして、突然、笑いはじめた――ヘイゼルからははじめて聞く、腹の底から響く大きな笑い声だった。「それで、わたしがやったと思ったの？」叫ぶのと変わらない音量だった。「そんなばかな！　わたしはそんなこと絶対にしてない。わかるでしょ？　いまならわかってるはず」

ネラはしばらくヘイゼルを見つめた。「うん、そうだね」ついに言ったが、実のところ確信はなかった。

「それって、ひどいヘイトクライムじゃない？」ヘイゼルはコーデュロイのオーバーオールのポケットに手を入れた。

ネラは肩をすくめて、思いついた唯一のことを言った。「Nワードは書かれてなかった」

「でも……だとしても」

そのとき、ヘイゼルの祖父が一九六一年の抗議デモで亡くなったことを思い出した。確かに〝でも、だとしても〟だ。

「あなたはそういうメモは受けとってないってことだよね？」

「ない。でも……思い返してみると、最近誰かが女子トイレであなたとコリンのことを話してるのを聞いた記憶がある。かなり怒ってる声だった」

「ワーグナーでは噂がすぐ広まるから」

「確かに。でも、あなたがコリンに謝れば、丸く収まるような気がするな。コード・スイッチングの練習って思えばいいよ」

ネラは胸がちくりと痛むのを感じた。「それは考えてる」

「よかった。ねえ、人事部のことは忘れて、直接リチャードのところへ行ってメモのことを相談したほうがいい。そうしたら何が起こってるのかリチャードにもわかるから」ヘイゼルは興奮して声を大きくした。「リチャードなら、あなたに起こってることを社員全員の多様化の議論に組みこむこともできるかもしれない。学びの機会みたいなものにするの。コリンの件も」

ネラは、首を振ってそれは最悪の考えだと思うと言おうとした。けれども、何がいい考えで何がよくない考えなのか、いまはもうわからなくなっていた。

「じゃあ……もう遅い時間だから、おやすみなさい」ヘイゼルはそう言い、後ろを振り返ってリチャードを探した。しかし、その姿を見つけても、動こうとはしなかった。

ネラも動かなかった。

ヘイゼルの行動を分析するのに背一杯だった。この会話の何かがおかしい気がした——というか、今夜のすべての会話の何かが。しかしそのとき、背後から名前を呼ぶ声と、続いて舌打ちする音が聞こえた。

「またあしたね」ネラは言い、マライカたちのほうへ向かった。「ヘアグリースをありがとう」

二〇一八年九月二十七日
〈ジョーの理髪店〉

シャニ

規則。〈レジスタンス〉にはとてもたくさんの規則がある。けれども、いちばん大事なふたつほど厳しく叩きこまれる規則はほかにない。〝オンラインでつながるな〟〝誰にも何も言うな〟

ニューヨークへ行くとリンに伝えた直後、なぜこのふたつの規則を守ると誓わなくてはいけないかをリンは一時間かけて説いた。もっと長かったかもしれない。どれだけの時間だったにせよ、リンがとうとう話しおえたころには、すべてにこれほど厳格だとしたらほんとうに〈レジスタンス〉にかかわりたいのかどうか、わたしにはわからなくなっていた。

しかし、そのあと、エヴァの次々に変わる身元情報のリスト、これまでの移動遍歴を記した地図、その過程でエヴァがかかわってきた惨事についての資料がリンから送られてきた。それで決心がついた。わたしはツイッターとフェイスブックとインスタグラムのアカウントを削除した。何年もかけて伸ばした髪を切った。何年も伸ばした髪を。そして、会社で〝口にできないほどひどい人種差別〟を受けたのでいますぐボストンを離れるとママに告げた。〝やりなおしたいの〟とわたしは話した。〝それにはニューヨークが最適でしょ？〟

ママはそれを聞いても驚くほど冷静だった。そうだろうとは思っていた――ママもこれまでに何回か〝やりなおし〟をしていて、わたしを妊娠して間もなくデトロイトへ引っ越したのもそのうちの一回だった。わたしが子どものころ、ママはよく、ほんとうはニューヨークへ行きたかったのだと言っていた。「きっとクイーンズにいるホイットニー叔母さんのところに落ち着いて、そこで暮らしていたと思う」ママは言った。「でも、行けなかった」

わたしはニューヨークへ行けるし、行くつもりだ、と話したとき、ママはほとんど何も訊かなかった。わたしはすでにチケットを持っていた。そして、ホイットニー叔母がペンシルベニア駅に迎えにきてくれたとき、叔母は押し黙ったままわたしの目と剃った頭に視線を行き来させたものの、やはり何も訊かなかった。

わたしはそれをありがたく思った。なぜ腰まであった長いきれいな髪を切ってしまったのかと叔母に訊かれたら、いつまで事情を伏せていられたかわからない。あるいは――スカイプの映像がもっと鮮明で――ママがわたしの目に恐怖の名残を見つけていたら。〝何があったの〟とひと言訊かれていたら、そこでわたしは打ち明けていただろう。クーパーズを辞めたことはまだ記憶に新しく、生々しかった。あの裏切り。あの屈辱。わたしのキャリアの上でいちばん重要な電話をしていたときに、クーパーズの全員にわたしの記事を匿名でメールしたエヴァのあの狡猾さ。そのせいで、わたしは何も気づかなかった。アンナがわたしをオフィスへ引っ張っていったときも、何をそんなに怒っているのかさっぱりわかっていなかった。

ああ、広いガラス張りのアンナのオフィスで、荷物をまとめるよう言われて間の抜けたぎこちない笑みを浮かべていたわたしはどんな大ばか者に見えたことだろう。「でも、たったいま、ボストン住宅協会の人と電話で話したところなんです」わたしはアンナに言った。「公共住宅の住人四名から、話をしてもいいと許可を取りつけました。あの記事はどうなるんですか？　二月の特集にする予定ですよね」

〝わたしが必要なはずです〟わたしははっきりと言うつもりだった。〝わたし以外の誰が黒人に関する記事を書くんです？　誰がボストンの黒人の声を拾ってくるんです？〟

「その記事はほかの誰かに担当させます」アンナは言った。「それに、あと一日でもここで働くのはあなたにとっても不本意でしょう、わたしたちと働くんですものね――あなたはなんて呼んでいたかしら、傷つけられた有色人種や癒やしを与える有色人種について書くことが多様性だと思っている、自己中心的な白人の救世主気どりの搾取者？」

アンナは最後の一文をすさまじい早口で投げつけ、わたしはその言葉が喉の奥に詰まって気道を塞がれたように感じた。それは、その前の日の夜にわたしが言った言葉そのものだった。〈ペッパーズ〉で。エヴァに。

エヴァ。

わたしは左を、そして右を見た。アンナのオフィスの外にたちまちできた顔の海のなかに、彼女を探した。わたしは動物園の見世物で、この二年いっしょに働いてきた人々――わたしが公には友と呼び、プライベートでは〝自己中心的な搾取者〟と呼んでいた人々で、会社生活において楽しげに見えていた。

このふたつは矛盾しない――がガラスの壁に鼻を押しつけ、追い詰められたわたしを楽しげに見ていた。

これよりもっと悪いことはただひとつ、何十人、何百人というほかの若い黒人女性もこういう辱めを受けていて……若い黒人女性たちがその原因であるという事実を知ることだった。何百人、おそらくはもっとたくさんの黒人女性が、世界じゅうで自分を変えることを強いられている。変化の度合いは人によってさまざまだ。ある者は話し方を変え、ある者は服装を変える。しかし、重要なのは、その変化はうわべだけのものではないということだ。変化は魂にまで及ぶ。OBG。〝あちらの黒人女性たち《アザー・ブラック・ガールズ》〟とリンは彼女たちを呼んでいた。〝彼女たちはわたしたちとはちがうから〟と。彼女たちはまったく別の存在だ。エイリアンに近い。OBG——あるいは、なんであれ彼女たちを変えつつあるもの——が宇宙から来たのではないかと疑うほどリンは極端ではないけれども。リンが知っているのは、若い女性たちが急に自分と同僚の白人たちだけを頼みにするようになるのには深い理由があるということだけだ。出世にこだわり——その邪魔をするほかの黒人女性を引きずりおろそうとするようになるのには。

月に二回、リンは〈ジョーの理髪店〉で早朝会議を開き、国じゅうのほかの街で活動している仲間からの情報をみなに伝える。分析によれば、OBGはさらに広がり、そのスピードも増している。リンが五年前にはじめてOBGについて知ったとき、その存在が確認されていたのは北東部のいくつかの街だけだった。ニューヨーク、ボストン、フィラデルフィア。ところがいまや、南はマイアミ、北はポートランド、西は遠くロサンゼルスでも確認されている。

　前回の会議で、ジョー自身もそれを裏づけた。カリフォルニアにいる娘に会ってきたという。ジョーはいつもならリンの立ち位置である部屋の前方に立って目に涙をためながら、愛娘の表面が剝ぎとられて、自分が育てた人間とは似ても似つかない偽物の透明な皮膜に覆われてしまったかのようだった、と話した。「娘を取りこんだのが、ハリウッド本来の虚構だけじゃないこともわかっている」ジョーは激しい口調で請け合った。「娘のエージェントは、今月だけで三回も娘を奴隷役のオーディションに行かせたんだ。三回も」

　リンはオレンジ色のノートの上でペンを構えて、ジョーに娘の症状を話すよう促した。微笑んでうなずいてばかりいるか？　力なく肩をすくめるか？　うつろな目で見つめてくるか？

「目がうつろだった。でも、自分が何をやっているのかわかっているのかとおれが訊いたら、奴隷役は好きじゃないと娘ははっきり言った。そして説明をはじめた……自分の正当化を。いまは不当な扱いを受けているが、これは必要がなくなるまで〝ゲームをやっているだけだ〟とまくしたてた。彼らが糸を引いているのだと思わせておくけれども、実際に糸を引いているのは自分のほうだ、と」

　それを聞いてリンは衝撃を受けていた。わたしたちも同じだった。ＯＢＧは非ＯＢＧと容易に混じり合う。つまり、数が増えていく。いまの彼女たちは、二十年前とは根本的に異なっている。ＯＢＧ――あるいはそれに似たもの――が生まれたとリンが疑いはじめた二十年前は、彼女たちも自分を保っていた。謙虚に上を目指していた。いまは、彼女たちがのぼりつめるのを邪魔する者は、誰であれ踏み潰される。

　用心しなければ、もっと悪いことになる。

　アンナのオフィスの外の人だかりのなかにエヴァを探していたとき、後ろのほうにいる彼女を見つけた。腕をきつく組んでいて、目は硬いオニキスの玉のようだった。人生がきしみを立てて停止する音が聞こえた。何時間か前に電車で出会った女性がやわらかに、しかしはっきりと言った言葉が耳にこだました。〝あなたは言いすぎた。あなたはもう終わり〟そのときになって、いまさらながら、エヴァがどこかおかしいことに気づいた。黒人の女性なら、黒人の仲間にこんな仕打ちをするはずがない。こんなことをしたら、心の底からひどく動揺するはずだ。落ち着いてなどいられないはずだ。自然ではいられないはずだ。

　わたしたちと彼女たちを見分ける、もっと精緻な方法を見つけないと、とリンは言った。そして、わたしのいちばんきらいな〈レジスタンス〉の規則、〝命じられるまでOBGあるいはOBGと疑われる者と接触するな〟をもっと徹底しなくてはならない、と。

その規則のせいで、八月に〈ニコズ〉でエヴァとネラを見たとき、エヴァと対決することはできなかった。そしてゆうべ、エヴァが〈カール・セントラル〉のみなに団結や多様性について教え諭しているのを聞いたときも。実のところ、椅子から立ちあがってエヴァのドレッドヘアをつかみ、気どった団結についてのスピーチをわたしの横でもう一度やってみろと言いたくなるのを必死にこらえなくてはならなかった。

奪いとった旗のようにエヴァの髪をわたしの頭の上で握りしめたらどんなに愉快だったかと想像していたとき、リンがデスクにいたわたしを呼び、報告を、と言った。

わたしは笑みを引っこめ、両脚を抱えた。そのソファに自分ひとりで座れるのはめったにないことだったが、つい癖で場所をとらないように体を縮めていた。「これまでのところ、問題はありません。わたしはいちばん前の列にいたんですが、エ――すみません、ヘイゼルは、わたしのほうをほとんど見もしませんでした。ご存じのとおり、偏執症的な人々は、光のなかのすぐ目の前にあるものには気づきません。闇のなかにあるものしか目に入らないんです」

リンも承知のことだった。「それで、ネラは？」

「ネラはまだ取りこまれていません。ゆうべ帰り際に言い合いをしているような場面を見ましたが、ネラが無事なのは確かです」

リンは何かつぶやいたが、ノートから顔をあげなかった。

「それで」わたしはニュートラルな声音を保とうとした。「パムによると、彼女がネラのデスクにあのメモを置いて以来、ネラはほぼ毎日、遅くまで会社にいるそうです。ジェシー・ワトソンにワーグナーで本を書いてもらおうとしているようです。実現するとは考えにくいですが、彼は何をするかわからない人物なので、どうなるかは……」

リンは、要点を言って、というしぐさをした。

「考えてみたんですが、来週あたりにそろそろ接触してみてはどうでしょう？　作家志望のふりをして、ネラと会う約束を取りつけるとか。地下鉄のなかで近づくのはネラには向かない気がします。かなりおびえているようですし。ですが、出版関係の口実を使えばきっと――」

「それはだめ」リンはさえぎった。

「なぜですか」

「〝無事なのは確か〟だけでは不十分だから。ほかに何かわたしが知っておくべき徴候に気づいたなら別だけど」

わたしは肩をすくめた。「ネラはまだ白人の恋人と付き合っています。オーウェンと」

「それは判断材料にはならない。ネラは別れを告げたのに、彼のほうがまだ受け入れていないだけだとしたら？　若い白人男性の多くはOBGに熱をあげる」リンは言い、顔をしかめた。

わたしは唇を噛みながら、近くにあったクッションの不揃いな縁飾りをいじった。沈黙に気づいて、リンはとうとう顔をあげ、期待をこめて尋ねた。「その白人の恋人とヘイゼルが、ゆうべどこかの時点で話をしているところを見かけた？」

「少しだけ話していました。でも問題はなさそうでした」

「そう。じゃあ、ネラとヘイゼルに戻りましょう。何か聞きとれた会話はある？」

「いいえ。でも、話しているあいだじゅう、ネラはヘイゼルを絞め殺したそうな様子に見えました」細切れながら、わたしは見ていた――もちろん、あまりあからさまにならないように、目の端で。

クッションをいじりつづけていたとき、あることが頭に浮かんだ。「あ！」

「何？」

「帰り際に、ヘイゼルがネラに何かを渡していました。ヘアケア製品か何かを」

「ほかの人にも何か渡しているのを見た？」

「はい。近くにいたら、わたしにも手渡していたと思います」

「朗読会の宣伝用の品かもしれない。あるいは店の」リンはため息をついて、メモを書きこんだ。

「シャニ、ネラがまだだいじょうぶだと確定することはできない。いまもワーグナーで働いているし、ヘイゼルのイベントにも現れた。いろいろな事例を見て、細心の注意を払わなくてはいけないことを学んできたでしょう。あの雑誌社であなたに何が起こったか思い出して。わたしの医大での出来事も。あのOBGは、いまもあそこでわたしの研究結果の恩恵を受けてる。結局学位をとれなくてわたしはどれだけのお金を無駄にしたか――」

「わかっています」わたしは歯を食いしばった。その話は暗記するくらい聞いている。「でも、わたしが言いたいのは……あなたの件があったのは五年前でしょう。そしていまのわたしたちはまだここにいる。闇に隠れて。いまも新しいことは何もわかっていないんです、リン。彼女たちがハリウッドで大きな被害をもたらしていること以外は。黒人女性たちがどうやって変えられていくのかもわからない。はっきりしているのは、彼女たちが自己中心的なモンスターで、アカデミー賞ものの演技力を身につけるのがますますうまくなりつつあることだけです」

「彼女たちが必要に応じてほかの黒人女性を変えるのがあれほど巧みな理由もそこにある」リンは付け加えた。「だからこそ、ネラを近くで見張っている必要があるの」

「あの」わたしはクッションを脇に置いて背筋を伸ばした。「あなたがたとこの監視活動をするのは……いい経験になりました。パムにあのメモをそっと渡すのは楽しかったし――パムはほんとうにやさしい女性です。それに、あなたがたのやろうとしていることにも敬意を抱いています。ただ、このネラ―ヘイゼル問題で何も行動を起こさないのなら、なぜわたしがわざわざニューヨークに来たのかを知りたいんです。わたしはほかの件に注力したい。ほかの誰かに。わたしのような誰か。ネラでも、もちろんヘイゼルでもない誰かです。あんなことをされたあとで、彼女とは同じ空間にさえいたくない」

リンや〈レジスタンス〉がOBGをじゅうぶんに阻止していないような言い方をするつもりではなかった。けれどもそう聞こえたにちがいない。リンは低い、冷たい声で言った。「その気持ちは尊重する。でも、ネラの件にはあなたが知っている以上のことがあるの」そしてノートを閉じ、書棚に戻した。

次の日、仕事が終わりしだい〈ジョーの理髪店〉へ来るようリンから指示があった。「話があるの」それしか言われなかった。わたしは承諾した。

〈ライズ&グラインド〉を出て、ジョーや常連客たちにこんばんはと手を振りながらきしむ裏階段をのぼるころには、わたしは早くも確信していた。わたしの〈レジスタンス〉での時間は終わった、とリンに告げられるのだろう。

ところが、ドアを開けたとき、見えたのはリンの姿ではなかった。そこにいたのはひとりの女性で、肩まで伸びた縮れて大きく広がる白い髪から判断するに、〈ジョーの理髪店〉に普段やってくる客たちよりもだいぶ年が上のようだった。書棚の前にこちらに背を向けて立ち、写真がたくさん飾られたパープルグレーの壁のひとつを見あげている。

邪魔をするのがはばかられて、わたしはしばらくドアロから動かなかった。あの壁をはじめて見たときには、わたしも目を奪われた。どの壁も、さまざまな黒人活動家――わたしの知っている人もいれば知らない人もいる――の写真が一面に飾られている。知っている人のなかでは、マルコムXがいちばん目立っていた。複数の壁を埋めつくす写真の三十パーセントはマルコムXのものだった。ほとんどは歴史の教科書や新聞で見てきた白黒写真だったが、はじめて見るような現代ふうの肖像画もいくつかあった。青とオレンジのネオンカラーで描かれたポップアートふうのマルコムX。コミック・ヒーローふうに描かれたマルコムX。

いちばん目を引くのは、赤と白と青で描かれた物思わしげにこめかみに手を当てるマルコムXの絵だった。何へのオマージュかわからない者のために、〝HOPE〟と描かれたオバマのハガキ大のポスターがすぐ隣に貼ってある。最初の選挙キャンペーンのとき人気だったポスターだ。とても長く、とても力強い文章に打たれたピリオドのようだった。

「彼はいまもわたしのヒーローなの。戻ってきてくれたらいいのに。いまもあの日のことを覚えてる……」

やわらかく、低い声だったけれども、明瞭に聞きとれた。それが白髪の女性の声で、こちらに話しかけているのだと気づくまで、しばらく時間がかかった。実のところ、女性が振り返ってわたしを見たときにようやく気づいた。

最初に思ったのは、誰かに似ているということだった――親戚の誰かかもしれない。親戚の集まりで三年に一度会うかどうかというような誰かだ。その次に思ったのは、女性がとても美しいということだった。皺はほぼなく、体つきも細く健康的で、黒のスキニーデニムに黒のノースリーブのチュニックを着ている。

「オバマですか？」長いあいだ黙りこんでいたことに気づいて、わたしはなんとか言った。「わたしも戻ってきてもらいたいです」

「いえ」女性はさえぎるように言い、いちばん近いソファのほうへ歩いていって腰をおろした。

「マルコムよ」

わたしはうなずくことしかできなかった。

「ああ、シャニ――よかった。とうとう顔合わせができて」

リンが部屋に入ってきた。笑みめいたものを浮かべているが、楽しげには見えなかった――白髪の女性が最初に振り向いてこちらを見たときにも、同じ表情を浮かべていたことにわたしは気づいた。

「実のところ、まだなの」女性は言った。

わたしは事態を修復するべく、手を差し出した。「シャニ・エドモンズです」

女性も手を差し出した。「ケンドラ・レイよ。ケンドラ・レイ・フィリップス」

わたしの目に理解が浮かび、顔全体にとまどいが広がるのを女性は見つめていた。「信じられない」わたしはおずおずと手を握った。「ミズ……フィリップス。はじめまして。知りませんでした、あなたがここに……この街にいらっしゃるなんて」

それを言うならどの街でも同じだけれども、とわたしは思った。

「誰も知らないの」ケンドラ・レイは握手をする手と同じくらい力強く言った。「これからもそのままにしておいて。いい？」

「わかりました」

「よかった」

「それで……」わたしは部屋全体を手で示した。「いつからここに……ずっと……」

いったん口ごもったが、ケンドラ・レイがじっとこちらを見つめているので、わたしは続けた。

ケンドラ・レイは化粧をしていなかったが、それでも美しく——年齢も超越していて——目は〈カロ〉のコーンシロップを思わせる深くて濃い茶色だった。

「何をなさっているんですか……ここで」なんとかわたしは言った。

それを聞いて、ケンドラ・レイの静かな表情が崩れ、輝くような小さな笑みに変わった。わたしもほっとして、すぐに微笑み返した。目が飛び出しそうなのをどうにもできなかったが、女性は気にしていないようだった。誰にも推し量れないほどひさしぶりに太陽を浴びたデイジーのように、その視線を楽しんでいた。

ケンドラ・レイは、これまでわたしの目には入っていなかった小さなパッチワークバッグから、新聞の切り抜きとノートを取り出した。「リンから先日連絡が来て、とても興味深い情報を受けとったの」そう言って、膝の上で新聞記事を広げた。「だから、あなたたちに少し話をしにきた。わたしがワーグナー・ブックスにいたころの話を。でも、その前に……シャニ？」

ケンドラ・レイは動きを止めてわたしの目をまっすぐに見た。

「はい？」

「〈カール・セントラル〉でヘイゼルがネラに渡したものについて教えて」

13

二〇一八年十月十七日

こんにちは、ネリー！

まずは大事なことから――返事が遅くなって、ほんとうに心の底からごめんなさい！　予定がわかりしだい、飲みにいく新しい候補日を必ず知らせます。

それはそれとして、ヘイゼル＝メイ・マッコールの連絡先を教えてもらうことはできるかしら？（彼女を知ってる？　メイジーと働いているのよね？？？）《ブックセンター》で彼女の学生支援プログラムに関するすばらしい記事を読んで、ちょっと話してみたくなりました。永遠に恩に着るわ！

よろしくね！　xx　レナ

ネラはもう一度あたりを見まわしてから、キューリグを拳で思いきり叩いたが、コーヒーマシンはいつもとちがって、泡を立てても唾を飛ばしもしなかった。ただシューシューと音を立てている。

腕を組み、それをしばらく見つめて、ネラはキューリグを働かせる別の手立てを思案した。いまのがジョスリンがいつもやっていた方法ではないのは確かだが、ジョスリンはいっこうにワーグナーに帰ってこず——噂によると、ドイツがジョスリンを取り返したらしい——ネラはどんな手を使ってもキューリグを直そうと考えていた。

拳はすでに使ったが、頭で叩いたらどうだろう。レナ・ジョーダンのどうにも腹立たしいメールをすっかり暗記してしまっていたので、それは魅力的な方法に思えた。〝心の底からごめんなさい〟とレナは言っていた。〝ヘイゼルとちょっと話してみたくなりました〟

そして、最悪の部分は〝こんにちは、ネリー！〟だ。

朝のうちにするべきこと、コーヒーを淹れるとかカフェでベーグルを買ってくるとかいったことをする前に、レナのメールを読み、さらにもう一度読むというまちがいをネラは犯していた。レナの言葉が、意味のない〝xx〟でときおり区切られながら、雑貨店《ボデガ》のまばゆいサインボードのように頭のなかをめぐっていた。

会えそうな日の候補をひとつふたつあげるのはそんなに難しいことなのだろうか？　ネラの名前は覚えるのがそんなに難しいのだろうか？

電子レンジの時計を見て、被害の程度を見積もった。時刻は十時十五分で、もう下までおりて通りの向かいの店へコーヒーを買いにいく時間はない。しかたなく、マグに湯を入れて緑茶の箱に手を伸ばした。十時半からのヴェラ、レナード、エイミーとの表紙会議には、カフェイン不足の状態で参加しなくてはならないということだ。気が滅入ったが、五分遅れて部屋へ入っていくよりはましだった。

ネラは手が震えないようにして、湯気の立つマグカップにゆっくりと蜂蜜を垂らした。ワーグナーで働きはじめたころは、表紙会議はネラにとって一週間のハイライトだった。いつも何分か早く会議室へ行き、窓際の隅の席を確保して、レナードが表紙見本をエイミーやリチャードやほかの編集者たちに見せるときに、自分もしっかり見られるようにした。当時はそうした会議が出版という仕事のもっとも魔法めいた部分に思えた。デザイナーが描いた芸術的な本の表紙と、原稿を読んだときに自分が思い浮かべた表紙を夢中になって比べ、期待どおりのすばらしい表紙が現れると高揚した。

担当していない本の表紙会議にも参加して、エイミーとデザイナーたちが色やバランスやフォントの大きさや文字間隔について話し合うのに耳を傾けた。たくさんのメモをとり――いつか自分が編集者席に座る日のために知識を蓄えようとした。確かに、その魔法をいくらか弱めてしまう作家もいるにはいるものの、何万冊もの本の顔となって世界じゅうに運ばれていく表紙デザインの誕生に間近で立ち会える光栄な気持ちが損われることはなかった。表紙について意見を言うのは、自分が力を握ったような気分になれた。たとえ――最終的には――ヴェラの意見が絶対だとしても。

しかし、九分後に迫った今回の会議は事情がちがった。この会議は『ひりつきと疼き』のものだ。

ネラは顔についた湯気の水滴を手の甲でぬぐい、その弾みにココアバターの香りが鼻孔に広がるのを感じた。不意を突かれて、思わず顔をしかめた。ヘイゼルにもらったこのヘアグリースは、家にあるほかのグリースが全部なくなるまで使わないつもりだったのだが、その朝フロアへあがるエレベーターのなかで、一週間以上も頭皮に保湿剤を塗っていなかったことにふと気づいた。バッグのなかを探ってみると、幸運にもこの小さな容器が入れっぱなしになっていたのを見つけて、豆粒大の量のグリースを髪に揉みこんだ。

〝でも、ちょっとにおいが強いかも〟とネラはトイレの鏡を見ながらつぶやき、いままたキッチンで同じようにつぶやきながら、三回ゆっくりと深呼吸をした。マーケティング会議でヘイゼルがコリンを称賛した日からの何週間かで身についた癖だった。ヘイゼルのおかげもあって、『ひりつきと疼き』は話題の海をはるか沖まで泳いでおり、〝装幀さえふさわしいものに仕上げれば〟、オプラ・ウィンフリーがツイートしてくれそうな〝ベストセラー確実〟の一冊になる、と会社じゅうで有名になっていた。

ネラは薄い木製のマドラーでティーバッグをつついていたが、四回目の一撃が強すぎてバッグがわずかに破れた。苛立ちながら、ジャスミンの香りがついた茶葉がカップに広がっていくのを見つめた。背後でキューリグがうなりをあげ、近ごろのネラが何ひとつ思いどおりにできないことを、からかうように思い出させた。

同じメッセージをネラは別の形でも受けとっていた——まずは、ジーナとソフィーからランチの誘いが来ないという形で。二週間のうちに五回ランチを断ったところ——単に仕事が忙しすぎたからなのだが——もうランチに誘われなくなり、代わりにヘイゼルに声がかかった。最初のランチで何か奇跡が起こったのか、それから三人はヘイゼルのブースで集まるようになり、ヘイゼルの恋人の最新アートプロジェクトやその週に読んだお気に入りの本についておしゃべりをした。ジーナでさえ——いつもクールで無関心な、〝わたしはたいしたことないと思う〟のジーナでさえ——ある特に寒かった日におしゃべりを終えて立ち去るとき、ヘイゼルのような〈ティンバーランド〉の厚底ブーツがほしいと言った。そのあいだずっと、ヘイゼルは一身に注目を集めていた。当然のように。

そのどれひとつをとっても、ネラにはどうしたらいいのかわからなかった。ヘイゼルが短期間のうちに手に入れた人気者の地位はネラの神経を逆なでして苛立たせ、自分が苛立っているという事実にネラはさらに苛立った——ヘイゼルと自分がチームのはずだったのだから、なおさらだった。編集者たちが要配慮事項の確認をネラではなくヘイゼルに頼むようになったときには、ひどく落ちこむ自分がいやになった。ネラはみながヘイゼルに向ける注目の百万分の一も手に入れたことがなかった。正直になるなら、自分が注目を浴びることがあるなどと思ったことはなかった、と言うだろう。不正直になるなら、そもそも自分は注目など求めたことはなかった、と言うだろう。

けれども、それを確認したことはネラにとって大きな意味を持ち、ホイップクリームを切り分けるナイフのように社内を歩きまわるヘイゼルを見て、ネラは自分の存在意義に疑問を感じはじめた。〝先月受けとったあの匿名のメモの言うとおりにするべきだったのかもしれない〟とときおり考え、一度、絶望の発作に襲われたときに、ふたたびあの番号に電話をかけた。しかし、ほっとしたことに——そして悔しいことに——電話はつながらなかった。

ある意味、どちらにしても、もう辞めたも同然だと感じていた。同僚たちはネラがもういないかのようにふるまった。ヘイゼルのブースにますます頻繁に雑談をしに集まり、ネラはヘイゼルが〝コード・スイッチング〟という言葉を持ち出したときに何を言おうとしたのかを理解しはじめた。もちろん、言葉の意味ははじめから知っていた。そうでなければ、新聞で警察の暴行事件について読んで、そのあと午前九時に笑みを浮かべて仕事をはじめられるわけがない。

とはいえ、ヘイゼルは……何かが普通ではなかった。雰囲気が。〝コード・スイッチング〟を別次元に押しあげたヘイゼルのやり方を、ネラは必ずしも信用していなかった。ヴェラにどんな本を編集しているのか定期的に訊いたり、ジョシュのチェック柄のズボンを毎回ほめたりするやり方を。以前、キッチンでネラが夕食の残り物を電子レンジで温めていたとき、ヘイゼルがエイミーに祖父母について話しているのを見かけたことさえある。「抗議デモで出会ったの？　そしてデモで命を落とした？　まあ、そんな」エイミーは同情した声で言い、めずらしくも深紅のサングラスをはずして目をぬぐった。「すごい物語ね」

携帯電話に集中するふりをしていたネラは、その言葉をひどく悪趣味だと思った。けれども驚いたことに、ヘイゼルはうなずいた。「実を言うと、誰か作家に頼んで、祖父母の日記や手紙をもとに、人権運動に情熱を注いだふたりのラブストーリーを書いてもらおうかと考えていたんです」

そして、C・Jのこともある。C・Jはヘイゼルにすっかり魅了され、夢中になっていた。ヘイゼルのブースにやってきては五分も十分も話をして、かつてはネラにしか向けなかった大きなつかしい目でヘイゼルに微笑みかけた。そしてヘイゼル――気さくで愛嬌たっぷりのヘイゼル――はそのたびに微笑み返した。いっしょにいると、ミッドタウンのオフィスビルの十三階ではなく、九〇年代の黒人のロマンティックコメディにぴったりなふたり組に見えた。

そのあいだ、ネラは通路をはさんだブースにひっそりと座り、ふたりの会話を聞くまいとした。それでもときどき、子ども時代の話が漏れ聞こえてきた。知り合ってからの二年間にネラには語らなかったC・Jの興味深い逸話が。どうしてなのかと考えずにはいられなかった。ネラはC・Jに対して、インディアに対するときよりもずっと打ち解けた態度をとってきた。自分はふさわしい質問をしてこなかったのだろうか。あるいは単純に、中流階級が暮らす郊外で両親と育ったネラは――結婚生活がうまくいっていなくても、とにかくふた親がいたネラは――ほんとうの意味では〝合わない〟と思われていたのだろうか。

理由がなんであろうと、どうでもよかった。黒人の多い地域で育ったふたりの子ども時代の思い出話を漏れ聞いていると、疎外感がこみあげ、そのことで頭がいっぱいになった。高校時代の記憶がよみがえった。ネラが白人の恋人と手をつないで廊下を歩いたり、白人の友達とカフェでランチを食べたりしていると、黒人の生徒たちが聞こえよがしによく〝ほら、オレオだ〟と言った。ネラがいた上級クラスに白人やアジア系の生徒――みなよく知っている子たちだった――が圧倒的に多かったのはネラのせいではなく、ネラはひたすら何も聞こえなかったふりをした。日に一回は自分が〝じゅうぶんには黒人でないこと〟を気にしていることなど事実ではないふりをした。

最大のなぐさめは、大学へ行ったらこの感覚は消えると信じることだった。けれどもいま、同じ感覚がまた頭をもたげ、克服したと思っていた不安を吐き出していた。

ネラは身をかがめ、マグカップに浮いている茶葉の小片をじっと見た。そしてまた時計を確認した。十時二十四分。茶葉をすくいとる時間はまだ少しある。

水切りかごからスプーンをとろうとしたとき、キューリグの音を掻き消す足音が背後から聞こえた。

「あら、ヘイゼル！　仕事は順調？」

ネラが振り向くと、ソフィーが立っていた。頬を赤くし、ひどく気まずげにしている。

「やだ」ソフィーは言った。「ネラ。ほんとうにごめんなさい。てっきり――」

「ああ」ネラはソフィーにきつい目を向けた。「あなたが何を考えたかはよくわかってると思う」スプーンをマグカップに入れて茶葉をいくらかすくい、シンクに捨てた。

「そうじゃなくて……」ソフィーは口ごもった。「ねえ、あなたたちのけさの服が同じ色なのを知ってた？」

「同じ色？」ネラは自分のナス色のセーターを見おろした。何時間か前にかぶってきたこのセーターを、ネラは気に入っていなかった。小さすぎ、チクチクして、首の後ろでタグがいつも突っ立ってしまう。けれどもほかのセーターを選ぶ時間がなかった。最近は夜中に何度も目が覚めて、ようやく眠くなるのは起きなくてはならない時間の三十分前ということがよくある。

「ヘイゼルのセーターも紫なの」ソフィーは言った。ネラの問いかけは修辞的なものだったが。

「紫でも全然色合いがちがう」

「そう？　そっくりだと思ったけど」

「似てない」ネラは語気をいくらか強めた。「ヘイゼルのはライラックだから」

確信を持ってそう言えるのは、朝にヘイゼルが椅子を滑らせて電話会議の設定方法を訊いてきたときに、ベルスリーブのセーターを見てうらやましく思ったからだ。ネラはこれまでの新人アシスタントたちにしたのと同じ説明をしながら設定を手伝ったが、楽しい時間ではなかった。きりもみして急降下していく自尊心が、正気を侵食しはじめていた。侵食された正気は睡眠を侵食し、侵食された睡眠は勤務中に人間として機能する能力を侵食した。自分より五センチ以上背の高いドレッドヘアの女性と自分をまちがえた同僚の罪を赦し、水に流せる人間として機能する能力を。

〝これは社会現象。コード・スイッチング……〟

ヘイゼルがそう言ってから数週間がたっていた。それでも、怒りがいまもさしこみのように脇腹に食いこんでいた。コード・スイッチングについてはよく知っているし、柔軟に受け止めて気にせずに気楽にやっていけるが、自分の無作法を取り繕おうとソフィーが人間の目の色識別の仕組みを説明した記事について詩人のように語るのを聞いているうちに、うんざりして調子を合わせていられなくなった。ソフィーのぎこちないジョークにうなずきも笑いもせず、ただそこに立って無表情でマグカップから茶葉のかけらをひとつずつすくいとり、話が終わるのを待った――というか、しきりにしゃべるのをやめて、無作法をなかったことにはできないのだとソフィーが悟るのを待った。

ついに、ソフィーは話すのをやめて大きく息を吸った。そして左を向いて、この何分か自分が立てていた奇妙な騒音の裏で、キューリグが奇妙な騒音を立てていたことに気づいた。

「またキューリグが壊れたの？」まだ明らかに気まずげな様子でソフィーが言った。「いやよね。J・F・パブリッシングで働いてる友達がいるんだけど、その子が言うには、ネスプレッソのマシンはこれとちがって壊れたことがないって。リチャードに頼んで替えてもらったほうがいいかも」

ネラはうなった。そしてスプーンをシンクに置き、その場を離れて廊下を歩き出した。

「ネラ、待って――あらためて、ほんとうにごめんなさい、人ちがいしたこと」背後からソフィーの声が聞こえた。

ネラは振り返らず、動じもしなかった。「気にしないで、ジ、ジ、ジーナ」辛辣に言って最後の一撃を加えたあと、熱い緑茶がはねて手にかかるのもいとわずに、足を速めた。

数分後、表紙会議の行われる部屋へ入っていったとき、ヘイゼルがいつものネラの席に座ってヴェラの携帯電話をスワイプしているのを見ても、ネラは驚かなかった。

「このペンキの刷毛！　ヴェラ、この子、ほんとうにかわいいですね。ちっちゃなブレナーはあしたで何歳になるんでしたっけ？」

「五歳よ」ヴェラは身をかがめ、ヘイゼルがどの写真を見ているのか確かめて、そもそも写真を撮ったのが自分ではないかのように、相好を崩した。

「なんてちっちゃいの！　飼いはじめてどれくらいなんですか」

ヴェラは満面の笑みを浮かべた。「三年よ。それでも、この子といると毎日が新しい冒険」

ネラは由々しき座席状況を確認した。来るのが遅かった。エイミー、ジョシュ、リチャードがすでに上座のいつもの席に座っていて、エイミーの隣がヴェラ、そのさらに隣にヘイゼルが座っている。上座の近くで空いている席はヘイゼルの向かい、気難しいレナードの隣だけだった。

その椅子にネラが手を伸ばしたとき、レナードはノートに身を乗り出して片手で顔を半分覆い、もう片方の手でゴルフペンシルを握りしめていた。邪魔をされたくないようだ。居眠りしているのかもしれない。それでも、〝調子はどうですか、レン〟とそっと声をかけ、椅子に腰をおろした。人間同士の普通のやりとりをしたくてたまらず、ありがたくも、どうにかそれが叶いそうだった。

レナードが顔をあげてネラを見た。血走った目やノートに描きなぐられた黒い線を見て、ネラは息をのんだ。「どんな調子だと思う？」レナードは鋭い口調で言った。「この会社はいつものとおり、おれをこき使っている。そういう調子だ」

ネラは同情してうなずいた。

ヴェラが顔をあげた。「あら、ネラ！　おはよう！」

「おはようございます、ヴェラ」ネラはできるかぎり快活に言って、上司を観察した。きょうの服は丈の長いゆったりした麻のノースリーブのワンピースで、下にオフホワイトのセーターを着ている。ワンピースはすこぶるかわいらしく――まさしく着心地がよさそうで、まさしく一九九三年ふうで、まさしくネラが買いそうな服だった。価格さえ折り合えばの話で、とても手が出ないのはわかっていたけれども。とはいえ、最近額の真ん中で切りそろえた前髪のように、その服の趣味もヘイゼルに影響されたものだとネラは確信していた。前回、ヴェラが細いウェストにぴったり沿った服以外を着ていたのは、肺炎にかかったときだった。

ヴェラ本人もそれを意識しているようで、布がそこにあるのを確認するかのように、麻の肩紐に絶えず指を走らせていた。「来てくれてほんとうによかった。さっきはデスクにいなかったから、わがままを言ってヘイゼルにこの会議に出る時間を割いてもらえないか頼んだの」

その言い訳は以前にも聞いたことがあった。ネラとヴェラはこの何週間か、暗闇を行き交う船のように、ほとんど直接顔を合わせることなく、主にメールと電話でやりとりをしていた。ヴェラが閉じたドア越しではなく顔を見せるのは、ネラに用事を頼むか、ヘイゼルと話をするか、ほかの同僚とヘイゼルの話をするときだけだった。ヴェラの服装が黒や紺からアースカラーや〝奇抜〟の括りに入る柄ものに変わりはじめて、ほめられるようになったのはヘイゼルのせいだった。髪に特定の光のもとでしか見えないけれどもしっかりと発色する深いバーガンディのハイライトを入れたのも、やはりヘイゼルの影響だ。

ヴェラがワーグナーの部下に心を開くのを、ネラはこれまで見たことがなかった。

「わがまま？」ヘイゼルがブレナーの写真に目を向けたまま言った。「全然そんなことはありません。この会議に出られてとてもわくわくしてます」

「わたしもです」ネラは歯を食いしばりながら言った。

ヴェラは手のひらでテーブルを叩いた。「そうこなくっちゃ！　わたしがここで働きはじめたときは、出られるかぎりの表紙会議に出ていたものよ」

「確かに。全部に出ていたわね」エイミーが上座のほうから言った。「ヴェラはわたしの二年ほどあとに入ってきたんだけど、よくわたしの席を盗《と》っていて。正直言って、殺してやりたくなったわ」

リチャードが忍び笑いをして頭をそらした。「それも確かにそうだった」ヘイゼルやネラにというより、エイミーとヴェラに向けた発言だった。「いまでも覚えているよ。エイミーがわたしのオフィスに乗りこんできて言ったんだ、〝ヴェルマとかいう小娘をどこで見つけてきたんです？　どこでもいいから戻してきてください〟って」

「うわ、そうだった」エイミーはわずかに赤くなった。「誇れる瞬間とは言えないわね。でもいまのわたしたちを見て！　大親友よ」

「大親友よ」ヴェラはそつなく同意した。

「なるほど」ヘイゼルはヴェラの携帯電話をテーブルに置いた。「ちょっとした競争は役に立つってことですね？」

「そういうこと」エイミーは言った。

携帯電話のインカメラで歯にグラノーラのかけらが残っていないか確認していたジョシュが、とうとう話に入ってきた。「競争がなければ、たぶんここにはいなかっただろうね」

ネラが時計を見あげたとき、エイミーが手を打ち合わせて、サングラスをはずした。「ではみなさん、はじめていいかしら？　てきぱきと進めましょう――レン、アレクサンダーから、きょうのあちらの表紙会議はリスケすることになったっていうメモを受けとってるわよね？」

レナードはエイミーと目を合わせてうなずいたが、何も言わなかった。ワーグナーの古参の社員であるレナードは、デザイン部のトップを四十年近く務め、後世に残っていくだろう作品の装幀をあまた手がけて多数の賞をとっている。しかし、いつもむっつりとして不機嫌で、ポケットにほんの数個の微笑みしか——少なくとも会社にいるときには——持ち合わせていないように見え、ごくかぎられた機会にしか笑みを浮かべることはなかった。彼の微笑みの大多数は彼自身のためにとってあるのだ、とネラは確信していた。ドアを閉めてオフィスでひとりになって、制作のギアを入れたときのために。

ネラはレナードをさらに見つめ、気どらないチェック柄のシャツや、耳に挟んだゴルフペンシル、定期的に剃っていなければまばらに生えていそうな白髪を観察した。頭はいつも深く垂れている。給料はネラの三倍はいっているはずで、おそらくはそれより上だろう。子どもがいないのも確かだった。なぜ引退しないのだろう？　単純に、体力が続くうちは辞めないつもりなのだろうか。ここまで会社に根を生やしているのに、明らかにみじめそうなのはなぜなのだろう。

エイミーが口を開いて、自分が質問をしてから続いていたぎこちない沈黙を破った。「それならよかった。ヴェラ、けさはすばらしい表紙案をいくつか用意しているの。きっと全部気に入ると思う。レン、『ひりつきと疼き』のために描いた表紙を見せてもらえる？」

「ぜひ作品を見せて、レナード」ヴェラはとってつけたようなウィンクをした。サム・ルイスの騒ぎに対する和解の印ということだろう。ネラには不自然に感じられたものの、レナードの背筋の湾曲が少しだけやわらいだ。

「もちろんだ」レナードは膝にのせていたマニラ封筒を取りあげて、三枚の光沢紙をゆっくりと引き出した。立ちあがって一枚ずつテーブルに置き、ヴェラに正面が向くよう、少しだけリチャードのほうに傾けて回転させた。

「いくつかの方向性で描いてみた」レナードは言い、わずかに顔を左に、そして右に向けた。

「最初の二枚はコリンの最近の何作かと同じテイストにしてある。シンプル、強烈な二色使い、サンセリフ体。二〇一一年から採用しているブランディングを継続するなら、この二枚のどちらかだ。コリンの本のこれまでの装幀を見慣れている読者――統一された印象の本をそろえることを好む読者――はこういうシンプルなもの、黒の背景にメロンレッドの文字というスタイルに群がるだろう」

〝文字は明るい黄緑色《シャルトルーズ》にすればよかったのに〟とネラは内心でつぶやいた。

「いいわね」ヴェラが言った。

「この本のテーマには黒がぴったりだ。悲しみ。絶望。オピオイドの蔓延」ジョシュが付け加えた。

　ネラは膝の上を見つめながら目をくるりとまわした。

「そして、コリンがここ何冊かのスタイルを変えたいと思っている場合のために、もうひとつ案がある。これだ。これまでのコリンの作品の表紙とは系統がまったくちがうが、冒険してみる価値はあると思う」

　ネラはレナードが指さした一枚を見た。背景に水彩画ふうのアメリカ国旗が描かれていて、赤と白のストライプの部分にさまざまな人の顔が織りこまれ、顔の一部分だけが見え隠れしている。たちまちネラはこの三つ目の案に引きつけられた――分断され、引き裂かれた印象を与えるデザインだ。ひとつひとつの顔をよく見ようと、身を乗り出した。自分のように、書店でも客が表紙をのぞきこみそうだ。しかし、ネラははっとして、前のめりになったときと同じように、すばやく姿勢を戻した。

しっかりと見えた。黒っぽい顔。幅の広い鼻。厚い唇。大きく見開かれた、おびえたような目。三つ編みをいくつもの塊《バントゥ・ノット》にまとめた黒い髪。ばらばらになってストライプのあいだにちらばっているが、真っ先に目に飛びこんでくる。

シャートリシアだ。

ためらいつつ、ネラはもう一度表紙を見つめ、自分のとらえたものがまちがっていないことを確認した。ほかの登場人物の顔はその黒人の顔ほど詳しく描かれていない。表紙のなかで、シャートリシアがもっともリアルでもっとも目立っていた。

ネラは向かいにいるヘイゼルをちらりと見た。ヘイゼルは返事に、ピアスをした眉をあげた。

「新しい路線をとるのがいいのではないかとわたしたちは考えています」エイミーが説明し、ヴェラが従来とはちがう表紙をおずおずと手にとった。「オピオイドの蔓延は、アメリカを衰退させてきました。この表紙にはたくさんのアメリカ人が人間未満の存在として描かれています。読者がこの本を手にとって、コリンが作中で描くたくさんの登場人物を表紙で目にすれば、作品により興味を持つんじゃないかしら」

「なるほど」ヴェラはうなずいたものの、まだあまり納得していないようだった。表紙に目を向けたまま、言った。「その、これは……だいぶ方向性がちがうわね。これまでの表紙よりも芸術性が高い」

「そして、芸術性の高い表紙は、ときにリスクをはらんでいる」ジョシュが言った。「でも、これはいいと思う――少なくとも、マーケティングの観点では。《ブックセンター》に最近載っていた、表紙に有色人種が載っている本がいかに少ないかという記事を読んだ人はいるかな？」ネラはジョシュの視界に入る位置で手をあげたが、ジョシュはそれには触れずに続けた。「これはほかの本のなかでも目立つ。まちがいなく現代の読者のより広い層に訴えるだろう――マーケティング会議でも話し合ったように。だが、この表紙は過去を恐れることなく振り返り、この国の人種差別の根源について考えさせるものでもある」

〝そう思うわけ？〟ネラは、ジョシュの気どった口上を聞いて痒くなった体を掻いた。もう一度ヘイゼルに目を向けると、今回、ヘイゼルはエイミーのほうを見ていた。

「あの、いいですか？」

全員の目がヘイゼルに向けられた。〝さあ〟ネラは思った。〝言ってやって、思いきり。この黒人の子の表紙の本質を突きつけてやって〟

「これはすばらしいと言っていいと思います」ヘイゼルは言った。

「そう？」それを聞いて、ヴェラはネラに劣らず驚いたようだった。

「はい。これは核心をついていると思います、レナード」

「つまり、街でこれがテーブルに置いてあったら手にとるということかな」

それはリチャードの発言で、好奇心を浮かべた青い目がいつも以上に鋭く見えた。

「もちろん。とても印象的です。レナード、エイミーの言うとおり、目を引く作品だと思います」

リチャードはうなずいた。ヴェラは傍目にも明らかなほど顔を輝かせている。イーヨーさながらに悲観的なレナードさえ、ヘイゼルの賛辞を聞いて、自ら作った檻から解き放たれたかのようだった。

ネラは身震いしてその表紙を見つめ、自分が見逃している反体制的な要素がないか探した。人種やカラーリズムや階級について、世の議論を煽るような要素がないかを。けれども、そこにあるのはコリンの風刺だけだった。現実のままに生きろ。〝いけない〟とネラは憤った。〝文脈を与えずにこういうイメージを表紙に出してはいけない〟〈バーンズ＆ノーブル〉の新刊本のテーブルに黒人とヒスパニック系と白人の子どもたちが近づいていき、鮮やかな色合いに引かれてこの本を手にとる光景を想像した。小さな歯車が子どもたちの頭のなかで回転し、二秒かもう少し長い時間がたったあと、そのイメージが子どもたちの感受性の強い若い脳にすりこまれる。そしてその子たちが家族のもとに戻っていく。無意識のままシャートリシアの人種差別的な負のイメージに一生消えない影響を受けて。

バントゥ・ノットにした髪。あの目。あの唇。

そういう人たち。

「ほかに意見は？」エイミーが尋ねた。

「あなたたち全員、信じられない」

自分がそう考えたことも、それを口に出して言ったことも、ネラは気づいていなかった。けれども、自分に突然向けられた視線から、実際に言ったのだとわかった。

「何か言った？　ネラ」

エイミーの上唇が震えていた。レナードはぎょっとした顔をしている。ヴェラはうなじで手をゆるく組み、困惑して頬を赤くしていた。いつも落ち着き払っているヘイゼルでさえ、動揺しているようだった。

しかしリチャードは、テーブルの上で手を組み、ネラがエイミーの質問に答えるのを待っていた。

「わたしは――その」この部屋はいつもこんなに暑かっただろうか？　ネラは無意識に手で顔を

あおぎはじめた。「わたしが言ったのは、この表紙は信じられないほどすばらしいということです。表紙ベストテンに選ばれるんじゃないでしょうか、レナード。これはホームラン級の作品です」

「ほんとうにすばらしいわ」ヴェラは言い、咳払いをして話を進めた。「では、この案でさらに検討したいと思います。レン、時間があるときに、最高解像度のファイルを送ってもらえる？三種類ともお願い」

「了解」レナードはまだむっとした様子で見本を集め、クリップで留めて手渡した。

「ヴェラ、コリンの意見をこちらにも教えてくれ。ヒラリーに言って、似たような表紙の本の販売成績を送ることもできる。そのほうがいくらかでもコリンを安心させるのに役に立つと思うなら」

「コリンのことをよくわかってるわね」ヴェラは小さな笑みを浮かべた。

「みんなわかっている」リチャードが言った。ネラ以外の全員が訳知り顔でくすくすと笑った。張りつめた空気は消えていた。

「よかった、すばらしい。みんなお疲れさま」エイミーはサングラスをかけ、会議を終わらせた。それぞれが荷物をまとめはじめた。少し離れたところで、ヘイゼルがヴェラに、ブレナーの五歳の誕生日を夫婦でどうやって祝うのかを訊いていた。

ネラはうつむいたまま、白紙のノートにメモをとるふりをした。みながいなくなってから部屋を出たかった。ヴェラとヘイゼルが犬用のいちばんいいカップケーキを買える店について話すのが耳に入ったり、ジョシュが《ブックセンター》の記事について細々と説明するのが聞こえたりするのはいやだった。それに、誰もいなくなった静かな会議室に座っていると、いつでも心がとても落ち着いた。ほんのいっときであっても。

三十秒ほどたったころ、そろそろデスクに戻ろうと考えた。ビルの総務に電話して、キューリグを修理できる人をよこしてもらえないか訊いてみよう。ところが、顔をあげると、リチャードがテーブルの上座にまだ残っていて、携帯電話に何かを打ちこんでいた。

「あ」ネラは思わずつぶやき、たじろいだ。「すみません、もう誰もいないのかと――」

ネラはテーブルに手をつき、立ちあがって会議室を出ていこうとした。しかし、その前にリチャードが携帯電話を伏せて置き、ネラの眉間にまっすぐ注意を向けた。「いや、こちらこそ悪かった。どうか座ってくれ、ネラ。少し話せるかな？ どうだろう？ いくつか話し合いたいことがあるんだ。会議が思ったより早く終わったことだし」

「ええと……」ネラはドアのほうへ目を向けた。気づかないうちに、誰かがドアを閉めていた。

「だいじょうぶです。時間はたっぷりあります」

「よかった！」リチャードは携帯電話をズボンの前ポケットにしまった。「ちょっと確かめておきたくてね。どうだい、うまくいっているかな」

「とてもうまくいっています」何について訊かれているのかわからないまま、ネラは答えた。そして、何か報告しておくことはないかと記憶を探った。「もうお聞きかもしれませんが、サム・ルイスの表紙がようやく決まりました。ほっとしました。舵取りをしてくださってありがとうございます。彼がどんなだかはわかっていますし、彼のエージェントは彼の言いなりですし。

ああ、そういえば――もうご存じでしょうけど、ダリンがけさ、至急進めたほうがいいという新しいプロジェクトを送ってきました。ノースダコタの北部にある小さな町が舞台の物語で、そこでは――」

「それはすばらしいね。ところで、ネラ。単刀直入に言わせてもらう」

ネラはまばたきをした。気づかれていたのだろうか。以前にリチャードのオフィスのドアの前で、なかの様子をうかがっていたことを――そしてリチャードが不倫をしているのを知ってしまったことを。それとも、きょうの会議で〝実際に〟口走ったことを聞き咎められた？

リチャードは椅子を少し後ろへずらして、長い脚を左を上にして組んだ。「最近ヘイゼルから内々に聞いたんだが、ここできみに何かが起こっているそうだね。とても不穏と言わざるをえないことが。それで、きみがその件について話し合いたいかどうかを確かめたいと思った。気持ちを聞かせてくれ」

ネラは椅子の上で姿勢を正した。「不穏？」

「そうだ。きみが話しにくいのではないかと思って、ヴェラのいない場所で訊くことにした。ヴェラも呼んだほうがよければそうするが」

「なんのことかよく……」ネラは口ごもった。安堵が押しよせたあと、混乱、そして怒りがこみあげた。ヘイゼルがまた勝手に話をしたのだ。「メモのことですか」

リチャードは腿に肘をついて、手のひらに顎をのせた。そしてその姿勢のまま、期待するように黙ってネラを居心地が悪くなるほど長く見つめつづけた。「どういう内容だったのか話してくれないか。覚えているだろう？」

ネラは目を閉じた。最後に読んでから――最後にメモのことを思い出してからしばらく日がたっている。けれども、忘れるわけがなかった。「最初のメモには〝ワーグナーから去れ〟と書いてありました。もう一枚のほうは、〝ぐずぐずするほど厳しいことになる。去れ〟というような内容でした」電話番号の部分はあえて省いた。具体的な電話番号がわかっているのに警察に届けなかったことがお粗末な行動に見えるのを意識していた。

リチャードは頭を振った。「それで、差出人の名前は？」

「ありませんでした」ネラは言った。リチャードの声がひどく気分を害しているように聞こえて、驚き、少しだけうれしくなった。「署名はなくて。ただデスクに置いてあったんです」

「なんてことだ」リチャードは拳をテーブルに叩きつけた。「卑怯な下衆が」

ネラはリチャードのピンクに染まった張りつめた顔を見つめ、ワーグナーの編集長のはじめて見る一面に興味を引かれた。リチャードが悪態をつくのはこれまで聞いたことがなかったし、汚い言葉はアボカド色のカシミアのセーターに不似合いだった。

「誰かにそのことを話したか？」リチャードは尋ねた。「もちろん、ヘイゼル以外にだ」

ネラは首を振った。

「話していない？　ツイートしたりもしていないのか？　ツイートする可能性のある友達にも話していない？」

「すみません――どういうことでしょう」ネラはひどく混乱して尋ねた。「誰にも話していません。ヘイゼルからどう聞いているんですか」

「気にしないでくれ。心配はいらない」リチャードはすばやく言った。そして目に見えて表情をやわらげた。「見せてもらえるかな」

「何をですか」

「その手紙だ。見てみたい」

「〝手紙〟というより〝メモ〟ですが」

リチャードは興味深げにネラを見つめた。そのちがいについて、あるいはネラがそれを区別したがる理由について話したがっているようだったが、何も言わなかった。

「二通目を受けとってから二カ月近くになりますし、実を言うともう捨ててしまいました」ネラは付け加え、よどみなく嘘を言いながら脚を組み替えた。実際には、メモはクローゼットの奥にかけてあるレインコートのポケットに入っている。捨てたと説明するほうがずっと手間がないと思えた。

「とにかく、ワーグナーはそういう脅迫行為をいっさい許さないということは覚えていてほしい。いいね？」

「はい」

「いまこうして話しているあいだにも、ナタリーが調査を進めている。あしたから、ナタリーが通信室のスタッフひとりひとりに話を聞く予定だ」

「ありがとうございます、リチャード。ほんとうに感謝します」無意識に膝の上でノックを繰り返していたペンを、ネラはテーブルの上に置いた。C・Jの大きな素朴な笑みや、人当たりのいい感じのよさについて考えた。通信室のスタッフはみなC・Jと同じだ――親切で、いつもうつむいて社員と目を合わせないようにしている。ルーツはそれぞれちがうものの、肌の色はほぼ全員、茶色の色相環のどこかに当てはまる。みなネラと知り合いでもある。C・Jほど親しくはないけれども、挨拶をし合う仲だ。「でも、お言葉を返すようですが、通信室のみなは関係ないと思います」

リチャードは肩をすくめた。「そうかもしれない。だが、その封筒をきみに届けるように頼んだ人物を思い出す者がいることも考えられる」

「そうですね」

「では」リチャードはべっ甲縁の眼鏡をはずし、照明にかざした。親指でレンズの汚れをこすりとって、かけなおした。「話ができてよかった。こちらで対処するから安心してくれ」

「はい」ネラはうなずいた。「ありがとうございます」

「当然のことだ。それからもうひとつ、ここだけの話だが。近々ワーグナーではいろいろなことが変化する」

ネラは体をこわばらせた。「変化？」プリンターで見つけた黒人女性のリストのことがたちまち頭に浮かんだ。

「変化だ。来月くらいに。ナタリーからワーグナーの全社員に、〈多様性についての対話集会〉について再度案内するメールを送る。今後は全員参加の集会になる」

いいかい、いいかい、ヘイゼルがやったのだ。「それはすばらしいですね」ネラは機械的に言い、苛立ちを抑えようと努力した。ほんとうにすばらしいことではあるのだが。

「そうだろう？　互いの理解を深め合ういい機会になる」リチャードはテーブルに手をついて立ちあがった。「わたしの言う意味がわかるかな？　ここでは対話が足りていないように感じるんだ。もちろん話はしているが、〝対話〟はできていない。〝対話〟ができていればきみにあんなメモが届くことはなかったはずだ。わかるだろう？」

ネラは肩をすくめた。メモや対話にこだわるリチャードの態度に何か落ち着かないものを感じた。こちらの同意を求めてくる態度も腑に落ちなかった。「わかりました」

「きみにはもうひとつ変化がある。ひとつ目よりもっと大きな変化だから、他言はしないでほしい。約束してもらえるかな」

「もちろんです」うなずくたびに喉が引き攣ったが、とにかくうなずきつづけた。

「あの比類なき偉大なジェシー・ワトソンが来週ここに来て、何人かの社員と打ち合わせをする。それで、きみにもそのメンバーに加わってもらいたい」

一瞬、ネラはしかるべき間隔で呼吸するのを忘れた。〝偉大な〟ジェシー・ワトソン？「彼が……来るんですか、ここに？」

「そのとおり。彼のことは知っているだろう？」

ネラはうなずいた。「はい。彼はいま……その……休養中で公には活動していないんだと思っていました」

「休養中だった。これまでは。だが、彼とヘイゼルにはたまたま共通の知り合いがいて――世間は狭いものだ！――ジェシーが休養を宣言したのはそろそろ本を書きたいという気持ちから出たものだという情報をヘイゼルがつかんだ。ジェシーは以前から本を書きたいと思っていたらしくて、それで……とんとん拍子に話が進んで、ほかの出版社を出し抜いてジェシーと話し合いの場を持てることになった」

〝もちろんヘイゼルはジェシーと知り合いなんでしょうよ〟とネラは子どもっぽい嫉妬に駆られた。リチャードの言葉のうち、とっさに頭に入ってきたのはその部分だけだった。「世間は狭いですね、ほんとうに」

リチャードはしばらくネラを見つめ、表情のない顔から心情を読みとろうとした。「ざっくばらんに言わせてもらうが、ずいぶんと驚いているようだね、ネラ。ジェシーに会ってみたいだろう？　ああいう傑出した人物だし――」

「それはもちろんです。ぜひ会いたいと思っています。ただジェシーは少し……どう言ったらいいのか……」

「きみの考えていることはよくわかるよ」リチャードは訳知り顔でかすかに微笑んだ。「ワーグナーで本を出すには彼は若すぎるし、先鋭的すぎると思うんだろう。その気持ちはわかる」

〝というより、黒人すぎる〟とネラは思った。ヴェラがジェシーのことを〝感情的テロリスト〟と呼んでいたのを思い出す。リチャードがそういうふうに思っていないことが意外だった。そして、リチャードのジェシーへの関心は、ネラが立てた黒人愛人説のさらなる裏づけになった。

「確かに――こういうことはまったく前例がない。あの若者のまわりでは論争が絶えないからね……」リチャードは頭を振った。「彼はとても若いし、歯に衣を着せない。だが、さっきも言ったように、ワーグナーにはこれからたくさんの変化が起こる。もしかしたら――彼とわたしたちの手でベストセラーを生み出せるかもしれない。そしてきみにも……」リチャードはネラを指さした。「きみ、ネラ・ロジャーズにも、その一端を担うチャンスがある。いっしょにやってみるかい？」

「ぜひ、お願いします」ネラは熱をこめて言った。この話を聞いて、予想していた以上に活力がよみがえるのを感じていた。「その本にわたしがかかわれるんですか？　その……編集者として？」

リチャードはうなずいた。「ヴェラと話をして、その方向も検討している。それだけの力があることをきみはもうじゅうぶんに証明しているとわたしたちは考えている」

やっとだ！　昇進するとは言われなかったけれども、〈リンクトイン〉にログインして肩書きを〝ジュニア編集者〟に変えるところを早くも想像した。連絡先が二十件しかないアカウントでも、とにかくそう変更できる。レナを連絡先に加えてもいいかもしれない――自分の存在を、そして自分の名前の綴りを思い出してもらうために。

ネラは満面の笑みを浮かべた。「わたしは――その、ほんとうに光栄です。ありがとうございます、リチャード！」

「だがいい」襟を直しながらリチャードは言った。「ヘイゼルにも機会を与えなくては怠慢というものだ。そもそもヘイゼルがジェシーと引き合わせてくれたわけだから」

ネラの笑みが消えた。リチャードが椅子をひとつ持ちあげて投げつけてきたとしても、これほど驚きはしなかっただろう。〝でも、ヘイゼルは入社したばかりなのに！〟そう叫びたかった。〝わたしが先にジェシーと連絡をとりはじめたんです。それに、わたしはずっとこの日を待っていたのに！〟

一瞬、怒りがこみあげ、自分のほうが椅子を持ちあげるのを想像した。しかし、先ほどの会議で思いを口走ったときのように、行動に移してしまうのが怖くなって、すぐにその妄想を追い払った。

「では……どうなるんでしょう。共同で編集を？」

「〝誰がこの本の編集者〟〝誰があの本の編集者〟とこだわるのはやめよう」リチャードは言った。「打ち合わせの成り行きを見てみようじゃないか。ジェシーがわれわれをどう思うか。彼がもっと経験豊かな編集者を希望することも考えられる――わたしやヴェラのような。別の出版社を選ぶ可能性もあるだろう。あるいは、まだ本を書く段階ではないこともありうる。こういうことがどんなふうに進むかは知っているだろう？　いつだって予測は不可能だ」

なるべく中立的な表情を保とうと努力したが、昇進にかかわることにあいまいな言い方をされて、ネラは苛立っていた。予測が不可能なことなどない。リチャードには自分かヘイゼルかを選ぶ権力があるのだから。単純なことだ。

リチャードは椅子を後ろにずらしながら、満足げに締めの言葉を口にした。「では――急いで次の打ち合わせに行かないと」立ちあがり、さらに続けた。「だが、この時間がきみの役に立ったことを願っているよ。水面下で起こっていることをひとつひとつ、直接伝えておきたかった」

ネラは膝の上で拳を握り、リチャードがドアへ向かうのを見つめた。もっと速く歩いてほしかった。早く出ていってほしい。そうすれば心置きなく怒りを吐き出せる。ドアノブに手をかけたところで、リチャードはもう一度振り返った。「そうだ、あともうひとつだけ。ネラ、ずっと昔にきみが第二のケンドラ・レイになりたいと言っていたのをいまでもよく覚えているよ――きみは着実にその道を歩んでいると思う」

ネラは息をのんだ。「ほんとうですか」

「きみが熱心に働いているのを見ると、ケンドラ・レイを思い出さずにはいられない」リチャードは言った。「きみは細かい部分にまで気がまわる。実をいうと……」考えこむように首を振り、目を閉じた。「先日ヴェラと話したんだ、この二、三週間のうちにきみを昇進させようと」

「そうなんですか？」ネラは驚きを隠せなかった。ヘイゼルと自分を同列に見るリチャードと、この何週間かの職場の雰囲気から、自分の働きは認められていないのだと感じていた。どれだけ私生活を犠牲にしても、どれだけすばやく電話に出ても（九十パーセントの確率で最初の呼び出し音の途中でとれる）。ヴェラが気づく前に、制作上の致命的なミスを人知れずカバーしたこともあった。そのときは――そこまで誇っていいのなら――出版界の日陰の英雄になったように感じたものだ。

とはいえ、そうした貢献も、コリン・フランクリンにメールで謝罪したことに比べればたいした苦労ではなかった。謝る必要があるとは思えなかったので、謝罪にはとてつもない意志の力が必要だったが――それでもやりとげた。ヴェラに頼まれたというその一点で。

ただし、オリーブの枝を差し出されても、ヴェラはまばたきひとつしなかった。折れることで得点を稼げると思っていたわけではなかったが――〝ほかのみんなの仕事をやりやすくするためにプライドを捨ててくれてありがとう〟などというねぎらいはなかった――励ますように背中を叩かれるとか、ありがとうのひと言くらいはあるのではないかと期待していた。しかしヴェラはそうはせず、「よかった」と言って四十八時間で読んでもらいたいという四百ページの新たな原稿を渡してきた。

何カ月もこの仕事にすべてをかけてきたものの、やはりもうだめなのではないか、ドナルドのようにアシスタントの煉獄に落ちて出られなくなってしまったのではないか、とネラは感じていた。染みだらけの心許ない姿で伝言メモに埋もれている未来が目の前に広がっているのが見え、未来をほとんどコントロールできていないように感じるのがいやでたまらなかった。

ところがいま、ここには輝くような笑みを浮かべたリチャードがいて、自分には昇進できるだけの力があると言ってくれている。そして――おそらく――ジェシーと仕事をするだけの力もあると言っている。直接いっしょに仕事をすることはできなくても、少なくとも会うことはできる、と言っている。

なんと返事をしようか言葉を探していたとき、リチャードが言った。

「きみの未来にはすばらしいことがたくさん待っているんだ、ネラ。チームの一員としてきみを大事に思っているし、腐ったりんごがひとつあったからといってここを去ってしまうとしたら残念だ」

ネラは困惑して眉を寄せた。「え？　去る？」

「いや——われわれがきみが去るのを望んでいるというわけじゃない」リチャードはすばやく言った。「手紙を——あのメモを——受けとったせいで、きみがそう思っているのではないかということだ。それだけだよ」

「ああ……でもわたしは——」

「また脅迫状が届いたら知らせてくれると約束してくれ。いいね？」

「はい……」ネラは椅子の上で身じろぎした。「わかりました」

「それから——次回は捨てないようにしてくれ。わたしに渡してほしい。もし彼女——失礼、その人物が別の方法で——メールやテキストメッセージやほかの何かで——連絡してきたら、それを調査に利用できるかもしれない」リチャードは小さく笑った。「〝調査〟か。何を言ってるんだろうな。『ジェシカおばさんの事件簿』みたいだ。だが、わたしの言う意味はわかるね？」

「はい。よくわかります」ネラも立ちあがった。

「よし」リチャードはネラに近づいて握手をした。「昇進については、すぐにまた連絡する。準備を整えてから、正式に肩書きを変更しよう」

ネラは顔を輝かせた。リチャードの冷たく湿った手が、ネラの手から生気を絞り出しているように感じたけれども。「ありがとうございます」

「いつもながら、話せてよかったよ、ネラ。それから、覚えているね、この話——ジェシーやメモや昇進の件は——」

「ここだけの話ですね」

リチャードはうなずいた。「次回まではね」

ひとりになって物思いに沈みはじめてからも、ネラはうなずきつづけていた。うつむきかけたときにそれに気づき、いくらか気恥ずかしくなったのと、主に引き攣れをほぐすのとで、首から右の肩甲骨までを何度かなでおろした。そして携帯電話を取り出して、グーグルで〝ワーグナー・ブックス〟と検索した。ありがたいことに、雇い主に対する論説記事はなく、最近出た本について触れた投稿がソーシャルメディアにいくつかあるだけだ。

ゆっくりと息を吐き出すと、安堵の波が太陽の光のようにネラの全身を洗った。けれども、その光も揺らぐことはある——ネラはその場で自分の名前をグーグル・アラートに設定した。念のために。

14

二〇一八年十月二十日

「ナラ？」バリスタが白い紙のカップの上でマーカーを止め、前髪のかかった目を見開いて、こちらをじっと見た。「『ライオンキング』みたいな？　かっこいいですね」

　ネラは反対側のブーツに体重をかけかえた。「いえ、ネラです」

「ベラ？　失礼しました」バリスタはマーカーを動かしはじめた。

「ちがいます。近いけど、最初は〝N〟」

　バリスタは目をしばたたいた。「ああ、なるほど、メラですね」そう言って、〝B〟に×印を書いた。「それもかっこいい名前ですね」

「そうじゃなくて……」ネラは口ごもった。クリスマスソングが大音量で流れていて、これでは誰も声を聞きとれない。ネラに言わせれば、十月の半ばにクリスマスソングをかけるなど意味不明だった。後ろでは、二階建てのベビーカーが何度も脚にぶつかってきて、ネラをカウンターへと押しやっている。注文はすでに通っているのに、なぜ時間をかけて気の毒なバリスタに名前を聞きとってもらおうとしているのかよくわからなくなった。彼の仕事は、このミッドタウンのスターバックスを傍若無人な観光客や土曜にも出勤する変人たちから守ることだ。

後者の一員であるネラは引きさがった。「メラでいいです。ありがとう」

ベビーカーにまた攻撃されないよう、急いで移動し、安全にラテを待てる場所を探した。この店がこんなに混んでいるのを見るのははじめてだった……とはいえ、きょうは特に冷えこんでいるし、ホリデーシーズンがどんどん近づいていて、ここからヘラルドスクエアの〈メイシーズ〉まではほんの六ブロックだ。土曜にブルックリンを離れたのだからしかたがない、とネラは思った。

「ローガンさま！　ベンティのチャイティーラテ、フォームミルク抜きがご用意できました。ローガンさま！」

ベージュのファーコートを着た小柄なブロンドの女性が飲み物をとりにきた。コートで風を切りながら、急ぎ足で店を出ていく。週末のミッドタウンでは何をするにも待たなくてはならないことに苛立っているようだった。

ネラはタブレットを出して読書をはじめた。そうすれば、先ほどの女性とちがって、貴重な時間を無駄にしていると思わずにすむ。しかし、一ページも進まないうちに、誰かに肩を叩かれたのを感じた。

「失礼、ミス？」

振り向くと、緑のパーカーを着た長身で肩幅の広い黒人男性がアイスコーヒーを手にネラを見おろしていた。ざっと見たところ、おそらく三十代後半で、親切そうな目と顎髭を生やした顔がとても魅力的だった。だらしないヒップな人々とちがって、黒のニット帽を頭から垂らさずに耳まで深くかぶっているのもプラスの評価だ。〈ホワッツ・ゴーイン・オン〉を出したころのマーヴィン・ゲイそっくりだったが、以前に会ったことがあるとは思えなかった。

男性に口を開く気配がなかったので、ネラは微笑んで短く尋ねた。「はい？」

「失礼」男性はおずおずと言い、首の後ろをこすった。「あなたは……すごくきれいだ。ほんとうに」

タートルネックの下で、ネラの喉もとがほてった。「ええと」コーヒーショップでそうやって声をかけられるのがよくあることのようにネラは言った。「ありがとう？」

男性はネラのほうに首を傾げて、アイスコーヒーを飲む一瞬だけ笑みを消した。ストローが口から離れると、真珠のように白い歯がふたたび現れた。「どういたしまして。それで、その、とにかく、ぼくが言いたかったのは……きみはきれいだってことで。それと——これを落としたみたいだったから」

ネラは手を伸ばした。男性はその手のひらにスターバックスのナプキンを置いた。

「じゃあ、よい一日を」男性はウィンクをした。そして体の向きを変え、混んだ店内を出口へ向かいはじめた。

「ありがとう？」ネラは繰り返した。紙ナプキンを見おろして、丸めてごみ箱へ投げ入れようとする。しかしそのとき、数字九個とハイフン三個がそこに書かれているのに気づいた。

〝あの男性はスターバックスのナプキンでわたしをデートに誘ったのだろうか〟そう考えて、ネラはぞっとすると同時に少しだけ心を躍らせた。長身の黒人男性をもう一度探した。男性はようやくドアまでたどり着いてそれを引き開け、家族連れの観光客の脇を丁重にすり抜けていくところだった。マライカがこの話を聞いたら喜ぶだろうとネラは思った。オーウェンにも話そう——男性の魅力については少しだけ割り引いて話すかもしれないけれども。ほんの少しだけ。

ネラはナプキンをまた見おろし、もう一度笑みを浮かべてから読書に戻ろうとしたが、目にしたもののせいで血が凍りつくのを感じた。さっき見たときにはなぜか気づかなかった文字が、電話番号の上にすべて大文字で書かれていた。

ワーグナーは危険だ。もう時間がない。

電話番号の最初の三桁を見つめた。先月にかけた番号と同じだろうと思っていたのに、それは別の局番、617だった。マサチューセッツの市外局番だ。ニューヨークに来たばかりのころ、マサチューセッツ工科大学の卒業生と少し付き合っていたのでなんとなく覚えてしまった。

つまり、この番号の持ち主は、先月に心の内をぶつけてしまった相手とは別人ということだ。おそらくは、だけれども。

自分をつけまわしている相手が単純に電話番号を変えたのでなければ。

ネラは首を伸ばして、マーヴィン・ゲイのそっくりさんがまだ外にいてこちらを見張っていないか確かめた。自分をずっとつけまわしていたのは彼なのだろうか？　けれども、見えたのは厚着をして歩道を行き交う観光客の姿だけだった。手をつないだり、ショッピングバッグをさげたり、携帯電話の画面を見つめたりしている。あの黒人男性はどこにもいない。

ネラは向きなおった。安堵が湧きあがったが、たちまち不安が取って代わった。誰かが見張っているのを見つけたかった。答えがほしかった。メモを見つけてから何週間も過ぎていたので、前回あの番号に電話をかけたことで、メモはもう来なくなったのだと甘く考えていた。しかしいま、こうして新たなメモを受けとって――いや、受けとったというより、事実上、顔に投げつけられて――自分が大ばかに思えた。

どんどんわけがわからなくなってくる。あの男性は人種差別主義者のストーカーではない。人種差別主義者のストーカーから守ってもらいたいときにこそ呼ぶべき人物だ。彼は……警告しているのだと感じた。

携帯電話を取り出して、その番号にすばやく新規のテキストメッセージを打った。ほかの自分を抑えこむ必要があった――分別のある自分、ホラー映画や〈デイトライン〉のドラマでストーカーに狙われている女性が自ら罠にはまる話をよく見ているじゃないかと思い出させようとする自分を。

あなたは誰？

メッセージが青に変わった。グレーの三つの点が、すぐに返事が来ることを示している。

四十五分後に会えるなら教える。百丁目とブロードウェイの角で

スターバックスで話すことはできなかったの？ ネラは返事をした。

人の目と耳が多すぎた。それに、あれはわたしではなく、友人。では百丁目とブロードウェイの角で。いい？

ばかげている。行くなんて愚かな行動だ。先に自分の番号を非通知にすることも考えずに、この見知らぬ相手にテキストメッセージを送ったことが信じられなかった。こちらの電話番号を手に入れようとずっとつけまわしていた人物は、苦労の末、いまや望みの物を手に入れた。これまではこちらが優位に立っていたとしても、それはもう失われた。会いにいくのはばかげているだけでなく、愚かにすぎる。

でも。

ネラは唇を嚙んだ。文字を打ち、消して、また打った。ついにこう打ちこんだ。**いったい何が**

起こっているのかくらいは教えてもらえる？

またグレーの点がたちどころに表示された。しかし、それは消えてしまった。
「ちょっと」ネラはつぶやいた。そうすれば答えが出るかのように、携帯電話を乱暴に振った。しかし、点はもう現れなかった。幸運には恵まれなかった。

ネラは携帯電話をバッグにほうりこみ、甘い秋の空気を吸おうと歩道へ向かった。ドアに手をかけたとき、新しいメッセージを知らせる小さな振動を感じた。

彼女の名前はヘイゼルじゃない

シャニ

二〇一八年十月二十日

ブロードウェイへ曲がり、ジグザグに歩く観光客たちをすり抜けて進むあいだに、さまざまな考えが脳裏に浮かんだ。〝ヒーローになる必要はない〟〝ネラの側に立って考える必要もない〟〝いますぐ家に帰ってみなの前から姿を消して、すべてをすっぱ抜く記事を書いたっていい〟

ほんとうなら、感謝の気持ちを持つべきだった。リンには恩がある。ボストンでの生活に耐えていられたのは、クーパーズがあったからだった。あの仕事がなくなったいま、ボストンに残っていたら、アパートメントで〈ジャックダニエル〉のボトルとボウルいっぱいの〈リーシーズパフ〉に浸って体を壊していただろう。

けれども、もうたくさんだ。ネラがほかの大勢の黒人女性たちと同じまちがいを犯すのを、なぜ指をくわえて見ていなくてはならないのか？　ケンドラ・レイにも会ったというのに？

横断歩道の端で足を止めて、赤い手のマークが点滅をやめるのを見つめながら、何時間か前に見たケンドラ・レイの懇願の表情を思い出した。あのとき、ニューヨークを去ってはだめだと心が決まった。いまはまだ去るわけにはいかない。

けれども、その同じ顔――リンの指示を無視して規則違反のテキストメッセージをけさネラに送らせた顔――こそが、ボストン行きの次のバスに飛び乗りたくさせる源でもあった。困ったような、目尻のさがった茶色の目。唇の端もさがっていた。疑いなく、ケンドラ・レイは年の割にはいまもきれいだ――いや、すばらしくきれいだ。けれども、何かがわずかに欠けている。内面の何かがおかしく、その何かのせいで彼女は三十五年以上も世間から身を隠している。

わたしの書いた記事の見出しが拡散されるのが見える気がした――白いアメリカの輝かしいプラスチックの表面の下に流れる白人迎合《アンクル・トム》の風潮、というような気の利いた見出しだ。その記事は、次にケンドラ・レイの物語――友人だけでなく、業界全体から裏切られた女性の物語――を書くための入り口になるだろう。

頭上の信号が白い人のマークに変わった。なんとか歩きつづけたものの、脚は鉛のようだった。後ろから来たヒスパニック系の女性が、わたしが遅すぎると思ったのか、何か汚い言葉をつぶやいてすぐ横を追い越していった。わたしはニューヨークにおける究極の罪を犯したのだ。

そう考えて、思わず笑いそうになった――ほかの誰かではなく、自分自身を。罪。罪の何をわたしは知っているのか？　何も知らない。

そして、ケンドラ・レイ――彼女は罪とは何かを知っている。まさしく究極の罪のひとつを犯したのだ――自分自身でいるために。非を認めない黒人。ありのままを口にする人間。白人が主権を握る業界で、黒人女性である彼女に期待されるふるまいを拒絶する人間。

それについて考えるたび、胸を打たれた。なんてすごい人なのか。キャリアをのぼりはじめたばかりのときに、もう白人作家の編集はしないとインタビュアーに語るなど、ほかの誰にできるだろう。

ケンドラ・レイは微笑んで例の新聞の切り抜きをわたしに手渡した。誇らしげに。声に出して読みながら、わたしもかすかな笑みを浮かべずにはいられなかった。「〝白人の作家と仕事をするのに疲れました。もういい。もううんざりです。気を悪くしないでもらいたいのですが、アフリカ系アメリカ人の大移動について、白人の学者先生に教わる必要はありません。マイルズ・デイヴィスがなぜ史上最高のジャズミュージシャンなのか、黒人がなぜ元日に黒目豆やコーンブレッドやカラード・グリーンを食べるのかを、ユダヤ人に教わる必要もありません。どれも教わる必要はないんです〟」

読みおえて、わたしはケンドラ・レイを見あげた。茶色く日に焼けた紙が手のなかでばらばらに崩れてしまいそうだった。わたしが記事を読みあげているあいだに、ケンドラ・レイは書棚から『バーニング・ハート』をとって、マニキュアをしていない人差し指の短い清潔な爪でページをめくりはじめていた。本に夢中になっていて、わたしが話しかけようとしているのに気づいていなかったので、わたしはひとつ息を吸ってから、驚かさないように静かな声で言った。「これは発言の一部を切りとられたものですか」

「いいえ」ケンドラ・レイは本から顔をあげずに言った。

「そうなんですか……これは昨今の基準ではかなり穏やかな発言に思えます……でも、当時の読者には受けなかったでしょうね」

リンが鼻で笑った。「もちろん。ワーグナー・ブックスの人間も誰ひとり喜ばなかった」リンは湯気の立つマグカップをふたつ持ってソファへ歩いていき、小さなコーヒーテーブルにカップを置いた。「シャニにダイアナのことを話してやってください。気分が乗ったら」

「待ってください、ダイアナ・ゴードンもこれに関係しているんですか」最新のベストセラーを原作にした映画の看板が街じゅうに掲げられている、あの美しくて謎めいた作家がこんな非道な活動にかかわっているとはわたしには想像できなかった。

「わたしたちは昔からの知り合い。あなたたちよりも若いころから友達だった。でも、わたしが行方をくらました夜、ダイアナが電話で話しているのを聞いたの。イマニが言ったという内容を」

「イマニはふたりのもうひとりの幼なじみ」リンが言った。

「じゃあ、彼女が……？」

ケンドラ・レイは唇をすぼめて頭を振った。「わたしたちの仲間に起こっているあの変化を起こしたのかって？　わたしは誰かが彼女のことも変えたんだと思ってる」ケンドラ・レイはコーヒーをすばやくひと口飲んだ。「リチャードがやったんだとわたしはにらんでる——ダイアナが電話で話していた相手よ。それ以外に、ダイアナがわたしにあんなことをしようとする理由が思いつかない。わたしがあの発言をしたあと、彼女がわたしと公の場に出なくなった理由も」

「リチャード・ワーグナーはケンドラ・レイの上司だった人物」訊かれる前に、リンは説明した。

「いまはネラの上司。ダイアナとリチャードのつながりの裏には何かがあるとわたしは感じてる——リチャードは常にダイアナを支えているし、ダイアナの謝辞には頻繁すぎるほど彼の名前が登場する」

わたしは目をしばたたいた。ヘイゼルは有害だ。それくらいはわたしも承知している。けれども、リチャード・ワーグナーやダイアナも有害だとは、はじめて知った。わたしの上司はどうだったのだろう。アンナもクーパーズで起こったことに一枚噛んでいたのだろうか。わたし以外の全員がかかわっていたのだろうか。「どうしてもっと早く教えてくれなかったんですか」

「ケンドラ・レイがつながりを裏づけてくれるまで、百パーセントの確信はなかったから。加えて、あなたが先走ってネラに何か話して、そのあとでネラが向こうの人間だと判明する事態は避けたかった。それに、ネラにはまだ何も教えるわけにはいかない」リンが早口で言った。

「わたしを信用してなかったんですね」わたしは傷ついて言った。

「やめて、シャニ。この任務がどういうものかわかってるでしょ。知るべきことだけ知らせる。それが原則。わたしがいまこうして話しているのも、あなたが知るべきことだから」

わたしはケンドラ・レイに向きなおった。いまは傷ついている場合ではない。「あなたがたは、彼がすべての黒幕だと思ってるんですか」

「そうだとしても、まったく驚きはしない」ケンドラ・レイは言った。

わたしはダイアナについてもう一度考えた。初期の作品を一冊しか読んだことがなく、彼女の小説は新刊が出るごとにストーリー展開がますます不自然になっていくと多くの人が言っているが、わたしが読んだ本――四十年にわたる黒人同士の友情を描いた成長物語――はとても生々しくて感動的で、バスのなかで泣いてしまったほどだった。

ふたたび口を開いたとき、わたしの声は子どもの声のような希望をにじませていた。「でも、なぜダイアナがそんなことを？」ケンドラ・レイに尋ねた。「さっき、親友だと言ってましたよね」

〝究極の罪〟

ケンドラ・レイはダイアナが彼女に対してやろうとしたことをそういう言葉では表さなかったが、すべてを知らなくても、彼女の目に浮かんでいたものを知ることはできた。ケンドラ・レイの親友であり、ベストセラー作家のダイアナ・ゴードンは、究極の罪を犯したのだ。

〈シームレス〉の配達員が自転車レーンからさまよい出てきて、トラックの運転手がクラクションを鳴らした。目をあげて手近な道路標識を確認するあいだ、その言葉がわたしの脳裏にこだましていた。気づくと、どうにか百丁目までたどり着いていた。もう戻るには手遅れだ――吐き気に襲われていても。不安に襲われていても。いつか、〈ジョーの理髪店〉へ行ったらリンが変わっていたなんてことがあったらどうすればいいのか。そうなったらわたしはどうするだろう。というか、すぐに気づけるものなのだろうか。

何もせずに、ほかの人にこれが起こるのをただ見ているわけにはいかない。ネラに伝えなくてはいけない。それに、リンはすでに、わたしを信用していないと言っていた。

歩道を見まわしたが、ネラの姿はなかった。そこでわたしは脇へ寄り、角の店のショーウィンドウにもたれて通行人の邪魔にならないようにした。少し冷静になろうと、黒いトレンチコートのボタンをはずした。しかし、すでに手遅れだった。胸のあいだはもう取り返しがつかないほど汗びっしょりだった。胃が内臓全体をのみこむのではないかと思えた。

〝もうだめかもしれない〟そう思ったが、すぐにそうではないと気づいた。〝とうとうやったんだ〟この何カ月かでいちばん明確な確信だった。

わたしの記事についてどうネラに説明しようかと考えていたとき、携帯電話が鳴り出した。ネラだと思ってすぐに耳に当て、〝いま行く〟と言いかけた。しかし、それはネラではなかった。

リンが電話をかけてきたのだ。

声は遠かった。「シャニ！　いったいどういうつもり？」

「別に何も。ただ……」

しまった。

「ネラと接触しようとしてる。あれだけ言ったのに。どういうつもり？」リンは繰り返した。

あわてて周囲を見まわすと、方向感覚が乱れた。「え？　どうして知ってるんです？」そう口走ったものの、すぐに気づいた。ウィルが話したのだ。ウィルがリンを差し置いてわたしの味方につくことなど絶対にありえない。リンは身内なのだから。「誰かにわたしをつけさせてるんですか」

「そのとおり」リンは鋭く言った。「それを感謝してもらわないとね。いますぐに消えなさい。繰り返すわよ。消えなさい。仲間からはずれて」

くそったれ。「いやです！」すすり泣きが喉を這いあがりつつあった。

「ここでこんなふうにほうり出さないでください。リン、お願い！」

「消えなさい！」リンはふたたび叫んだ。「ケニーが角の近くにいる。早く――」

渋々ながら、ほかにどうしようもなく、わたしは携帯電話を近くの蓋なしのごみ箱に投げ入れ、体の向きを変えて走り出そうとした。けれども、電話していたあいだに、一台の車が近づいてきていた。ドアが開くくぐもった音にも、舗道を進む足音にも、わたしは気づいていなかった。唯一わたしが気づいたのは、腕を強くつかまれ、車の後部座席へ押しこまれたことだけだった。

15

二〇一八年十月二十日

待ち合わせ場所に着くと、まだ十分前だとわかってはいたものの、ネラはまた携帯電話を確認した。緊張しているときの癖だ。歩道をうろつくのも同じで、あちらへ十秒、こちらへ十五秒と歩きまわった。冷たい風に吹かれたアフロヘアが目を刺すなか、南へ、そして北へとうろつきまわった。

背後にあるレストランでぼんやりと窓の外を眺めていた人は、ネラに気づいて不審者か変人だと思ったにちがいない。そう思われても文句は言えなかった。自分でも、正気の沙汰ではないと思っていたからだ。大勢がネラのそばを通りすぎ、ネラはそのひとりひとりの顔を食い入るように見た。無視する人も多かったが、ほとんどは胡乱《うろん》な目を向けてきた。地味なタイダイ染めのバンダナを巻いた男性が、ネラの目の前の歩道に唾を吐いてうなった。「おれの前からどけ、このクソ女」

ネラはこれを潮時と解釈した。マライカにメッセージを打って、謎の人物はまだ現れていないことを知らせた。

よかった!!!　もう家に帰りなよ。まじめに。ばかなことはやめて

ネラはマライカのメッセージをしばらく見つめて、頭に染みこませた。ばかなこと。確かにそうだ。自分は何をするつもりなのだろう――この何週間か自分を震えあがらせてきた人物と対決する？　メモのことを話した朝に、C・Jがまさにその質問をして、心配げにしていたのを思い出した。いまの自分は冷静な判断ができていない。ここにいては無防備な獲物だ。相手がほんとうにメモを送ってきた狡猾《こうかつ》な怪物だったら、窮地に陥るのでは？

ネラは周囲を見まわし、ベルトコンベアに乗ったかのように流れていく人波を観察した。そして体の向きを変え、先ほどまで店先をうろついていたレストランに急いで入った。

店の鮮やかな黄色い壁とハンバーガーのにおいは特に心を落ち着かせるとはいえなかったが、とにかく窓に面したスツールをひとつ引いて、そこに腰かけた。右側にいた男性ふたりが、しげしげとネラに向けていた目をハンバーガーに戻し、ロブは家主からもう返事をもらったのかという話をはじめた。

ネラはため息をついて、あと八分はこの会話を聞かされるのを覚悟しながら、先ほどまで自分が立っていた場所に視線をそそいだ。

しかし、その状態はそれほど長くは続かなかった。一分もたたないうちに、若い黒人の女性が百丁目とブロードウェイの角へゆっくりと歩いてきた。背が高く、百八十センチ近くあって、肌はめずらしい赤銅色だった。

不可解な既視感がネラの眉間を打った。この女性がメッセージをやりとりしていた相手なのだ。いや、そのはずだった。数分前まで自分がいたその場所で立ち止まっているし、まわりを歩く誰よりも決然として見えるというだけではない。ふくらはぎまである黒いロングコートを着て、黒いズボンを穿いた脚と〈ドクターマーチン〉の黒いブーツ以外を覆い隠している彼女は、公民権運動の指導者ボビー・シールに会いにいく途中のようだ。

その気になれば、事もなげにネラをぶちのめしそうにも見えた。

「いらっしゃいませ、マアム。きょうはいかがお過ごしですか」

ネラは歩道から視線を引き剝がした。エプロンをつけた年嵩の白人男性が、隣の空いている席を拭きながら、〝なぜまだ何も買っていないのかな？〟という笑みを浮かべていた。「どうも」外の女性をもう一度見てから、ネラは言った。「まずまずよ。ありがとう」

「当店ではいま土曜のスペシャルメニューをご用意しておりまして、それが午後四時までなんです」店員は言った。「あと二十分あるので、よかったら」

「ありがとう。友達を待ってるところなんです。それまでには来ると思うので」

「そうですか。お待ちのあいだメニューをご覧になりますか」

「わたしは――」ネラはまた歩道に目をやり、女性がまだそこにいるのを確かめた。脳にとりついていた苛立ちが、女性の姿を見て安堵に変わった。「お願いします」ネラは息を吐き出した。

「かしこまりました。すぐにお持ちします。決まったらカウンターで注文してください」

店員が姿を消すと、ネラは窓の外に目を向け、スツールから落ちそうになった。女性は歩道の建物側へ――車道から離れた、ネラのいるほうへ移動していた。近すぎて、あいだに窓ガラスさえなければ、手を伸ばして女性の後頭部にあるピンクの傷に触れられそうだった。

ネラは軽く身を乗り出して、女性を見つめた。この傷、この小さな月の形……前に見たことがある。

しばらくその状態が続いた。ネラは女性の後頭部を見つめ、女性は通りを見つめている。ついに、永遠にも思えた時間のあと、女性は携帯電話を取り出した。ネラも自分の携帯電話を取り出し、苛立ちのメッセージが届くのを待ち構えた。ところが、驚いたことに、携帯電話は無音のままだった。

「お待たせしてすみません、マアム」エプロンの男性が突然また現れた。手にいくつかメニューを持っている。店員はそれをネラの前におずおずと置き、ネラの良心を疼かせた。「どうぞ」

ネラは感謝の印にかすかにうなずいた。それでも、目は窓の外に向けたままにして、女性の後頭部の傷をどこで見たのか思い出そうとし、この女性が誰と話しているのか想像をめぐらせた。共犯者だろうか。ヘイゼル本人だろうか。気力が戻ってくるのを感じて、答えを手に入れる覚悟を決め、ネラはスツールからおりて店の出口へ向かった。目は傷から離さなかった――が、突然、傷が動いた。

ネラはレストランの出口の手前で足を止めた。驚くネラの目の前で、女性は携帯電話をすばやくごみ箱に投げ捨てた。

そのとき、どこからともなく、一本の手が現れた。

ワークアウトウェアのような服から伸びた、黒人女性のものらしき黒い手だ。

黒い手は女性の腕をつかみ、歩道から車道のほうへ引っ張っていって、黒いセダンの後部座席に女性を押しこんだ。

そしてそのまま、手も、傷も、女性も、すべてがその場から消えた。

IV

ダイアナ

二〇一八年十月二十二日
ハワード大学、ロックホール
ワシントンDC

ずっと、彼女は自殺したのだと思っていた。

そう思っていたのが彼女のためだったのか自分のためだったのかはわからない。とにかく、一九八三年の十二月に彼女が姿を消してから、わたしは彼女がどこかで自殺する夢を何度も見た――ディックが彼女の行き先だと確信していたコネチカットの海岸や、彼女がいつも住みたがっていたサウスカロライナの海岸の沖で。最後にどこへ行ったかはどうでもよかった。水のある場所にちがいないとわたしは想像した。そして、彼女はいなくなったのだと想像した。

母親が知ったら縁を切られていただろうけれども――安らかに眠って、お母さん――そのほうが事は簡単だったとわたしは本気で思っている。もし自殺したのなら、彼女はわたしがどれだけのものをあきらめたかを見ていないことになる。ただ生きるためではなく、より〝贅沢に〟生きるためにわたしが書いた駄文を読んでいないことになる。制作を許可するべきではなかった『バーニング・ハート』のテレビ映画を見て忸怩たる思いをすることもないだろう。

わたしは天井を見あげて、たったいまディックから聞いた知らせについて考えた。つまり、ケニーはずっと健在だったということだ。色褪せたわたしやわたしのキャリアを見ていた。もっと悪いことには、わたしが一九八四年に、ケニーがいなくなった次の年のインタビューで語ったことも読んでいた。〝ケンドラ・レイ・フィリップスは長年の親友で——姉妹同様の存在でした。そして、彼女のことは大好きでしたが、彼女には心の不安定さという深刻な問題がありました。親友がみなさんに心痛や悲しみをもたらしたのだとしたら、どうか彼女を赦してあげてください。作家は誰もが重要です。物語はどれもが重要なのです〟

ディックが思いちがいをしていることもありうる。〝電話をかけなおして確認しなくては〟とわたしは思った。けれども、ディックの声は確信に満ちていた。この三十年あまり、わたしは心の奥底ではケニーは死んでいると思っていたものの、ディックとわたしはケニーの行方を探しつづけてきた。いつかケニーが見つかるのは必然だった。

問題は——これからどうするかだ。

パソコンのスピーカーからベルの音がした。イマニがメールを送ってきたのだ。件名は〝笑これ見た？〟

笑いがほしくて、メールを開き、リンク先のページが完全に表示されると鼻を鳴らした。〝ワーグナー・ブックスのベテラン編集長が多様性推進活動に多額の寄付〟ディックがまたがんばっている。ディックは常に大衆の視線を気にしてきた。ケンドラ・レイに熱心に目を光らせてきたのもそのためだ。ケニーは知りすぎている。不都合な存在だ。

ディックと、先ごろクーパーズからワーグナーに移動させた調整役が並んでいる写真を見つめた。ふたりともくつろいでいるように見え、ディックに懇願されたにもかかわらずニューヨークのこのイベントへ行かなかったことを、身勝手にも後悔した。わたしの肌のにおいが恋しい、とディックは言ったが、彼がほんとうに言いたかったのは、〝とうとう離婚したんだから、もうこそこそする必要はないだろう〟ということだ。それがディックだ――隙間があれば入りこむ。

耳もとの乾いた毛束を引っ張りながら、さらに写真を細かく見た。ディックのシャツは上から三分の一までボタンが開いていた。社交の場に出るときはそうしたほうがいい、そのほうがエリート臭が弱まるから、と以前わたしが提案したとおりに。八〇年代の初頭にディックとはじめて会ったとき、彼は襟もとまできっちりボタンを留めていて、いまにも頭がくびれて飛んでいきそうだった。

それでも、そのエリートに『バーニング・ハート』はすばらしいと思うと言われてわたしはぞくぞくするのを感じ、わたしの本――わたしの本――はきっと世界を変えられると言われて気絶しかけた。テーブルの下で、まちがいなく高価な黒い彼の靴がわたしの剝き出しの足首をこすっていた。

それについてはわたしは気にしなかった。ディックがコニャックを飲みながら、〝だが、この本はケンドラ・レイと作るのがわれわれ双方にとっていいと思う〟と言ったときはじめて、わたしは足を引っこめた。

わたしの落胆を感じとったのか、黒人の作家はいま〝受けている〟、とディックは続けた。そして、アレックス・ヘイリーやアリス・ウォーカーを引き合いに出した。「黒人の発表するものはなんでも〝流行る〟。マイケル・ジャクソンとクインシー・ジョーンズのやったことを見てみればいい。黒人の編集者と組むのがいいんじゃないか」

彼らがわたしにつけようとしたのはただの黒人編集者ではなかった。その編集者はわたしの親友——ずっと昔から知っている、信頼している人物——だった。それでも、わたしは懐疑的だった。わたしも大衆の目を気にしていたからだ。だから、必死になってディックの考えを変えさせようとした。ケニーと個人的な問題があったわけではない。単純に、ケニーはまだ出版業界に入って日が浅かった。手がけた本は三冊きりで、どれもいまはタイトルを思い出せない。ディックのような、三十前で伝説になった、本の売り方を心得ている編集者と上を目指したいと思うのがなぜいけないのか。一度のぼりつめたあとでなら、ケニーと組んでやっていける。

しかし、現実は別の道筋をたどった。驚いたことに、ディックが正しかったのだ。ケニーとわたしは完璧なまでに相性がよかった。いや、相性がいいどころではなく、唯一無二の組み合わせだった。すべてがいい方向に進みはじめた。物語も、宣伝も、ランキングも。ケニーは『バーニング・ハート』を引き受け、これまで以上のすばらしい高みにまで引きあげた——ハワード大学で執筆をはじめたときには想像もしなかった高みにまで。「この草稿はもったいないよ、ダイ」ケニーは最初のフィードバックにそう書いていた。「もっと大きな試合をやらないと。あなた自身のために書くの。ほかの誰のためでもなく。エヴィに遠慮させちゃだめ。もっと自由に息をさせて」

わたしはそのとおりにした。そして何度か改稿したあとに、わたしたちは読者がむさぼり読む本を作りあげた。発売されるや、図書館でも書店でも『バーニング・ハート』を見つけるのは至難の業になった。あけすけで、ときにぞっとする内容——なんといってもレーガンの時代だったのだ——のせいで高校で禁止図書に指定されると、『アメリカの息子』と比較されて、予想もしなかったさまざまな場所で読書会が開かれた。白人の町の郊外の家々でも、黒人の下層階級、中流階級の家々でも。明らかに、ふたりの黒人女性――ひとりは明るい肌、もうひとりは暗い肌で、ともに大学卒――の何かがアメリカの心をつかんだのだ。

その記事を閉じ、修正が必要な黒人女性を記載した最新のスプレッドシートをクリックして開いた。アトランタの女子大学の教員たちだとわたしは気づいた。あまりそそられない考えだったが――女子大学はわたしたちにとって新しい領域で、二十代や三十代とちがい、四十代に働きかけた経験はほとんどない――ディックが学部長にノーと言わなかったのなら、わたしもノーとは言えない。

印刷ボタンを押して椅子を回転させ、窓の外を見つめた。見えない場所にあるプリンターと紙が立てる機械的な音が心地よかった。けれども、わたしが見ていたのは涼やかにきらめくマクミラン貯水池の青い水ではなく、最後に会ったときのケニーだった。血の気の引いた褐色の顔、表情のないうつろな目。物憂げな抑揚のない声。効果は気質に基づくものになるはずだった。イマニはそう請け合った。けれども、あのときのわたしたちは恐ろしいほど楽観的だったのだと思う。もっと穏やかな処方を作り出すまでに何年もかかることになるとは知る由もなかった。

音が鳴って、印刷が終わったことを知らせた――これまで何度こういうものを印刷してきただろう。ときどき、ディックがひどく難しく思える任務を与えてくると、わたしは逃げ出すことを考えた。新しい連絡役を見つけるべきだとディックに伝えるのだ――イマニは研究内容については秘密主義なので、ディックには無理な相談だったが。でも、ディックにそんなことを言えるわけがない。ケニーがいなくなったあと、ディックはわたしによくしてくれた。新しい出版社を紹介して、新たなスタートを切れるようにしてくれた。トークショーを開いたり、小説のテレビドラマ化や映画化の交渉をしたりするのを手伝ってくれた。

もっとも重要なこととして、ディックはこのすべての資金を出してくれた。役に立つといったん納得させることができたあとは。

「わかってる、わかってる」わたしは一九八三年のあの冬の夜、片方の耳を隣の部屋で寝ているエルロイのいびきに集中させながら、電話に向かって言った。「何もかもが信じられない」

「ありえないというほうが近い。ケンドラ・レイがやるべきなのは、とにかくみなをとりなすことだ。発言した内容をすべて謝って、今回成し遂げたことに対して感謝を示し、もとどおりに仕事ができるようにする。四人——いや五人の作家が、ケンドラ・レイがまわりに敬意を払うまで執筆をストップすると連絡してきた。しかもそのうちのひとりは黒人だ。きみが知りたいんじゃないかと思うから伝えておくが」

「でも、ケニーは謝ったりしない」わたしは相手の手にはのらずに言った。裏切り者の作家が誰かなど知りたくなかった。「何があっても謝ることだけはしない。業界全体から追放されるとしても。お互いそれはわかっているでしょう。それにケニーが言っていることもわかっているじゃない。あなただって、ここがどれだけ息苦しくなりえるかを話していた。もしあなたがケニーの立場にいたら——」

「わたしはあんなことは絶対にしない。職場に糞はしないよ。いま起こっていることはケンドラ・レイには自業自得だ」

「ちょっと、ディック。ケニーは殺すと脅しを受けてるのよ。誰も彼もがケニーを追い詰めて——」

「ケ、ケ、ケンドラ・レ、レ、レイが追い詰められている？　ここには〝想像力に欠けた人種差別の風潮が漂っている〟なんてほざいておいて、ケンドラ・レイのほうが追い詰められているというのか？」

だから、電話でこの話をすることにしたのだ。ケニーの名前を出すだけでディックは激怒するとわかっていたし、ディックが爆発したらわたしは彼を叩きたくなる。思いきり。ディックに同情心がないわけではない。同情心はある。ただ、ディックは利益があるときにだけ同情心を武器として使う。わたしは身をもってそれを知っている。

とはいえ、ディックを責めることはできない。ケニーを見捨てたことを後悔していると長いあいだディックの耳もとにささやきつづけてきたからといって、見捨てたという事実が赦されるわけではない。わたしはケニーを責めなかったけれども、かばいもしなかった。かかわらないのが全員にとっていちばんいいことだと理解していた。

「わかった」ディックは言った。「ケンドラ・レイに謝る気がないなら、きみが何をすべきかは承知しているだろう」

「それについてはもう何度も話し合ったはず。わたしはケニーを責めることもしない」

「なぜだ」

「そんなことをしても無意味だから。ケニーを責めたら、黒人の一部はわたしを裏切り者と見なしてわたしの本を買うのをやめる。ねえ」わたしは淡々と言った。「あなたはこのメディアの大騒ぎをやめさせたいの、やめさせたくないの？」

ディックが耳に小指を入れて、回転させる姿が目に浮かぶようだった。けっして慣れることのできない苛立たしいしぐさだ。彼がいろいろな方法で、何度も、謎めいた表情で達するのを見てきたあとでも、慣れることはできない。

「いいだろう」長く引き延ばされた沈黙のあと、ついにディックは言った。「きみはいったいどうしたいんだ」

わたしはディックに話した。最近ニューアークに帰省して、幼なじみでハワード大学にもいっしょに通ったイマニと〈ウェグマンズ〉の冷凍食品売り場で再会したこと。大学を卒業して連絡を取り合わなくなってからどうしていたのか尋ねたところ、最近ジョージ・ワシントン大学で化学の博士号をとったと聞かされたこと。イマニは数カ月前から化粧品会社で働いているという。

ケニーの家の玄関の階段で将来についてみなで話し合っていたころから、それはイマニの夢であり、イマニの両親が娘に抱く夢だった。わたしはとても誇らしく思った。とても。わたしはおめでとうと言い、イマニもおめでとうと言ってくれた。『バーニング・ハート』のことを――玄関の階段でわたしが打ち明けた夢が実現したことを。

わたしはそこで泣きはじめた。冷凍食品売り場の通路で。

しばらくして、ケニーが引き起こした騒動の新聞記事をイマニに手渡した。イマニはそのニュースをはじめて知ったようだったが、驚いてはいなかった。〝科学の世界だけが問題ありなんだと思ってた〟とイマニは言った。

そして――通路を見まわしてわたしたちしかいないのを確認したあと――イマニは終業後に取り組んでいるという長年温めてきた計画について話をはじめた。国じゅうの黒人女性が少しだけ楽に生きられるようにする計画について。

「だが、なぜ黒人の女性たちがそんなことをしたがるのかわからない」ディックは言った。「黒人のプライドはなくなったのか？」

「もちろんある」わたしは強い口調で言った。「それに、イマニの作り出したものはそれを変えるようなものじゃない。あれは……プライドを守るのを助けてくれるものなの。黒人女性が人種もすむように」

差別の波を少しだけ楽に掻き分けていけるようにしてくれる。必死に泳がなくてはと思わなくて

「〝人種差別の波〟？　それはなんだか――」

「ケンドラ・レイが言いそうな言葉よね。わかる」わたしはディックにこの話を持ち出したのを後悔しはじめていた。もうこのことは忘れてと言おうとしたとき、ディックは大きく息を吸い、ゆっくりとそれを吐き出した。

「それがすべてを丸くおさめてくれると？」ディックは静かに尋ねた。

「そうなればいいと思ってる」

「ふむ。どうだろうな、ダイ……効くかどうかもわからない化学製品には難しい注文じゃないか？　この世でもっとも頑固な女性が相手ならなおさらだ」ディックは苦々しげなかすれた声で付け加えた。けれども、ディックの心が動いたことをわたしは感じとった。エルロイが予定どおりに親戚を訪ねて家を空けるなら、一週間のうちに、あるいはそれよりも早く、小切手を手に入れることができる。

「わたしはケニーに言い逃れをさせたいわけじゃない。少しだけ心を落ち着かせられるように手を貸したいの。それだけ」わたしはささやいた。「ケニーがもう一度居場所を見つけるのを手伝いたい。信じて――追い詰めるより、肩の力を緩めてあげたほうがいい」

〝肩の力を緩める〟〝手伝う〟それこそ、わたしがやりたいとイマニに話したことでもあった。ずっとやろうとしていたことだった。ケニーのこわばりを少しだけ、短いあいだだけ緩めて、みなが満足し、すべてがもとどおりになるようにする。ケニーがわたしに言っていたように、わたしたちは長期戦を構える。最後にはトップにのぼりつめて、自分たちのレーベルを立ちあげる。

あわよくば、自分たちで黒人の出版社を作る。わたしにはケニーにそれだけの恩がある。

しかしそのあと、ケニーは姿を消してしまった。その数週間後、ディックから、友人の友人がある黒人記者のことで困っている、その記者がタルサにある雑誌社の白人の上司についてあらぬ噂を広めている、という話を聞いた。それから数日後には、ワシントン大学で准教授をしている黒人女性がクリスマスパーティでNワードを何回も言われたと申し立てた、という話を聞いた。どちらについてもわたしはディックの依頼を断ったが、結局彼らがふたりとも職を失って、家族を抱えたまま新たな仕事を見つけられずにいることを知った。

そこで、次の依頼が来たとき……ケニーは助けられなかったけれどもほかの人なら助けられるかもしれない、とわたしは思った。

プリンターから印刷した紙をとり、例の女子大学の教員たちの名前を見てわたしはたじろいだ。「〝クイナシャ〟、〝レイクウェル〟〝カシリア〟」読みあげて、首を振った。「なんてこと。子どもにこんな名前をつけて、それでも自分たちはなぜ仕事にありつけないんだろうと思ってるなんて」

「あれ。今度は誰？　強制対象？」

顔をあげると、ドアのすぐそばに、背の高いイマニの姿が見えた。「最近それればかりの気がする」わたしは言った。

「うーん」イマニは腕を組んだ。「わたしの意見を言わせてもらうと――訊かれてないのはわかってるけど――それが強制対象のリストでなかったら夜にもっとよく眠れるようになるんだけど」

「それに、あなたのこのあいだの製造ぶんがあの子たちをあれほど負けずぎらいにしなかったら、わたしもずっとよく眠れるようになるんだけど」わたしは手厳しく言った。「調整役がいつもその職場で唯一の黒人女性になってしまうのがすごく気にかかってるのよ。そのためにこのグリースがあるわけじゃないのに」

「はい、はい、わかってる。何度言えばいいの、悪かったってば。望ましくない副作用なの。でも改良を続けてるから、最新の製造ぶんでは適切なバランスを見つけられたと思う。今度こそ〝ターミネーター化〟は抑えられてるはず」

「よかった。期待してる」わたしは先ほど印刷したリストを手渡した。「これが最新版」

「〝クイナシャ〟?」イマニの声が眉の位置より高くあがった。「〝メイヴィス〟とか〝シェリル〟とか〝エステル〟とかはどうしたの?」

わたしたちはくすくすと笑った。「それで、どう思う? この大学に送りこむ調整役には誰がいちばん適当?」

イマニは長くて細い顎を長くて細いピーチ色の爪で叩いた。「スペルマン・カレッジの知り合いに連絡して、意見を訊いてみる」

わたしはうなずいた。「よかった。結果を知らせて」

「了解。そうだ、忘れないうちに――」イマニはポケットに手を入れて、ファスナーつきのビニール袋をふたつ取り出した。白いグリース状のものが半分ほど入っている。「あげる。できたてよ。今回の製造ぶんはなんの花の香りをつけたか当てられたらランチをおごる」イマニは袋をデスクに置いて、ドアへと歩き出した。

「あなたって最高」わたしはすばやく袋を開けて中身を嗅いだ。「うーん、待って。スイカズラ《ハニーサックル》?」

「ビンゴ！」イマニは笑った。「初代からずいぶん進歩したと思わない？　最初のはひどいにおいだったから」

ふいに、ケニーがまた頭に浮かんだ。けれども今回浮かんだのはケニーの顔ではなかった。ケニーの八つに分けられたたっぷりとした黒っぽい髪。手袋をしたわたしの右手を覆う冷たいなめらかなグリース。その前日に容器を届けてくれたイマニは、〝今回はひりひりしないはず〟と請け合っていた。

いずれにせよ、わたしは自分の小指でも試していた。とにかく、様子を見てみよう。

「どう、だいじょうぶ？」においに文句を言われませんように、と祈りつつわたしはケニーに尋ねた。

「うん、でも、どうするつもりか知らないけど——編むのでもカーラーで巻くのでも——間の抜けた髪型にはしないでね、ダイ。信用してるから」

信じてとわたしは請け合った。そして、手袋をした手をケニーの髪に差し入れ、ひと房の根もとをつかんで、小さく祈りの言葉をつぶやいた。

16

二〇一八年十月二十二日

ネラはピットブルの曲を聞くのを特に楽しんだことはなかった。シニア・プロムでもそうだったし、学生社交パーティでパーティジュースをがぶ飲みしながら〈アイ・ノウ・ユー・ウォント・ミー〉に合わせて生きるための力が流れこんでくるかのように頭を振って過ごした夜もそうだった。

いま、隣にいるマライカと〈ぶちのめしフィットネス〉で息を切らしながら、ネラは焼けつくような体全体でピットブルを拒絶していた。しかし、ぶちのめしたいものはたくさんあった。あのメモ、表紙会議での失言、失言のもとになった〝黒人の子〟の表紙……

そして、ほんの二日前に目撃した、犯罪かもしれない出来事のこともある。曲はきらいでも、必死になって背筋を伸ばし、ビートに合わせて膝を引きあげるのは、奇妙な現実から気をそらすという、いまどうしても必要な作業をするのに役立った。日ごろフィットネス好きたちと同じ空気を吸っているマライカが自分に劣らず息を切らしていることも、ネラの気分をよくしていた。

「あんたに何か……言われる前に」親友は息を切らして、スクワットからジャンプをするパワージャックの十四回目を力なくこなしながら言った。「これだけ言わせて……このクラスのことはごめん」

汗が目に滴って、ネラは顔をしかめた。

「それから……あんたはあたしに借りがあるから」マライカはあえいだ。「なんだか……何年も……会ってなかった気がする」

「確かに……時間は……あっという間……仕事に……追われてると」ネラは言った。「ピットブルを……聞いてるときは……そうでもないけど」

マライカは謝罪の言葉を絞り出した。「ビヨンセの……カーディオ・トレーニングは……朝見たときには……満員で。空いてるのは……これしかなかった」

「空いてたのも……納得！」ネラは言ったが、太腿の焼けつく感覚や、早くもウェストに吹き出た汗の厚い層からいって、ビヨンセのクラスはもっときつかっただろうと考えた。なんと言っても、ビヨンセは鋼の太腿を持っている。

このクラスのインストラクター、完璧に日焼けしたアイザックもだ。ビートに合わせて二回拳を突きあげ、膝を曲げている。「さあ……スクワット！　スクワット！　続けて！」

ネラはそのとおりにした。スクワットの姿勢をとったが、膝を浅く曲げて〝休憩〟しながらほかの参加者を見まわした。十二メートル×六メートルの部屋は混んでいるとは言いがたかった。八、九人の女性と、ひどく真剣な顔つきの年配の男性が、フラットアイアン・ディストリクトの冷徹なフィットネス・インストラクターのもと、エクササイズをして月曜の夜を過ごす決意をしていた。ワインを補充するとか、クロスワードをするとかいったもっと賢明なことをする代わりに。ネラがやるべきなのはそちらだったのかもしれない。スクワットで中腰になっているときに、逃亡中の拉致犯がジムに押し入って、ネラを次の標的にしたらどうなるのだろう。ジムの外で待ち伏せをして、ネラとマライカが別れる瞬間を狙って襲うつもりでいたらどうなるのだろう。

でも、あれが拉致ではなかったら？

現実に人が拉致されるのを見たことはこれまで一度もない――少なくとも、そうと知って見たことは。ハンバーガーレストランのガラスのドア越しだったので、丸刈りの女性の表情は見えなかった。彼女の腕をつかんだ手の力がどれくらいだったのかもわからない。わかったのは、手が自分たちのもの、黒人のものだったことだけだ。そして、まわりにいた人たちは、あの出来事を見ても何か言ったりやったりするほど驚きはしなかったようだった。つまり、丸刈りの女性は叫ばなかったということだ……深刻な危険はないとわかっていたのかもしれない。

ネラはこの思考の流れをすばやく断ち切った。もちろん通行人は何も言わない。ここはニューヨークなのだから。そして、彼女は黒人なのだから。

何が起こったにせよ、あの女性の名前は謎のままだった――だから誰に対しても通報できることはほとんどなかった。それは確かだ。シャワーを浴びながら、匿名で警察の情報受付窓口に電話しようかと何度も考えた。「わたしが知っているのはこういうことです。九月に丸刈りの若い女性が変なメモをわたしに送ってきました。そのあと、わたしの同僚について変なテキストメッセージを送ってくるようになって。ちなみに、その同僚もやはりすごく変なんです。それで、わたしはその丸刈りの女性と会うことになったんですけど、女性が車に押しこまれてしまって……ただ、その前に女性は携帯電話をごみ箱に捨てていきました。車が走り去ったあと、フードをかぶった別の変な人物がごみ箱から携帯電話を拾って逃げていきました」頭のなかでしてみた説明はそこで終わっていた。

しかし、実際には続きがあった。

拉致から何時間かたったころ、ベッドに横たわって自分が見たことを思い返していたとき、ごみ箱から拾われたあの携帯電話から着信があった。

無視しようかと思ったものの、あと一時間はオーウェンが帰ってこないタイミングだったので——時間はあった。

携帯電話を耳に当て、スターバックスで会ったマーヴィン・ゲイのそっくりさんだろうかと考えた。ところが、聞こえてきた張りつめた声は、誰かのおばあさんを思わせる女性のものだった。

「ネラ。出てくれたのね。ありがとう」

間が空いた。

「あんなところを見せてしまってごめんなさいね。きちんと準備ができていなかったから……あなたを見張っている人たちがいるの。あなたのために警戒している人たちが。でも、態勢がじゅうぶんではなかったみたい。もっと気をつけるよう、みなに指示しておいた」女性は言ったが、ネラにというより、自身に言い聞かせるような言い方だった。

「〝みな〟って誰ですか？　あなたは誰？　車に押しこまれたあの女性はどうなったの？　あれがどういうことなのか知ってるんですか？　それに、彼女の知り合い——あの黒人の顎髭の男性は？　彼はどこにいるの？」

「どの質問にも答えられない。わたしたちがあなたを助けようとしていることだけはわかって。わたしはそのために力をつくしている。それはわかってもらいたいの。そして、この会話のことは誰にも言わないでもらいたい。いい？　会社の誰にも言わないで」

「〝力をつくしている〟？」外の廊下で大きな物音がした——隣の住人が自転車を持って階段をあがってきたのだろう。「気をつけろと言われた相手があなたじゃないとどうしてわたしにわかるの？　それに、ヘイゼルのほんとうの名前って何？」

沈黙が流れた。「それはまだ知らないほうがいい」電話の向こうの声が苛立ったように言った。「いいえ、いいでしょう……あなたにはふたつの道がある。わたしのことを頭がおかしいと切り捨てるか、あなた自身でヘイゼルの正体を探り出すか」

「でも――」

「少し調べてみなさい」

電話は切れた。

携帯電話をフライパンで叩き壊してお気に入りのブランケットに潜りこもうかとネラは考えた。しかし、行動に移す前に、携帯電話が鳴った。先ほどの女性が一枚の写真とメッセージを送ってきていた。「この夏に撮ったもの。調べてみて」

写真を拡大すると、〝クーパーズ・マガジン〟と描かれたスウェットシャツを着た、ショートヘアの若い黒人女性が写っていた。画面をいちばん明るくすると、輝く茶色い目がはっきりと見えた。喜びと、何か別の火花――野心――に満ちていて、眉ピアスも長く広がるドレッドヘアもなかったものの、そのレナ・ホーンばりの鼻と、野心家の目の光には見覚えがあった。

携帯電話を強く握りしめすぎて、指先の感覚が麻痺していた。あの電話、この写真……もうたくさんだと思ったけれども、それでも、かすかな好奇心が忍びこんでくるのを抑えることはできなかった。あのブラックパンサーめいた丸刈りの女性に何が起こったのだろう？　自分を見張っているのは誰で、なんのために見張っているのか。

ヘイゼル＝メイ・マッコールとは、いったい何者なのか。

「外はきついだろう？」アイザックが叫び、部屋の小さな窓を指さした。「外の世界は。ここもきついかもしれないが、外はもっときつい。持っているものを全部出し切るんだ。スクワット、スクワット、続けて！」

「うわ」マライカが深くしゃがみこみ、さらにもう一回スクワットした。「これがセラピーに変わるとは思わなかった」

ネラは自分の声とは思えない、この世のものならぬ抗議のうめき声を絞り出した。

「でも、あんたには必要なものかも」マライカは続けた。「土曜にあんなことがあったあとでは」

ネラは鼻で笑おうとしたものの、息が足りずに、えずくような音が出た。かすれた声で、尋ねた。「どういう意味、〝あんなこと〟って」

「わかるでしょ、放心してたよ。あんたをつけ狙ってた相手がわかりかけて――ほんとにあと一歩のところまで迫って――でも逃げられちゃって」

ネラは目をくるりとまわした。「またその話をしないとだめ？　ここで？　胸くそ悪いトップ40の曲を聞きながら？　ここにはぶちのめしにきたんだよ。ぶちのめされるんじゃなくて」

マライカのスクワットはかなり浅くなっていて、いまやトイレに行きたくてもじもじしているかのようだった。「そう、もう一回話すの。まったく、ネラ……その車のナンバーを覚えておけばよかったのに。別の車をつかまえて、丸刈りの子の車を追えばよかったんだ。なのに、あとを追う代わりに、振り出しに戻っちゃった」

「別に……そんなことない」

〝この会話のことは誰にも言わないで〟電話の女性はそう言っていた。でも、自分に何をさせたいのだろう？　新たな情報を自分ひとりの胸に納めてじっとさせておく？　「丸刈りの女性が消える前に、ヘイゼルの名前はほんとうはヘイゼルじゃないって言った。それに、女性が消えたあとに、女性が捨てた携帯電話から電話がかかってきた」

　マライカは動きを止めた。「待って。何それ？」

「そう思うよね」

「なんで早く言わないの。電話で何を言われたわけ？」

「ヘイゼルのことは自分で探れって。少し調べてみろって」

「それだけ？」

「ううん……ほかにも言ってた。その電話の女性と何人かがわたしを見張ってるって。でも、それはわたしのために警戒してるんだって」

「何それ」マライカは息を切らして言った。

「その気持ちはわかる。でも、電話の女性はほんとうのことを話してるみたいだった」

「もう何を言ったらいいのかわからないよ、ネラ。何もかもがどんどん薄気味悪くなってく」

「わたしがどんな気持ちでいると思う？　見張られてるんだよ！」

　マライカはそれには反応しなかった。「とにかく、気をつけたほうがいいよ。あんたを見張ってるのが悪い側だったらどうする？　いま、このクラスにその仲間がいたら？」

　ネラはもう一度ジムを見まわし、前方で筋肉を痙攣させている男性に目を留めた。「それはないんじゃないかな。それにどっちが悪い側なのかもわかってないし」ネラはあらためて言った。

「あたしが言いたいのは、その新たな人物が送ってくるメッセージをうのみにするなってこと。なんでその女はいまになって急にそういうことを教えてくるわけ？　あんな謎めいたメモをよこす代わりに、なんでもっと早く何か言ってこなかったの？」

「わからない。訊けなかったから」マライカの問いかけに苛立ちつつ、ネラは認めた。頭のなかに湧きあがる不安でいまでもじゅうぶん混乱しているのに、マライカの不安まで上乗せされるのはたまらない。「でも、ようやくどこかに進みはじめた気がする。それはいいことだと思わない？」

「だけど、ピンクの三日月形の傷のこと、オンラインで何か見つからなかった？　あれはカルトっぽいよ」マライカはさらに言ったが、それがどう聞こえるかに気づいたらしく、すばやく付け加えた。「オーケー、オーケー、わかった。それはいいことだよ。あたしはただ、あんたが心配なの。それだけ。それに、彼らがあたしの親友を悩ませてるのは受け入れられない」

痛みが走った。あまりに鋭く、屈辱的だったので、こむら返りではなく罪悪感の痛みだったのだろう。ヘイゼルが現れてからヴェラとのあいだに持ちあがったぎこちなさのせいで、ネラの私生活は大きな影響を受けていて、そのなかでも最悪なのは、マライカにどれだけ影響を与えていたかに気づいていなかったことだった――時間を奪う仕事のメールや、気を散らす新しい原稿がなくなったいまになって、ようやく気づいた。最近は人に会う時間がほとんどとれなくなっていた。仕事以外の用事にはすべてノーと言い、その代わり、できそうな仕事にはすべてイエスと言わなくてはならない義務感に駆られていた――常にやるべき仕事があったからだ。実のところ、仕事がありすぎてがんじがらめになり、マライカのメッセージに返事をすることさえ忘れたときもあった。

そして、オーウェンのこともある。オーウェンとは何週間も有意義な時間を過ごせていなかった。いっしょに夕食をとっていても、テイクアウトの中華料理やインド料理やタイ料理を食べながらネラは原稿をめくり、オーウェンは携帯電話をスクロールしてメールを読みつづけていた。

オーウェンは気づいていないだろうとネラは思っていた。付き合いはじめのころは、ネラのほうがオーウェンの注意を引こうとがんばる側だった――食事が用意できると、オーウェンの手から携帯電話や新聞をよくとりあげたものだった。オーウェンは読書家で、そもそもネラは彼のそういうところに惹かれたのだが、付き合いはじめて数カ月がたったころ、オーウェンのスタートアップ企業が軌道に乗りはじめると、この性質が顕著になった。「社会正義は夕食のあいだも休憩しないんだ」ネラがオーウェンのタブレットをとりあげてソファにほうり、冷蔵庫からビールを二本持ってきてと頼むと、オーウェンはそうジョークを飛ばした。

ネラがアシスタントモードに突入しても、オーウェンがそういう行動に出たことはなかった。食事中も自由に原稿を読ませ、ヴェラに頼まれた仕事があるからと『ザ・ソプラノズ 哀愁のマフィア』のきょうの回を見るのはあとまわしにしたいとネラが言ったときも、〝かまわないよ〟と受け流した。彼の母親たちと会う機会を逸したときでさえ、赦してくれた。だからといって、オーウェンが鈍感なわけではない。空気を読むのに長けていて――そこもネラが尊敬している点だ――その前の週のある夜、バジルフライドライスのプラスチック容器の油っぽい蓋をとりながら、オーウェンはとうとうこの状況について口を開いた。

「新しい子のせいなんだろう？」オーウェンは率直に訊いた。

はしたなくもネラは蒸したチンゲン菜をすでに食べはじめていて、さらにはしたなくもタブレットを開いて『蝿の王』を現代ふうにクィアに再解釈した小説を読んでいた。その日の夕方にヴェラから読んでみてほしいと頼まれたもので、エージェントが請け合っていたとおり、というかそれ以上におもしろく、オーウェンに気をそらされて、ほんの少しながら苛立ってしまった。

「どういう意味かよくわからない」ネラは言い、テーブルに転がったやんちゃなサヤインゲンにフォークを伸ばした。その日は昼抜き――またしても――だったので、野菜はひとかけらでも残したくなかった。

「つまり、きみがしゃかりきに仕事をしてるのは、あの新しい子のせいってことだよ。ちがう?」オーウェンはようやくフライドライスの容器をネラに手渡し、自分の皿の上の料理をプラスチックのフォークで寄せ集めはじめた。

皿を引っ掻く大きな音がして、ネラの胃に響いた。けれども、やめてと言う代わりにネラはただ歯を食いしばり、スプーンでライスを皿にとって、摩擦音がやむのを待った。

「ヘイゼルはこれとは関係ない。これまで自分がたるんでたのに気づいただけ。ワーグナーでの自分の居場所が心地よすぎてぬくぬくしてたけど、上を目指さなきゃ」

「またまた。あの新しい黒人の子が〝激震〟になったんだろう」

ネラは口もとが緩みそうになるのを必死に我慢した。「第一に、うちの社内の隠語をわたしに使わないで」ネラは冗談めかして言った。「それと、ヘイゼルはもう新人じゃない。ワーグナーに来て三カ月になるんだから」

「きみは最初の六カ月は〝新人〟気分だったって言ってなかったか?」

「それは話が別。あのころのわたしは唯一の黒人の子だったから。唯一の黒人の社員《ヽヽ》」ネラは言いなおした。「唯一の黒人の子ってのは忘れて」

「ぼくが言いたいのはそこだよ。ヘイゼルはきみのお株を奪った」

「〝お株を奪う〟なんて言い方、いまどき誰もしない」

「うちの会社の連中は使うよ」

ネラはくすくすと笑った。オーウェンが笑いを引き出そうとしているのはわかっていた。オーウェンの同僚の多くは〈ヘイ、ヤ！〉がアウトキャストの代表曲だと考えている。

「でも、認めなよ」オーウェンは唇を一本の水平線に引き結んだ。「きみはワーグナーで唯一の黒人の子なのが気に入ってたんだ。そうだろ？」

ネラはベビーコーンをかじり、黙ってオーウェンをにらんだ。

「心配しなくていいよ、ベイビー。ぼくには素直になっていい。ちゃんとわかってるから。よくわかってる。いや、じゃあ、わかってないよ、うん」ネラが眉をあげたのを見て、圧力を感じたオーウェンは決まり悪そうに付け加えた。「でも、言いたいことはわかるだろう。唯一のマイノリティでいることはなかなか悪くないってことだよ。きみの友達とのブランチでぼくが唯一のストレートの男って状況になるたび――」

「そんな状況、めったにないと思うけど……」

「――いつもなんとなく……なんて言うか、特別、になった感じがする。みんなが何かにつけてぼくの意見を聞こうとするから。〝このメッセージはどういう意味？〟〝なんで彼は二重感嘆符を使うの？〟」オーウェンは鼻をつまんでアレクサンドラの真似をした。アレクサンドラは何年か前にマライカを通じて知り合った、オンラインデート依存症の友人だ。

「それはわかる。でも……特定の場面であなたが〝マイノリティ〟になるのと、特定の場面でわたしがマイノリティになるのを本気で同じだと思ってる？　ほんとうに？　だってそれは……全然ちがう」

オーウェンはそれを聞いてフォークを置いた。「ぼくが言ってるのは、ぼくは――」

「わたしの言ってることとは天文学的にちがう」

オーウェンは両手をあげ、傷ついた顔をした。この会話――どうということのない推測ではじまったやりとり――がなぜこんなことになったのかといぶかっているようだった。「おいおい、ネラ。誰が同じだなんて言った？　そういうことを言おうとしたわけじゃないのはわかってるだろう？　ぼくはただ――」

　ネラはそれをさえぎった。「いいの。あなたの言いたいことはわかってる」

「ほんとうに？　だってぼくは絶対に――」

「よくわかってる」ネラは言った。しばらくして、自分が見ているのが恋人ではなく、冷めつつある自分の料理なのに気づいた。気づくと、ネラは手を伸ばしてオーウェンの手をありったけの愛情をこめて握っていた。人種に関する落ち着かない会話にいつの間にかはまっていたときにこれまで何度もやってきたしぐさで、そうするとふたりのあいだで高まっていた緊張感が緩んだものだった。

　けれども、過去のそうした会話はこれとは別物に感じた。それは酔っていたり、マリファナをやっていたり、夜中のウーバーの薄暗い後部座席にいたりするときの、もっとやさしい雰囲気をはらむ会話で、ネラは〝黒人の恋愛〟をしそこねているのをときどき後ろめたく感じていることを気兼ねなく打ち明けられたし、オーウェンは片方の母方のミズーリ州に住む祖父母が〝メイク《M》・アメリカ《A》・グレート《G》・アゲイン《A》〟の頑強な支持者であることを認められた。

　ひどく散らかったキッチンの明るい照明の下で、マイノリティであることと〝マイノリティ〟だと感じることについて話すのは耐えがたく思えた。「愛してる」ネラは言った。そう言えば、ほかにはもう何も言わなくてすむ。そして、またタブレットに手を伸ばした。

「え？　それで終わりか？　ほんとうに？」

「ほかにまだ言いたいことがあった？」

オーウェンはネラをじっと見た。「いや」しばらくしてから言い、自身も携帯電話を手にとった。「気にしないで」

そうやって三十分ほど座っていたあと、オーウェンは立ちあがって皿を手にとり、ごみ箱に捨てた。

「オーウェン。ごめんなさい」ネラは座ったまま振り返ってオーウェンのほうを向いた。「どうしても昇進したくて。もうちょっとなんだ。先週リチャードになんて言われたか、話したでしょ」

「ああ、きみには〝すばらしい未来〟がある、〝第二のケンドラ・レイになる道を歩んでいる〟ってやつだろう……覚えてると思うよ」オーウェンは言った。目を合わせなかったけれども、かすかな笑みが浮かぶのが見えた。

「それと、わたしをしゃかりきにさせてるのは確かにヘイゼルなのかもしれない」ネラは続けた。

「よくわからない……なんて言ったらいいのか」

オーウェンは、外がマイナス十度のときもプラス二十度のときも部屋着にしているアディダスのショートパンツで手を拭き、座っているネラのそばに歩みよった。そして、ネラのうなじを指でなでた。やさしく、やさしく、白旗を振るように。「ヘイゼルをよく知ろうとしてみたことはある？　本気でやってみたことは？」

「ヘイゼルが来たばかりのころにふたりでランチに行った。あと、〈カール・セントラル〉のイベントにも行った」

「それはまた別だ。マライカと会うときにヘイゼルを呼べばいい。ヘイゼルをよく知るんだ」オーウェンは肩をすくめた。「なんとなくだけど、ヘイゼルを味方につけたらいいんじゃないかって気がする。ヘイゼルはたくさんのコネを持ってるし……」

ネラはオーウェンを見あげた。「どうしてコネがたくさんあるって知ってるの」

オーウェンは眉を寄せた。「〈カール・セントラル〉で会ったときに、知り合いが多そうだなと思っただけだよ」そして、はじめてネラに気づいたかのように、少しだけ後ろにさがった。

「だいじょうぶか？」

「だいじょうぶ。でも、ひとつ訊いていい？」

オーウェンはうなずいたが、話がどう転がるのか心配しているようだった。

「自分がこんなことを言うなんて信じられないけど、でも……ヘイゼルとは〈カール・セントラル〉ではじめて会ったんだよね？」

オーウェンはまばたきをした。「え？」

「あの夜までヘイゼルとは会ったことがなかったんだよね？　わたしと知り合う前にオンラインでつながってたりしないよね？」

「何を言ってるんだ？」

「一度、ヘイゼルがあなたの名前を言ったことがあったんだ――〝〈カール・セントラル〉にオーウェンも連れてくれば〟って――でもわたしはそれまであなたの名前を出したことはなかった。だからもしかして――」

「ヘイゼルにはそれまで会ったことはなかったよ」オーウェンの青い目には身構えるような光が浮かんでいた。「何かのついでに話して、それを忘れてるだけじゃないのか」

「それはない。あなたのことは何も話してない」

オーウェンはひるんだ。

「そういう話題にならなくて」それで少しは空気がやわらぐかのように、ネラは付け加えた。

オーウェンの腕がネラのうなじから離れた。「きみのクリスマスパーティか何かで、きみの同僚のほとんどはぼくを知ってると考えたことはない？　その誰かが、ヘイゼルにぼくのことを話したのかもしれない。きみは忙しすぎてぼくのことを話せなかったようだから」

職場で起こったことを話すチャンスは、オーウェンとともにキッチンから去った。ネラはあとを追わなかった。ただそこに座って、オーウェンがヘイゼルの人脈にひどく感心していたことを考えた。ヘイゼルのやることは論理的で、ネラのやることは非論理的だととらえていたことを。

〝オーウェンの言うことには一理ある〟と思いながら、ネラはアイザックの真似をして、ジャンプしながら腕を上げ下げするジャンピング・ジャックをした。人間サイズのステーキハンマーで叩きつぶされている気分だった。職場で謎めいたメモを受けとりながら、誰にもそれを話さなかった。そのメモを送ってきた見知らぬ相手と会うことに同意した。そしていま、このとんでもないワークアウトのクラスに参加している……密告してきた相手から逃げる準備のために？　自分のやっていることは非論理的だ。最近はまったく理屈が通っていない。最近は、七大陸にばらけてしまったかのようにやることなすこと整合性がない。そしてオーウェンは、わたしが新しい黒人の同僚に慣れようとして気を張っているのだとしか思っていない。

答えがわかりはじめたら、そのときにはなぜ自分がこんなに張りつめていたのかをオーウェンに説明しよう、とネラは自分に誓った。

「もっといい知らせとしては」ネラはマライカに言った。腕立て伏せの姿勢から立ちあがってジャンプするバーピーを一回したあと、もう次はやらないと決めて、その場で足踏みしていた。

「もうすぐ昇進できるってリチャードに言われた」

「嘘！　〝そういう重要なことは早く言いなさい〟って言いたいとこだけど、あんたが見たあの拉致のほうが確かに重大事だよね」

「まあね。ねえ、昇進といっしょに何があると思う？」

「いまの状態じゃ何も考えられない。だからとにかく教えて」

「ジェシー・ワトソンと仕事ができるかも」

マライカははたと動きを止めた。今回は疲れからではなく、興奮からだった。「え？」

「ワーグナーで本を出すことを考えてるみたい」

「あんたたちと？」マライカは鼻を鳴らした。「気を悪くしないでよ、でもジェシー・ワトソンがワーグナー・ブックスから本を出すって、コーンブレッドにマヨネーズを塗るようなものでしょ」

ネラは息を詰まらせた。その喩えのせいもあったし、腕立て伏せがはじまったからでもあった。午後遅くにデスクで飲んだカフェラテが戻ってきそうだった。「うーん、どうやら――ごほっ、へ、い、イゼルのおかげで――ようやくわたしたちも二十一世紀に来られたみたい」

「ほんと！　ようこそ」マライカはおもしろがって言った。アイザックがすでに片手で腕立て伏せを十回やっているのにはかまわずに、ゆっくりと腹ばいになった。「二十一世紀には意識の高い白人がいっぱい。ピットブルもね」

ネラは笑った。

「じゃあ、当ててみようか。彼らはあんたにジェシーを接待させて、〝ワーグナーは仕事をするにゃ世界最高の場所ですだ、あんたもほかで仕事をするなんて想像はなさらんこって……〟って言わせる気なんだ」

ネラはマライカの奴隷ふうの物言いをこれまでに何度も聞いていたが、いまほど落ち着かない気分になったことはなかった。ほかの参加者に聞かれるのではという不安のせいなのか、問題の奴隷が——理論的には——ネラ自身だからなのかはよくわからなかった。とにかく、歯を食いしばって、親友がちょっとした演説を終えるのを待った。

「ねえ」ミンストレル・ショー（黒塗り白人による大衆芸能）ごっこをネラが特におもしろがっていないことに気づいてマライカは言った。「お互いわかってるよね、彼らがあんたをジェシーに会わせるって言ったのはそのためだって。あんたにそれだけの実力がないってわけじゃないけど」すばやくマライカは付け加えた。「でも、あそこで働きはじめて二年ちょっとのあいだに、ジェシーみたいな注目人物に会わせてもらうなんてこと、一度でもあった？

まあ、いまはもうそれほど注目も浴びてないけどね、休養中だから。

ああ、先月のブロンクスの銃撃事件のこと、ジェシーがどう思ってるのか聞ければいいのに。あのインディアナのＫＫＫ的事件のことも。とにかく……ああいう最低なこと全部について」

ネラはうなずいた。マライカの言っている事件がなんのことかよくわからなかったが。

「それで、教えて。彼らはジェシーの件でも、例のあの子の協力を求めたわけ？」

ネラは鼻を鳴らした。「うん。ヘイゼルにも編集をやらせるかもってリチャードは言ってた」

「は？　まだ入ったばかりなのに！　それに、ジェシーにメールを出したのはあんたじゃないの？　リチャードにそのことは言った？」

「勝手にそういう働きかけをしたのをリチャードは喜ばないかなと思って」

「お役所的戯言だね」

「まあね、わかってる。ばかげてるよね」

「うーん。ヘイゼルはそのボスと、親友みたいだって言ってなかった？」マライカは尋ねた。

「〈カール・セントラル〉でも仲よしこよしだったし。変だよ。あのふたり、もしかして……」

「リチャードの愛人は黒人なんじゃないかって気がしなくもないんだけど……でもヘイゼルが？ 話し合うまでもなくぞっとする」『ひりつきと疼き』の表紙会議の光景が脳裏をよぎって、ネラはため息をついた。「ワーグナーの誰も彼もがヘイゼルに夢中。リチャードだけじゃなく」

「とにかく、明るい面を見るなら……あんたはジェシーに会えるし、ジェシーが出すかもしれない本の編集もできるかもしれないってことだよね？ それってすごくわくわくする。ヘイゼルといっしょにやらないといけないとしても。ジェシーはあんたがメールしたアイディアについて話し合いたがるかもしれないし」

「まあ、そういうこと。ジェシーの本を担当できるって確約してもらったわけじゃないけど。でも可能性は高そう」

「可能性は高そう」マライカは納得した顔をしようとしたが、納得していないのは明らかだった。

「いいね。ほんとうに担当できるなら……やるんでしょ？」

「やらない理由がある？」

「どこぞの作家にクソミソに言われて辞めるって騒いでた誰かさんを知ってるから。それにワーグナーの社員はみんな〝クールエイドを飲む〟イエスマンみたいだし。あ、〝クリスタルライトを飲む〟のがいいか」マライカは自ら言いなおし、息を掻き集めて笑った。

「まあね。でも、いまはこの機会をつかんだから……」

アイザックが手を叩いた。はじめて、その音を聞いてもネラはひるまなかった。それどころか、答えを考える時間ができてほっとしていた。「次はプランクだ。腕をまっすぐ伸ばして、体幹を使って！」

「断言するけど」ネラは息を弾ませ、止まっていられるのを喜んだ。筋肉がさらに焼けつくことになっても。「このインストラクター、化け物だね」

「いいぞ、みんな！」アイザックが叫んだ。

ネラの後ろで、マライカが腕をぷるぷるさせながら小さく悪態をついた。三十秒後、ふたたび口を開いたときにも、ふたりはまだプランクをしていた。「あんたには選ぶ権利がある」マライカは言った。「あたしが見るところ、道はふたつ。あんたがやるべきことは明らかだと思う。少なくとも、あんたがやりたいと望むべきことは。仕事を辞めようと思ってたんじゃないの？　あの会社がいやだったんじゃないの？　打ち合わせに行ってすべてをひっくり返してやるって考えるべきだよ。ずっと前にヴェラにジェシーの名前を出したら、依頼をするにはジェシーは黒人すぎると言われた、ってジェシーに言ってやりなよ。シャートリシアのことや、ヘイゼルがあんたを踏み台にしてまわりの関心をさらったこともさ。それで、携帯用ステレオを出して会議室のテーブルに飛び乗って、〈ファイト・ザ・パワー〉の曲に合わせてみんなに向かって指を突きあげてやるの」

マライカはいつも、ネラやネラのワーグナーでの愚痴の反響板になるのはまったくかまわないと言っていて、それをネラはありがたく思っていた。無意識の差別については、オーウェンはただ聞いてくれるだけで、ヴェラの署名なしのメールの意味についてああだこうだと十五分も話していると、目がうつろになった。マライカは自身の上司も厄介な人物なので、いつも〝どうぞ〟とばかりにネラには金言に思える言葉をくれた。

そういうわけで、反逆しろというマライカのアドバイスを聞いても、驚きはしなかった。実のところ、ネラが仕事の愚痴を漏らしはじめた初日から言われてきたことだった。〝楽しくないならくそくらえ。辞めちゃいな〟ネラは毎回、確かに辞めるべきだ――いつかそうする、と言った。レナードやメイジーのようにはなりたくないし、ヴェラのようにもなりたくない、と。けれども、さまざまな辞め方についてマライカと話して笑ったあとは、まだもう少しがんばれる、と言った。まだそこまでひどくはない、と。

でも今回は、マライカのアドバイスは見当ちがいに思えた。つい先日、もうすぐ昇進できるとリチャードに言われたばかりなのに、ワーグナーとの架け橋をすべて焼き落としてキャリアを台なしにするのはあまりにばかげている。もやもやとして、ネラはそれから六十秒間、最前列で踊っている五十すぎの女性についていこうとがんばり、胸の内については黙っていた。ヘイゼルがいようがいまいが、シャートリシアのことがあろうがあるまいが、まだあきらめる気にはなれない。何かほかに方法があるはずだ。

マライカはネラの心の揺れに気づいたようだった。プランクをもう一セットこなしたあと、ピットブルの上からもネラに聞こえるよう、大きく咳払いをした。「それが選択肢その一」ここしばらくでいちばん真剣な声だった。「でも、それは無理だってふたりともわかってる。だから、あんたがほんとうにすべきなのは、万全の準備をして打ち合わせに臨んで、ジェシー・ワトソンやあんたの上司や上司の上司をあっと言わせること。ジェシーがあんたと仕事をしたい、あんたとだけ仕事をしたいと思うようにさせるの。そのあとで、何カ月か前のプロフィール写真にいっしょに写ってたあの紫色の髪の子とジェシーが付き合ってるのかを確かめる。付き合ってなかったら、ジェシーにあたしの電話番号を渡して」

ネラは顔を輝かせた。

「だけど、真剣な話」マライカは上体をおろし、息をついてから続けた。「打ち合わせに出てジェシーにいいところを見せなきゃ。ジェシーと意気投合して、打ち合わせが終わるころにはいっしょに仕事をしたいって向こうから頼んでくるようにしないと。あんたじゃなかったら――リチャードが別の編集者を割り振ったら――ジェシーがワーグナーとの契約を結ばないように」

「でもヘイゼルが――」

「ミス・ヘイゼル〝厚顔〟メイは、ワーグナーで〝いい黒人の子〟の評判をとってるんでしょ？ヘイゼルが急にめちゃくちゃ……〝黒人〟になったら上司たちはどう感じると思う？」

「後ろのふたり！」アイザックが叫んだ。「ついてきて！」

ネラは床に向かって顔をしかめたあと、仰向けに転がった。これまで考えたことがなかったけれども、ヴェラとジェシーの両方の前でヘイゼルが両方にいい顔をするのはかなり難しそうに思えた。ジェシー・ワトソンはＪＦＫ空港の滑走路に降り立った瞬間にヘイゼルのうさんくささを嗅ぎつけるだろうし、ヘイゼルがヴェラと髪型の情報交換をしている様子をひと目見るなり、本性を見抜いて非難するだろう。

ネラはまた腹ばいになって手で体を支えた。「じゃあ、ジェシーとの打ち合わせに行くべきだと思う？」

「これまで一生懸命やってきたんだから、行かない手はないでしょ。でも、準備は周到にね。望みのものを手に入れるまでがんばらないと。味方になって、ジェシーの寵愛を勝ちとるの。少なくとも、ヘイゼルよりも気に入られるようにする」

背中をまっすぐにして腹部に力を入れていると、肩が焼けるように痛みはじめた。「でも、このジェシー・ワトソンの件がただのもうひとつのニンジンだったら？　ニンジンの向こうには何もなくて……またニンジンがあるだけだったら？」

「そうだとしても」マライカはつぶれたまま言った。「少なくともニンジンは手に入れられる。行動を起こすことを考えはじめるときかもね。そのニンジンを持って別の出版社に行けばいい。出版業界の人たちはみんなそうしてるんじゃないの？　前に、会社に不満を持ってたアシスタントの話をしてなかった？　そのアシスタントが上司の抱えてる作家のひとりにすごく親切にしてたら、転職したときにその作家がアシスタントについていったって」

ジョーイ・ラゴウスキーだ。ヴェラが一度その話をしてくれたのだが――ヴェラの口調は警告めいていた――それはアシスタントとしては最大の裏切りと見なされているらしい。おそらくは、作家を当人の面前で人種差別主義者呼ばわりすることの次に。

「あまりそそられない選択肢だけど」ネラは言った。「でも最初のよりは断然いい」

「わかる。あたしだって、別のイーゴリとやりなおさなくちゃならないなんて想像もできない。でも、とにかくあんたにはジェシー・ワトソンっていうすてきなニンジンが手に入るんだから」

マライカはくすくすと笑った。「あんたのニンジンをとってきなよ。あんたにはそれだけの資格があるってあたしたちにはわかってる。でも、まずはしっかり準備をしないとね」

17

二〇一八年十月二十五日

マライカは足を踏み鳴らした。「〝しっかり準備をしないとね〟とは言ったけど」うめくように言う。「〝あんたとあたしでしっかり準備をしないとね〟とは言ってない」

「しょうがないでしょ。発破をかけたのはそっちなんだから」ネラは身を乗り出してヘイゼルの家の入り口に並ぶ小さな銀色のボタンに目を凝らした。「わたし何番って言ったっけ」

「二番」

ネラはその番号を押し、しばらく待って、もう一度押した。「この番号を押してってヘイゼルは言ってた。全体がヘイゼルの持ち物らしいけど」

事実だと知っていたものの、そうは言いたくなかった。ヘイゼルの家がうらやましくてしかたなかった。そこは想像していたとおりの場所だった――つまり、ネラには永遠に手が届かないが、夢見ずにはいられない家だ。背の高いブラウンストーンの美しい建物で、ヘイゼルと恋人とファニータの三人が暮らしており、地下鉄G系統のクラッソン・アヴェニュー駅から歩いて五分、〈カール・セントラル〉から歩いて三分、ネラが常々行きたいと思っていた黒人オーナーが営むしゃれたヴィンテージショップ兼バーから歩いて一分という便利な場所にある。

一年前、オーウェンと腕を組んでクリントン・ヒルを歩いていたとき、いい値段のアップルジュース・スプリッツァーで少なからず酔ったネラは、冗談めかしてオーウェンにこう尋ねたことがあった。このあたりで家を買うには、アプリをいくつかダウンロード販売しないといけないか？

「うーん、ふたりでユーチューブチャンネルを立ちあげて、ぼくが髪の編み方を覚えないとだめだろうな」とオーウェンは答えた。ネラは笑ってオーウェンの腕をきつく握った。うれしかった――いい値段のスプリッツァーのおかげもあるが、それに加えて、ネラが送ったいまひとつ安っぽい異人種カップルのユーチューブ動画をオーウェンが律儀に見てくれていることがわかったからだ。ふざけて送った動画だったが、〝ねえ、見てよ――わたしたちはこの人たちみたいじゃなくてよかったでしょ？〟という意味もこめられていた。

けれどもいま、『コスビー・ショー』のハクスタブル家を思わせるブラウンストーンの家の急な階段をのぼるなか、揺れるスカートを足首まで持ちあげ、踏んで転んで顔を強打しないように気をつけながら、なぜそもそもみなが〝この人たち〟のようになりたがるのかをネラは思い出していた。ネラは、コートかけや自転車を置ける玄関ホールがほしかった。どちらも特に必要というわけではないものの、持つかどうかを選べるのはいいと思った。

「何を待ってるの？」マライカは手すりにもたれた。「早く行けば、それだけ早くあの子の本名を突き止めて、偽物のドレッドヘアを引き剥がしてさっさと帰れるよ」

「その短縮版の計画、いいね」ネラは茶化して言ったが、親友を連れてきたのはまちがいだったかもしれないと考えはじめていた。このナチュラルヘア・パーティに来てくれるようマライカを説得するのには、〈YBL〉の朗読会のとき以上の時間がかかり、いまもいやいや付き合っているのは明らかだった。ここに来る前に簡単な食事をしたとき、そのブリトーの店に八歳くらいのプエルトリコ人の子どもがアディダスのジャージと金の鎖をつけて現れたのだが、いつもならその子の服装をほめてハイタッチをするところなのに、マライカは何も言わなかった。さらには、通りで白人の男性が〈99プロブレムズ〉をラップしながらそばを歩いていったときにも、マライカは足を止めて男性がNワードをラップするかどうか確かめようとしなかった。

ネラはおどけてマライカを小突いた。「ねえ、ピットブルの件でわたしに借りがあるんだからね、忘れた?」

「あの時点であんたにはあたしに借りがあったの。だからいまは、またあたしが貸しを作ってる。でもこれは二倍で計算させてもらうから。よって、貸しはふたつね」

「わたしだって気が進まないのは同じ。でも、ふたりで話し合ったことを思い出してよ。わたしたちはヘイゼルとはなんのわだかまりもないふりをする。そうすることで、相手がヘイゼルだっていうわだかまりを捨てる」

「それはあたしが言ったんだけど、まあいいか」

「そうそう。どっちでもいいよ。じゃ、行こう」ネラは手を伸ばして、ふたつあるブザーを両方押した。ふたりの前に現れたヘイゼルは、ドレッドヘアを頭の上でまとめていた。

ネラのうなじの筋肉が緩んだ。もしメイドが出てきていたら、自分が何をしていたかわからなかった。たぶん家へ帰って、泣きながらいつもの安いテイクアウトの中華料理を食べていただろう。「ヘイゼル! こんばんは」

「ネル! 来てくれたんだ!」ほんの三時間前に向かい合って座っていたのが嘘だったかのように、ヘイゼルは駆けよってネラを抱きしめた。そのあいだネラは、少し離れたところで挨拶されるのを待っている親友が冷気を発散させているのを感じていた。それでも、ネラはマライカの腕をぎゅっとつかんで、この玄関ホールを見て興奮している、とヘイゼルに言った。

「すごくすてき」マライカは平板な声で付け加えた。

「ありがとう！　メラニーだったよね？」

「惜しい、けど、もう少し黒人的。マライカよ」

「そうだった。有名なインストラクターと働いてるんでしょ？」

「イーゴリ・イワノフね」

「そうそう。彼のインスタグラムのファンなんだ」ヘイゼルはそう言って、黒いTシャツの裾を引っ張った。紫のレギンスにライムグリーンのふわふわの靴下というのは、これまでに見たヘイゼルの恰好ではいちばんカジュアルな装いだった。ネラは自分が着飾りすぎていると感じた。実際、髪を梳かしたりグリースを塗ったりするナチュラルヘア・パーティに、仕事用のクリーム色のレースのブラウスを着てくるのはばかげている。とはいえ、いまさら気を揉んでもしかたなかった。

「このあいだ〈カール・セントラル〉で会ったときはあまり話せなくて残念だった」ヘイゼルは続けて言った。

「うん、そうだね」マライカは咳払いをした。ネラも、離婚した両親を無理やり学校行事に連れてきた子どものような気分になって、咳払いをした。首を伸ばしてヘイゼルの背後をのぞきこむと、廊下の奥に薄手の黄色いカーテンが見えた。ほかの部屋との仕切りにしてあるようだ。「パーティはあそこでやるの？　聞こえてるのはアニタ・ベイカーの曲？」

ヘイゼルは快活に言った。「うん。あそこは居間。あの曲は、結婚式で最初にかける曲のひとつにしようってマニーと話してるんだ」音楽のほうへと歩き出す。

マライカが歯の間から息を吸う音がして、ネラは場の空気が変わるのを感じた。「いい趣味。マニーはきょう参加するの？」ネラは明るい声で言った。

「ううん。男子禁制って言ってあるから。男友達と飲みにいってる」

がっかりだ。マニーはいい情報源になると思っていたのに。バスルームへ行って、電話で話した女性に早くも計画は暗礁に乗りあげそうだとメッセージを送ろうかとネラは考えたが、ひとりにしたらマライカがトラブルを起こしかねないと不安になった。

それに、女性たちからだって何かしら探り出せるだろう。すでに、アニタの歌声に重なって、女性たちの笑い声が聞こえていた。「女子だけっていうのが大事だよね」ネラは言った。

「まあ、マニーは残念がってたけど」ヘイゼルはふたりの先に立って、大ぶりなゴムの木の脇を抜け、小さなアンティークの木のテーブルの横を通りすぎた。テーブルには額に入れた写真が三枚飾られていた。ネラはいちばん大きな写真をのぞきこんだ。十五センチ×二十センチほどの白黒写真には、せいぜい二十五歳くらいに見える黒人四人が笑顔で写っていた。ほかの二枚はちらりと見ることしかできなかったが、二枚とも色褪せていて、そちらも昔に撮られたのは明らかだった。ヘイゼルはどちらにも写っていない。「マニーは髪が長くて縮れてるから、手入れにはかなり力を入れてるんだ。実のところ、わたしよりも熱心」

「あなたより？　あたしには信じられない」マライカがどこか後ろのほうで言った。

ネラは凍りついた。来た。いやみその一だ。あのドレッドヘアではないヘイゼルの写真をマライカに見せたのは失敗だった。しかし、もうなかったことにはできない。ヘイゼルは自分たちを居間に案内するのに手いっぱいで気づかないだろうと踏んで、ネラは後ろを振り返ってマライカをにらんだ。〝やめて〟声を出さずに唇だけ動かした。

マライカは気づかなかった顔をして、廊下の左側にかかっている古びた鏡に興味を引かれたふうを装った。

「これは何？」

ネラはむち打ちになりそうな勢いでまた前を向いた。ヘイゼルが立ち止まって、ネラたちを興味深そうに見ていた。アニタの曲が終わって、さらに陽気なアン・ヴォーグの曲が流れ出した。

「この凝ったブロンズの縁飾り、きれいだね。この鏡はすごくすてき」

「その古い鏡？　ありがとう、マル。それはマニーのおばあさんのだったの。ここにはおばあさんが七〇年代から住んでて、亡くなったあとに娘さんがわたしたちに譲ってくれたんだ」

マライカは重々しくうなずいた。「うらやましい。ところで、〝マライカ〟って呼んでね。〝マル〟じゃなく」

「ええと、わあ――あれを見て！　あれはマニーのおじいさまとおばあさま？」ネラは叫ぶように言って、先ほど見つけた古い白黒写真を指さした。笑みを浮かべたカップルが写っている。

「それはわたしの祖父母」ヘイゼルは言った。「ワシントンへキング牧師のデモ行進に行く前の日に撮ったもの。わたしの祖父母四人全員がデモに参加したの。それってすごくない？」

一瞬、ネラは息をするのを忘れた。「すごいね」

ヘイゼルはわずかに首を傾げた。ヘイゼルの頭のなかで歯車が勢いよく回転しているのが見える気がした。ネラの頭ものすごい速さで回転していた。何カ月か前、〈ニコズ〉でヘイゼルは、祖父が強制バス通学の抗議デモで死んだのは何年だと言っていた？　一九六一年？

そして、ワシントン大行進があったのは……一九六三年だ。十代のころ、父親がよくそういうクイズを出していたので覚えている。父親が『バーニング・ハート』をプレゼントしてくれたのもそのころだった。

「祖母は再婚したんだ」ヘイゼルはほぼ間髪入れずに言った。「だからそれは義理の祖父になるんだけど、〝義理〟ってつけるのは面倒だし……」

もう手遅れだ。「そうなんだ」ネラは満足してうなずいた。「前に進めたなんて、おばあさまを尊敬する」

マライカはとまどった顔で、ネラから敵へと視線を動かした。しかしヘイゼルはそれを無視してまた歩き出した。

ネラはいつの間にか詰めていた息を吐き出した。「それで、きょうは何人来るの？」

「七人かな、全部で」

「そう。大学の友達？　それとも――」

「ばらばらなんだ」ヘイゼルは言った。「いろんな場所で知り合った人たち。ほら、友達を作るところって言えば――大学とか、前の会社とか、前に住んでた場所とか……いろいろ」

「へえ。そういう人たちといまも連絡を取り合ってるなんてすごい。何度も引っ越してるんでしょう」

「まあね。こういうパーティだと、人数はもう少し少ないほうがいいんだけど。三人とか」ヘイゼルはついに、戦前からあったようなカーテンをくぐった。「そのほうがひとりひとりに時間を割けるでしょ。でも、誘ってみたらみんな食いついてきて。みんなと言えば……」ヘイゼルはドアロで立ち止まり、居間のオレンジ色の光に照らされている女性たちに声をかけた。「みんな、ネラとマライカを紹介するね。ネル、マル――」ヘイゼルは脇に退いてふたりを居間に通した。

「こちらが、みんな」

「マ、、ライカだから」マライカがしかつめらしく言うのと同時に、部屋の右隅に置かれた緑のペイズリー柄のアームチェアから笑い声が聞こえた。アームチェアにはエレイン・ブラウン並みの大きさのアフロヘアの黒人女性が座っていて、ネラたちが来るまで雑誌をめくっていたようだった。床にはネラの手のひらの色の肌をした曲線美の黒人女性が座っていて、目をくるりとまわして後ろの大きなソファに座っているファニータを肘でつついた。女性の髪をいじっていたファニータは、頭を振ってグリースを塗りつづけた。

ネラは落ち着かない気分で唇を噛んだ。手をあげて、ぎこちない美人コンテスト参加者のようにひらひらと振った。自分が場ちがいに思えてどうしていいかわからないときにいつもやるしぐさだった。「みんな、はじめまして」

ペイズリー柄のアームチェアの女性がくすくすと笑いつづけるなか、ファニータが口を開いた。「ちょっと、ヘイゼル。わたしたちは名前も言ってもらえないわけ？　やれやれ」

「ヘイゼルは〝こちらから、みんな〟って言ったよ」床に座っていた女性がファニータからそっと体を離して立ちあがり、ネラ、そしてマライカの手を握った。「エボニーよ」

「キアラ」エレイン・ブラウン並みのアフロヘアの女性が言って雑誌を振った。その雑誌が《ハーパーズ》なのをネラは見逃さなかった。マーキングをしていたかのように女性がペンを持っていることも。

「ファニータのことは覚えてるでしょ？」

「もちろん。また会えてうれしいです」ネラは言った。マライカもうなずいて、かろうじて挨拶を口にした。

ネラとマライカがエボニーの両側に置いてあったクッションに腰をおろすと、ヘイゼルが部屋を見まわして言った。「カミーユはどこ？」

「席をはずしてる」ファニータが言った。「彼氏に電話しなくちゃいけないとかで。彼氏はいま会社から帰るところで、通勤時間の少なくとも半分はカミーユと話をしたがるんだって」

部屋の中央に置かれたイケアのものらしい小さな四角いテーブルから、マライカがブルーコーン・トルティーヤチップスをひとつかみ手にとった。イケアのものらしい家具はそれひとつで、あとは長年愛用されてきた品らしいのを、ネラは興味を持って眺めた。ネラが座っている緑とベージュのクッションはキアラのアームチェアの見た目と同じようにやわらかく、壁に飾られた絵――さまざまな鮮やかな背景に描かれた、人間の喜びを表現しているらしい黒い人影――は別の時代を偲ばせた。そうした二枚の絵のあいだに、二メートルほどもある、埃をかぶっているものの根強そうな金のなる木があった。ブッシュが大統領だったころからそこにありそうな木だ――おそらくは父親のほうのブッシュが。

「カミーユの恋人は午後の八時半に会社を出るんだ？」以前からカミーユを知っているかのように、マライカが信じられないという声で尋ねた。「なんの仕事をしてるの？」

「保険会社で働いてる」ヘイゼルはマニーの姉の隣に腰をおろしながら言った。「でも住んでるのは……どこだったっけ、エボニー」

「どこか西のほう。コロラドかな」

「モンタナじゃない？」ファニータが言った。

エボニーが鼻を鳴らした。「そんな感じ。どっちでも大差なくない？」

「ミズーラに住んでるのよ」キアラが雑誌をめくりながら割りこんだ。

ネラはポテトチップスを喉に詰まらせかけた。「ミズーラ？」

「そう。少なくとも、携帯電話で写真を見せてもらったハンサムは、ミズーラに住んでる。〈パタゴニア〉の広告から抜け出てきたみたいな人」キアラが剝き出しの肩をすくめると、紫がかった薄い青のタンクトップの下にふたつの力こぶができた。

「住んでたことがあるの？」ヘイゼルが驚いた顔でネラに訊いた。

ネラは首を横に振った。「ううん。ただ――カミーユもそこの出身？」

「信じるかどうかは別として、そう。あそこで生まれ育ったわずか〇・五パーセントの黒人のひとり」

「それはすごいね」マライカが言った。

ネラは親友を見た。ここに来るまで吸血鬼めいた歯が上下に並んでいるのを想像していたヘイゼルの友人たちが普通にしゃべっているのを見て、ようやく安心したようだ。けれども、目が合ったとたん、マライカのくつろいだ様子がたちまち心配げなものに変わった。眉間に皺を寄せて、〝だいじょうぶ？〟という顔をしている。

ネラはだいじょうぶではなかった。だいじょうぶにはほど遠かった。

唾を飲みこんでヘイゼルのほうを見ると、ヘイゼルはソファの後ろからバッグを持ちあげて、細長い色鮮やかな布を取り出しているところだった。「このあいだの週末に、たくさん買ってきたんだ――ほら、インディアにスカーフを買った、あのアフリカンファブリックの店で」そう言って、白と赤の小さなダイヤモンドが無数に描かれた黒いスカーフを掲げた。「セールをやってて、二枚で二十五ドルだった。どれがいいか見てみて」

「どれもきれい」マライカはヘイゼルからバッグを受けとってネラに手渡した。「ネル、その黒と赤のやつが似合いそう」

ネラはぎくしゃくとバッグを受けとったが、まだミズーラに引っかかっていて、マライカが怪訝な目を向けつづけていた。親友を脇に連れていって、ここに来たのはやはりいい考えではなかったかもしれないと言おうかと思ったが、こういうこぢんまりとしたパーティでふたりで内緒話をするのは、よくても非常識に見えるし、悪ければ疑いの目を向けられる。

ネラはマライカの言ったスカーフを手にとって光にかざした。「これが優勝かも」そう言って、バッグを足のあいだに置いた。

「いいセンス。こっちにずれてきてくれる？　巻き方を何種類かやってみせるから、覚えたいのを選んで」

「いいね」ネラは髪から大きな黒いゴムをとり、クッションをずらしてヘイゼルの膝に肩をもたせかけた。そうしたとたん、背中の筋肉になつかしい感覚がよみがえった。ヘイゼルの手が髪に触れてゆっくりと解きはじめ、子どものころに母親によくこうされたことを思い出さずにはいられなくなった。祖母にもこうされた。父親に祖母のところへ連れていってもらうたび、祖母は孫娘の髪を編みなおしたがった。たいていの場合、ネラは髪をいじられるのが好きではなかった。コーンロウにするときも、家でリラクサーを使うときも（その年、ネラの母親が〝節約〟をしないと、と言ったのだ）、母親のつまらないメロドラマに付き合わされるときも、祖母がカーラーを額ぎりぎりまで近づけたがって〝触ってないから！〟と請け合っても肌が焼けているように感じるときも。ネラは頭皮が敏感だった。昔からずっと。じっとしているのも苦手だった。

それでも、そういう時間には何か奥深いものもあった。何か、つかみどころのないものが。週末にケーブルテレビのＴＶ１でシットコム『２２７』の一挙放送を見ながら母親の膝のあいだで何時間も過ごしたことを友達に話したとき、友達の目のなかにその何かが見えた（そのあと、

『227』が何かを説明した)。それは、ネラは知っているけれども黒人以外の十代の女の子には経験できない、母親との長時間の触れ合いに存在する何かだった。そうした触れ合い――どれだけの時間を髪に触れられて過ごしただろう――が家族の女性たちについて教えてくれるちょっとしたことのなかにある何かだ。互いに教え合う髪の手入れ方法。苛立ちの微妙な限界線が悪臭のように漂いはじめるまでの忍耐力。完璧主義。

成長するにつれて、ネラはそうして学んだことを自分の髪の手入れに取り入れていった。けれども、そうやって意識せずにしがみついていたものこそが、髪を切るという行為にネラを向かわせたそもそもの原因だった。結局それが、髪を自然のままにするという考え――自分で手入れできるようになるという考え――に惹かれた一因なのではないか?

それでも、ネラは髪を梳かされるのを感じながら肩の力を抜き、ヘアピンをあちこちに留められるのを感じながら不安を手放していった。会社で別の黒人にまちがえられたことを忘れた。車の後部座席に押しこまれた女性のことを忘れた。ぞっとする〝黒人の子〟の表紙のことを忘れた。すっかりリラックスしていたので、何かなめらかなものが頭皮にひやりと触れたときにも、ひるんだりはしなかった。それどころか、ずっとそれが体の一部だったかのようにそちらに身を寄せ、歓迎した。

「それは何?」

耳のすぐそばでマライカの声が聞こえて、ネラははっとした。目を開けて――いつの間に閉じたのか、思い出せない――親友が頭に鼻を近づけてにおいを嗅ぐのを無言で見つめた。

「わたしがずっと使ってるヘアグリース。〈スムーズ〉っていうの。〈カール・セントラル〉で会ったとき、ネラにあげたと思うんだけど」

「ああ、うん」ネラはつぶやき、ヘイゼルが持っている蓋の開いた青い容器に目を向けた。「〈ブラウンバター〉みたいなにおいのするやつ」

「そうそう。スカーフを巻く前に、頭皮を整えるのが好きなんだ」ヘイゼルは説明した。「潤いを閉じこめるの。わたしがあげたやつを使ってるんでしょ、ネル」

「もちろん」

その嘘が通じなかったらしく、マライカはいぶかしげな目を向けてきた。「ふうん、いいにおい」そして、容器に手を伸ばした。「ラベルを見ていい？　ネラは新しい製品を見つけたなんて教えてくれなかったから」

キアラが雑誌からすばやく目をあげてマライカをじっと見た。そのあとネラに目を向けたが、何も言わなかった。

一瞬、間が空いた。そして、ヘイゼルは容器をマライカに手渡した。「どうぞ。ただ、ラベルはないけど」

「ラベルを読むのが好きなタイプなの？　マライカ」エボニーが尋ねた。

「まあね」

「キアラもそう。スーパーから引きずり出さないといけなくなるくらい。ときどき面倒くさいんだよね。あたしたち、ルームメイトなんだ」エボニーは説明した。

「ちょっと」キアラが雑誌を置いて抗議した。「わたしは体に塗るものをよく知りたいだけ。それの何が悪いのよ」

「確かに」ネラは言った。「ねえ――話は変わるけど、《ハーパーズ》を購読してるの？　定期購読しようか迷ってるんだ」

キアラは首を横に振った。「〈ホールフーズ〉のレジ前に置いてあるのを買ってる。先学期に創作の教授に勧められたから、わたしも購読しようか考えたんだけど、ちょっと高くって。それに、いまもう、いろいろとってるし。《ニューヨーカー》、《ニューヨーク・マガジン》、《アトランティック》——」購読している雑誌をあげながら折った指を見つめて、さらに思い出そうとしている。「あと何冊かある。思い出せないけど。ほとんどは家族からのプレゼントなの」

「うん、けっこうかかるよね」ネラは言った。「わたしは出版社で働いてるから、ありがたいことに《パブリッシャーズ・ウィークリー》は割引で買えてる。給料は少ないけど、そこはたくさんあるいい点のひとつかな」目をくるりとまわして付け加えた。

「まあまあ、給料はもっと少ないところもあるよ」ヘイゼルは新しく作った房にさらにグリースを塗った。「前に働いてた雑誌社なんて、給料はいまより安かったのに二倍くらい働かされた」

「でも、ボストンにいたんでしょ？　生活費はここと比べれば安いんじゃない？」

「たいして変わらないよ」

「どこの出版社で働いてるの？」キアラが雑誌を足もとに置いて尋ねた。

「ワーグナー」ネラが言うと同時に、ヘイゼルが言った。「同じ会社なんだ」

「うわあ」キアラはゆっくりとうなずき、エボニーに〈ウィート・シン〉のクラッカーが入った小さな器をとってと合図した。「そうなの。いい本を出してるよね。働くのは楽しいでしょ。それに、リチャード・ワーグナーは、なんていうか、神」

「すごい人だよね」

マライカが眉をあげた。「そうなの？　確かこのあいだは——」

「きっと優秀なんだね」エボニーが割りこんでネラを見た。「あそこに入るのは難関中の難関だって聞いた」

「インターンになるのだって、ローリン・ヒルを時間どおりに来させるより難しいって」キアラが同調し、クラッカーを一枚口に入れた。「おめでとう！　すごいね。誇っていいことよ」

「ありがとう」ネラは笑みを浮かべた。誇らしさが湧きあがって、リチャードに〝きみは熱心に働いている〟、〝きみを大事に思っている〟と言われたことを自慢したくなるのをなんとか我慢した。「働きはじめて二年以上たつんだけど、そろそろもう少し責任のある仕事をさせてもらえそうなんだ。自分の本を編集できるかも！」

軽く髪を引っ張られたのを感じてネラは顔をあげたが、ヘイゼルの手は膝に置かれていて、髪には触れていなかった。「それで、ええと、あなたたちは何をやってるの？　訊いてもよければだけど」ネラはすばやく付け加えた。これはナチュラルヘア・パーティで、人脈作りの会ではない。

「別にかまわないよ。わたしは英語学部を卒業したところ」キアラが言った。キアラは確かに若そうだった。ベビーフェイスというだけでなく、上下のまつげに引いたアイラインやファンデーション、完璧なマットリップから察するに、毎日出かける支度をするのに鏡の前で四十五分は費やしているように見えた。「でも、いまは就職活動中。それでヘイゼルと知り合ったの」

「あたしも同じ」エボニーが言い、〈ウィート・シン〉を返してというしぐさをした。「あたしたちはニューヨーク大学にいっしょに通ってたんだ。あたしが卒業したのは二年前だけど。この一年は《パリ・レヴュー》でインターンをしてる」

「でも、今年じゅうにフルタイムのアシスタントの職をもらえるのはほぼ確実」ヘイゼルが誇らしげに言った。「ごめん、自慢せずにはいられなくて。エボニー――あなたはすごいよ」

「へえ、なるほど。文学畑の子ばっかりなんだ」マライカが明るく言った。「ネル、あんたはいつも、出版業界は白人だらけだって言ってなかった？」

ネラは片方の眉をあげた。ネラも同じことを考えていた。「白人だらけだよ」ぎこちなく言った。「この業界にあなたたちも加わってくれるのはうれしい」

「ほんとにうれしい」ヘイゼルがうなずいた。「わたしたちふたりじゃ、できることがかぎられてるから」

「ええと、わたしは本にも書くことにも興味はないけど」ファニータが誇らしげに言った。「美容技術者の資格をとる勉強をしてる」

「すてき！」マライカは手に持っていた容器にまた目を向けた。「髪に詳しいなら――ヘイゼルがネラの髪に塗りこんでるのはどういうものなのか教えてください。手作りか何かなんですか？　だからラベルがない？」

「そう、そのとおり」ファニータは言った。「ねえ、エボニーが終わったら、次はあなたの髪をやってあげる。今夜はどんな髪型にしたいか決まってる？」

マライカは手のなかで容器をまわし、ラベルのないプラスチック容器からは見つからない答えを探した。「ありがとう、でもグリースは塗らないでください。髪を少し編んでもらおうかな、だいぶ寒くなってきたし……」

「ファニータは髪の保護に力を入れてるんだ」エボニーが言った。

「それはほんとう」

ネラの背後から同意のつぶやきが聞こえ、さらに声がした。「〈スムーズ〉は保湿効果も高いから、お勧め」

マライカは肩をすくめて容器を返した。「ありがとう、でも遠慮しとく」

「どうして?」ファニータが言った。

「成分がわからないヘアケア製品はあまり使いたくないから。どんなものでもそうだけど――ヘアケア製品は特に」

「ほんと、マライカはそういうことに厳しいよね」

ネラがそう言ったとき、ヘイゼルがスカーフを巻きはじめたので、ネラは親友の顔を見あげてまた例の目つきを向けられているのを確かめずにすんだ。信頼できるヘアケア製品だけを使うというマライカの信条は理に適っている。それでもネラは、同意する勇気を掻き集められなかった。エボニーが身を乗り出して、ファニータに舌打ちされながらマライカの髪をじっと見た。「なかなか大変そうな信条。それって……〈ターゲット〉とかで買い物するってこと?」

その場にいるほぼ全員が、見るからにぞっとした顔をした。「〈シアモイスチャー〉を使ったらひどい目に遭った」キアラが言った。「毛先がものすごく傷んで。〈ターゲット〉そのものに行くのをやめちゃった」

「え、わたしはずっと〈シアモイスチャー〉を使ってたよ、いまは〈ブラウンバター〉だけど」ネラはとうとう勇気を奮い起こして言った。「そんなにひどくはないよ」

「まあ、髪質はひとりひとりちがうから。あたしの髪は敏感ってだけ」マライカは淡々と言った。「何年か前にブロンクスでやってたナチュラルヘアケアのフェアでラベルのついてない製品を買ったら、ひどいことになってそれでもう懲りたんだ。もう絶対にラベルのないものは使わない。自分で作ったヘアグリースは別だけど」ヘイゼルのほうを向いてマライカは続けた。「あなたのには何が入ってるか教えてくれたら、使う気になるかも」

ネラの生え際に巻かれたスカーフがきつく締めあげられた――痛いくらいに。しかし、ネラは何も言わなかった。「秘密のレシピなんだ」ヘイゼルはにっこりと笑った。「友達のお母さんの友達の友達が作ってて、何が入ってるかは誰にも教えてくれないの。絶対に。ごめんね」

「気にしないで」マライカの態度は夏の雨のように穏やかで明るかったが、そのやりとりのあと、目の奥で嵐が吹き荒れるのをネラは見てとった。「ネル――そのスカーフ、すごくよく似合ってる」

「そう？」

キアラが雑誌を置いた。「ほんと、すてき。スカーフが似合う顔立ちね」

「ほんとうに？　スカーフはつけたことがなくて」ネラは――分別が警告していたにもかかわらず――ほめられて気をよくした。「おしゃれってことでは。寝るときだけ巻いてる」

「見せて？」

ネラは振り返って、ヘイゼルが出来映えを見られるようにした。ヘイゼルはうなずいた。「いつもつけてるほうがいいよ。それに、いまも保湿ケアできてるって思うとすごいでしょ。ファニータ、手鏡はある？」

「いけない」ファニータは腿を叩いた。「何か忘れてると思ってたのよね。車に置いてきたみたい。エボニーの髪ができたらとってくる」

「とりあえず写真に撮るよ」マライカが言い、バッグから携帯電話を取り出そうとした。しかし、ネラはそれを押しとどめた。

「だいじょうぶ」ネラはいくぶんそっけなく言い、マライカの目をじっと見て、理解の光が浮かぶのを待った。「お手洗いに行きたいから、そうしたらそこで鏡も見られるでしょ？」

「もちろん。お手洗いは二階の左のドア」ヘイゼルが、来たときに通ったドアを指さした。

ネラは礼を言い、置いていかないでというマライカの懇願のまなざしを無視してクッションから立ちあがった。そして、カミーユと恋人は電話でやってるんじゃないかとキアラが冗談を飛ばすなか、部屋を出た。

カミーユ。ミズーラ出身。

偶然のはずはない。何週間か前にプリンターで見つけた名前のリストは、ただの来客リストや作家のリストではない。

〝いろんな場所で知り合った人たち〟とヘイゼルは言っていた。ヘイゼルが彼女たちを集めたかのように。黒人女性のたまごっちをやっているかのように。

ネラは足を速め、一段飛ばしで階段をあがった。のぼりきると、ドアが三つ見えた。左のドアは少しだけ開いていて、隙間からキャンドルのかすかな光が漏れていた。ほかのふたつのドアはしっかりと閉まっている。

時間が過ぎていく。探索できる時間は五分とネラは見積もっていた――マライカがうまくみなの気をそらしてくれれば、七分だ。ネラは最後にもう一度キャンドルの光に目を向けてから、迷いを断ち切り、右のドアに手を伸ばしてノブをまわした。

18

ネラは事実上、ヘイゼルの部屋に忍びこむことになる。本来ネラは自分のものではない領域に入りこむような性分ではなかった。公平を期せば、そんな機会がほとんどなかったとも言えるが。ひとりっ子だったし、小さいときはよく両親の部屋で映画を見せてもらったりもしたので、家のなかのほぼすべての部屋が出入り自由だった。とはいえ、大きくなって好奇心が育ってからも、バスルーム以外の部屋に故意に入りこんだりはしなかったし、洗面台の上の自分のものではないキャビネットの扉を開けたりもしなかった。

道徳観念が強いからというわけではない。『悪魔のいけにえ』をごく小さいときに見たせいだ。自分のものではない場所を探っているときに何が起こりうるかをネラは知っていた。最悪の場合、マスクをつけた大男が現れて自分を奥の部屋へ連れていき、なぶり殺しにする。よくても、三十分間追いまわされて気が触れて、人生から逃げつづけることになる。

ヘイゼルの部屋のドアを開けたとき、何が現れると思っていたのか、ネラは自分でもよくわかっていなかった――肉切り包丁を持った男はいないだろうが、ストーカーめいた距離から撮られた自分の写真といった、気味の悪いものが見つかることはあるかもしれない。ヘイゼルがほんとうに自分を標的にしていると信じる根拠はなかった。ワーグナーのみながもてあそばれていて、自分だけがそのごまかしに気づいているのかもしれない。

ネラはすばやく部屋に入り、ノブをひねってからそっとドアを閉めた。金属同士がぶつかる音がシャーデーの〈スムース・オペレーター〉が流れるなかで聞こえるとは思わなかったが、念のためだ。出会った日からヘイゼルは何につけても一歩先を行っていた。今回もそうならない保証はない。

しばらく壁を手探りして、ついに明かりのスイッチを見つけた。チェーンソーを振りまわす精神病質者の姿が脳裏にちらついたが、明かりをつけた。暗がりに光が満ちると、そこは拷問部屋などではなく、二十代のカップルが使う寝室としてはごく普通の部屋だった。サムスンの薄型テレビが奥の壁にかけてあり、〈ソノス〉のスピーカーやWii、Wi-Fiルーターが並んでいる。テレビと向き合って部屋の真ん中にクイーンサイズのベッドが置いてあり、〈ターゲット〉で見たことのある栗色のブランケットがかかっていた——ネラも買おうとしていたのだが、その前にオーウェンがセール売り場で黒とグレーのブランケットを見つけてきた。

ネラはベッドのほうへ歩いていって、部屋をさらに詳しく観察した。あと五分もすれば、どうしたのかとみなが疑問に思いはじめるだろう——マライカが平静を失ってヘイゼルのドレッドへアをけなしはじめたら、残り時間はもっと減るかもしれない。

だめだ。悪い想像をするのはやめて、この部屋に物を隠すとしたらどこかを考えよう。隠し場所は、マニーがどこまで知っているかによって変わるはずだ。ヘイゼルの本名が別にあることをマニーが知っているなら、奥の奥まで探る必要はない。知らないなら——奥まで探る時間があることを祈るしかない。

部屋の奥にかかっている栗色のカーテンを開けた。カーテンの奥にはたくさんの服があった。異国ふうの、ひと昔前に作られたようなはっきりとしない柄のさまざまな布地の服だ。水色のブレザーの袖をつかみ、そのあとアフロパンク・フェスティバルで見かけそうな麻布の服のポケットを探った。丈の長いその服は、ロンパースかマキシ丈の田舎ふうワンピースかよくわからず、前者を想像しただけで内腿が痒くなった。

とりあえず深く考えるのはやめて、クローゼットの反対側を調べた。男物の深緑のスウェットパンツ、明るい緑のランニングパンツ、グリーンベイ・パッカーズのTシャツ。〝あなたの恋人はすばらしい髪を持つすてきな工芸品アーティストかもしれないけど〟と思いつつ、ネラは床に置かれた靴にライトを当ててそれがほんとうにただの靴かを確かめた（ただの靴だった）。〝でも服の趣味はワンパターン、平凡〟

それはともかく、ネラはナイキやアディダスの靴を数え、もうじゅうぶんだと判断した。クローゼットから離れて、ほかの隠し場所を想像し、デスクや無造作に置かれたパソコンがないか探した。家具は多くなかった。そして――ようやく――ヘイゼルとマニーの部屋にはそもそも物があまりないことに気づいた。本が散らかってもいないし、誰かの結婚式のパネルの前で撮った写真もない。汚れ物があふれたバスケットもない。あるのは最低限の小物だけだ。香水の壜と化粧水のボトルとデオドラントの青いチューブ、ラベルのついていないヘアグリース、ヘアピンを入れた小さなカップ。ヘイゼルのブースと同じように、片づいていて個性が感じられない。

奇妙だ。

途方に暮れて、もう一度ベッドに目を向けた。探ってみる価値はある。膝をつき、ひんやりとしたフラシ天のバーガンディ色のカーペットに手をついて、ベッドフレームの下をのぞいた。何も飛び出してはこなかったので、携帯電話のバックライトで奥を照らした。やはり何もなかった。〝それはそうだろう〟とネラは床から体を起こした。〝ベッドの下なんてわかりやすすぎる〟

焦りはじめて、心が揺れた。時間がなくなりつつある。こんなことをする意味はあるのだろうか？　自分は何が見つかると思っていたのだろう？

もう一度部屋を見まわして、聖母マリアに祈った。そのとき、テレビの下にある両開きのガラス戸に気づいた。ヘアグリースらしきものの壜がいくつかしまってあり――さらに重要なことに――その横にマニラフォルダが見えた。

やった。

ガラス戸のほうへ歩きはじめたとき、携帯電話が振動しはじめた。〝オーウェンからでありますように。どこにいるのか訊く電話でありますように。今夜どこに行くか、オーウェンに話してあった？　とにかくマライカではありませんように。どうか――〟

トイレにふたりあがってく。コード・ケンテ

ふたり……いっぺんに？　どのふたりだろう？　ここはクラブではなく、ヘア・パーティなのに。

ネラは〝ＯＫ〟とだけ返し、落ち着こうと努力した。あがってきたふたりは、下へ戻ってバスルームにネラがいなかったと報告するだろう。けれども、〝コード・ケンテ〟は、まだ誰も疑っていない――少なくとも、疑っていないように見える――という意味なのをネラは知っていた。つまり、単純に連れができるということだ。

スカーフの下から汗がひと粒、額に流れ落ちた。次の瞬間、手慣れた泥棒のように、ネラは明かりのスイッチに飛びついて、あがってきた誰かがヘイゼルに寝室の明かりを消し忘れていると伝えないように――もっと悪ければ、自分たちで明かりを消しにこないように――した。もし見つかったら、〝急に誰もいない場所で電話をしないといけなくなった〟と言おう。さらなる言い訳が必要なら、〝母からの電話で、母は具合がよくないの〟と言えばいい。

携帯電話のライトと、忍びこんだ当初の三分の二ほどになった勇気だけを頼りに、ネラはキャビネットまで戻って、ガラスに指紋を残さないよう気をつけながら片方の扉の取っ手を握った。そしてマニラフォルダを取り出して中身をめくり、さまざまな雑誌の切り抜きらしきものを見ていった。

しかし、そろそろフォルダをもとに戻してキャビネットの扉を閉め、逃げ出す算段をしようと思ったとき、指が光沢紙とはちがう一枚のページに触れた。さらに一枚。ライトを当てて注意深く見てみると、フォルダの中身の四分の一はレターサイズの普通紙だった。

ネラは歓喜の声をあげそうになるのを抑えたが、手のひらサイズの顔写真が並んでいるのを目にしたとき――どれも見覚えのある顔で、肌はさまざまな色合いの茶色だ――小さな声を漏らした。エボニー、キアラ、そして写真に添えられた名前によればカミーユ。顔写真の横には町の名前、三桁の番号――何かの通し番号だろうか――、たくさんの手書きのメモが記入されている。

勘は当たっていた。

まずとっさに考えたのは、マライカのところへ走っていってこれを伝えることだった。そしてマライカにヘイゼルの注意をそらしてもらっているあいだに、ほかの子たちにこれを教える……でも、何を？　実のところ、何を言えばいいのかわからなかった。このメモを全部読んでいる時間もない。少なくともいまは。そこで、次に浮かんだ考えに従って、あとで見られるように書面を写真に撮った。そして、やむをえず、ページを先へ先へとめくっていった。数メートル先でトイレを流す音が聞こえ、ページをめくる手を速めた。

当たりを引いたのだ。最初のページと同じようなページがたくさんあり、どれも黒人女性の写真でいっぱいだった。下にいる子たち以外に知っている顔はなかったが、とにかくページをめくりつづけ、慎重さを——そしていまいましいルールブックを——かなぐり捨ててよかったという確信を強めた。暗闇のなか、ヘイゼルの部屋でフォルダをめくりながら、自分はいま、常軌を逸しているように思えた謎の答えを見つけつつある。

そのとき、もうひとつの答えを見つけてぞっとした。

最初にカーテンが目に入った。淡い青緑色のカーテン——ネラの母親のものだ。そして、そのカーテンの前に立つ、目を輝かせてワインでほろ酔い加減になっている女性……

ネラだ。

愕然として、自分自身をじっと見つめた。その写真は二十四歳の誕生日に、コネチカットへ戻って家族とお祝いをしたときに撮ったものだった。心配ひとつない、幸せいっぱいの顔で写っていたので、パーティのあとすぐに、ソーシャルメディアのアカウントのプロフィール写真を全部これに変えた。これほどよく撮れた写真はほかになかったので、それが公にアップしたなかでいちばん新しい自分の写真になっていた。

何日か前、ネラに調べてみるよう促したあとにあの女性が送ってきたメッセージを思い出した。

彼女はあなたにも迫っている

ネラの写真のあとに、もう一枚ページがあった。十分の一秒ほどためらったあと、ついにそのページをめくると——ここまで来て、めくらないなどありえない——見まちがえようのないケンドラ・レイ・フィリップスの姿が目に入った。

恐怖と困惑が胸に渦巻くなか、ケンドラ・レイをすばやく写真に撮った。そして思考停止したまま、自分のページに戻ってそれも写真に撮った。携帯電話のフラッシュが、チョコレート色のリップを塗った唇と伸ばしはじめたばかりの短いアフロヘアを一瞬照らし出した。それでも、フォルダに戻す前に、そのページの残りの部分に目を走らせた。ネラは唾を飲みこみ、床に座ってひと文字残らず読みたい衝動と、すべてを手近なごみ箱に投げ入れて火をつけてしまいたい衝動に引き裂かれた。

　ネラには丸々一ページが割かれていた――ほかの女性たちのように一行だけではなく。写真の下にはショッキングピンクの付箋が貼られ、手書きのメモが書きこまれていた。〝じゅうぶん悦に入っているようだ。だが、もう少し働きかけても害はない――八個注文したものが十月二十日に届く〟

　もうじゅうぶんだ。ネラはフォルダをキャビネットに戻し、扉を閉めた。そして忍び足でドアへ向かった。廊下へ出ようとしたとき、またトイレを流す音が聞こえて、話し声がした。

「ねえ、ネラは帰るなりなんなりしたのかな？」

　ネラは凍りついた。

「さあ。彼女は強制対象なんでしょ？」

「うん」

「変だよね。どうしていやなのかな。うちの母がわたしの年のころにこれがあったら、大喜びしたと思うけど」

「自分の魅力だけでやっていけると思ってるうぬぼれた子なんじゃない？」

「うわ、最悪。ヘイゼルが手を差し伸べてくれてよかったよね」

手を差し伸べる？　ネラは唇を噛んだ。この子たちはヘイゼルの犠牲者ではない。仲間だ。

　ネラは息をひそめ、水が流れる音に耳を澄ました。しばらくして、もうふたりとも一階へ戻ったのかと思ったとき、片方の子――キアラだろう――が言った。「わあ、ファニータはさすがね」

「いい感じ？」

「うん、でもいじらないほうがいい――そのままにしておきなよ」

「だって――きつくって。少しゆるめに編んでって言ったんだけど」

文句を言うなとキアラが言ったのかどうか確かめるチャンスはなかった。階段をおりる足音が聞こえていた。静かになってから十数え、もう一度十数えて、ネラは入ったときと同じすばやさでヘイゼルの部屋を抜け出した。

「最悪だったよ」マライカは言った。「想像してたよりずっとひどかった」

黙ったまま、ネラは地下鉄のホームの汚いベンチに座り、マライカと電車を待っていた。

「みんな〝この〟業界やら〝あの〟業界やらで仕事を見つけて働くことしか考えてない」マライカは続けた。「それと髪のこと……ほかに興味はないわけ？　あたしも髪は自然にしておくのが好きだけど、あたしが二分おきにその話をするのを聞いたことある？」

ネラは黙りつづけていた。

「それと、髪といえば――あたしが身を乗り出してドレッドヘアに触ろうとしたときのヘイゼルの顔を見せたかったな。あれはまさしく――」

「ねえ、マル、ちょっと黙って」ネラは強い口調で言い、自分の声に自分で驚いた。ヘイゼルの家を出てから地下鉄の駅に着くまで、混乱のあまり何もしゃべれなかった。歩くのさえやっとだった。自分の頭も体も信用できなかった。

ネラはホームにいる人々の顔を見まわした。ヘイゼルの仲間がつけてきていないのを確認してから、携帯電話を取り出した。「誰も何も疑ってなかったのは確か？」

「あんたが上へ行ってすぐに、くだらない髪の手入れの動画をみんなに携帯電話で見せたんだ。さあ――何を探り出したのか教えてよ！　ずいぶん長く上にいたじゃない」

ネラは目を険しくした。

「どうしたの？」

「その……」マライカを信じていいのだろうか？　ネラは親友を見つめて、ヘイゼルがなんらかの方法でマライカまで取りこんだ可能性はあるだろうかと考えた。マライカはまっすぐにこちらを見つめて、心配げな顔をしている。「だいじょうぶ？　ネラ。『ゲット・アウト』の〝沈んだ地〟へ行って帰ってきたみたいに見えるよ」

ネラはひとつうなずいた。マライカはいまも信頼できる。信頼しなくてはいけない。

「何を見つけたわけ？」親友は迫った。

「できるかぎり写真に撮ってきた」ネラは写真を表示して、マライカに携帯電話を手渡した。

「ヘイゼルの部屋にこういう書類があった」

「何これ」マライカは写真を拡大してじっと見た。「エボニー？」

「エボニーとカミーユとキアラ。全員いる。ねえ、マル」ネラは震える声で言った。「これまで言う機会がなかったんだけど、あの子たち――パーティにいたあの子たち全員――の名前を前に見たことがある」

「そうなんだ？　どこで？」

通りかかる人々から目を離さずに、ある朝にプリンターで見つけた書類で彼女たちの名前を見たことをネラは説明した。

「それであんたは――」

「わたしの代わりにアシスタントにする候補者のリストだと思った。〝多様性を高める雇用〟で。でもいまは――どういうことなのかわからない。あの子たちがわたしのことを〝強制対象〟って呼んでるのを聞いた。わたしが……何か〝変えられる〟みたいに」

マライカはもう一度写真を見て、自分の質問に自分で答えた。「うーん、それならいろいろ説明はつくね。あの子たちも例のクリスタルライトを飲んでるってことじゃない？　でも待って。顔写真の隣に書いてあるのは何？　プロフィールみたいだけど」

マライカはさらに何か言おうとして、急にやめた。ネラは周囲に目を向けて、その重い沈黙をもたらしたものを確認した。ドレッドヘアにピンクのヘアチョークを塗った茶色い肌の女性が、低くハミングしながら自転車を押してふたりのそばを通りすぎていった。

ネラも女性を見つめ、五メートルは離れるまで待った。念のためだ。声の届かないところまで女性が離れると、マライカが読みあげはじめた。「〝キアラはすばらしいライターで社会問題を取りあげるのに長けている。しかし、かなり内気で、名作についての素養は平均以下〟」さらに画面をスクロールした。「〝エボニーは黒人アクセントがきつく、話すことの二語に一語は聞きとれない〟、〝カミーユは職場のムードメーカー。しかしわれわれの彼女への待遇に満足していないという噂がある。態度は従順だが全体に感謝の念に欠ける〟」

ひどい――何これ？」

ネラは携帯電話を取り返して、自分でいくらかスクロールした。「このページは二〇一七年三月四日に印刷されてる――だからエボニーにいまはまったく黒人のアクセントがなくても、筋は通る。少なくともわたしには」

マライカは頭を振り、ネラはその写真をもとのサイズに戻して右にスワイプし、ほかの写真を飛ばして自分の顔が写っているページに移動した。「でも、最悪なのはこれ。わたしの写真もある。日付はわたしがワーグナーに入って数カ月のころ。ヘイゼルが来るずっと前」

マライカは目を見開いた。「どういうこと？　見せて！」

ネラは指を一本立てて咳払いをした。「〝二〇一六年六月。NRは頭がよく、変わっている。白人の恋人オーウェンがいて、これは使えるかもしれない。コネチカット出身でそれを誇りにしている〟」

ネラは身震いしたが、さらに続けた。


二〇一六年九月三日。NRがジェシー・ワトソンのリンクを外部メールに送った。ジェシーのチャンネルに登録したらしい。

二〇一七年一月四日。警官による射殺事件。臨時の〈多様性についての対話集会〉が開かれた。NRは悦に入っているようだ。


「なんなの、これ」マライカは言った。「悦に入ってる？　そんなでたらめ――」

ネラは続けた。読みあげている対象と自分を切り離そうと、精一杯努力した。


二〇一八年七月十四日。《ブックセンター》に白人の職場における黒人の悲哀についての記事が載った。NRはSKからこの記事を転送された。メールのやりとりによると、NRがこの記事を見るのははじめてだった（内容には賛成だが、書いたのは自分ではないと言っている）。

二〇一八年八月二十一日。NRはヘイゼルが来て明らかに喜んでいる。相性がいいようだ。サイクル完了まで、およそ四カ月か。

「完了？　完了ってなんの？」マライカが鋭い口調で言い、近くでごみ箱を空けていた女性が動きを止めて、ふたりをいぶかしげに見つめた。

しかし、ネラは声を低くして続けた。「〝九月二十六日。グリースを受けとる。質問はなし〟ここに小さい字でメモがある。〝謎のメモのせいで気が立っている様子――KPか？　代案の検討要〟」

マライカは眉を寄せた。「それって〈カール・セントラル〉に行った夜だよね。ねえ、KPって誰？」

「すぐに教える」ネラは言って、新たな行をしだいに早口になりながら読みあげた。

二〇一八年十月十六日。依然としてメモのことが気にかかる。NRは表に出している以上にヘイゼルについて知っているのかもしれない。KPと動いている？

二〇一八年十月十七日。メモの送り主はシャニ（クーパーズ）と判明。NRはまだ何も知らないことを確認――ジェシーの本と昇進の話で時間を稼ぐ。

「これ全部、ヘイゼルが書いてるの？」

そこがもっとも胸のざわつく点だった。ネラはこの筆跡を見たことがあり、それはヘイゼルのものではなかった。

ネラは目を閉じ、何度となく見てきたこの筆跡を思い浮かべた——あらゆる契約書、ワーグナーの作家に送られる心づくしのクリスマスカードすべてに添えられている署名。「リチャード。これはリチャードの筆跡」

「リチャードって、あんたの上司の？　あの人には何か秘密があると思ってた」マライカは息を吐いた。「でも、どうしてヘイゼルがこれを持ってるわけ？」

ネラは顔を手で覆った。「リチャードを手伝ってるってことははっきりしてる……何をしてるにせよ。そのためにヘイゼルはワーグナーに来たのかも——わたしが〝悦に入っている〟って自覚させるために。それとも……洗脳するために？　見当もつかない。何が起こってるとしても、ひどい、すごく大がかりなことだよ。わたしだけの問題じゃなく、ヘイゼルだけの問題でもなく、もっと大がかりなこと。ヘイゼルが何者だとしても」

ネラは地下鉄の線路の暗い深淵を見つめ、頭を整理しようとした。けれども、丸刈りの女性と黒い手、黒いセダンが脳裏に浮かんだ。フォルダをもっとじっくり見ていたら、彼女の名前もわかっていたかもしれない。

「四カ月」マライカは繰り返した。「そう書かれてたのは——三カ月前？　来月あんたに何が起こるんだろう？」

「さあ。でも素直に考えるなら……ＫＰに会うのかも」

ネラはカメラロールの最後の写真までスクロールした——ケンドラ・レイ・フィリップスのページを撮ったものだ。手のひらサイズの写真の画質から判断して、『バーニング・ハート』が出版されたころのものだと思われた。ケンドラ・レイを撮った最後の公式の写真かもしれない。写真のほかに、やはりリチャードの筆跡でたくさんのメモがあり、日付は八〇年代から最近まで続いていている。ネラはいくつかを声に出して読んだが――〝目撃情報更新、一九八六年一月五日。一九九二年、パリに移動？？〟――最後のメモがネラの視線をとらえ、釘づけにした。

〝二〇一八年十月二十日、百丁目とブロードウェイの角でKPの姿を確認。シャニの携帯電話を拾って地下へ消えた〟

ネラの血管に氷のように冷たいものが走った。アドレナリン。恐怖。気づき。黒いセダンに押しこまれたのがシャニだ。

そうすると、あの新しい、名前のわからないメッセージの送り主――何者かが迫っているとネラに告げた相手……

〝きみがあの方法でケニーに対処することを選んだ〟

その言葉がふいに、殴られたかのようにネラの顎を打った。どこでその言葉を聞いたのか、必死に思い出そうとした。リチャードのオフィスの外。リチャードが黒人の愛人と話していると疑ったあのときだ。

「ケンドラ・レイ・フィリップスがあんたとどう関係するの？　ケンドラ・レイは、その、いなくなったんでしょ？」

ネラは、隣に座って考えこむように親指を嚙んでいるマライカを見つめた。自分が感じていることを洗いざらいマライカに話してしまいたかった――仕事に行くのが怖くてたまらないこと、〝対処〟されたと思しき人物と話したこと、自分もじきに〝対処〟されるのかもしれないこと。けれども、ネラは黙っていた。先ほど通ってきた改札の回転扉にただ目を向けて、すべてをもう一度検討した。ヘイゼルは何も疑っていないふりをしていたのかもしれないが、ネラは中座していた時間が少しだけ長すぎたことをじゅうぶん意識していた。ヘイゼルはヘイゼルだ。ヘイゼルが細心の注意を向けていたものがあるとすれば、それはタイミングだろう。

「で、どうするわけ？　辞めるんでしょ？　でなきゃ、リチャード・ワーグナーがこんなふうにあんたを監視してたことを暴露するか。これを記事に書くべきだよ」マライカは息巻き、怒りをさらに募らせた。「あの犯罪者に報いを与えてやるんだ。そうすれば、ここに書いてあるほかのすべても説明しなくちゃならなくなる」

ネラは石のようにじっとしていた。ゆっくりと息を吸い、ゆっくりと吐いて、自分の感じていることを言葉にする方法を見つけようとした。何か醜悪なものがワーグナーの壁の内側に棲みついていて、自分は勤務初日からその醜悪な何かのまわりを歩きまわっていた。何人が気づいているのだろう？　全員だ――全員が気づいているにちがいない。ヴェラ、メイジー、エイミー……みなかかわっているにちがいない。そうでなければリチャードがこれだけたくさんの情報を持っているはずがない。

線路の奥、トンネルのなかに、ゆっくりと近づいてくる地下鉄のライトが見えた。あれに乗ってクリントン・ヒルを離れる。何駅かあとで別の線に乗り換えて、ここはちがう、ブルックリンのもっと魅力の乏しい界隈へ移動する。黒人の経営する店がほとんどない、ブラウンストーンの建物の代わりに四角い中規模のアパートメントが建ち並ぶ界隈に。そういうアパートメントには、想像上の自転車やコートかけを置けるすてきな玄関ホールはない。

「誰だかわからないけど、あの携帯電話の持ち主は、会社に入ったその日からあんたの味方だったんだ、たぶん」マライカがしばらくして言った。「だから、あんたにメッセージをくれた人にその写真を送りなよ。ね？」

ネラはうなずいた。腰をあげると、ヘイゼルのくれた赤と黒のスカーフがふいに眉のあたりで突っ張った。

マライカも立ちあがった。「よかった。それがいいってわかってくれてて。とんでもない行動に思えるけど、失うものはない。そうでしょ？」

「うん」ネラの目はまだトンネルの奥のライトに向けられていた。

「よし！　じゃあ……」マライカはネラがきつく体に押しつけていた携帯電話を指差した。「やっちゃおうよ……いますぐに」

「家に帰ってからにする」ネラは答えた。「電車が来るよ」

「時間はたっぷりあるでしょ」マライカは言った。「ほら――あんたは震えあがってる。代わりにやってあげるよ。貸して」

マライカは手を伸ばしたが、返ってきたのはネラの腕と鋭いまなざしだった。

「やるって言ったでしょ、マル。ただ、家に帰ってからにする。いまは頭のなかがぐちゃぐちゃで、もうくたくただし、家に着くまで残りの時間は何かほかの話をしたい。いまはもうやめようよ。ね？」

マライカは傷ついた顔をした。「わかった、わかった、ごめん。あたしはただ……」

近づいてきた地下鉄が轟音を立て、マライカの残りの言葉を掻き消した。

19

二〇一八年十月二十六日
ワーグナー・ブックス

午前十一時四十三分。まだ新しいメッセージも、不在着信もない。

ネラは携帯電話をポケットに戻してため息をついた。この何カ月か、ずっと夢を見ていたのだろうか。そうかもしれない。このすべてにはなんらかの説明がつくのかもしれない――すぐそこに、目と鼻の先に、説明が隠れているのかもしれない。

その朝はいつもと変わりなかった。ヘイゼルはフロアに入ってくるなり、いつものように〝調子はどう？〟と挨拶をし、ネラはなんとか気の抜けた挨拶を返した。ヴェラは来週末までに新たにふたつ原稿を読んでほしいと頼んできた。そして数分前にドナルドからメールが来て、ジェシーとの打ち合わせは正午から小会議室で行うとリマインドされた。〝ワーグナーでもっともくつろげる部屋〟と呼ばれている会議室だ。

ネラはデスクから立ちあがり、プリンスふうの紫のブレザーを手のひらでなでつけてから、歩いて十五秒の会議室へ向かった。十五分前には会議室へ行くつもりだった――じゅうぶんすぎるほど早い時間だ。ジェシーはまずまちがいなく、三十分は遅刻してくる。有色人種時間についての演説で、〝おれは来たいときに来る〟と語っていたように。ネラは三度目に携帯電話を確認しながら会議室に足を踏み入れ、自分がまちがっていたことを知った。

そこにはジェシー・ワトソンがいた。テーブルの奥側に座り、右手にワーグナーの四十周年記念の青いマグカップを、左手にボールペンを持っている。「あ！」ネラは声をあげた。

ジェシーはノートから目をあげ、すばやく立ちあがりながら、ヘッドホン越しに聞くよりずっとなめらかな肉声で挨拶の言葉を口にした。「きみがネラだね」ジェシーは言った。「とうとう会えてうれしいよ。きみのことはいろいろ聞いてる」

「あ……はい。はじめまして！」ジェシーはネラのメールを読んだとも、それを気に入っているとも言わなかったが、その必要はなかった。ネラはすっかり心を奪われていた。直接見るジェシーはパソコン画面で見るよりずっとハンサムだった。秋のポプリのようないい香りもしていた。「お会いできてほんとうに、ほんとうにうれしいです！　ワーグナーまで遠いところをありがとうございます」

「いや、たいしたことはないよ。いつも旅をしているし、ニューヨークはお気に入りの街だから」

ジェシーはまた腰をおろし、ネラは空いている席を見まわした。迷っているのを見てとったのか、ジェシーは隣の席を手で示した。「座ったら？」

ネラは微笑んだ。「ありがとうございます。そうしたいんですけど」謝りつつ、ふたつ離れた席を選んだ。「上司たちがその席に座りたがると思うので」

〝くそったれ、白人たちは毎度パーティに遅刻してくるのに、いつも特等席に座る〟

しかし、ジェシーはそうは言わなかった。ただ肩をすくめた。「ああ、なるほど」「それに、わたしたち黒人は散らばったほうがたぶんいいんです。ばらけたほうが。わたしの言う意味はわかりますよね？」

ネラは絶妙な量の皮肉をこめたつもりだった。実際にはしていない、言葉での目配せだ。しかし、ジェシーがネラを見つめる顔は、このビルを爆破しようと言われたかのようだった……ふたりともまだビルのなかにいるときに。

ネラは唾を飲みこみ、急に喉が締めつけられ、舌が乾くのを感じた。いまよりも、リチャードにメモのことを話したときのほうがよほど気が楽だった。

いい、リチャード。

その名前を思い出したとたん、また口を開く勇気が剝ぎとられた。そのとき、タイミングよくヴェラが会議室へ入ってきた。頬をピンクに染めて、見るからに上機嫌だ。「ミスター・ワトソン！　いらしてたんですね！　ヴェラ・パリーニです。わたしたちを気に入っていただけるといいんですけど。コーヒーをお持ちしましょうか。お茶かお水のほうがいいかしら？」最後の質問をしながら、ヴェラはネラに目を向けた。

「ありがとう」ジェシーは言い、ヴェラが差し出した手を握った。「ドナルドがもう用意してくれました」

「気が利く人よね」ヴェラは言った。

「ええ、愉快でもある」

「ドナルドはおもしろいやつだ」いつの間にか静かに部屋へ入ってきていたリチャードが言った。

ネラは体に腕をまわし、骨に寒気が走るのを感じながら、リチャードとジェシーが挨拶をするのを見つめた。その感覚がやわらいだのは、エイミーと新しい高校生インターンが次にやってきてからだった。ネラはそのインターンの名前を思い出せなかったが、白人以外の血が混じっているようで、そのせいでこの有名人との打ち合わせに呼ばれたのだろうと想像した。

ヴェラにヘイゼルのことを訊かれ、ネラは肩をすくめた。「わたしがここへ来るときにはデスクにいませんでした。もしかしたら具合が悪いのかも？」

〝もしかしたらきょうは打ち合わせに来るのをやめたのかも。もしかしたら新しいヘアグリースを混ぜ合わせるのに忙しいのかも。もしかしたら――〟

「ヘイズ！　やあ、元気かい？」ジェシーが弾けるように立ちあがってヘイゼルをしっかりと抱きしめ、椅子を倒しそうになった。「しばらくぶりだね」

「ほんと、ひさしぶり。わたしは元気よ！　あなたが来てくれて、さらに元気いっぱい」

「たいしたことじゃないよ」ジェシーは言い、先ほどネラが断った椅子を手で示した。ヘイゼルは迷わずその椅子に座り、リチャードがテーブルの向かい側からそれを笑顔で見守っている。

「声をかけてくれてありがとう」

「こちらこそ、わたしたちを選んでくれてありがとうございます！」ヴェラが力強く言った。

「すばらしい成果が生まれそうだわ」

「ほんとうに！」エイミーが言い、手を叩いた。「でははじめましょうか？」

「そうしよう。だがその前に、ジェシー、もうネラとは会ったかな？」リチャードが強調するように言った。「わが社の優秀なアシスタントのひとりでね。とてもいい目を持っている」

ネラは唾を飲みこみ、笑みを作った。警告の響きを聞きとらずにはいられなかった。「ありがとうございます、リチャード。先ほど挨拶をしました、少しですが」

「そのとおり！」ジェシーは満面の笑みを浮かべた。いまや意気揚々として、心底楽しげだった。十分前と比べてもずっと楽しそうだ、とネラは思った。ジェシーの心のなかに明かりが灯ったかのようだった。

ネラはその考えを振り捨てて、目の前の任務に集中しようとした。〝ジェシーの寵愛を勝ちとるの。ジェシーにあんたと仕事をしたいと思わせる。そしてワーグナーを辞める〟

「ジェシー、いつもこういう打ち合わせをするときは、執筆予定のかたにわたしたちそれぞれがワーグナーでどんなことをしているかを説明するんですが」エイミーは体の前で手を組んで、そう切り出した。「事前にリチャードとわたしで話をした結果、まずはあなたの話を聞くのがいいのではないかと考えています。きょう打ち合わせにいらした経緯を、簡単に話してもらえますか？」

ジェシーはうなずき、パソコン画面でネラが数えきれないほど見てきたとおりに、唇をなめた。「もちろん。みなさんも知ってのとおり、おれはこの一年ほど、スポットライトに当たるのを避けてきました――何もかもが重荷に思えて。ニュースも、政治も、ツイートも――すべてに辟易してしまった。休憩をとるべきだと思ったんです」

「具体的な理由が何かあったんですか」ネラは興味の赴くままに尋ねた。「何かが限界点を超えたというような」

「ネル――まずは最後まで訊いたほうがいいんじゃないかしら？」

ネラが上司のほうを振り返ると、ヴェラはいくらかこわばった笑みを浮かべていた。

「はい、そうですね」ネラは焦って言った。そして、ノートのメモに視線を落とした。「すみません」

「かまわないよ。ええと——どこまで話したかな？」

「休憩したかったというところまでだ」リチャードが言い、目の端でネラに鋭い牽制の刃をちらつかせた。

「そうだった。そう、休憩をとろうと思ったんです。それで、公園で何をするでもなく座っていたとき、ある本のアイディアが浮かんだ。グラフィックノベルの」

あまりに思いがけない発言だったので、エイミーのインターンのラウルまでもが椅子の上で背筋を伸ばした。「グラフィックノベル？」いぶかしげに尋ねた。

ジェシーはうなずいた。「グラフィックノベルだ」

いきなり発言したラウルを誰も咎めなかったので、ネラは自分もだいじょうぶだろうと希望をこめて口を開いた。「すばらしい考えだと思います！　『ペルセポリス』（マルジャン・サトラピのイラン現代史を描いた半自伝的グラフィックノベル）の社会派版といった作品になるんですか？　ブラック・ライヴズ・マター運動の高まりを扱うような？」

ソーシャルメディアの寵児はネラを見て何度か瞬きをした。「いや」ようやくジェシーは言った。「そういうものじゃない」

ネラはノートをもう一度見て、今回は書きつけておいた単語に目を通した。「じゃあ、警察暴力についてとか？　あるいは、強制バス通学とか、公営住宅とか、医療保険とか——」

「そういうものを書くことも考えていない。もっとポジティブなものにしたいと思っているんだ。ちがう世界で生まれ育ったふたりの人物を主人公にしたような。それぞれがまったく別の生い立ちを持っている。ひとりはすこぶる鷹揚で、もうひとりはそう、すこぶる厳格で。だが、ある特別な理由でふたりは相棒になる——刑事か何かがいいかもしれない。そして、ふたりはちがいを乗り越えて、互いにさまざまなことを教え合う」

「そうすると、こういうことですか？　あなたが書きたいのは……『リーサル・ウェポン』のグラフィックノベル版？」

　ジェシーはにやりとした。「メル・ギブソンはおれのヒーローといっていい」

「ほんとうに？」ネラは尋ねた。困惑しすぎて、失望を隠しきれなかった。

　リチャードが咳払いをした。「ネラ……」

「すごく意外だなと思って。それだけです」

「メル・ギブソンのどこがいけないの？」ヴェラが尋ね、同時にヘイゼルが言った。「ネラ、わたしたちはジェシーにやりたくないことをやらせたいとは思っていないはずよ。ねえ、ジェス？」

「ありがとう」ジェシーは言った。

　ネラは首を傾げた。「でも、その……ほんとうにいいんですか？　ワーグナーにはあなたがほんとうに書きたいものを言葉に落としこむのを手伝える人材がいないと思って、そう言っているのでは？　でもワーグナーには、賞を狙えるような、本質を突いた作品を書くのに力を貸せる人材がたくさん――」

「政治的な問題をここでいくらか話し合うのはかまわないが」ジェシーは両手をあげた。「それを本の主題にするつもりはない」

「わかりました」ネラはノートに視線を落とし、どうすべきか途方に暮れた。この何週間か、ジェシー・ワトソンに実際に会ったらどんな感じだろうと想像してきた。タロットカードのように、さまざまなシナリオをめくってきた。気どったナルシスト、黒人のヒッピー、まったくの薄ぼんやり。けれども、どの人物像も目の前に座った相手には見てとれなかった。ジェシーは色褪せたまったくの別人に見えた。それは、どんな写真でも動画でもネラが見たことのない、新しい透明なプラスチック縁の眼鏡のせいだけではなかった。ジェシーはずっと清潔で、こぎれいに見えた。もっと長くてラスタマンめいていたはずの髭はいまは丁寧に剃られていて、短い編みこみもなくなっていた。髪はきれいになでつけられて、少しだけ艶を帯びている。グリースを塗られて。

ネラは唾を飲みこみ、はっとして、ネラの頭をヘイゼルに向かわせる磁力を意識した。それはネラがいちばんしたくないことだった。しかし、どうしようもなかった。三回、ゆっくりと深く息をした。そして、テーブルから目をあげて、ヘイゼルと目を合わせた。見えたのは、予想していたとおりのものだった。得意げな、抑えきれない満足感。

ふたたび舌の乾きを感じて、ネラは咳きこんだ。「あの」ネラは言い、立ちあがった。「すみません……少し席をはずしても？　ちょっと……」

「かまわないよ、ネラ」リチャードが言った。

ヴェラが早くもジェシーのいちばん好きな本を訊きはじめるなか、ネラはドアへと急いだ。ドアロで立ち止まったとき、ジェシーが怒ったような口調で言うのが聞こえた。「デイヴィッド・フォスター・ウォレスの『インフィニット・ジェスト』だ」

賞賛の声があがった。リチャードだった。みながこぞって同意を示しはじめ、甲高い話し声が廊下までネラを追いかけてきた。

ネラはトイレの洗面台の鏡を見つめ、自分を見つめ返すものをじっと眺めた。ゆうべ服用したメラトニンのおかげで、この数週間よりも気持ちが落ち着いていた。ブレザーは、ワーグナーへの就職が決まってすぐに父親からお祝いにもらったオパールのイヤリングによく合っている。縮れた毛もいつも以上に弾んでいて、しっとりとバランスよく頭から広がっていた。

それでも、すべてがまちがっているように感じた。

ネラは蛇口に手を伸ばして、手のひらに冷たい水を受けた。いつもなら冷たいシャワーは好きではないが、じっとりと湿った額には水しぶきが心地よかった。二回目も気持ちよかったので、三回目の水もかけた。水が滴って前が見えないなか、ペーパータオルのホルダーに手を伸ばしたとき、何かが腰に当たった。「どうぞ」

ネラは何度かまばたきをした。目を開けると、そこにはヘイゼルがいて、ペーパータオルの束を手に持ち、目を見開いて笑みを浮かべていた。

ネラはペーパータオルからヘイゼルの訳知りふうに光る目に視線を移し、またタオルを見た。

「とって。顔がびしょびしょだよ」

ネラは用心深くタオルを見つめた。「ありがとう」ついにそう言ってタオルを受けとり、顔を拭いた。

「どういたしまして」ヘイゼルは洗面台に近づいて濡れている箇所を確かめ、シンクにもたれかかった。「どうしたの？　ネル。さっきはすごく緊張してたみたいだけど」

「なんでもない」

ヘイゼルはネラの全身を見まわした。ネラも同じことをし、ヘイゼルがジェシーとの打ち合わせにやはりブレザーを選んでいたことに気づいた――ゆうべネラが触れた、あの水色のブレザーだ。

「ねえ……わたしはずっとこの打ち合わせを楽しみにしてた。あなたもでしょ。それ以外、あなたがまだここにいる理由を思いつけない」

　ネラは体を硬くした。「どういう意味？」

「ジェシーに気に入られたいと思ってなければ、あなたはきょう仕事には来ていなかったってこと」

「え？」ネラはよくわからないふりをして言った。もちろん、それこそがゆうべマライカと考えた作戦だった。ジェシーに会って、ネラの携帯電話に入っている写真をすべて見せ、ジェシーとともにワーグナーときっぱり決別する。「どうしてわたしがきょう仕事に来ていなかったはずだなんて言うの？」

「わたし、丁寧に言いすぎたかも。こう言ったほうがいいかな」ヘイゼルは腕を組んだ。「あなたはきょう仕事に来るべきじゃなかったの、ネラ。辞めるべきだった。わたしたちはもう、あなたに用はない」

　ネラは口を開いて抗議しようとしたが、ヘイゼルは続けた。「それに、リチャードもほんとうはあなたのことを評価してない。あれはでたらめ。あなたが聞きたがっていることを言っただけ。リチャードがあなたをここに置いていたのは、見張っておきたかったからにすぎない。

　それに、いまはあなたが知っているのをリチャードも知ってるから……」

「わたしが何を知っているのをリチャードは知ってるの」

「よしてよ」ヘイゼルは声を荒らげた。「ばかのふりはやめて。何も知らないふりなんてしないでよ。わたしの寝室を嗅ぎまわったでしょ。わたしがそんな間抜けだと思ってるわけ？　ほんとうに——これだけのことがあったあとで？」ヘイゼルは鼻を鳴らした。「わたしはあなたにあのフォルダを見つけてもらいたかったの。見つけてもらって、あなたがどうするかを見たかった。

あなたがどんな選択をするかを知りたかった。そして、あなたはいまここにいる」

ネラは屈辱を嚙みしめた。胃が爪先まで重くさがるのを感じながら、次の一手を思案した。けれども、結論が出る前に、ふいにヘイゼルが目の前に立って、ネラの喉もとに指を突きつけた。ココアバターを思わせるヘアグリースの強い圧倒的なにおいがネラの鼻を突いた。「わたしにとってても大きな賭けなのはわかってた。あなたが口を開いて、すべてをシャニに漏らすことも考えられたから。まあ、その場合にも対応はできたけど。

それに、あなたが誰かに話そうと思ったところで」ヘイゼルは突き放すように言った。バターヌガーのようになめらかだった声が、一度も聞いたことのないものに変わった。「誰も信じやしない。みんな、あなたの頭がどうかしていると考える」

「それはわたしも同意する」ネラは言い返し、こめかみを手で押さえた。頭のなかで、たくさんのことが渦巻いていた。知りたいことが山ほどあった。けれども、衝撃が強すぎて、訊けたのはひとつきりだった。「あの子たちは進んでこれにかかわってるの？」

ヘイゼルはまだすぐそばにいたので、理解できないというように眉ピアスがぴくりと動くのが見てとれた。

「あの子たちよ。あなたのリストに載っている女性たち。彼女たちはこれに協力するよう頼まれてるの？――これがなんなのかは知らないけど」

ヘイゼルはネラをじっと見つめ、さもいやそうなその目つきに、ネラはひっぱたかれるのを覚悟した。しかし、長い、長い時間がたったあと、ヘイゼルは瞬きをした。「気の毒に」物思いに沈んだ声だった。

「え？」

ヘイゼルは笑った。「気の毒に、シャニはあなたに何も教えられなかったんだ」

ネラが防御の姿勢をとりたくなるのを必死にこらえるなか、ヘイゼルはバッグを探り、容器をふたつ取り出した。ひとつは明るい青、もうひとつはショッキングピンク。

ヘアグリースだ。

「これは万能」ヘイゼルは言った。動きが急に、芸人めいたものに変わった。誰かがリモコンを手にとって、ドラマから通販番組へチャンネルを切り替えたかのようだった。ヘイゼルの指はまだ喉に突きつけられたままだったので、奇妙そのものだった。「言うなれば……社会的潤滑油。覚えてるでしょ？〈スムーズ〉よ。〈カール・セントラル〉であげてからあなたも使ってるはずだけど……量が足りてなかったみたいね。幸い、ゆうべたっぷり塗りこんでおいたけど。あ、ついでに言うときょうはいい感じよ」ヘイゼルはウィンクした。

ネラは容器をじっと見たが、手は伸ばさなかった。

「そして、このピンクのほう――〈もつれ知らず〉――実のところ、あなたにはこっちを渡すべきかもね。これはほんのちょっとでじゅうぶん。ほんのちょっとで、あなたの本質を守るのを手伝ってくれるの。あなたの黒人としての矜持を。これはオプションだから――必要とする子はあまり多くないけど――今回のジェシーとの打ち合わせみたいな状況では役に立つ」

「ちょっと待って」ネラはようやく声を絞り出した。「〝社会的潤滑油〟？」

「そう。どっちの中身も役に立つ」ヘイゼルは言った。「白人と働くときに、あなたをより従順にしてくれる。でも最高なのは、そういうふうにふるまうときに感じがちな罪悪感をなくしてくれること。妥協してるって感覚を味わわずにすむの。〝自分を売り渡している〟と感じずにすむし、〝本音と建て前〟の区別もいらなくなる。

これは前頭前野腹内側部の働きを鈍くするの。それと同時に、同じ時間でこれまで以上の物事を処理できるようにしてくれる。心配しないで！　麻痺の感覚はほとんどないから。副作用が出ることもあるけどね――最初の処方では頭がものすごく痒くなったり、何でも思ったことを言ってしまったりしたみたい」

「とうてい信じられない」ネラはつぶやいた。

「わたしは二週間で職場のみんなに気に入られたでしょ。たいていの人には――黒人かどうかにかかわらず――一年かかっても無理なくらいに。だから、業務外の時間まで費やして努力する必要はなかった。そのおかげで、〈YBL〉の活動も続けられてる」

「でも、それが全部へアグリースの効果なら――やっぱりほんとうの自分を曲げてることになる」ネラは弱々しく指摘した。そう言いながらも、自分はほんとうの自分とはなんなのかがわかっていないと感じていた。ワーグナーに自信も自我も吸いとられて、じゅうぶんな力を注げなかった活動やひどくぎくしゃくさせてしまった人間関係がたくさんある。

「ほんとうの自分がわかっていないなら、なんのちがいがあるの？　あのことわざはなんて言ったっけ――〝誰もいない森のなかで倒れた木は、音を立ててるか？〟そういうことよ」

「〝なんのちがいがあるの〟って」ネラは笑った。「冗談だよね？　あなたのおじいさまは――」

ヘイゼルがくすくすと笑いはじめ、ネラはいったん口ごもったが、さらに続けた。「あなたのことを知ったら、わたしたちより前の時代を生きてきた人たち全員が失望する。こんなものが存在することを知ったら」

「いいえ、うらやむ。これさえあれば、どれだけ先に進めていたか考えてみてよ、ネラ。つらい思いもすることなく……」

「まだカミーユやエポニーたちのことを答えてもらってない。何が起こってるのかをあの子たちが知ってるのかどうか」

「エポニーは本来なら《パリ・レヴュー》のインターンをあと一年か二年続けることになっていたはず。彼女にはこれが必要だった。だから使ってる。ほかの何人かも知ってる。でも、たいていの人は、ディックに依頼があって、ディックからわたし――でなければほかの何人かの黒人の子――に依頼がおりてきて、修正される。まあ、時間がたてばみんなこれが気に入るけど。嘘じゃなく」

「じゃあ、知らないってことだよね。それってちょっとひどいんじゃない？　本人の同意なしに他人を変えるなんて。本人の……正常な状態での同意なしに」うまい言葉が見つからずに、ネラは言った。

　ヘイゼルは肩をすくめた。「知らなければ傷つくこともない」

「彼女たちが知らないっていう事実が、あなたのやっていることをやっていない黒人全員を傷つける。世界じゅうのほかの人たちのことも。わたしたち全員が、飛べと言われたらどのくらい高く飛べばいいのか尋ねるような従順な奴隷だと思われたら――」

「でもみんな、〝強い黒人女性〟っていうステレオタイプを信じてる」ヘイゼルはさえぎって言った。「みんながそのステレオタイプを信じているかぎり、そして、わたしたちがそのステレオタイプを与えつづけるかぎり、何も――」

　しかし、今度はネラがさえぎって言った。「世界がわたしたちに投げかける現実をきちんと感じとっていなかったら、そういうステレオタイプを――そういう問題を――どうやって正していくの？　わたしたちは何者なの、もし……もしそういうことを感じていなかったら……」

ヘイゼルはまたネラを見つめたが、今回はいま聞かされていることに気分を害しているのが一目瞭然だった。「そういうことって何？　ネラ。痛み？　あなたは痛みを感じたいの？　疲れきりたいの？　職場での無意識の差別や、報道される不公平に神経をすり減らしたいの？　そういう物事によってあなたはほんとうの自分を感じるの？

わたしが差し出してるのは」ヘイゼルは言った。「機会よ。もっとずっと先へと行かせてくれる何かの一部になる機会」

ネラは冷たく笑った。「そんなもの、いらない」

「でも、ほんとうはほしがってる。あなたのことはわかってる、ネラ」

「わかってない」

「わかってるし、そのこともわかってる」

その言葉もその誠実な視線も、単なるはったりだとネラにはわかっていた。ただの策略だ。けれども、黒人女性の結束を謳うこの文句をねじ伏せようとしていると、頭の前のほうがずきずきと痛みはじめた。車のエンジンを吹かして煉瓦の塀を乗り越えようとして、何度も何度もその塀にぶつかっているような気分だった。

「わたしのやっているようなことは自分には必要ない、とあなたは思ってる。でも、あなたを突き動かしてるものがわたしにはわかる」ヘイゼルは動じずに続けた。「いろいろなことをわたしもやってきた。あなたと同じものに突き動かされてきたから。ずっと。自分を振り返ってみてよ、ネラ、それがほんとうだとわかるはず」

ネラは鏡に映った自分から目をそらした。「わたしたちは同じじゃない」そう言って、ヘイゼルをにらんだ。「わたしには信念がある。わたしは社会に声をあげる。わたしはほかの黒人の子を踏み台にはしない。あなたはただの——」ネラは口ごもったが、それは本人の面前で言うのがはばかられたからではなく、先ほどの塀にぶつかる感覚がよみがえったからだった——ただし、今回は、さがっては前進していた車はトレーラートラックに変わっていた。衝撃のあまり、視界すべてが目のくらむような深紅に染まった。

「ただの、何？」ヘイゼルは声に笑みをにじませた。「〝白人のご機嫌とり《アンクル・トム》〟？」

　ネラは額に手を当て、必死に考えをまとめようとした。うまくいかなかった。「あなたがそう言っただけ。わたしは何も言ってない」ぼんやりと言う。

「望むものを手に入れるためには、ときにそうしなくちゃならないこともある。ねえ、見なさいよ」ヘイゼルはネラが寄りかかっている白いタイルの壁を指し示したが、それは、昇進することなく過ぎたこの二年間をも指し示しているのは明らかだった。自分の本を編集することなく過ぎた二年間。もっとクールでもっと輝いていてもっと黒人らしく見える人物にものの数カ月で追い越された二年間。

「あなたは長いあいだ懸命に努力してきた」ヘイゼルは続けた。「少し休みたくはない？　もう少し気楽に生きたくはない？」肩にかけた黒いバッグを探りはじめた。

「わたしは……」頭痛がますますひどくなっていた。脳に血を送りこむ血管があちこちでバスドラムよりも大きな音を立てて脈打っている。しかし、血が流れ、脈打つのが感じられても、何かがおかしかった。まっすぐに立っていることがおかしく思えた。ふいに、床がひどく遠く感じた——遠すぎて、倒れたらただではすまなさそうだった。「わたし……わたしには……」

　ヘイゼルが手を差し出した。その手がネラの肩に届くまで、ひどく長い時間がかかったように思えたが、ついに触れた瞬間、骨の髄まで突き通るような熱を感じた。「あなたにはできる。波に抗うのはやめて、ネラ。抗うのをやめれば——この波にさらわれてしまえば——すぐにわかる。一瞬だから、さらわれたことにも気づかないくらい。これからは、痛みも、白人至上主義も感じることはない。そういう記事を読んでも、警察の暴力シーンを見ても、自分の一部が死んだように感じることなく次の朝に仕事へ行ける。ずっと足首につながれていた遺伝的なトラウマの重しは……消える。水面まで泳いでいって、自由になれる。あなたはあなた自身になれる。これは、いちばん純粋な形の黒人の女の子の魔法。

イエスと言って。それだけでだいじょうぶ」

ネラはあえいで、ノーと唇を動かした。

「あなたも出世したくない？　ネラ。自由に泳ぎまわりたくない？」

イエス、とネラの心の声が言った。けれどもその声はとても小さく、くぐもっていて、アンジェラ・デイヴィスの声ではありえなかった。そもそも、最後にアンジェラの声を聞いたのはいつだっただろう？

「わたしは……」

「イエスと言って。それですむから。イエスと言えば、すべてが終わる。約束する」

「イエス」ネラはついにささやいた。「イエス」

骨の髄まで力が抜けて、誰かが自分をつかみ、海の底から水面まで引っ張りあげたかのように感じた。それでも、二本の前歯のあいだから空気が通り抜けた瞬間、気分がよくなるのを感じた。

「よかった」ヘイゼルは首を傾げてネラを見た。「ほら、気分がずっとよくなったんじゃない？」

ネラは降伏して小さくうなずいた。自分がひどく無力に感じた——どんなに侵略的に感じるかも知らずにはじめての子宮頸がん検査を受けてしまったかのようだった。

「待って」ネラはいまさらながら、ヘイゼルが先ほど言ったことを思い返して言った。「さっき〝〈カール・セントラル〉であげてからあなたも使ってるはず〟って言ってたのはどういう意味？」

「ひと月前の〈ＹＢＬ〉の朗読会で〈スムーズ〉の容器をあげたでしょ。それをあなたは使ってるはず。だから……コリン・フランクリンに謝罪したんでしょ？　あなたはすでに変わりはじめてたの」

　めまいが静かに這いあがってきた。シンクに手をついて倒れないように体を支え、自分で〈スムーズ〉を使ったのはいつだったか思い出そうとした。そして、思い出した。このワーグナーのトイレで豆粒ほどの量を髪に塗って、好みではないと思ったことを。〈ブラウンバター〉が髪の根もとに溶けこむ感触のほうがずっと好きだった。皮肉にも、〈スムーズ〉は少しスムーズではなく感じた。生え際に白い塊が残って、どんなに揉みこんでも消えなかった。〈ブラウンバター〉のほうが香りもよかった。控えめで、やわらかで、自然だった。

　そういう思いが顔に出ていたのだろう。ヘイゼルの顔に勝ち誇った笑みが浮かびはじめた。

「待って。使ってなかったの？」ヘイゼルは笑った。「あはは！　結局、ネラ・ロジャーズとして闘ってたってことだ。なんてスリリング」

「わたしは……いまでもまだ――」

「向き合いなよ、ネル。とっくの昔に信念を捨ててたってことでしょ」ヘイゼルはささやき、鏡に映ったネラを指差した。「自分を見て、考えてみなよ。この何カ月か、あなたはほんとうに自分自身だったわけ？」

今回は意を決して、ネラは鏡のなかでこちらを見つめ返しているものに目を向けた。そこにいたのはフェイスブックを何週間も見ていない自分だった——それ自体はそうめずらしいことではない。けれども、そこにいたのは黒人の問題に関するリンクを前回ツイッターでシェアしたのがいつだったか思い出せない自分でもあった。たぶん何週間も前だ。何カ月かもしれない。そこにいたのは、ブルックリン・アカデミー・オブ・ミュージックでやっている冤罪投獄に関するドキュメンタリーを見ようと恋人に誘われて、仕事が忙しいからと断った自分だった。

ネラは壁から離れて、シンクにもう一度近づいた。近くでよく見ると、親友にも最近あまり会っていない自分、会っても仕事の話ばかりしていた自分がいた——店の主人に泥棒とまちがわれて顔を八発撃たれたプエルトリコ人の少年のことも、オバマの在任中に黒塗りメイクをしてパーティへ行ったことが暴露されてつい先週解任された〈フォーチュン500〉企業のCEOのことも話さずに、仕事の話ばかりしていた自分。

しかし、いちばん堪えたもの——黒人としての意識の低さにとどめを刺したもの——は、ヘイゼルとリチャード・ワーグナーの不正行為の証拠を握っていながらそれをケンドラ・レイ・フィリップスにまったく知らせようとしなかった自分だった。ケンドラ・レイを逃亡生活から解放する鍵を握っているのでは、と感じていたのに。

ネラはヘイゼルを見つめ返した。ヘイゼルは目を細めて、依然として期待するようにネラを見つめていた。ネラが見ていたものを、ヘイゼルもすべて見ていたかのようだった。

「わからない」ネラはつぶやいて、涙をぬぐった。

それを聞いて、ヘイゼルは哀れむように眉を寄せた。その様子には、悲しみだけではなく、許されさえすればネラを奈落から救えるのにという思いも見てとれた。震えながら、ネラはヘイゼルを見つめつづけた。ほんとうなら、自分自身のこと――これからどうしたいのか、どうなりたいのか――を考えるべきだったが、そうではなく、ヘイゼルがいまやっていることをやって過ごしてきた年月について考えていた。ヘイゼルは自ら変節を選んだのだろうか、それともいまネラを操ったように、ヘイゼル自身も誰かに操られたのだろうか。

　声に出して問いかけたのかどうかは覚えていなかった。けれども問いかけたのだろう、ヘイゼルははっきりとうなずいた。「わたしも強制対象だった。彼らがわたしをボストンから移動させて、あなたに割り当てたのはなぜだと思う？　ネラ。わたしたちは似てるってさっき言ったでしょ。わたしにはあなたがわかる。あなたはまわりとうまくやるためにまわりとうまくやっていた。わたしと同じように。わたしがみんなの前であなたを叩きのめしたときも、あなたは壊れずに持ちこたえた。あなたはタフで賢いと彼らに言われていたけど、ほんとうにそうだった。いまも目の当たりにしてる。あなたはわたしがどういう状況にいたかわかってる。わたしの声が聞こえてる。わたしにはそれがわかる」

　ヘイゼルから常に漂ってくる自信が作られたものなのかどうかを判断するのは難しかった。それは〈スムーズ〉がヘイゼルのなかにもたらしたものなのだろうか。あるいはその自信は、ただ大学へ行って優秀な成績をとって面接を受けるだけではだめなのだと悟ったときから絶えず続けてきた努力の結晶なのだろうか。ただ適切な恰好で仕事場へ行くだけではだめで、わたしたちは適切な精神をまとい、その精神を実践しなくてはならない。全員の親友になって、はつらつとして、自信たっぷりながらも従順にふるまって、理想を求めつつ地に足をつけて、意識は高く、でも眠たげな風情も目に漂わせて。

「息を吸って、ネラ」ヘイゼルはやさしく言った。「息を吸って」

ネラはうなずいた。しばらく息を吸うのを忘れていた。

「そう、それでいい。さあ、これを受けとって。新しい出版社で働くとき、役に立ってくれる」

「でも、どうして辞める必要があるの？」気づくとネラは涙声になっていた。

ヘイゼルは肩をすくめた。「だって、会社にひとりしかわたしたちはいられないから。ひとつの会社につきひとりが最大の効果を発揮するのは明らか」ヘイゼルは肩に垂れた毛束を引っ張った。「ええと、どこまで話したんだった？　そう、勤務開始の一、二週間前からこのグリースを使うようにするのをお勧めする。効果が定着するのにしばらく時間がかかるから。これまで使ってなかったなら、なおさら」

ネラは意識せずに同意の声を発していたらしく、ヘイゼルはエイミーふうに一度手を叩いて会釈をした。遠慮のない満足げな表情がヘイゼルの顔に躍っていた。「変わるのは楽ではないけど……それほどひどくもないはず。さあ、もう打ち合わせに戻らないと」ヘイゼルは微笑み、はじめて会ったときのヘイゼルに戻った。「あとで続きを話そう。それでいい？　ジェシーに少し助言をもらえないか頼んでもみてもいいかも」

ジェシー。

ついさっき、会議室のテーブルで、ヘイゼルは〝この人はもうわたしのもの〟と言ったも同然だった。〝あなたにできることは何もない〟と。それは、以前から疑っていたことを意味しているのだとあのときは思っていた。ソーシャルメディアの寵児はヘイゼル以外の編集者とは組まない、という意味だと。あのつやつやとした髪。はじめて見るあの甘い態度。これまでのジェシーはいなくなってしまったのだ。

とはいえ、ジェシーは以前よりも幸せそうに見えた。以前よりも……自由に。

最後に自由を感じたのはいつだっただろう。本物の、まごうことなき、完全な自由を感じたのは。ネラには思い出せなかった。リラクサーでストレートにした髪をばっさりと切ったとき？　ブルックリンへ引っ越してきたとき？　大学を卒業して、もう南部へ戻らなくていいのだと悟ったとき？

どれもちがう。

最後にもう一度鏡を見て、ネラは理解した――大きな絶望とともに。答えは、〝一度もなかった〟だ。

エピローグ

二〇一九年一月
スコープ・マガジン
オレゴン州ポートランド

これは残りのわたしたちにとって何を意味するのだろう？　フェアな闘いをし、朝いちばんに出社して最後に帰るわたしたちにとって。難しい仕事をし、家事労働や感情労働をこなし、威厳だけを武器にしているわたしたちにとって。
女性諸君、これが意味しているのは、わたしたちは目標を見失ってはならないということだ。わたしたちは結束しなくてはならない。そして、抵抗しつづけなくてはならない。

わたしは保存ボタンを押し、椅子にもたれかかった。いい感じだ――この最後の段落だけでなく、全体も。この何日か、魂を削ってこの記事の一文一文に注ぎこんできた。ようやく、ほかの人に見てもらうときが来た。

新しいメール画面を開いて、まず時計を確認し、そのあとグウェンのドアの上の暗いガラス窓に目をやった。このOBGの記事をグウェンに送ってちょっとした読書休憩をとったあと、次の記事の調査にとりかかるまで、まだ時間がある。〝あるいは〟とわたしはキーボードに指を走らせながら想像した。〝グウェンがこの記事を優先業務にして、例のコーヒー豆に関する通常の記事をほかの新人に割り当てなおすまで〟グウェンが一時間以内にやってきさえすれば、わたしは四時までに編集を仕上げ、六時までにふたりでもう一、二回推敲をして、法務部のラルフに事実確認をしてもらってオーケーが出たら、朝の五時には記事がネット上にアップされる――東海岸の会社員たちが通勤中にむさぼり読む記事を求める時間帯に間に合うように。

よどみなく何度かクリックをしてメールにファイルを添付しながら、わたしは笑みを浮かべた。この記事が発表されたら、黒人たちのツイッターはとんでもない騒ぎになるだろう。全《N》米有色人《A》種《A》地位《C》向上協《P》会が記者会見を開くかもしれない。CNNがプライムタイムに特集番組を流すかもしれない。ジェシー・ワトソンがここぞと声をあげて、休暇を返上するかもしれない。そして、アメリカじゅうの会社が危機的状況になる。これからしばらく、数年のあいだは、黒人たちはどの黒人を信頼していいのかわからなくなる。大変な事態になるだろう。けれども、いずれしかるべき状態に落ち着くはずだ。そして、そのあいだにわたしのキャリアもしかるべきものに変わるだろう。もう新人ではなくなる。もう自分の力を証明する必要はなくなる。この記事が公になれば、わたしは有名になり、さまざまなテレビ番組やポッドキャストに――

有名？　それがなんだというのだろう。

カーソルが送信ボタンの上で止まり、来たる世界がわたしの手首にゆっくりと着実に流れこんでくるのを感じた。送信ボタンを押したら、もう引き返すことはできない。グウェンが採用しようとしまいと、すべてが表に出る。やりとりのスクリーンショット。ネラを観察したメモ。写真もある――インスタグラムのストーリーズにアップした、〈ペッパーズ〉でエヴァがわたしに別れのハグをする直前に撮った自撮り写真。トリミングをして、その隣に〈ライズ＆グラインド〉で撮ったエヴァの写真を並べた。そして、リン側にもヘイゼル側にも行方を知られずにOBGの攻防全体からどうやって逃げ出したかの顚末。動かしようのない証拠で記事は固められている。ほんとうなら秘匿されているはずの証拠で。リンは〝時機が来る前に公表するのは危険だ〟とよく言っていた。〝完全な、決定的な証拠が必要だ、そうでなければ単なる妄想だと思われる〟と。

リンは核心を突いていた。でも、わたしがすぐに送信ボタンを押さないのはリンのためではない。ケンドラ・レイのためだ。ケンドラ・レイが彼らのひとりを説得してわたしを逃がしてくれた。〝もしあなたがわたしたちをほうっておいてくれるなら、わたしたちもあなたをほうっておく〟と約束してくれた。〝すべてを表沙汰にしないでくれるなら〟口を閉ざしてさらなる指示を待つことを、わたしはケンドラ・レイに約束した。

けれども、それは三カ月前のことだ。ケンドラ・レイはどこにいるのだろう？

わたしは目を閉じた。三カ月もあればさまざまなことが起こりうる。ケンドラ・レイにはそれより短い期間にさまざまなことが起こった。最後に会ったとき、ケンドラ・レイはリンの計画から手を引こうとしているように見えた。「もうダイアナを止めるには手遅れよ」どの航空会社を使うのかとウーバーの運転手がわたしに訊いたあと、ケンドラ・レイは言った。「ダイアナが変わってしまってから長い時間がたっている。〈レジスタンス〉が上手《うわて》を行く見込みはもうないと思う。

パンドラの箱はもう開け放たれてしまった」

「だったら、パンドラの箱からあふれ出たものを世間に知らせましょう」わたしは言った。「O

ＢＧについて黙っているというのは嘘なんでしょう？」

「いいえ」ケンドラ・レイは言った。「というか……嘘というわけじゃない。しばらくは黙っていなくてはいけない。しばらくは泳がすの。国じゅうにいるヘイゼルたちに目を光らせて、それぞれの分野でトップにのぼりつめるのを見張る。いったんそうなったら……そのＯＢＧたちを供給源から断ち切る」

あまりにも簡単すぎるように聞こえた。なんの障害もないように。「ほんとうに？」リンはどう考えてるんですか」

「リンはこの計画とは関係ない」ケンドラ・レイはきっぱりと言った。「リンはもっと早く手を打ってネラが取りこまれるのを防ぐべきだったのに、そうしなかった」

わたしは自分が同調しているのかわからなかった。高速道路をおりて出発ロビーへ向かう車の座席で、落ち着かない気分になって身じろぎした。汚れた窓ガラスから、空へあがっていく飛行機が見えた。「ダイアナが変節しているのなら、どうやって彼女たちを切り離すんですか？　それにリチャード・ワーグナーが手をこまねいているはずが――」

「別の人物に心当たりがあるから。わたしを信じて」

「でも、リンは……」

〝リンはあなたを切るつもりだ〟とケンドラ・レイは言った。〝率直に言って、リンを責めることはできない。あなたは愚かなことをした〟

わたしはぱっと目を開き、いま書いたメールを見つめた。そして、指でマウスを軽く叩いた。送信ボタンをクリックすれば、すべてが明るみに出る。そうすれば本物の刑事たちが動きはじめ、わたしたちは正義の怪盗カルメン・サンディエゴ役を続けなくてもよくなる。すべてに終止符が打たれる。

あるいは、新たな章がはじまる――わたしの新しい章が。この記事はケンドラ・レイの計画を台なしにするだけでなく、わたしの再出発も潰す。百パーセント成功するかわからないことのために、ほんとうにわたしは新しい職と新しい生活を棒に振るつもりなのか？　またしても、わたしのことなど考えていない相手の指図を受けるようになるつもりなのか？

人差し指に体重がかかった――わたしの意志なのか、神の介入なのかはわからない。とはいえ、どちらでもいいことだった。

メールが送信された。

いい気分だった。とても。窓を開けてＴＬＣの曲を大音量で流しながら、空いている高速道路を疾走する心地よさだった。

ブラウザを開いて検索ウィンドウにヘイゼルの名前を打ちこみ、ヘイゼルがまだニューヨークにいてワーグナーで働いていることを確かめようとしたとき、聞き慣れたメール受信音が鳴った。

メールの送信に失敗しました
「え？」わたしはつぶやき、メールアドレスをもう一度確認した。グウェンのメールに返信する形でアドレスを指定していて、元になっているのはわたしの売りこみへの返信として何日か前にグウェンから送られてきた熱いメールだった。**すごくいい！　クロスリファレンスのためにもう少し証拠をそろえてもらいたいけど、あなたに起きたことだと十万パーセント信じてる（＃黒人女性を信頼せよ！）。あなたがどんなことをやってのけるか、ほんとうに楽しみ。xo**
わたしはまた顔をあげた。グウェンのオフィスの明かりは消えたままだ。ほかの誰かと話す準備がまだできていないときにときどきやるように、誰にも声をかけずにオフィスに出勤しているわけではない。ほかにグウェンが姿を見せない理由があるか考えていたとき、頬に埋めこみ型のピアスをした陽気な女性、リーガンがやってきた。わたしを見てからグウェンのオフィスに目を向けて、楽しげに声をあげた。「まだ聞いてないのね！　でしょ？」

何カ月か前にグウェンがわたしをみなに紹介してまわったとき、リーガンは力強くハグをして叫んだ。「やっとね！　そろそろわたしたちもイメージを変えるときよ」いまは、そのときよりもさらに興奮しているようだった。

「何を聞いてないの？」わたしは尋ね、頬の内側を噛んだ。

「けさリバーに聞いたんだけど、グウェンはお堅い雑誌社のひとつからすごい機会をもらったんだって。アメリカ社会における集団食品ヒステリーの影響について研究する機会」リーガンは自分がその機会を得たかのように、自慢げに説明した。「フライドチキン・サンドイッチのことで起こったアラバマの殺人事件の記事をあなたも読んだでしょ？」

熱の揺らめきが腰から這いあがって首に巻きついた。「え？　いつのこと？」

「いつだったかな。サンドイッチのいろんな事件が全部ごっちゃになってて。アラバマの事件が起こったのはたぶん――」

「そうじゃなくて、グウェンはいつそれを知ったの？」

「金曜の夜みたい。週末のあいだに荷物をまとめて、聞くところではもうミズーリにいるって」その説明を聞いて、わたしはしばらくじっとしていた。そして、静かに尋ねた。「いつ戻ってくるって？」

「時期は決まってないみたい。というか、戻ってくるかどうかも。グウェンはずっと全国的な仕事をしたがってたから。どんどん若くはなくなっていくわけだしね」ささやいたつもりだったようだが、その声はよく響いた。

わたしはうめいた。「嘘でしょ。よりによってこんなタイミングで。すごく大事な記事を書きおわって、グウェンに見てもらおうと思ってたところなの、ちょうど……いま」

「あらら――それは大変。でも心配しないで！」リーガンはわたしの腕を叩いた。「グウェンの代わりをする編集者をもう雇ったってリバーが言ってたから。ほら……彼女じゃない？」

わたしはリーガンの視線を追った。若い黒人女性が駐車場のほうからフロアへ入ってくるのが見えた。片手にトートバッグを、もう片方の手にコーヒーのカップを持っていて、すでにイチジクの鉢植えと政治編集者の空っぽのデスクの前を通りすぎ、プリンターが並ぶ通路を颯爽と歩いている。短く切った髪を輝かせ、わたしとリーガンに目を向けていた。

「うわ、もうひとり……」リーガンはわたしを見て、口ごもった。「……若い子が来た」

わたしは黙っていた。この女性の迷いのない大きな足運びが気にかかっていて、話すどころではなかった。女性は勤務初日にしては自信たっぷりに一直線にこちらへ近づいてくる。ずっと前からここで働いているかのような、十センチ超のヒールなどたいした問題ではないかのような身のこなしだった。彼女がそんな靴を履いているのはこれまで見たことがなかったが。

そしてあの髪……ああ、あの髪。細くて艶のあるローストアーモンド色の髪。上品なアシンメトリーのボブに切った髪は、完璧に、痛々しいほど、まっすぐだった。

「みなさん」女性はフルレースウィッグにちがいない髪の後頭部にさりげなく指を這わせた。「おはよう。けさの調子はどう？　わたしはデライラ・ヘンソン――グウェンの代理よ」

リーガンが明るく返事をした。わたしは返事をつぶやきながら、しっかりと描かれた眉毛やはっきりと陰影をつけた肌を見つめた。女性が手を振ると、吐き気を催すような甘ったるい香りが漂った。

「どちらか、グウェンのオフィスの場所を教えてもらえる？」

女性はわたしを見ていたが、わたしはすでに先ほどのエラーメールに注意を戻していた。わたしを椅子に留めているのはそのメールだけだった。**あなたのメールは入力されたメールアドレスが見つからなかったため送信されませんでした**
リーガンがグウェンの名前が刻まれた小さな金属板を指し示した。「正しい場所に来てますよ！　ここです」

「よかった」女性は感謝の印にコーヒーカップを持ちあげた。「それで、申しわけないけど、もうひとつ――どちらか、シャニ・エドモンズの席はどこか教えてもらえる？」

止める前に、リーガンがわたしを指差した。「彼女もここにいます！」

「最高！　シャニ、話すことがたくさんあるの。グウェンから聞いたけど、きょう仕上げる予定のとても大事な記事を書いてるんですって？　引き継ぎでそれをだめにしちゃいけないと思ってるの」

「わあ、もう仕事にかかってるんですね！」リーガンが感じ入ったように言った。「じゃあ、ふたりで話せるように、わたしは行きますね。でもデライラ、ランチをいっしょにどうですか？　もっとお話ししたいので！」

「ええ！　ぜひ。時間と場所を教えてくれたら喜んで行かせてもらう」

そして、わたしたちはふたりきりになった。

わたしは唾を飲みこみ、その黒人女性をもう一度見あげた。歯がありえないほど白く輝いている。目は、髪と同じように黒っぽく均一で、光沢がありすぎて微笑みの真意が読みとれなかった。

しかし、彼女が口を開くと、洗練された如才ない口調があまりにもよく知っている響きを運んできた。

「では、シャニ、教えて……」ネラは体を近づけて、冷たい手をわたしの肩に置いた。「ここはいいいいいいいほんとうのところどんな感じ？　わたしには正直に言って、シスター」

謝辞

この本を作りあげるうえで、欠かせなかった人がたくさんいる。まずは、わたしの子どものころからの夢を現実に変える手伝いをしてくれた、すばらしいチームのみなに大きな大きな感謝を。当初からこの作品の成功を信じてくれた大好きなエージェント、ステファニー・デルマンには、献身と信頼と迅速なテキストメッセージのやりとりに感謝している。あなた以上に優秀で思慮深いエージェントは望めなかったし、〈サンフォード・J・グリーンバーガー〉以上に頼もしいエージェンシーも望めなかった。そして、わたしの小説を読んでもらえたらいいなと思っていた国々へこの本を送り出すのを助けてくれたふたりの熱心な海外版権エージェント、〈グリーンバーガー〉のステファニー・ディアズと〈アブナー・スタイン〉のヴァネッサ・カーにも特別な感謝を捧げたい。

すばらしい編集者でありチャンピオンであるリンジー・サニエッテは、何時間にもわたるチャットや洞察力あふれるコメントで、わたしの大きすぎる望みを超える貢献をしてくれた。あなたの絶え間ない励ましと前向きな心にいつも感謝している。フィオラ・エルバース＝ティヴィッツの献身――そしてコロナのパンデミックのなかでもスムーズかつ効率的にこの本の歯車をまわせるようにしてくれたツール面での支援――はわたしにとって欠かせないものだった。ミレーナ・ブラウンとアリエル・フレッドマンは、最高の広報という言葉ではとうてい表しきれない存在だ。この本を効果的な方法であちこちに広めてくれてほんとうにありがとう。そして、リビー・マクガイア、ダナ・トロッカー、ゲーリー・ウルダと〈サイモン・アンド・シュスター〉の驚くべき販売チームにはこの本を出版するために全力をつくしてくれたことに、ジミー・イアコベリ、ジル・プトーティ、タマラ・アレラノ、カーラ・ベントンにはこの本の本文や表紙を美しいものにしてくれた努力と時間に感謝を捧げたい。

この本の出版にあたって、テミ・コカーの象徴的な作品の表紙への使用許諾をとったり、あらゆる側面に注意深く配慮してくれた〈アトリア〉のみなにはほんとうに感謝している。そして、テミ、作品を使用させてくれたあなたにも心からの感謝を。

それに加えて、この本を新たな高みに引きあげてくれたふたりの編集者とともに仕事ができたことは最大の幸運だったと言わずにすますのは怠慢というものだ。チェルシー・ジョンズは、この小説の一文一文に心を砕き、多大な時間と才能を注ぎこんでくれた。どれだけ感謝してもしきれない。イギリスの編集者アレクシス・カーシュバウムをはじめとする、エイミー・ドネガン、エミリー・シャンベイロン、ジャスミン・ホージー、〈ブルームズベリー〉のみなの情熱は、海の反対側からでもはっきりと感じとることができた。あなたがたと仕事ができてほんとうにうれしく思っているし、チームに加わってもらえてほんとうに幸運だったと思っている。

大陸だけでなく、この作品はメディアの垣根をも超えることになった。〈ユナイテッド・タレント・エージェンシー〉の優秀な映画／テレビ・エージェントであるアディソン・ダフィとジャスミン・レイク、そして〈テンプル・ヒル〉のタラ・ダンカンとわたしのチーム全員に、わたしにこつを手ほどきし、この物語はさらにたくさんの視聴者に届きうると信じてくれたことへの感謝を伝えたい。

この物語にはいくらかの（いや、かなりたくさんの）わたし自身の体験が織りこまれていて、芸術修士のノンフィクションのワークショップや、誠実な論文アドバイザーであるジア・ジャフリーに提出した文章が、そうした体験の多くに向き合う手助けをしてくれた。いつも荒削りですこぶる個人的なエッセイを読んでくれたニュースクール大学の創作プログラムのみなにお礼を言いたい。みなの目と耳には計り知れない価値があったし、そこで得た友情はかけがえのないものだ。アリソン、あなたが初期の草稿にくれたアドバイスにはとても助けられた。あなたはわたしが知り合ったなかでも指折りの寛大な作家であり友人だ。シンシア、ほんとうなら働いているべき時間にこの物語のアイディアの原型をグーグルチャットで最初に送ったときに、あなたが熱心な返信をしてくれたことが大きな節目になった。OBGを見つけるのを手伝い、わたしがはばかりなく黒人のなかの黒人でいることを許してくれて、ほんとうにありがとう。

以前の仕事のパートナーであり親友のジェネヴィーヴ、執筆中にあなたと笑ったり愚痴を言ったりまずいネスプレッソのコーヒーを淹れたりしていなかったら、わたしはどうなっていたかわからない。あのときもいまも、大きなサポートをありがとう。そして、わたしがこの本を書くために出版社を離れたときに励ましてくれたかつての同僚たちや作家のみなにもお礼を言いたい。みなのやさしい言葉は、印刷していまも大事にとってある。

わたしのすばらしいパートナーであるグリシャには、ワンルームのアパートメントで、しかもコロナのパンデミックで外も大変ななか、わたしのような内気な作家と暮らす苦労をかけたことを申し訳なく思っている。あなたがいなければこの本を書くことはできなかった。プロットの矛盾を指摘したり、この本を読みたがる人なんているのだろうかと落ちこむ瞬間からわたしを引きあげたりしてくれてありがとう。あなたは正しかったね。ニャーオ。

最後になるけれども最大の、ありったけの感謝をわたしの両親に捧げたい。小さいときからわたしの読書や創作に対する情熱を育て、わたしがいい仕事やいい待遇をほうり出してこの本を書きはじめたときもただ励ましてくれてありがとう。父には、空手教室への送迎の車内でいっしょに怪談を作ったこと、血の通った登場人物を作るのがいかに大切かを教えてくれたことに感謝しているし、母には、スクラブルの五十周年記念セットで繰り返し遊んでくれたこと、人生の愚痴を吐き出したり泣いたりしたくなったときにいつもそばにいてくれたことにお礼を言いたい。

この本は、父と母のふたりに捧げます。

解説

音楽ライター
渡辺志保

二〇一六年、シンガーソングライターのソランジュは「Don't Touch My Hair」の中でこう歌った。"Don't touch my hair, when it's the feelings I wear"（私の髪に触らないで、髪が私の感情そのものである時は）。黒人女性にとって、髪の毛は単なる飾りではない。彼女たちのプライドであり、アイデンティティであり、鎧でもある。一九六〇年代後半からは、大きなアフロヘア（彼女たちにとってのナチュラルヘア）は生まれたままの"ブラック"としての誇りを表すヘアスタイルにもなった。ドレッドロックス、ボックスブレイズ、コーンロウ、フラットツイスト……カールのついたナチュラルヘアをまとめるために、数百年も前からさまざまな技術を駆使したヘアスタイルが編み出された。細かいブレイズを編むには何時間もかかる。祖母や母親に頭部を預け、長い時間を共に過ごさねばならない。ヘアスタイルを変えることと、ノスタルジックな家族の思い出は、隣同士にあることが多い。そして、そんな彼女たちの髪の毛を不用意に触ることはマイクロアグレッションと捉えられる行動でもあり、タブーとされる。裏を返せば、黒人女性が"髪を触ってもいい"と心を許せるのは、母や祖母といった家族たち、腕ききの美容師たち、そして信頼する女友達ということになる。

『となりのブラックガール』の主な舞台は、ニューヨークのミッドタウンにオフィスを構える大手老舗出版社ワーグナー・ブックス。物語は、主に二つのタイムラインが並行して描かれる。一つは、二〇一八年の七月を起点としたネラのストーリー。もう一つのタイムラインは、一九八三年に起こるケンドラ・レイのストーリーだ。ワーグナー・ブックスに務める唯一の黒人女性であるネラ。彼女は、大きな功績を残しつつも現在は消息不明となっている黒人女性編集者、ケンドラに憧れてワーグナーの門を叩いた。アシスタントとして奮闘しつつ、昇進のチャンスを窺うネラだったが、ワーグナーには二人目の黒人女性が入社する。それが、ヘイゼルだった。ネラが最初にヘイゼルの存在を生々しく感じたのは、まさに彼女が髪の毛に使っていたココアバターの香りだったし、ヘイゼルが自分の社外活動の場として選んだのは、ブルックリンにあるヘアカフェだった。そして、ヘイゼルはクセの強いブラックヘアをより扱いやすくするためのヘアグリースをネラや他の女性たちに紹介する。黒人女性たちにとって共通の悩みである髪の毛を媒介にして、次々と女の子たちを〝矯正〟していくのだ。主人公のネラがナチュラルなカールヘア（もともとはリラクサーで髪の毛をまっすぐにしていたことも明かしている）で、ヘイゼルはグラデーションを施した長いドレッドヘアであることも彼女たちそれぞれの立場を表しているようだし、最後、ネラは再度ストレートヘアに変身して作中に登場する。そもそも、『となりのブラックガール』の冒頭は、ケンドラが頭を掻きむしる描写からスタートする。ヒリヒリと痛む頭皮を、彼女はどうすることもできない。マンハッタンのど真ん中にあるグランド・セントラル駅から列車（飛行機でも車でもなく！）に乗って逃亡する様子は、主に南部の農場で働かされていた奴隷たちが逃亡して自由黒人になるために整備された地下鉄道（Underground Railroad）を想起させるし、まずは一人で逃亡し、その後にネットワークを駆使して他の黒人女性たちを秘密裏に助け出そうとするケンドラは、さながら地下鉄道運営の指揮をとり、奴隷解放におけるモーゼとも呼ばれたかのハリエット・タブマンのようにも映る……という考察は的外れだろうか。

「処世術」という言葉がある。社会に属するものは誰だって、世の中をうまく渡り歩くために自分なりのティップスを持っているはずだ。気難しい上司に取り入るには、より効率的に成果を出すためには、昇進に向けてどう立ち回るべきか。しかし、そこに人種という要素が入り込むと、少し事情が異なってくる。職場で唯一の黒人である場合、どのように振る舞うことが理想なのか、社会正義に対して同僚たちの注意を引くにはどうすべきなのか、ベテラン白人作家の原稿の中に人種差別的な描写を発見した時はどうやって声を上げるべきなのか、そして、職場にもう一人の黒人（しかも女性）が現れた場合はどのように付き合っていくべきなのか——。本作における職場での様子は、とても描写が細かい。特に、ベテラン編集者のヴェラとネラとの微妙な距離感はこちらがハラハラするくらいだし、まるで自分自身がヴェラからたくさんの宿題を課されたかのように、どんよりした、胃のあたりが重くなるような気分にさせられる。実際に、作者のザキヤ・ダリラ・ハリスもまた、世界最大の出版社と名高いペンギン・ランダムハウス社にて三年ほど勤務した経験を持つ。入社二年後にはアシスタント・エディターに昇進したものの、編集者ではなく「書き手」になりたいという夢を叶えるために、退職を決意した。また、ハリスは自分が勤務していたフロアでは唯一の黒人女性だったそうだ。そうした経歴、そして決意と覚悟のもとに出来上がったのが、この『となりのブラックガール』であり、小説の舞台の大半を占める職場の描写がリアルでヴィヴィッドなのは十分に頷ける。冒頭、ネラが人気作家であるコリン・フランクリンの新作小説『ひりつきと疼き』の感想をヴェラに述べるシーンがある。ネラは、慎重に言葉を選びながら自分の意見を伝える。いや、自分の意見というよりも、ヴェラが求めている感想にネラなりのスパイスを若干加えた感想というべきか。〝若い黒人女性〟の意見として忌避されないレベル、年長の白人女性にも許容できるレベルの意見だ。脅威と見なされず、過激な印象を与えずに、いつだって適切な言葉を選ばねばならない。いつだって、「二倍賢く」ならないとやっていけない。

ことアメリカ社会において、人種による分断は大きな、そして重たい課題だ。アメリカが独立宣言を掲げる百五十年以上も前から続く奴隷制（アメリカにおける奴隷制の起源は一六一九年にオランダから労働力として〝輸入〟されたこととされている）。その歴史的事実に起因するスティグマは、現在も社会に根強く残り、人種と階層の軋轢を作り出している。「Black Lives Matter」（以後、BLM）をスローガンにした差別撤廃運動が何度となく繰り返されていることは、ここ日本でも報じられている通りだ。とりわけ、二〇二〇年五月に起こったジョージ・フロイド殺害事件に起因する大規模なBLM運動は記憶に新しく、日本のテレビ番組や新聞の紙面、文芸誌にもそのスローガンや社会的背景が取り上げられた。しかし、日本ではその後、パッタリとBLM関連の報道は止んでしまった。この事実が、アメリカでの人種差別問題が解決したこととイコールになるだろうか、いや、なるまい。作中でネラが極度に気を遣うように、アメリカでは日常的に人種を意識した行動が要求される。ボタンを掛け違えると、殺人事件にも発展しかねない。より高度な処世術が必要とされており、大袈裟ではなく、それが自分の命を守ることにもつながる。また、小説の中には日常的な描写と地続きに、丸腰の黒人男性が射殺されたニュースや、プエルトリコ人の少年が射殺されたというような、人種の分断を炙り出す出来事が羅列される。

そこに現れた、エリカ・バドゥとイッサ・レイを掛け合わせたような出立ち（クリエイティヴでアーティスティック、かつ都会的で洗練された魅力を兼ね備えているということだろうか）のヘイゼル。快活な笑顔を振りまきつつ、適度にわきまえた、かつ適度に大胆なジョークを交えて上司たちにも取り入っていく。出会ったばかりのネラに「シスター」と呼びかけるヘイゼルは、どこからどう見ても気を許せる同胞だ。しかし、物語が進むにつれて段々と彼女の正体があらわになっていく。最初はともに手を取り合うかのように熱い議論を交わした二人だったが、あれよという間にヘイゼルの職場での存在感はどんどんと色濃いものへと変容するのだ。黒人女性として期待されている手柄は全てヘイゼルの手の中に収まり（極めつきは、ワーグナー・ブックスの代表であるリチャードから、自身が運営する非営利団体への多額の寄付金を集めたことだろう）、社内におけるネラの居場所はなくなってしまう。

「だって、会社にひとりしかわたしたちはいられないから」

これは物語の終盤、信じがたい現実とともにネラへと突きつけられるヘイゼルの一言だ。圧倒的な白人中心的社会において、人種的マイノリティに用意された席はたった一つ。その席に座れるものだけが、うまく世の中を渡っていくことができる。特殊なヘアグリースを塗って、〝本当の自分らしさ〟すなわち自身の〝ブラックネス〟を矯正させて麻痺させた状態なら、なお完璧。この社会でやっていける。人種を意識するということは、そういうことなのだ。

物語は、奇妙なざらりとした後味のまま幕を閉じる。ハッピーエンドではなく、どこまでも絶望的なようにも感じる結末だが、『となりのブラックガール』には悲壮感はあまり感じられない。具体的な固有名詞をたくさん出しながら、ブルックリンに住むネラと女友達であるマライカの日常を綴る描写も多く、登場人物のSNSを覗きながらニューヨークの生活を疑似体験しているような気持ちにもなる。ウィリアムズバーグにベイリッジ、クリントンヒル。ベッドスタイことベッドフォード＝スタイベサントは、ネラとマライカが飲みに出かけ、ヘイゼル一押しのヘアカフェがあるブルックリンの一角だ。幸運にも、本稿を執筆している間、筆者はまさにこのベッドスタイにほど近いエリアの一軒家を借りて滞在している最中だ。ベッドスタイで開催されたヒップホップ五十周年を祝うブロックパーティーに足を運んだり、気になっていたブラック・フェミニストのコミュニティとしても機能しているブックストアを訪れたり（残念ながら本作の原書版は売り切れであった）と、久しぶりのブルックリンの空気を満喫している。地名だけではなく、『となりのブラックガール』にはたくさんの黒人女性作家の名前も登場する。ネラとヘイゼルのマグカップに描かれているゾラ・ニール・ハーストン（ハーレム・ルネッサンス期を代表する黒人女性作家であり、ヘイゼルの出身地はハーレムという設定になっている）をはじめ、マヤ・アンジェロウ、トニ・モリスン、テリー・マクミランなどなど……。主人公の「ネラ」という名前も、二人の黒人女性をめぐる異色の小説『パッシング』(1929)で知られるネラ・ラーソンから取ったと、ハリスがインタビューで語っていた。他にも、ブラックパンサー党に所属し、大きなアフロヘアを震わせながら正義のために闘ったアンジェラ・デイヴィス、エミー賞《E》・グラミー賞《G》・アカデミー賞《O》・トニー賞《T》を獲得してEGOTとなったヴィオラ・デイヴィスといったロールモデルたる女性たち、ビヨンセやチャカ・カーン、ダイアナ・ロスといったディーヴァたちの名前も頻出する。ちなみに作者のハリス自身が「The Other Black Girl」と題したプレイリストをSpotifyで公開しており、そこにはソランジュ「Don't Touch My Hair」やチャカ・カーン「I'm Every Woman」といった曲のほか、シカゴのアーティストであるジャミーラ・ウッズによる「OCTAVIA」という曲も含まれている。この「OCTAVIA」は、SF小説『キンドレッド』(1979)で知られる小説家、オクテイヴィア・E・バトラーにインスパイアされて作られた楽曲だ。『キンドレッド』もまた、現代的な黒人女性と奴隷制、そしてタイムリープを掛け合わせた傑作小説で、ハリスが『キンドレッド』もしくはバトラーに影響を受けたのなら十分に頷ける。もしもあなたが、『となりのブラックガール』の登場人物たちに魅了され、彼女たちのことをもっと知りたいと思ったのであれば、ぜひ小説内に登場する作家の作品や歌手の楽曲にも触れてみてほしい。

作品の中では、ヘアケアの方法や人種を意識した世渡りの方法など、〝ブラックガールあるある〟がつぶさに語られる。ネラは最後、「最後に自由を感じたのはいつだっただろう」と苦悩する。あくまでアメリカ社会で生きる黒人女性の生き方を題材にした本書だが、日本に生きる私たちが共感する部分もおおいにあるはずだ。プレッシャーを感じながら笑顔を貼り付けて上司に取り入るネラの姿、新しく自分のテリトリーにやってきた「自分に似たあの子」に戸惑うネラの姿には非常に親近感が湧くし、ヘイゼルが言うように誰かの期待に沿うように自分を変容させて、より効率的に世の中を渡り歩くことだって悪くないんじゃないかと思える。

私が、最後に自由を感じたのはいつだった?

二〇二三年八月

訳者略歴　お茶の水女子大学文教育学部卒，英米文学翻訳家　訳書『偽者【フェイクアカウント】』ローレン・オイラー，『もうやってらんない』カイリー・リード，『最悪の館』ローリー・レーダー＝デイ，『ピュリティ』ジョナサン・フランゼン（以上早川書房刊）

となりのブラックガール

2023年9月20日　初版印刷
2023年9月25日　初版発行

著者　ザキヤ・ダリラ・ハリス

訳者　岩瀬徳子《いわせのりこ》

発行者　早川　浩

発行所　株式会社早川書房
東京都千代田区神田多町2－2
電話　03－3252－3111
振替　00160－3－47799
https://www.hayakawa-online.co.jp

印刷所　中央精版印刷株式会社
製本所　中央精版印刷株式会社
Printed and bound in Japan
ISBN978-4-15-210269-0 C0097